悪魔公爵の子

■主要登場人物

ドミニク・アラステア……………………ヴィダル侯爵。

レオニー………………………………………ドミニクの母親。エイヴォン公爵夫人。

ジャスティン・アラステア……………ドミニクの父親。エイヴォン公爵。

ファニー（ファン）・マーリング……ドミニクの叔母。ジャスティンの妹。

ジュリアナ・マーリング………………ドミニクのいとこ。ファニーの娘。

フレデリック・カミン…………………ジュリアナの恋人。

ジョン・マーリング……………………ドミニクのいとこ。ジュリアナの兄。

ルパート・アラステア…………………ドミニクの叔父。ジャスティンの弟。

モンタギュー・クォールズ……………ドミニクの知人。

メアリー・チャロナー…………………中産階級の娘。

ソフィア（ソフィー）・チャロナー……メアリーの妹。

チャロナー夫人……………………………メアリーとソフィアの母親。

ヘンリー・シンプキンズ………………メアリーとソフィアの伯父。チャロナー夫人の兄。

ジョシュア・シンプキンズ……………メアリーとソフィアのいとこ。ヘンリーの息子。

ジャイルズ・チャロナー将軍…………メアリーとソフィアの祖父。

エリザベス伯母……………………………ドミニクの伯母。シャルボン夫人。

ベルトラン・ド・サンヴィール………ドミニクのいとこ。ヴァルメ子爵。

レオナード・ハモンド……………………牧師。

1

馬車にはひとりの紳士しか乗っていなかった。脚を前に投げ出し、手を外套《がいとう》の大きなポケットに突っこんで、ゆったりと座っている。町の玉石舗装の道を馬車はがたごとと進み、ときどきあるランタンや松明《たいまつ》で馬車の内部が一瞬照らされると、ダイヤモンドのピンや靴の巨大な留め金がきらりと光るが、だらりと座る紳士は金の縁の帽子を深くかぶっているため、顔は影になったままだ。

馬車は猛スピードで走っていた。ロンドンの町を走るには危険なほどの速度で、やがて町を出ると、通行料取り立て門を通り抜け、ハウンズロウ・ヒースへ向かう。わずかな月明かりが御者台の御者に道を示していたが、あまりの暗さに、セントジェームズ宮殿を出たときからずっとそわそわしていた、隣に座る馬丁がもう黙ってはいられないとばかりに、ついにあえぎながら言った。「ねえ！　馬車がひっくり返っちゃうよ！　速すぎだよ！」

御者は肩をすくめ、嘲笑《あざわら》うような声をあげただけだった。でこぼこ道で馬車が危険なほど揺れ、馬丁は座席を両手でぎゅっとつかみ、腹を立てて言った。「どうかしているよ！

後ろの悪魔が気にならないのか？　文句を言われないのか？　それとも彼は酔っ払ってるのか？」馬丁が頭を後ろへぐいと動かしたのは、馬車のなかの男について言っているのだと示すためだったようだ。

「一週間、彼に仕えれば、これを猛スピードとは呼ばなくなるだろうよ」御者が答えた。「ヴィダル侯爵が移動するときは、すばやく移動するんだ。わかったか？」

「彼は酔っ払ってる——ほとんど眠ってるんだ！」馬丁が言った。

「いんや」

だが、馬車のなかの男は、一見すれば眠っているとも受け取れた。馬車が傾くのに合わせて、長身の体は簡単に揺れ、顎は幅広のネクタイ《クラヴァット》のひだに沈み、いちばん道がでこぼこしたところでも、横で揺れる吊革《つりかわ》をつかむことさえしなかった。手はポケットに突っこまれ、銃声がして、馬車が急停車してもその位置に留《とど》まっていた。しかし、彼は明らかに起きていた。なぜならあくびをしながら頭を上げ、後頭部を背もたれにあてて、わずかに顔を窓の外へ向けたからだ。

外では大騒ぎが起こっていた。荒々しい声があがる。御者が、重いらっぱ銃を持った馬丁のとろさをののしっている。馬が跳ね、棹立《さおだ》ちになっている。

何者かが馬車のドアにやってきて、大きなピストルの銃口をなかへ突っこんだ。月光が頭の輪郭を浮かび上がらせ、声がした。「金目のものを出せ！」

馬車のなかの男が動いたようすはなかったが、ピストルが鋭い声を発し、暗闇《くらやみ》のなかで強烈な火花が散った。窓に見えた頭と肩が消えた。倒れる音と、蹄《ひづめ》の音と、驚きの叫び声がした。そして、遅ればせながららっぱ銃が放たれた音。

馬車のなかの男はようやくポケットから右手を出した。その手には銀作りの優雅なピストルがあり、まだ煙を上げていた。紳士はそれを座席の横にほうり、外套の焦げてくすぶっている部分を非常に長く白い指で押しつぶした。

馬車のドアが開き、御者が急いで下ろした踏み段に飛び乗った。彼の持つランタンが車内を照らし、ゆったりと座る男の顔を照らし出した。驚くほど若い顔で、浅黒く、とてもハンサムだ。生き生きした好奇心がけだるげな表情の奥にある。

「それで?」紳士は冷ややかに尋ねた。

「追いはぎです。新入りが、こういうことに慣れてないと言いますか、らっぱ銃をすぐに撃てなかったんです。賊は三人でした。逃げました……つまり、ふたりは」

「それで?」紳士がふたたび尋ねた。

御者はかなり当惑しているようだった。「あとのひとりは、旦那《だんな》さまが殺しました」

「確かに」紳士は言った。「だが、おまえがドアを開けたのは、それを知らせるためではないんだろ?」

「それで……あの……その……やつの脳みそが道に散ってるんですが。そのままにしておくんでしょうか？」

「おいおい、追いはぎの死体をレディー・モンタキュートの夜会へ運ぶべきだと言っているのか？」

「いいえ、旦那さま」御者がおずおずと言う。「では……では、出発しますか？」

「もちろんだ」紳士が少し驚いて言った。

「かしこまりました」御者はそう言って、ドアを閉めた。

御者台の馬丁はらっぱ銃を握りしめたまま、道に倒れた男をじっと見ていた。御者が御者台にもどってきて手綱を持つと、馬丁は尋ねた。「ねえ、何かしないの？」

「あいつのためにできることは何もない」御者がきびしい声で言う。

「頭がほとんどなくなっているよ！」馬丁は身震いした。

馬車が進みはじめた。「口を閉じているんだ。あいつは死んでる。それだけだ」

馬丁は乾いた唇をなめた。「でも、旦那さまは知らないの？」

「もちろん知ってる。あの人は間違いを犯さない。ピストルの扱いでは絶対にな」

馬丁は深呼吸をしながら、血の海のなかに残された、死んだ男のことをまだ考えていた。

「旦那さまはいくつ？」やがてそうつぶやいた。

「もうすぐ二十四だ」

「二十四！　その年で人を撃ち、いたって平静に死体を置き去りにするのか！　なんてこった！」

そのあと、馬丁は口をつぐんでいた。馬車が目的地に着いてもまだ物思いにふけっているようすだったので、御者は馬丁を鋭くつつかなければならなかった。馬丁はわれに返って御者台から飛び下り、馬車のドアを開けに行った。主人がけだるげに降りてきたとき、馬丁はそっと彼を見て、顔に動揺のしるしがないかと確かめた。そんな気配はまったくない。主人は石のポーチへ続く段をのんびりと上がり、明かりで照らされたホールに入っていった。

「なんてこった！」馬丁はふたたび言った。

屋敷のなかでは、遅く来た客の帽子と外套を受け取ろうと、ふたりの従僕がうろついていた。

ホールにはべつにもうひとり紳士がいて、ちょうど広い階段をのぼって大広間へ向かうところだった。とても華やかな感じの美形で、かなり弓形の眉ときょろきょろする目の持ち主だ。服装から、ひと目で大陸帰りの伊達男《だて》とわかる。なぜなら、飾り紐《ひも》ボタンで飾られた短い上着、膝に紐の房のついた、細かい縞《しま》模様のズボン、かなり短いベストといういでたちだからだ。シャツの前のフリルは上部が突き出ていて、クラヴァットのかわりに、とてもゆったりしたネッカチーフを顎の下で蝶《ちょう》結びにしている。頭には驚くほど高い鬘《かつら》をかぶっていて、青い髪粉がかかっており、手には長い房飾りのついた杖《つえ》があった。

ヴィダルがホールに入ると、彼が向きを変え、だれが来たのかわかると、ホールを歩いてきた。「ぼくがいちばん最後だといいと思っていたのに」男は文句を言った。片眼鏡を持ち上げ、ヴィダルの外套に空いた穴を眼鏡越しにじっと見る。「おい、ヴィダル！」衝撃を受けて言った。「おやまあ！　なんと、その外套！」

片方の従僕がその外套を腕にかけた。ヴィダルは袖《そで》のひだ飾りを振り出したが、きちんとした服装にはまったく関心がないかのような、いい加減なやりかただった。「で、チャールズ、ぼくの外套がなんだって？」

フォックスが震えてみせた。「穴が空いているんだよ、ドミニク」前へ進み、外套の折りたたまれた部分を恐る恐る持ち上げる。「それに、弾薬のにおいがするぞ。だれかを撃ったな」

ヴィダルは手すりにもたれ、嗅《か》ぎたばこ入れを開けた。「単なる追いはぎだ」

フォックスは一瞬、気取ったふりをやめた。「殺したのか、ドミニク？」

「もちろん」

フォックスがにやりと笑った。「死体はどうした？」

「どうしたって？」ヴィダルは少しいらだった。「何も。死体をいったいどうすればいいんだ？」

フォックスが顎をこする。「ぼくが知るわけがないだろう」少し考えてから答えた。「だが、道に死体を残すのはまずいよ、ドミニク。町にもどる人間が目にするだろ。ご婦人方は気に入らんだろうな」

　ヴィダルはたばこをひとつまみ、片方の鼻腔《びこう》へ近づけたが、嗅ぐ前に手を止めた。「それは考えていなかった」すぐに認める。おそらくは愉快さから来るきらめきが、目にいつの間にか浮かんでいた。穴の空いた外套をまだ持っている従僕に、ちらりと目をやる。

「町へ行く道のどこかに死体がある。ミスター・フォックスは死体がそこにあるのをお気に召さない。片づけろ」

　従僕はよく訓練されていたので感情を表には出さなかったが、少し震えていた。「かしこまりました。死体はどうすればよろしいでしょうか?」

「さてな」ヴィダルは言った。「チャールズ、死体をどうしたい?」

「ハウンズロウ・ヒースのど真ん中で、死体をどうしろというんだ?」フォックスが言った。「警官のところへ運ぶべきだろうな」

「聞いただろ」ヴィダルは言った。「死体は町へ運べ」

「ボウ街だ」フォックスが口をはさんだ。

「ボウ街へ――ミスター・フォックスからの届け物だと言ってな」

「いや、ぼくの手柄じゃないよ。ヴィダル侯爵からの届け物だと伝えろ」

　従僕は喉の何かをのみこみ、それから明らかに苦労して言った。「そのようにいたします」

フォックスが侯爵を見る。「ほかにできることは何かあるかな、ドミニク?」

「ぼくたちはすでにかなりの迷惑をこうむっている」侯爵はそう答え、きわめて高級なハンカチで袖のほこりを払った。「この件でこれ以上頭を悩ますのはごめんだ」

「なら、階上《うえ》へ行ったほうがいいな」フォックスが提案した。

「そうしよう、チャールズ」侯爵はそう言って、段の低い階段をゆっくりとのぼりはじめた。

フォックスが隣に並び、ポケットから優雅な扇子を取り出し、友人に見せた。「マルタン・ワニスで塗られている」

侯爵はそれをちらりと見た。「とてもしゃれているな。シャスローかな」

「そのとおり」フォックスが優雅に扇子を揺り動かしながら言った。「象牙《ぞうげ》製だ」

ふたりは階段の湾曲部をのぼった。下のホールでは、ふたりの従僕が顔を見合わせた。

「死体の話から、今度は扇子の話だ」ヴィダルの外套を持ったほうが言った。「これが上流階級ってもんだ!」

このころには、死体の話はヴィダルの頭から消えていたようだが、フォックスはそれを格好の話題だとみなし、少なくとも三人に話し、その三人がほかの者に話した。やがてそれはレディー・ファニー・マーリングの耳にも届いた。息子のジョンと娘のジュリアナとともにこの夜会に出席していたのだ。

レディー・ファニーはずいぶん前に夫を亡くしていて、上流社会は彼女の再婚を予想するのをやめていた。移り気な性格だったものの、彼女の故エドワード・マーリングに対する愛情は本物だった。丸一年喪に服し、社交界にもどっても、戯れの恋の最中でさえ、楽しむ気持ちになるには長い時間がかかった。娘が結婚適齢期になったいまではかなり落ち着いて、紫や灰色で身を飾り、かなり凝ったターバン風の帽子をかぶるようになって、未亡人であることを示していた。

彼女は古くからの友人のヒュー・ダヴェナントと話をしていて、甥《おい》の最新の手柄についてふと耳にすると、すぐに会話を中断して非難の声をあげた。「あの悪がき！　どこへ行っても、あの子の話が耳に入ってくるのよ！　しかも、いい話はひとつもない。ひとつもよ、ヒュー！」

ヒュー・ダヴェナントの灰色の目が、部屋の向こうの、侯爵が立っているほうへ移動し、その傲慢《ごうまん》な人物のところで、考えこむように止まった。すぐには何も言わないので、レディー・ファニーは文句を続けた。

「追いはぎを撃つことにはまったく異存はないのよ……まあ、ヒュー、あの変なドレスを見て！　なんておもしろい……あら、レディー・メアリー・コークだわ！　なら、ありえるわね。美しく着飾ることができない人だし、最近はほんとに異様になったし。みんな、彼女がすっかり〝イングランド人〟になったと言ってるわ。ええ、ヒュー、ミスター・ウォルポールから聞いたのよ。彼は彼女が狂ってるって断言していて……わたし、なんの話をしてたのかしら？ ドミニクだわ！ ええ、そう、彼が追いはぎを撃ったのなら、大変結構なことだけれど、そのかわいそうな男の死体を道に捨てておくのは問題外よ。もっとも、その男だってドミニクに同じことをしたでしょうけれどね。あの連中はとんでもなく無情だから。でも、その男を放置しておく権利はドミニクにはないわ。そんなだと、彼がひどく血に飢えているとか何とか、不快なことを人に言われるだろうし、まあ、まったくそのとおりなんだけれど、世間の人にそう言われるのはいやよ」深呼吸をする。「それにレオニーがいる。ほら、ヒュー、わたしはレオニーが大好きだけれど、彼女は笑って、わたしの性悪《メシャン》なドミニークはどうしようもないほど思慮がないって言うでしょうね」

ダヴェナントは微笑《ほほえ》んだ。「きっとそうだろうな」と同意する。「エイヴォン公爵夫人は心のなかではずっと小姓のレオンであり続けるのだと思うことがあるよ」

「ヒュー、お願いだから、気をつけて！ だれに聞かれてるかわからないのよ。エイヴォン公について言えば、兄はドミニクが何しようがまったく気にしてないと思う」

「結局のところ」ダヴェナントがのんびりと言う。「ドミニクは彼にそっくりだからな」

レディー・ファニーは扇子をぱちんと閉じた。「わたしのかわいそうな兄に冷たくするつもりなら、ヒュー、あなたの言うことには耳を傾けませんからね。レオニーと結婚して以来、兄は完璧《かんぺき》な夫だわ。ひどく不愉快で、だれよりも腹が立つ人間だとはわかってる。ルパートを除けばね。ところで、そのルパートは、だれもが予想するように、あらゆる不謹慎なことでドミニクをそそのかしてる。わたしの評判を賭《か》けてもいいけれど、兄は決してドミニクほど――そうよ、ヒュー、彼ほど悪魔じゃなかったわ。まったく、ドミニクは悪魔の子と呼ばれているのよ！　それはジャスティンの息子だからとあなたが言うつもりなら、わたしに言えるのは、からかってる場合じゃないってこと。それに、そういうことじゃないの」

「彼はとても若いんだ、ファニー」ダヴェナントがまだ部屋の向こうにいるヴィダルを見ながら言った。

「だから、ますます悪いのよ」レディー・ファニーが断言した。「あら、レディー・ドーリッシュ、今夜会えるかしらと思ってたのよ！　もうずいぶん長いこと、お話をしてないから……。不愉快な女よ。それに彼女の娘ときたら、まあ、なんと言うか、目を細めて人を見るの。なんの話をしてたのかしら？　ああ、そう、ドミニクよ！　若い？　ヒュー、あなたが彼の言い訳をする必要はないわ。あの気の毒なホランド男爵夫妻は自分たちの息子にかなり手を焼いてる。完全に彼らの責任というわけじゃないけれど。でもね、息子のチャールズ・フォックスはせいぜい賭事《かけごと》でひと財産すった程度よ。それで彼を責めることはできない。ドミニクは全然違うのよ。イートン校を出て以来、ドミニクはずっと常軌を逸してる。子どものころからそうだったのは、間違いないわね。彼の数々の決闘だけじゃないの、ヒュー。あなた、彼のピストルの腕前がものすごいって知っている？　ジョンから聞いた話だと、悪魔の子は酔っていようが、しらふだろうが、壁のトランプを撃てるとクラブでうわさされてるそうよ。一度、〈ホワイツ〉でそれをやって、ものすごい騒ぎになったの。なぜなら、ほんとうに酔っていたから。クイーンズベリー翁やミスター・ウォルポールみたいな人たちがどんなに怒ったか、想像してみて！　見てみたかったわ！」

「ぼくは見たよ」ダヴェナントが言った。「単なる愚かな若者のいたずらだ」

「そうでしょうけれど、若いフォリオットを殺すのは、若者のいたずらじゃないわ。かなりの大騒動になったもの。でも、言ってるように、決闘だけじゃないの。ドミニクは大金を賭ける——まあ、それはわたしたちみんながそうだし、彼はまさにアラステアの人間だから。それに、あまりにも飲みすぎる。ジャスティンが酔っている姿を見たことがある人はいないわ、ヒュー。さらに悪いのは……何よりも悪いのは……」レディー・ファニーは声をとぎれさせ、扇子で身ぶりをまねた。「オペラの踊り子たち」と声をひそめて言う。

ダヴェナントは微笑んだ。「まあ、ファニー、ぼくもそれは残念に思っているが、ジャスティンだって——」

彼の言葉はさえぎられた。「わたしは兄が大好きよ」レディー・ファニーがきびしい声で言う。「でも、兄の行いを認めるふりをしたことはない。それに、兄は欠点はあるものの、いつだって上品だった。ドミニクにはそんなところがない。彼がわたしの息子だったら、自分の家に住まわせるわね。わたしのかわいいジョンは、めったにわたしのそばを離れないわ」

ダヴェナントはお辞儀をした。「きみが息子にとても恵まれているのは知っているよ」

レディー・ファニーはため息をついた。「ほんとうに、ジョンはかわいそうな父親にそっくりなの」

ダヴェナントはこれには何も言わず、ふたたびお辞儀をしただけだった。レディー・ファニーをよく知る彼は、彼女が息子のまじめすぎる性格に少々失望していると承知している。

「もしもね」レディー・ファニーが挑むように言う。「わたしのジョンが、町のどら息子たちと、その……乱痴気騒ぎをしてると聞いたら、わたしは恥ずかしくて死ぬわ」

ダヴェナントは顔をしかめた。「乱痴気騒ぎ？」

「乱痴気騒ぎよ、ヒュー。お願いだから、それ以上はきかないで」

ヴィダルの仲間たちの行いについてダヴェナントはいろいろ聞いており、その内容を考えると、その話がレディー・ファニーの耳に届いていたことに多少驚きをおぼえた。彼女の怒りの表情から判断して、どうやら最悪の話を聞かされたらしい。話をしたのがジョン・マーリングなのだろうかとダヴェナントは思いを巡らし、侯爵の不品行にもかかわらず、欠点のないいところよりも侯爵のほうを人は好きにならずにはいられないことを思った。

　そのとき、そのジョン・マーリングが部屋の向こうから母親のところへやってきた。ずんぐりした感じのハンサムな若者で、赤褐色のベルベットを非常にきちんと着こなしている。三十歳だが、落ち着いた態度から年齢以上に年上に見えた。彼がお辞儀といかめしい笑みでダヴェナントに挨拶《あいさつ》をし、年上の男の健康について礼儀正しく尋ねたところで、母親のほうが口をはさんだ。

「ねえ、ジョン、あなたの妹はどこ？　息子のほうのカミンが今夜ここにいるのを見て、わたしは気分を害してるの。あなた、妹が彼とこっそりここを抜け出すのを許したりしてないでしょうね？」

「いや」ジョンが言った。「彼女はヴィダルといるよ」

「あら！」レディー・ファニーの顔に、何か考えるような表情が浮かんだ。「まあ、お互いに会えてうれしいんでしょう」

「さあどうだろう」ジョンが生まじめに答えた。「ジュリアナは〝あら、愛《いと》しのドミニク、来ていたの？〟とかなんとか言って、ヴィダルは〝なんと！　ぼくは家族の集まりに来てしまったのか？〟と言っていた」

「彼はそういう男なのよ」レディー・ファニーは請け合った。ダヴェナントに澄んだまなざしを向ける。「ドミニクはいとこをとっても好いてるのよ、ヒュー」

ダヴェナントはそれを知らなかったが、レディー・ファニーの野望についてはよく知っていた。ヴィダルの性格にどんな欠点があろうと、彼は結婚市場において最大の当たりくじであり、レディー・ファニーには長年、人には知られていないと浅はかにも信じている希望があった。

ジョンはその件に関して言い争う気分ではないようだった。「ぼくとしては、ヴィダルはジュリアナのことを気にもかけていないと思うね。それにジュリアナについて言えば、フレデリック・カミンを危険なほど気に入っているんじゃないかと心配している」

「どうしてそんな、わたしをいらだたせるようなことを言うの、ジョン？」レディ・ファニーが不機嫌に言った。「あの子はまだほんの子どもだって、よく知ってるでしょうに。それに、結婚だの恋愛だのといったばかな考えは、まだあの子の頭にはないわ。たとえあったとしても、大したものじゃないし、一週間もパリにいれば、あんな男の存在さえ忘れてしまうわよ」

「パリ？」ジョンが母親を説得しようとするのを見越して、ダヴェナントが尋ねた。「ジュリアナはパリへ行くのかい？」

「ええ、そうよ、ヒュー。わたしの母がフランス人だったのを忘れた？　子どもがフランスの親戚《しんせき》を訪ねるのは、ちっとも不思議じゃないと思うわ。みんなジュリアナにとっても会いたがってるから、来週、ジョンが連れていくの。きっと盛大な歓迎パーティーを開いてくれるはずだから、ジュリアナは帰国したくなくなるでしょうね」

「でも、それでねらいどおりになるとは思えないよ」ジョンが陰気に言う。

「お願いだから、ジョン、わたしの気分を悪くしないで！」レディー・ファニーが少しきびしく言った。「まるでわたしが策略好きな女みたいじゃない」

ダヴェナントはそろそろ身を退く頃合《ころあ》いだと考え、巧みにその場を去り、母と息子が思う存分議論できるようにした。

ミス・ジュリアナ・マーリングは魅力的なブロンドで、きょうは青い絹のドレスに、スパンコールで飾られた靴、ゴルゴンヌ風に整えた巻き毛といういでたちだった。いとこを隣接した広間のひとつへ引っ張ってきたところだ。「まさにあなたに会いたかったのよ！」彼女が言った。

ヴィダルは明らかに面倒くさそうに言った。「ジュリアナ、ぼくに頼み事があるなら、言っておくが、ぼくはだれの頼みも聞いたことがない」

ジュリアナは青い目を大きく開いた。「わたしのためでも、ドミニク？」とても悲しげな声。

侯爵はじっと動かなかった。「ああ」と答える。

ジュリアナはため息をつき、首を横に振った。「あなたはとっても冷たいのね。あなたとは結婚しないと決めたわ」

「それを願っていた」侯爵が冷静に言った。

ジュリアナは当惑した表情を浮かべようとしたが、くすくす笑い出した。「心配する必要はないわ。わたしはまったく違う人と結婚するつもりだから」

それを聞いて、侯爵はかすかな興味を示した。「そうなのか？　叔母さんは知っているのか？」

「あなたはとっても意地悪で、とんでもなく無礼だけれど、ひとつ教えてあげるわ、ドミニク。人は、ジョンみたいに、なんでもかんでも説明してもらう必要はないの。ママはわたしを彼と結婚させるつもりはないわ。だから、来週、わたしはフランスへ行かされるの」

「〝彼〟って、だれだ？　ぼくは知っていたほうがいいのか？」侯爵が尋ねた。

「あなたが彼を知っているとは思えないわ。彼はあなたの仲間を知っているような人じゃないから」ジュリアナは辛辣《しんらつ》に言った。

「なら、ぼくの思ったとおりだ。きみは身分の低い相手との結婚をもくろんでいるな」

ジュリアナの小さな体のすべてが緊張した。「そういうことじゃないの！　彼はりっぱな結婚相手でもないし、爵位もないかもしれないけど、わたしが会ったりっぱな結婚相手はみんなあなたみたいで、とびきりひどい夫になるはずよ」

「最悪のことを教えてくれていいぞ」侯爵は言った。「ファニー叔母さんを当惑させることができるのなら、できるかぎりのことをしよう」

彼女は両手で侯爵の腕を握りしめた。「愛しのドミニク！　あなたならしてくれると思っていた！　相手はフレデリック・カミンなの」

「それで、どういう男なんだ？」

「グロスターシャーの出よ……それともサマセットかしら？　まあ、どうでもいいわ。お父さんはサー・マルコム・カミンで、身分は申し分ないと、レオニー伯母さんなら言ってくれるでしょうね。一族はずっとそこに住んでいるし、あまり大きくはないだろうけど、土地を持っているし、フレデリックは長男で、ケンブリッジを出ていて、街にはこれが初めての滞在で、カーライル卿《きょう》が後見人なの。だからまったく身分違いの結婚じゃないのよ」

「違うだろ。結婚はあきらめたほうがいい。そんな馬の骨に夢中になることを、許してもらえはしないだろう」

「ドミニク」ジュリアナは危険なほど低い声を出した。

侯爵はけだるげに彼女を見下ろした。

「わたしはただ、自分の心が決まっていることを知らせたかっただけ」侯爵を見返す。

「だからそんなふうに言っても無駄よ」

「わかった」

「それで、わたしたちを助けてはくれるんでしょう、ドミニク？」

「ああ、もちろんだ。ファニー叔母さんに、その縁組みには大賛成だと言おう」

「あなたって、ほんとうに憎たらしい」ジュリアナが言った。「あなたは面倒くさいことがなんでもきらいなのよね。でも、わたしが結婚してしまえば、ママにわたしとの結婚を強いられる心配をしなくてよくなるわよ」

「ぼくはそんなこと、まったく心配していない」

「わたしがあなたと結婚すれば、あなたをぎゃふんと言わせられるのに！」ジュリアナは腹を立てた。「あなたはとっても性悪だから、わたしがあなたに求めるのは、パリのエリザベス伯母さんに手紙を書くことだけよ！」

　侯爵の注意はほかのところへ向けられていたようだが、その言葉を聞いて、彼の視線に気づかないふりをする成熟したブロンドからいとこの顔に視線をもどした。

「なぜ？」彼は尋ねた。

「とっても簡単なことよ、ドミニク。エリザベス伯母さんはあなたを溺愛《できあい》しているから、あなたの願いならなんでも聞く。そしてもしあなたが、友人が初めてパリに行く予定だからと、彼女に頼んでくれたら――」

「ああ、そういうことか」侯爵は納得した。「ぼくのすてきなファニー叔母さんが、きみの馬の骨についてすでにエリザベス伯母さんに警告していた場合、ぼくの手紙がとても役に立つ、と」

「ママはそんなことはしないわ」ジュリアナは自信たっぷりに言った。「それに、彼は馬の骨じゃない。ママはフレデリックがわたしをパリまで追っていくとは、まったく考えていないの。それで、書いてくれるわよね、ドミニク？」

「いや、もちろんだめだ。ぼくはそいつを見たことがないからな」

「そういう不愉快なことを何か言うと思っていたわ」ジュリアナは平然と言った。「だから、フレデリックに準備しておいてと言ってあるの」顔の向きを変え、扇子で合図をする。魔法使いが幻を呼び出すようなしぐさだった。その合図に応《こた》えて、ジュリアナを不安そうに見守っていた若者がドアの近くの人々から離れ、彼女のほうへ来た。

彼はヴィダルほど背は高くなく、かなり雰囲気が違っていた。ほどほどの大きさの、鳩《はと》の翼のような鬢から、踵《かかと》の低い黒の靴まで、場違いなものはひとつもなさそうだった。服装は流行の型だが、人目を引くようにはデザインされていない。喉もとと手首にはルナルディ・レース、クラヴァットには黒いソリテールが飾られている。片眼鏡や時計隠しや懐中時計といった、よくある付属物はまったくなかったが、片方の手に嗅ぎたばこ入れがあり、一本の指にカメオの指輪がはめられていた。

侯爵は片眼鏡越しに彼が来るのを見守った。「いやはや！　頭がどうかしたのか、ジュ？」

ジュリアナはその言葉を無視することにした。カミンが近づいてくると、さっと立ち上がり、彼の腕に手を置いた。「フレデリック、いとこにすべてを話したわ！」芝居がかって言う。「ところで、こちらがわたしのいとこよ。たぶん知っているでしょう。彼はとても邪悪で、決闘で人を殺すの。ヴィダル侯爵、こちらがフレデリック」

侯爵は立ち上がっていた。「きみはしゃべりすぎだ、ジュリアナ」けだるげに言う。黒い目には明らかに威嚇がこもっていたが、態度は平然としたままだった。カミンとお辞儀を交わす。「はじめまして」

ジュリアナの紹介に顔を赤らめたカミンが、お会いできて光栄ですと言った。

「ヴィダルはフランスの伯母にあなたのことを手紙で知らせてくれるわ」ジュリアナが陽気に告げる。「伯母は家族のなかでただひとり、彼に衝撃を受けていない人間なの。もちろん、わたしを除いてだけど」侯爵はもう一度、いとこと目を合わせた。彼の危険な視線をよく知っていたので、ジュリアナは降参した。「もう、よけいなことは言わないわ」彼女は請け合った。「それで、手紙を書いてくれるわよね、ドミニク？」

カミンが重々しい声で言った。「ヴィダル卿はぼくの身元を確認したいのだと思うよ。侯爵、ぼくをただの遊び人と思われているのでしょうが、絶対に違います。ぼくの家族はイングランドの西部ではよく知られていますし、必要ならばカーライル卿が保証してくれます」

「おいおい、きみ！　ぼくはこの子の後見人じゃないよ！」侯爵は言った。「そういうことは彼女の兄に話すといい」

カミンとジュリアナは悲しそうな視線を交わした。

「ミスター・マーリングとレディー・ファニーがぼくの身元を知らないわけがありません……でも、平たく言えば、ぼくの求婚を気に入ってはくれないでしょう」

「もちろん、そのとおりだ」侯爵は同意した。「きみは彼女と駆け落ちするしかない」

カミンは完全に面食らったようだ。「駆け落ちですか！」

「あるいは、あきらめるか」

「侯爵」カミンは真剣に言った。「パリに行くにあたって、ぼくがそんな不作法な行為を考えていないことを信じていただきたい。ぼくがフランスへ行くべきだと、父はずっと思っていたんです。ミス・マーリングが向こうへ行くことで、ぼくの旅が早まっただけなんです」

「ええ」ジュリアナが考えこむ。「でも、駆け落ちしたっていいんじゃないかしら、フレデリック。ドミニク、あなたはとてつもなくいいことを思いついてくれたわ！　どうして自分で思いつかなかったのかしら」

カミンは率直な視線にいかめしさをこめて彼女を見た。「ジュリアナ！　ぼくがきみをこそこそ盗むわけがないだろう？　侯爵は冗談を言ったんだ」

「あら、まさか。違うわよ。それは彼自身もしかねない行為なだけよ。世間体を気にしたってしょうがないわ、フレデリック。結局は、駆け落ちせざるをえなくなるかもしれない。もしかして……」ジュリアナはいったん言葉を切り、問うようにヴィダルを見た。「ジャスティン伯父さんを説得して、わたしたちの結婚に賛成だとママに言ってもらうのは無理よね、ヴィダル？」

侯爵はきっぱりと言った。「ばかを言うな、ジュ」

ジュリアナはため息をついた。「ええ、やっぱり無理よね。とても残念。だって、ママはジャスティン伯父さんの言うことなら、いつだって聞くのに」部屋の向こう端にずんぐりした姿が現れたのに気づく。「ジョンが来たわ！　あなたは行ったほうがいい、フレデリック。あなたがわたしのいとこと話をしているところをジョンに見られても、なんにもいいことがないもの」カミンがお辞儀をして去るのを見届けてから、ジュリアナは熱をこめて侯爵を見た。「魅力的な人でしょ、ドミニク？」

侯爵は顔をしかめていとこを見た。「ジュリアナ、きみは夫として、ぼくよりもあの男のほうがいいと思うのか？」

「もちろん」ジュリアナは請け合った。

「ずいぶん趣味が悪いんだな」侯爵は穏やかに言った。

「そのとおりよ！　それで、あなたは妻として、わたしよりも、ヴォクソールで見かけたあの黄色い髪の女のほうがいいと思うの？」ジュリアナが言い返す。

「愚かな質問だ。ぼくは彼女との結婚も、きみとの結婚も考えていない。それに、どの黄色い髪の女のことを言っているのか、ぼくにはまったく見当がつかない」

ジュリアナは立ち去ることにした。気品のあるお辞儀をする。「あなたのお仲間たちとは付き合いがないから、彼女の名前はわからないわ」

侯爵は優雅にお辞儀をした。「それでもぼくは人生を楽しんでいる」

「あなたは恥知らずで癪《しゃく》に障る人ね」ジュリアナは腹を立てて言い、彼から離れた。

2

エイヴォン公爵夫人――レオニーは通りに面した、日当たりのよい客間に座って、義理の妹、レディー・ファニー・マーリングの話に耳を傾けていた。レディー・ファニーは朝のご機嫌うかがいでやってきて、ホット・チョコレートと甘いビスケットを口にしながら、最近の出来事を話していた。

日中の自然光のなかで、レオニーは最良の姿をもはや見せることはできないが、四十を超えたいまでも、若い日の頬の輝きを保ち、日光を避ける必要はまったくない。窓を背にするよう取り計らって座ったレディ・ファニーは、少し恨めしく思わずにはいられなかった。彼女と、二十四年前にエイヴォン公がイングランドに連れてきた少年のような少女とのあいだには、ほんの少し違いがあるように見える。レオニーの体型は昔と同じように細く、いまは無造作に結っている赤褐色の髪には白髪がなく、最初に侯爵を魅了した、あの紺青色のすてきな目はかつてのきらめきをまったく失っていない。二十四年の結婚で、その気になれば威厳を示すことができるようになっていて、かつては欠如していた、女らしい知恵も身についたが、妻や母としての責任や、社会的地位や名誉の重みも、腕白小僧のような気質を押さえつけることには成功していなかった。レディー・ファニーは彼女を一時の感情に駆られて考察したが、浅い心の底では義姉をとても愛していたので、レオニーの激しい気性は彼女の魅力を増しているだけだと認めた。

しかし、きょうは公爵夫人を賛美する気分ではなかった。人生は退屈と未払いの請求書と親不孝な娘たちで満ちていると、証明されつつある。レオニーが、完全に不満足な息子がいることにまったく気づかず、あまりにものんきに見えることに、レディー・ファニーは漠然といらだっていた。

「どうしてなんでしょうね」かなりきつい口調で言う。「わたしたちかわいそうな母親が、子どものために奴隷のように働いて、悩ましい人生を送るのは。子どもなんて、恩知らずで、腹立たしくて、人に恥をかかせたいと望んでるだけなのに」

レオニーはそれを聞いて、額にしわを寄せた。「ジョンがあなたに恥をかかせたいと望んでいるとは思えないわ、ファニー」真剣な口調。

「あら、ジョンの話じゃないわよ！」レディー・ファニーは言った。「息子はまたべつよ。もっとも、あなたにはそうでないのは確かだけど。何しろ、ドミニクに関しては問題山積でしょうから。ほんとに、まだあんなに若いのに、あなたに苦労ばかりかけて。あなたの髪が白くなってないのが、不思議でしょうがない」

「ドミニークに苦労なんてかけられていないわ」レオニーはきっぱりと言った。「彼はとってもおもしろい子よ」

「なら、彼の最新の偉業もとってもおもしろいと思うんでしょうね」レディー・ファニーは辛辣《しんらつ》に言った。「それで彼が首を折って死ぬのは間違いないと思うわ。なぜなら、昨夜《ゆうべ》の夜会で、若いほうのクロスリー――わたしが会ったなかで、いちばん手の負えない放蕩《ほうとう》者で、自分の息子が彼といるところを見たら、ひどく残念に思うでしょう――を相手に、賭《か》けをしたのよ。五百ギニーを賭《か》けたと聞いたわ――ロンドンからニューマーケットまで、二輪馬車で四時間で行ってみせる、って。とってもおもしろい子よ」

「あの子は馬車の扱いがとても上手だわ」レオニーが希望をこめて言った。「首を折るとは思えないけれど、あなたの言うとおりよ、ファニー。人にとっても心配をかける」

「それに、ばかげた賭金よ。もちろん、ドミニクは負けるに決まってるし――」

「負けないわ」レオニーがかっとなった。「なんなら、あの子が勝つほうに賭けてもいい！」

「まあ、わたしに何を賭けさせるつもりなの」ファニーは一瞬、話の本筋を忘れた。「あなたはジャスティンにもらったお小遣いや宝石を賭ければいいけど、わたしはルパートがよく入れられていた恐ろしい場所に入ってしまうわ。いいこと、わたしはこの一カ月、トランプのルーで一度も勝っていないし、ホイストに関しては、あんなゲーム、この世になければよかったと思う。でも、それはどうでもいいことだし、それに少なくともわたしは、ひとり息子が賭金や追いはぎや、ほかの知らないもろもろのことで町のうわさになるのを傍観する必要はないわ」

レオニーはその発言に興味を持ったようだった。「まあ、話して！　追いはぎって、なんのこと？」

「あら、彼のほかの行いに比べたら、大したことじゃないわ。昨夜、ハウンズロウ・ヒースで追いはぎをひとり撃って、道に死体を残さなければならなかったのよ」

「あの子はピストルがとても上手なの」レオニーが言った。「わたしは剣がいちばん得意で、閣下もそうなんだけれど、ドミニークはピストルが好きなのよ」

レディー・ファニーはほとんど地団駄を踏んだ。「言わせてもらえば、あなたは不品行な息子と同じぐらい手に負えないわ！　世間がドミニクを悪魔の子と呼び、でたらめな行動のすべてをかわいそうなジャスティンのせいにするのは結構だけど、わたしとしては、彼は母親そっくりに見える」

レオニーが喜んだ。「まあ《ヴワヤン》、それはすてき！　ほんとうにそう思う？」

ファニーがなんと返答しようとしていたにせよ、彼女の発言は背後でドアが静かに開いたことによって止められた。後ろを見なくても、だれが入ってきたのかはわかった。レオニーの顔でわかったのだ。

静かな声が言った。「ああ、親愛なるファニー。いつものごとく、わが息子の悪行を嘆いているようだな」

「閣下、ドミニークが追いはぎを撃ったの！」ファニーが話す間もなく、レオニーが言った。

エイヴォン公はゆっくりと暖炉に近づき、白く薄い手を炎のほうへ伸ばした。黒檀《こくたん》の杖《つえ》を持っているが、わずかにしかそれに頼っていないことはよくわかった。いまでも背筋はまっすぐで、顔のしわだけが彼の年を明らかにしている。銀のモールで飾られた黒いベルベットの服を着ており、最新のフランス風にカールしている鬘《かつら》にはたっぷり粉がかけられていた。目にはかつてのように嘲笑《ちょうしょう》が浮かび、返事をする声にも嘲笑が混じっていた。

「大変結構」

「そして、死体を道に置いてきたのよ！」レディー・ファニーはぴしゃりと言った。

公爵の優美な眉が上がった。「おまえの憤りはもっともだ。締めがだらしない」

「そんなことはないわ、閣下！」レオニーが実際的な見地から言った。「死体が役に立つとは思えないもの」

「まっ、あなたは相変わらず冷淡なのね」ファニーは言った。「まるでドミニクがしゃべってるみたい！　死体を夜会には持ってこられないって、彼は言ったのよ。ええ、ジャスティン、彼は自分の無慈悲な行いに対して、そういう釈明しかしなかった」

「あのドミニクにそんなまともな感情があるとは知らなかった」公爵は言った。椅子のほうへ移動し、腰を下ろす。「おまえがきょう、ここへ来たのには、ほかにも理由があるのだろう――ドミニクの手柄を嘆く以外に」

「もちろんよ。兄さんが不愉快な人間でいようとするために、息子を擁護すると気づくべきだったわ」

「私はドミニクを擁護したことはない――不愉快な人間でいるためでさえ」

「確かに。それに、どう考えたって、擁護は無理。兄さんが来たとき、わたしがレオニーに言ってたのは、わたしは息子がドミニクみたいな面倒に巻きこまれているところを一度も見たことがないってこと。ジョンは、生まれてこのかた、一瞬もわたしに心配をかけたことがないわ」

公爵は嗅《か》ぎたばこ入れを開いた。地味な金の容器で、ドゴールによる優美なグリザイユ画法の絵があり、クリスタルで保護されている。「それに関して、私には何もできないよ、ファニー。おまえはエドワードとの結婚を望んだのだからな」

ファニーの頬紅のはたかれた頬に、きわめて自然な色合いが加わった。「わたしの天国のエドワードをけなすような言葉は許さないわ！」声が少し震えている。「それに、ジョンが彼の父親に似ていると言ってるのなら、それはとても結構なことよ」

レオニーが急いで割りこんだ。「閣下はそんなことを言っているんじゃないの。そうよね、閣下？　それに、わたしはエドワードが大好きだったわ。そしてジョンは、とてもいいことに、お父さんによく似ているし、ジュリアナはあなたそっくり。もっとも、昔のあなたのほうが美人だったと思うけれど」

「あら、ほんとうにそう思う？」レディー・ファニーの怒りによる赤みが消えた。「口がうまいわね。でも、わたしって、若いころ、ちょっとした美人だと見なされてたわよね、兄さん？　もっとも、ジュリアナみたいに強情じゃなかったことを願うわ。あの子ときたら、愚かな行動で何もかも台なしにしそうなんだもの」エイヴォン公のほうを向く。「兄さん、ほんとに腹立たしいの！　あのばか娘、まったく取るに足らない男を好きになって、わたしはしかたなく……そう、しかたなく、ほとぼりが冷めるまで、あの子をフランスへ行かせるはめになったの」

　レオニーがすぐさま聞き耳を立てた。「まあ、ジュリアナは恋をしているの？　相手はだれ？」

「お願いだから、あの子にそんな考えを吹きこまないで！」レディー・ファニーは懇願した。「そんな大それたことじゃないはずよ。まったく、わたしが恋をしてると思った最初の男と結婚なんかしていたら！　単に愚かな娘が初めて色気づいただけなんだけど、あの子はとっても強情だから、次に何をしでかすかわからないの。だからフランスへ行かせるのよ。ジョンが連れていく予定」

「その取るに足らない男というのは、だれなんだ?」公爵がけだるげに尋ねた。

「ああ、全然大したことない男よ、ジャスティン。郷士の息子で、若いカーライルが後見している」

「いい人なの?」レオニーが尋ねた。

「まあね。でも、それはどうでもいいの。ジュリアナに関しては、わたしにはべつの心づもりがあるから」レースを少し振って整え、陽気に続ける。「兄さん、わたしたち、そのことについてずいぶん話したわよね。それで、わたしは、とてもすてきな結婚になると感じずにはいられないの。そのうえ、わたしの心からの願いをかなえることになる。ふたりはとってもお似合いだとずっと思っていたの。ジュリアナがこんなふうにわたしを軽視することを思いつかなかったら、いまごろはすべてがまとまる頃合《ころあ》いだったはずよ。まあ、あの子が彼に冷たいようすなのは、ちっとも責められないけどね。だって、彼はそれにふさわしいもの」

レディー・ファニーは息継ぎのために言葉を切り、目の隅でエイヴォン公をちらりと見た。彼は落ち着き払っていた。薄い唇のあたりに微笑を浮かべて、愉快そうに妹を見る。

「おまえの会話はどうもむずかしすぎてわからない。説明してくれ」

レディー・ファニーは鋭い声で言った。「まあ、よくわかっているくせに」

「でも、わたしはわからないわ」レオニーが言った。「ジュリアナの冷たい扱いに、だれがふさわしいの？　その気の毒な、取るに足らない人？」

「もちろん違うわよ！」レディー・ファニーがいらだたしげに答える。なぜか自分で説明するのはいやそうだった。

　彼はふたたび嗅ぎたばこ入れを開け、ひとつまみ、鼻へ持っていってから口を開いた。

「どうやらファニーはきみの息子のことを言っているらしい」

　レオニーの顔にぽかんとした表情が浮かんだ。「ドミニーク？　でも……」言葉を切り、ファニーを見る。「だめよ」きっぱりと言った。

　レディー・ファニーはこれほどあけすけな言葉を予期していなかった。「まあ、どういう意味？」

「ドミニークがジュリアナと結婚するのは、絶対反対よ」レオニーは説明した。

「よかったら」レディー・ファニーは居住まいを正した。「それがどういうことなのか、説明してくださらない？」

「失礼な言いかたに聞こえたら、ごめんなさい」レオニーは謝った。「そう聞こえた、閣下？」

「とても」公爵は答え、指を巧みに動かして嗅ぎたばこ入れをぱちんと閉じた。「だが、ファニーと違って、みごとなほど率直だった」

「ああ、ごめんなさい」レオニーはくり返した。「ジュリアナをきらっているわけじゃなくて、彼女との結婚はドミニークを楽しませないと思うの」

「楽しませる!」ファニーは当然激怒して、兄のほうを向いた。「そんな! わたしたちが立てた計画も忘れたの、兄さん? 何年も前に?」

「よしてくれ、ファニー。私は決して計画を立てない」

レオニーが熱のこもった会話に口をはさんだ。「そのとおりよ、ファニー。確かにドミニークとジュリアナの結婚の話をした。閣下とではなく、わたしとよ。でも、まだふたりが赤ん坊のころだったし、いまでは状況がすっかり変わっていると思うの」

「どう変わってるのよ?」レディー・ファニーが尋ねる。

レオニーはじっくり考えた。「そうねえ、ドミニークは」無邪気に答える。「彼はジュリアナの相手としてはりっぱではないわ」

「まあ、あなた、彼がオペラの踊り子を腕に抱えて家に連れこむとでも思っているの?」

レディー・ファニーは甲高い笑い声をあげた。

戸口から、冷淡で少し傲慢《ごうまん》な声が言った。「叔母さんはぼくの恋愛に興味がおありのようだ」ヴィダルが部屋に入ってきた。三角帽をわきに抱え、乗馬服の裾《すそ》をフランス風に後ろにはさみ、乗馬靴を履いている。目をぎらりと光らせたが、たいそう丁寧に叔母にお辞儀をすると、レオニーのところへ行った。

レオニーはぱっと立ち上がった。「ああ、わたしの愛《いと》しい子! まあ《ヴワヤン》、とてもうれしいわ！」

彼は母親を抱きしめた。目の赤い炎が消え、もっと優しい表情になる。「ぼくのただひとりの愛しい人。おはようございます」そう言うと、あざけるように叔母をちらりと見て、レオニーの手を両手で包んだ。「ぼくの……ただひとりの……愛しい人」悪意のある声で言い、母親の指にキスをする。

レオニーは喜びの笑い声をあげた。「ほんとうに？」と尋ねる。

ファニーが見ている前で、侯爵が母親の目に微笑《ほほえ》みかけた。彼女だけに取ってある笑みだ。「ああ、もちろんです！」侯爵がいい加減に言う。それを聞いて、レディー・ファニーは絹のスカートをいらだたしげに翻らせて立ち上がり、そろそろ帰らなくてはと言った。

レオニーは息子の手をなだめるように握った。「ドミニーク、叔母さんを馬車までお送りして」

「喜んでそういたしましょう」侯爵は即座に答え、憤慨した婦人に腕を差し出した。

レディー・ファニーは堅苦しく暇乞《いとまご》いをして、侯爵とともに部屋を出た。階段を半分下りたころには、不愉快な気持ちは消えていた。この青年は確かにとてもハンサムだし、彼女は昔から放蕩者に好感を持っていた。侯爵の横顔を盗み見て、突然笑い声をあげる。

「あなたはジャスティンに負けず劣らず尊大ね。でも、たとえわたしがあなたの恋愛に興味をいだいても、そんなに腹を立てる必要はないわ」手袋をはめた手で彼の腕をぽんぽんとたたく。「わたしはあなたが大好きなんですもの、ドミニク」

侯爵はちょっと不思議そうに彼女を見下ろした。「あなたの好意を受けるに足る人間になるよう努力しましょう、叔母上」

「ほんとうに?」レディー・ファニーの口調はそっけなかった。「さて、どうかしら! まあ、あなたとジュリアナがわたしを幸福にしてくれればと望んだことを否定してもしょうがないわね」

「ぼくのせいで、叔母上もジュリアナも不幸になることがないと考えて、慰めとしてください」

「あら、どういう意味?」

侯爵は笑い声をあげた。「ぼくはろくでもない夫になるはずだからですよ」

「そうでしょうねえ」レディー・ファニーは噛《か》みしめるように言った。「でも……ああ、気にしないで」ふたりは通りにつながる大きなドアの前に来た。守衛がドアを開けた。レディー・ファニーは侯爵に手を差し出し、侯爵はそこに礼儀正しくキスをした。「ええ、ろくでもない夫ね。あなたの奥さんを気の毒に思うわ。わたしが男だったら、そうなるかも」不可解な発言を残して、彼女は去った。

侯爵は上階の日当たりのいい部屋へもどった。

「彼女を怒らせなかったでしょうね?」レオニーが心配そうに尋ねた。

「全然」侯爵は答えた。「むずかしいことを言っていたから、確信は持てないけれど、いまではぼくにいとこと結婚する気がないのを喜んでいるようだった」

「あなたにその気がないと、彼女に伝えておいたわ。あなたは全然気に入らないとわかっていたから」レオニーが言った。

公爵が妻を優しい目で見た。「きみは不必要な混乱を招いたんだ。ファニーの子どもにしては分別があるように見えるジュリアナが、ドミニクと結婚したがるはずがない」

侯爵がにやりと笑った。「いつもどおり、父上の言うとおりです」

「でも、わたしは全然そう思わない」レオニーが異議を唱えた。「もしあなたが正しいとしても、わたしにはジュリアナは少し愚かで、分別がまったくないように思えるわ」

「彼女は恋をしているんだ」侯爵が答えた。「フレデリックという男に」

「信じられない《アンクワイヤブル》！」レオニーは大声を出した。「その人について、早く教えて。とってもいやな男のようね」

エイヴォン公は部屋の向こうにいる息子を見た。「ファニーのやや支離滅裂な発言からすると、その若者は問題外のように思えるな」

「そのとおり」ヴィダルは同意した。「でも、ジュリアナはそれでも彼を選ぶでしょう」

「まあ、もしジュリアナがその人を愛しているのなら、結婚できるといいわねえ」レオニーが当惑させるほど方針を変えて言った。「それでかまわないでしょう、閣下？」

「ありがたいことに、私の恋愛ではないからな」公爵が答えた。「私はマーリング家の将来に関心がない」

ヴィダルは父親の視線を正面から受け止めた。「結構。おっしゃりたいことは理解しました」

エイヴォン公はとても白い手を火のほうへ差し出し、半ば閉じた目で大きなエメラルドの指輪を見た。「おまえの恋愛について尋ねるのは私の流儀ではないが」穏やかに言う。「オペラの踊り子ではない娘とのうわさが聞こえてきた」

侯爵は平然と答えた。「でも、ぼくが結婚しそうだという話ではないはずです」

「まったく違う」エイヴォン公は眉をかすかに上げた。

「そんな話を父上が聞くことはないでしょう」

「それで安心した」公爵は丁寧に言った。立ち上がり、黒檀の杖に軽くもたれる。「こんな話をするのを許してほしいが、中産階級の娘と遊ぶ場合、ある種の騒ぎになる危険が伴う。私はそういう騒ぎを望まない」

ヴィダルの口もとに笑みがちらりと浮かんだ。「すみませんが、それは父上の幅広い経験から来る話ですか？」

「もちろんそうだ」公爵は言った。

このやりとりを冷静に聞いていたレオニーが、口を開いた。「あなたが中産階級の人と遊んだことはないと思うわ、ジャスティン」

「きみはうれしいことを言うね」公爵はふたたび息子を見た。「おまえに楽しんでいるだけだと請け合ってもらう必要はない。おまえはほとんどあらゆる無分別なことをするだろうが、ひとつだけはしないだろう。結局、おまえは私の息子だからな。だが、忠告しておこう、ドミニク。ある階級の、あるいは同じ階級の女性と楽しむときには、ゲームのしかたを理解している相手にしろ」

　ヴィダルはお辞儀をした。「父上は知恵の泉ですね」

「世知のな」公爵は言った。戸口で立ち止まり、振り返る。「ああ、もうひとつ、少し気になったことがあった。ニューマーケットへ行くのに四時間かかるとは、おまえは馬屋にどんな牛を飼っているのだ？」

　侯爵の目が賞賛できらりと光ったが、レオニーは憤慨したようだった。「閣下、きょうのあなたはとても要求《フォール・エグジジアン》が多いわ。四時間！　ドミニークはきっと首を折って死んでしまう」

「もっと短い時間で着いた例がある」公爵が穏やかに言った。

「そんなの信じられない」レオニーは言った。「だれがやり遂げたの？」

「私だ」エイヴォン公が答えた。

「あら、なら信じるわ」レオニーは当然のこととして言った。

「どれぐらいでです？」侯爵がすぐに尋ねた。

「三時間と四十七分」

「まだ、かかりすぎですね。三時間と四十五分でじゅうぶんだと思います。よかったら賭けますか？」

「とんでもない」エイヴォン公は断った。「だが、確かに三時間と四十五分でじゅうぶんだろう」

公爵は部屋を出た。レオニーが言った。「もちろん閣下の記録をあなたに破ってほしいけれど、とても危険よ。どうか死なないでね、ドミニーク」

「死にませんよ」侯爵は答えた。「約束します、母上」

レオニーは息子の手を握った。「ああ、でも、守れるとはかぎらない約束よ」

「絶対守ります！」侯爵は陽気に言った。「叔父上にきいてみてください。ぼくは絞首刑になる運命だと言ってくれますよ」

「ルパートが？」レオニーはばかにしたように言った。「まあ、彼《ヴワヤン》はそんなことをわたしに言わないわ。そんな勇気はないもの」息子の手を握ったまま放さない。「さて、ちょっと話してちょうだい――内々《トゥ・バ》に。その中産階級の娘ってだれ？」

それを聞いて、ヴィダルの目が笑い、黒い眉が寄った。「よしてください、母上。彼女はどうということのない娘です。父上はどこで彼女の話を聞いたんでしょう？」

　レオニーは首を横に振った。「さあ。でも、これだけは言えるわ、ドミニーク。閣下に隠し事をするのは不可能よ。それに、閣下はあまり満足そうではなかった。たぶん、その娘さんと遊ぶのはよしたほうがいいわ」

「安心してください、母上。恋愛問題で迷惑はかけませんから」

「そう願うわ」レオニーは疑わしげに言った。「それが身分違いの結婚につながらないことは確かなのでしょうね？」

　侯爵はかなりまじめな顔で母親を見た。「ぼくの判断力を信用していないのですね、母上。自分の名の重さをぼくが忘れると思っているんですか？」

「ええ」レオニーは率直に言った。「あなたのなかに悪魔がいるとき――そういうときがあるのは完全に理解しているわ――あなたはすべてを忘れがちだと思うの」

　ドミニクは母親の手をほどき、立ち上がった。「ぼくの悪魔は、ぼくを結婚に駆り立てはしませんよ」

3

チャロナー夫人の家は町の上品な地区にあり、高級住宅街の縁に触れていると言えないこともなかった。彼女の寡婦資産は彼女のような野望の持ち主にはじゅうぶんではなかったが、かなり裕福な商人の兄からの援助があった。ときどき彼はチャロナー夫人の差し迫った請求書の支払いをしたが、それは喜んでする行為ではなく、妻や娘たちからいつも反対されていた。それでも、いざというときは頼れる兄だった。援助するのはかわいいソフィーのためだと、彼はぼやきながら言った。あのとびきりかわいい娘にぼろを着させなければならないとチャロナー夫人に言われれば、そうせずにはいられなかったのだ。ソフィーの姉のほうには、そんな気前のいい感情はいだかなかった。しかし、姉のほうは彼を魅了する努力をしたことがないし、何も不足していないといつも涼しい顔で言うのだから、それも無理はないだろう。彼はもちろん認めたことはないものの、メアリー・チャロナーを少し恐れていた。彼女は父親を偏愛しており、ヘンリー・シンプキンズはあのハンサムな義弟といて、気持ちが安らいだことが一度もなかった。チャールズ・チャロナーは軽率で不作法な男で、彼がミス・クララ・シンプキンズとの結婚という、このうえなく無分別なことをしでかしたあと、彼の高貴な家族は彼との付き合いをいっさい断った。チャールズは怠惰で浪費家で、彼の品行は穏当な生活を送る商人に衝撃を与えた。しかし、それにもかかわらず、チャールズには尊大な雰囲気があって、妻の親類たちは近づこうという気になれなかった。彼らは彼の所帯の維持に大いに貢献していいし、彼が不幸にも債権者たちの犠牲になったときは、彼を債務者拘留所から救出するのを許されたが、彼のような身分の人間と町の一般人との平等の付き合いはありえないこととされた。この自信たっぷりの雰囲気と貴族的な顔つきは、年上の娘のほうに受け継がれた。彼女の伯父のヘンリーは、メアリーといると落ち着かないことに気づき、もし自分の息子のジョシュアがいとこのどちらかと恋愛しなければならないのなら、姉よりは気楽でかわいいソフィアのほうを選んでくれればと願った。

チャロナー夫人の子どもは娘ふたりだけで、メアリーの十六歳の誕生日以来、夫人の人生における主目的は、できるだけ早くふたりを玉の輿《こし》に乗せることであった。あるアイルランド系の未亡人がかつて成し遂げた大成功によって、夫人はその考えを持つようになったのだが、夫人の兄はそれをばかばかしいと思った。まあ、メアリーのほうは、たいそうな教育が施されたにもかかわらず、並の縁組しか望めないだろうが、ソフィアのほうは、最盛期のマリア・ガニングやエリザベス・ガニングより見劣りするとは、夫人には思えなかった。ガニング姉妹が町の人々を熱狂させてから二十年以上たっていて、チャロナー夫人は姉妹のどちらかを見たことがあるかどうか覚えていなかったが、見たことがあるという知人はみな、ソフィアが有名な美人姉妹を超えていると請け合ってくれた。一文なしで、アイルランド人そのものだったガニング夫人がその婿取り網で伯爵と公爵を捕獲できたのなら、それなりの寡婦資産があり、粗野なアイルランドなまりのないチャロナー夫人が同様にできない理由はほとんどない。あるいは、半分はできるだろう――なぜなら、彼女はメアリーに大きな期待はできないと、とうの昔にあきらめていたからだ。

メアリーが不器量というわけではない。灰色の目は美しいし、鼻はまっすぐで魅力的だし、短い上唇はじつに愛らしい。しかしソフィアと並ぶと、普通でしかない。明るい金の巻き毛と比べたら、栗《くり》色のウエーブなど勝ち目がない。とても澄んだ青い目が途方もなく長いまつげのあいだから覗《のぞ》いていたら、冷めた灰色の瞳など比べ物にならない。

メアリーにはそのうえ、とてつもなく不利な点があった。メアリーの美しい目はまっすぐな視線で相手を落ち着かない気分にさせるし、男の自負心をかき乱すように、しばしばきらめく。それに分別もあった。ソフィアのじつに快い愚かさを楽しめるのに、地味な味気なさを望む男がいるだろうか？　最悪なのは、えり抜きの女学校で教育を受けていることだった。チャロナー夫人はときどき、娘が文学かぶれの女なのではないかと恐れた。

その教育の機会は、父方の家族から与えられたもので、チャロナー夫人は一時は、そこから奇跡が起こるのではないかと期待した。しかしメアリーがそこで得たものは、大量の役に立たない知識と、ある程度の優雅なふるまいだけのようだった。えり抜きの女学校は最高の階級の娘たちに教育の場を与えたが、メアリーの分別は彼女たちのだれかと固い友情を結ぶことを妨げ、その結果、娘の友情をつてに上流社会入りしようというチャロナー夫人の夢はみごとに消え、チャロナー家の援助を受けなければよかったと、彼女に思わせた。しかしチャールズ・チャロナーが若くして死んだ当時は、それがすばらしいことのように思えたのだ。ジャイルズ・チャロナー将軍は、亡き息子の配偶者に会いたがりはしなかったものの、いちばん上の孫娘に教育を与えたいと希望した。チャロナー夫人はこれがよりよいことにつながると密《ひそ》かに思い、このパンの半分をしかたなく受け入れた。よりよいことなどなかった。メアリーはバッキンガムシャーへ行くことを何度か命じられたが、養女になるよう求められたり、母親と妹もいっしょに招待されたりすることはなかった。

とても期待はずれな出来事だったが、チャロナー夫人はただの女であり、野望が実現しなかったのはメアリー自身の責任が大きいと決めつけた。すばらしい教育を受けたのに、娘には地位をよくするという考えが少しもなかったのだ。恩恵を施してくれる人たちに気に入られる機会がありながら、あの娘は彼らにとって不可欠な人間になろうと努力せず、その結果、二十歳にもなりながら、いまだに母と妹といっしょに暮らし、いとこのジョシュア以上の夫を得られる見込みがない。

ジョシュアはずんぐりした裕福な若者で、伯爵ではなかったが、チャロナー夫人としては長女の結婚相手が彼ならばきわめて満足だった。不思議なことに、ジョシュアはソフィアにまったく関心がない。執拗《しつよう》に、そして結構熱心にメアリーを慕っており、問題はばかな娘が彼をまるで受け入れないことだった。

「あなたが何を求めているのかわからないわ」チャロナー夫人は当然ながら腹を立てた。「爵位のある殿方との結婚を望んでいるのなら、メアリー、あなたは自分のすべきことを理解していないわ」

それを聞いて、メアリーは針仕事から顔を上げ、穏やかな声に滑稽《こっけい》な抑揚をつけて言った。「なら、わたしには学ぶべきことが山ほどあるってことね、ママ？」

「あなたがすばらしい教育で学んだのが、妹に不愉快なほど辛辣《しんらつ》になるということなら、あなたは時間を無駄にしたのよ！」母親が鋭く言った。

メアリーはふたたび針仕事に取りかかった。「ほんとうに、そうだと思う」

娘の発言に、隠された、そしておそらくは不快な意味があるとチャロナー夫人は思ったが、こう言わずにはいられなかった。「いまはソフィアを嘲笑《あざわら》っていればいいけれど、妹が貴族の奥方さまになったらどんな顔をするんでしょうねえ」

メアリーは針にふたたび糸を通した。「もっとずっと驚いた顔をするでしょうね」少しそっけなく答える。チャロナー夫人がむっとした顔になると、メアリーは針仕事をわきに置き、穏やかに言った。「ママは、ヴィダル卿《きょう》が結婚を考えていないって、心の奥底ではわかっているの？」

「どういうことか教えてあげるわ！」母親が顔を赤くした。「あなたは妹の美しさと、彼女の求婚者たちに嫉妬《しっと》しているの！　結婚を考えていない？　まあ、あなたはその件について知っているのかしら？　彼がそんな打ち明け話をしてくれた？」

「ヴィダル卿はわたしの存在を知らないと思うわ」メアリーは言った。

「そう聞いても驚かないわ」チャロナー夫人は断言した。「あなたは殿方に好かれる方法をまったく知らないのだもの。でも、だからといって、かわいそうなソフィアの可能性について、そんなに不快な態度をとっていい理由にはならないわ。もしわたしが恋に夢中の殿方を見たことがあるとしたら、その人はヴィダル卿よ。まったく、彼はいつもうちにやってくるし、持参してくる花束やアクセサリーときたら――」

「あれは返したほうがいいわ」メアリーが冷静に言った。「いいこと、あの人がソフィアのためを思ってしていることは何もないわ。もう、ママ、彼の評判を知らないの？」

「おやおや、女学校出の娘が、殿方の評判を知っているというの？」チャロナー夫人が高潔ぶって言う。「彼が道楽者だとしても、わたしのソフィアと結婚したら、すっかり変わるでしょうよ」

「そうかもしれないわね」メアリーは同意して、針仕事にもどった。「現実を見ないのはいいけれど、彼がソフィアに対して誠実に接しているると信じているのなら、少なくともふたりの階級が大いに違うことだけでも考えたら？」

「それに関しては」チャロナー夫人が得意そうに答える。「チャロナー家はどこと縁づいてもじゅうぶんな家柄だと確信しているわ。そんなこと重要じゃないわよ。わたしたちはみんな、名もないガニング姉妹が高貴な家に嫁いだと知っているもの」

「その結果、わたしたちに大きな迷惑がかかっているわけね」メアリーはため息をついた。

それ以上は言っても無駄だと思って口を閉ざしたが、妹が仲のいい友だちであるマッチャム姉妹との外出からもどって、小躍りしながら部屋に入ってきたとき、メアリーは大いに不安をいだいて妹を見た。

ソフィアは十八になったばかりだった。彼女の外見に欠点を見つけようとしても、むずかしい。彼女は矢車草のように青い、非常に大きな目と、とても上品な小さい鼻と、だれよりもかわいらしい口の持ち主だ。母親に毎晩ブラシをかけてもらう巻き毛は、亜麻色とは無縁の金色をしていて、顔は薔薇《ばら》の花びらの色で、自然のものとは思えない。頭は空っぽだったが、上手に踊ることができ、男を夢中にさせる術《すべ》を知っているから、驚くほど無知だということも、手紙を書くのも大仕事だということも、まったく問題ではなかった。

いま、ソフィアは近い将来の計画についてぺらぺらしゃべっていて、破れたモスリンのドレスについて嘆く母親にいらだたしげに言った。「ああ、大したことないわよ。ママがあっという間に繕ってくれるでしょ。とてもすてきな計画が立てられてることだけを考えてよ！　ヴィダル卿がヴォクソールで夕食会を開くことになって、わたしたちみんな行くの。ダンスと花火がある予定で、ヴィダル卿は船で行こうと約束してくれたの。で、エリザ・マッチャムはおかんむり。なぜなら、あたしはヴィダルの船に乗る予定だけど、彼女は誘われなかったから」

「〝みんな〟ってだれなの、ソフィア？」メアリーは尋ねた。

「ああ、マッチャム姉妹と、彼女らのいとこのペギー・ドレインと、たぶんあと何人か」ソフィアが陽気に答える。「これ以上すてきなことって、考えられる、ママ？　でも、ひとつだけ、確かなことがあるわ！　あたし、新しいドレスが必要よ。でも、あの青い絹を着るぐらいなら、死んだほうがまし。新しいのを調達できないなら、パーティーには行かない。残念だけど」

　チャロナー夫人は何もかももっともだと思い、娘の前途に狂喜し、すぐにふさわしいドレスを手に入れる算段に取りかかった。有頂天なふたりに、メアリーの冷静な声がふたたび割りこんだ。「ソフィア、あなたがヴィダル卿やミス・ドレインといっしょにヴォクソールにいるところを見られるのは、まずいと思う」

「どうして？」ソフィアが口をとがらせて叫んだ。「もちろん、姉さんがあたしのためにそれを台なしにしようとするとわかっていたわ。意地悪！　あたしが家にいたほうが、姉さんはいいんでしょう」

「とっても」メアリーは妹の目に涙が浮かびそうになっても動じなかった。まっすぐに母を見る。「ちょっとは考えてくれない、ママ？　娘が女役者や町でいちばん悪名高い放蕩《ほうとう》者といるところをみんなに見られて、なんの不都合もないと思うの？」

チャロナー夫人はミス・ドレインがパーティーに出るのは残念だと言ったものの、マッチャム姉妹もいっしょだと思い出して、すぐに明るくなった。

メアリーは立ち上がった。背の高さは中ぐらいで、とても均整の取れた体つきだとわかる。目がきらめき、きびきびした声になった。「それで安心できるのなら、大変結構よ。でも、世の中の殿方は、そんな人たちといる妹を見たら、彼女がほんとうは無垢《むく》なのに、そう見てくれないでしょうね」

ソフィアがお辞儀をした。「まっ、ありがとう！　でも、たぶん、あたしは姉さんが思っているほど無垢じゃないわ。自分がしてることぐらい、よくわかっている」

メアリーは一瞬、妹を見つめた。「行かないで、ソフィー！」

ソフィアはくすくす笑った。「深刻にならないでよ！　ほかに忠告はあるかしら？」

メアリーの手がわきに落ちた。「あるわ。あの、あなたを慕っている、すてきな青年と結婚しなさい」

チャロナー夫人が驚いて小さく悲鳴をあげた。「まあ、あなたどうかしているわ！　デイック・バーンリーと結婚？　ソフィアにはたくさんの可能性があるのに！　ばかなことを言うと、ぶつわよ。腹の立つ子ね」

「ママ、そのすてきな可能性って何よ？　いまソフィアが歩いている道をこのまま行かせたら、ヴィダル卿の愛人になることになるわよ。ママの野望にとっては、ものすごい結末ね」

「まあ、ひどい！」ソフィアが息をのんだ。「まるであたしがそうなるみたいじゃない！」

「ひとたびヴィダル卿の手に落ちたら、どんな希望があるというの？」メアリーは優しく言った。「彼があなたに夢中なのは認めるわ。だれだって、そうなる。でも、彼が考えているのは結婚じゃないし、あなたがあんな身持ちの悪い女たちと付き合っているのを見たら、まったくべつの結果になる」メアリーはいったん言葉を切り、ふたりの返答を待ったが、今回、チャロナー夫人は何も言わず、ソフィアのほうは数粒のきらめく涙に逃げこんだ。それ以上言うべきことがなかったので、メアリーは刺繍《ししゅう》道具を集め、部屋を出た。

　メアリーの抗議は無駄だった。ヘンリー伯父さんはかわいい姪《めい》が新しいドレスを買うのに必要な金をまんまと払わされ、ソフィアは上機嫌でパーティーに出かけた。ピンクの紗《うすぎぬ》のドレスに身を包み、豊かなブロンドをスカラップで飾って、至極当然ながら、完全に満足していた。いとこのジョシュアがそれを聞きつけ、ソフィアの行動を非難しようとやってきたが、メアリーから満足感を得ることはできなかった。彼女がうわの空で黙って話を聞いていたので、ジョシュアは腹を立て、愚かにも聞いているのかと尋ねてしまった。

その発言に、メアリーは窓から視線をもどし、いとこを見た。「なんですって？」

ジョシュアはいらだち、それを表に出した。「ひと言も聞いていなかったようだな！」

「考えていたの」メアリーが思案するように言う。「暗褐色はあなたに似合わないって」

「暗褐色？」ジョシュアは口ごもった。「似合わない？　何を……なぜ？」

「あなたの顔色が赤すぎるからだと思う」メアリーは思慮深く言った。

ジョシュアが重々しく言う。「ぼくはソフィアの話をしていたんだ」

「ソフィアはきっとわたしと同意見よ」メアリーが怒った口調で言った。

「ソフィアはだらしなさすぎるよ。自分が何をしているのかわかっていない」ジョシュアが話をもとにもどそうとして言った。「彼女はきみとはずいぶん違っているんだ」

メアリーの唇にゆっくりと笑みが浮かんだ。「もちろん、わかっているわ。でも、そんなことを言うなんて、あなたはとても冷たいのね」

「ぼくの目には、きみのほうがかわいく見える」ジョシュアは断言した。

メアリーはこれについて考えているようだった。「そうなの？」興味をいだいて尋ねた。

「でも、暗褐色を選ぶ人だものね」首を横に振る。彼女がいとこのお世辞を重視していないのは明らかだった。

ソフィアがパーティーからもどったのは、夜中をずいぶん過ぎてからだった。彼女は姉と部屋をともにしていて、メアリーがその夜の出来事について話を聞こうと、目を覚ましているのに気づいた。ドレスを脱ぎながら、ソフィアはさまざまな人物や、目にした衣装、食べた食事、こっそりした散歩、受けたキス、エリザが偶然現れ、嫉妬で取り乱したことなどを、ぺらぺらとしゃべった。

「それからね、メアリー」歓喜の表情で、こう締めくくる。「あたしは今年いっぱいにレディー・ヴィダルになるから」鏡のなかの自分の姿にお辞儀をする。「奥さまよ！　あたし、とってもかわいい侯爵夫人になると思わない？　それに、みんなが知ってるとおり、公爵はとても年をとっていて、あまり長くないだろうから、そうしたら、あたしは公爵夫人よ。メアリー、あなたがあのいとこと結婚しないなら、夫を見つけてあげられるかもしれない」

「あら、その計画にはわたしの場所もあるわけ？」メアリーは尋ねた。

「姉さんのことは忘れてないから、安心して」ソフィアは約束した。

メアリーは物めずらしげに妹を見た。「ソフィア、何を考えているの？」唐突に質問する。「ヴィダル卿が結婚を考えていると思うほど、あなたはばかじゃないわよね？」

ソフィアは寝るために髪を結いはじめた。「いつかはそのつもりになるわよ。ママがそう手はずを整える」

「まあ？」メアリーはベッドの上で体を起こし、両手で顎を包んだ。「どうやって？」

ソフィアは笑い声をあげた。「姉さんは自分以外は脳みそを持ってないと思ってるでしょう？　でも、あたしがへまをせずにやり遂げると、きっとわかるわよ。もちろん、ヴィダル卿は結婚を考えてないわ。まったく、彼の評判を知らないほど、あたしは無知じゃないの。あたしと駆け落ちするよう、彼を仕向けたらどうなる？」肩越しに姉を見る。「そうしたら、どうなると思う？」

メアリーは目をしばたたいた。「わたしは下品なことは言えないわ」

「あたしの貞操を心配する必要はないって」ソフィアは笑った。「あたしが尻軽だとヴィダル卿は考えてるかもしれないけど、結婚なしで、あたしからは何も得られないと気づくはずよ。この点について、どう思う？」

メアリーは首を横に振った。「言ったら喧嘩《けんか》になるわ」

「それで、もし彼が結婚しようとしなかったら」ソフィアが話を続ける。「そのときはママが何か言ってくれるわ」

「それは確かね」メアリーは同意した。

「あら、ヴィダル卿にじゃないわ！」ソフィアが言った。「公爵によ。それにヴィダル卿はスキャンダルを恐れて、喜んであたしと結婚するはずよ。ママだけじゃなくて、伯父さんもいるから。伯父さんは大騒ぎしてくれるでしょうね」

メアリーは深呼吸をして、頭を枕《まくら》にもどした。「あなたがそんなに空想好きだとは知らなかった」

「好きなんだと思う」ソフィアが無邪気にうなずく。「駆け落ちしたいって、ずっと思ってたもの」

メアリーは妹を見続けていた。「彼が好きなの？」続けて尋ねる。「そもそも好きなの？」

「とっても好きよ。もっとも、服の着こなしはフレッチャーのほうが上手だし、作法はハリー・マーシャルのほうが上。でも、ヴィダル卿は侯爵よ」最後にもう一度、鏡の自分を満足げに見てから、ベッドに飛びこんだ。「あたし、姉さんに考えるべきことをいっぱい提供してあげたでしょう？」

「そのとおりね」メアリーは同意した。

なかなか眠れなかった。隣では、ソフィアが前途に待ち受ける称号を夢見て横たわっていたが、メアリーは暗闇《くらやみ》を凝視しながら、黒い眉の顔を心の目で見ていた。尊大な口は唇が薄く、目は冷淡に彼女をじろじろ見ている。

「ばかね」メアリーはひとりつぶやいた。「どうして彼があなたを見るのよ？」

うぬぼれがない彼女は、理由がまったくわからなかった。彼に自分を見てほしいと望む理由も、見当がつかなかった。そのことについて考えてみる。もしかしたら、恋い焦がれる娘になってしまったのだろうか？　平凡な女学校出の娘が、ハンサムな顔にあこがれる？　ヴィダル卿の幻影を見てしまった女を、神よ、救いたまえ！　父親が父親なら、息子も息子だ。公爵の情事は町のうわさになった。今日ではとても高潔な人物かもしれないが、かつて彼にはふさわしい名前があった。サタンだったかしら？　そんな名だ。息子が悪魔の子と呼ばれるのも、うわさ話の半分がほんとうなら当然だろう。ソフィアには全然ふさわしくない男だ。ソフィアは彼に破滅させられる。なら、どうやって阻止すればいいのだろう？　答えはなさそうだ。妹が考えている計画はばかばかしい。確かにヴィダル卿はしっぺ返しを食らうに値するけれど、ソフィアの計画は、成功したとしても危険きわまる。まったく、ママもソフィアと同じぐらいどうかしている。アラステアのような貴族が、スキャンダルがもうひとつ加わったぐらいで気にするわけがない。厄介なのは、ママもソフィアもその結果、どんなまずいことになるか理解しそうにないことだ。メアリーはソフィアの無分別を世間に知られたくなかった。メアリーは考え事をしながら指先をかじりはじめ、やがてついに眠りに落ちた。

翌朝、ふたたび侯爵が目の前に現れた。今度は幻影ではなかった。ソフィアが、エリザ・マッチャムに会うために、姉とケンジントン公園へ行かねばならなかったのだ。小道の向こうから近づいてくる侯爵に気づいて、メアリーはこの異例の散歩の理由を理解した。

彼は、服の着かたが少し無頓着《むとんじゃく》だったものの、いつもどおり華麗だった。いつもきちんとしているメアリーは、いい加減に結んだクラヴァットと髪粉のかかっていない髪が、なぜこの男にはよく似合うのかと不思議に思った。間違いなく、侯爵には雰囲気がある。

ソフィアは顔を赤らめ、まつげのあいだから彼を覗いていた。侯爵がソフィアの手を取り、キスをして、自分の腕に置いた。

「あら、侯爵さま」ソフィアが目を伏せてつぶやく。

彼の笑みは寛大だった。「なんだい？」

「あなたにお会いするとは思っていませんでしたわ」ソフィアが姉のために説明した。

ヴィダルが彼女の顎をつまむ。「物覚えが悪いんだね」

メアリーは苦労して笑いを抑えた。侯爵は知らないふりがきらいなのかしら？　まったく、人は彼を好きにならずにはいられないだろう。

「まあ、どういう意味です？」ソフィアが口をとがらせる。「わたしたち、エリザ・マッチャムと彼女のお兄さんに会うために来たんですよ。ふたりはどこかしら？」

「ぼくに会いに来たと白状するんだ！」ヴィダルが言った。「おい、ほんとうに忘れたのか？」

その発言に、ソフィアがうなずいた。「まっ、わたしがあなたのことを一日じゅう考えているとお思いですの？」

「きみの記憶に、ぼくの場所があればいいと思っていたのに」

メアリーが割りこんだ。「この小道の先を、ミス・マッチャムが横切るのが見えたと思うわ」

侯爵がいらだたしげにメアリーを一瞥《いちべつ》したが、ソフィアがすぐに口を開いた。「まあ、どこ？　なんとしても、彼女を捜さないと」

やがて兄のジェームズを連れたミス・マッチャムに追いついて、メアリーはふたりの役割にすぐ気づいた。侯爵とソフィアが道に迷うあいだに、メアリーを会話に引きこむことだ。妹と離れることを拒否したメアリーによって、この親切な役目は阻まれた。

侯爵もソフィアもメアリーを会話に交えず、ミス・マッチャムはモスリンのドレスの裾《すそ》を草で濡《ぬ》らさないようにするのに忙しかったので、メアリーは妹の恋人をゆっくり観察できた。ふたりのどちらからも愛が感じ取れないことに、すぐに気づいた。妹は侯爵を一週間で退屈させるだろうし、彼の話を聞き、その態度を見守っていると、ソフィアがなぜ侯爵に遊び相手と見なされていないと想像できるのか不思議に思えた。確かに侯爵はソフィアを欲しがっている。彼は、望みのものを手に入れるためならば徹底的にやるタイプで、メアリーの目に狂いがなければ、手に入れたとたんに情熱を失うだろう。そして、彼に恥ずかしい思いをさせて結婚に持ちこませるという下手な計画を立てたソフィアは、苦悩することになる。ヴィダルを恥じ入らせることなど、だれにもできるはずがない。なぜなら彼は何を言われようが気にしないし、機会があれば望みどおりにすると、すでに世間に知らしめているからだ。スキャンダル！　メアリーは声を出して笑いそうになった。まったく、彼はあの尊大な態度で何事もやってのけるはずだ。世間の評判を恐れるという点については、そんな考えがなぜ浮かぶのかと、かすかに驚いて、黒い眉を上げるだろう。

メアリーの頭のなかは、散歩が終わるまで、そういう思いでいっぱいだった。別れ際に侯爵がソフィアに何かささやいたので、次の密会の約束がなされたのだろうと推測したが、妹はその場所を口外しなかった。ソフィアの笑みは侯爵がいなくなると消え、帰り道は、姉が気を利かせずにずっとかたわらにいたことに文句を言い続けた。

侯爵のほうは、時間があったので、親類でいちばん気が合う人物を訪ねに、ハーフムーン街へぶらぶらと歩いた。

昼過ぎだったが、その人物はまだ部屋着姿で、鬘《かつら》をつけていなかった。朝食の残りがテーブルにあるが、ルパート・アラステア卿はもう食事を終えたようで、長いパイプをくゆらせながら手紙を読んでいる。ドアが開くと顔を上げ、都合よく横のソファーに置いてあった鬘をつかもうとしたが、甥《おい》だとわかると、ふたたび手の力をゆるめた。

「ああ、おまえか」ルパートは言った。「なあ、これをどう思う？」読んでいた紙を投げ、べつの手紙を開いた。

ヴィダルは帽子と杖《つえ》を置き、手にした手紙に目を通しながら、暖炉に近づいた。「明々白々じゃないですか。ミスター・トレムロウは勘定を払ってもらえば喜ぶということです。ミスター・トレムロウとはだれです？」

「理髪師だ」ルパートがうなるように言った。「いくら払えと言っている?」

侯爵は驚くべき金額を読み上げた。

「うそだ」ルパートが言う。「ぼくは生まれてこのかた、そんな大金を一度に見たことがない。くそっ、ぼくがやつから何を得たというんだ? 鬘がふたつと、たぶんポマードがひとびん。一方の鬘はつけたこともない。理髪師はぼくが払うと思ってるのか?」

それは修辞的な質問だったが、侯爵は答えた。「彼とはどのぐらいの知り合いです?」

「生まれてこのかた知ってる。厚かましいやつめ」

「なら、払うと思っていないでしょう」ヴィダルは穏やかに言った。

ルパートはパイプの柄でミスター・トレムロウの手紙を指し示した。「どういうことか教えてやろう。その男はしつこく請求してるだけだ。焼いてしまえ」

侯爵は少しもためらわずに、言いつけに従った。ルパートは次の手紙を読んでいた。

「これもだ」と声を張り上げる。その手紙も前の手紙と同じ運命をたどった。「請求書しか来ない! おまえのところには、どんな手紙が来る、ヴィダル?」

「ラブレター」侯爵はすぐさま答えた。

「若いな」ルパートが喉の奥で笑った。ほかの手紙をすべて処分し、突然、真剣な顔になった。「おまえに言いたいことがあった。さて、なんだったかな?」首を横に振る。「すっかり頭から抜けてしまった。それで思い出したが、おまえに忠告がある。昨晩、ポンソンビで食事をしたところ、今度の金曜におまえは彼のところへ行くそうだな」

「そうだったかな?」侯爵はうんざりして言った。

「ブランデーには手を出すな!」彼の叔父は厳命した。「赤ワインはいいし、ポートワインもかまわないが、ブランデーはこのうえなくひどい」

「頭痛を起こしましたか?」侯爵は案ずるように尋ねた。

「ここ数年で最悪のな」ルパートが断言した。脚を前に伸ばし、思慮深い顔で甥を見上げる。侯爵がいつもと違って早い時刻に外出していることに気づいたようだった。「なんの用だ?」疑い深い声。「金を借りたいなら、はっきり言うが、ぼくはすっからかんだ。昨夜《ゆうべ》、大金をすった。あんなにつきに見放されたのは初めてだ。親が何週間も勝っている。もうトランプはファラオをやめて、ホイストにしようと思う」

ヴィダルは肩を炉棚にもたせかけ、両手をポケットに入れた。「ぼくはむなしい望みを追いかけたことがありませんよ、叔父上」優しく言う。「ここに来たのは、叔父上に会うためです。疑うんですか?」

ルパートは片手を突き出した。「やめろ! くそっ、おまえがジャスティンのようにしゃべりはじめるなら、ぼくは行く! 金を借りに来たのでないなら——」

「あべこべですよ」侯爵は口をはさんだ。

ルパートが口をぽかんと開いた。「おい、先月、ぼくに五百ポンド貸してくれたのはおまえだったか？　いつ支払うとぼくは言った？」

「最後の審判の日かな？」素直でない甥が答えた。

ルパートは首を横に振った。「運が変わらないかぎり、その前はないな」陰気に同意する。「必要になったのなら、ぼくがジャスティンに少し頼んでやってもいいぞ」

「叔父上、ぼくは自分で頼めますよ」

「いいか、ドミニク、それは役人に追われないかぎり、ぼくがしないことだ」ルパートが告白する。「ジャスティンがけちだというのではないが、兄さんはこういう小さな問題に関して、非常に不愉快なんだ」

侯爵は目をきらりとさせて叔父を見た。「叔父上に言わなければならないようですが、公爵はぼくの父であるという栄誉に浴しているんです」

「言うな」侯爵がわめいた。「いいか、ドミニク、おまえがぼくを見下ろして、ジャスティンの短剣となるつもりなら、友人をひとり失ったことになる。おまえとは終わりだ」

「ああ、ぼくは生き長らえられるでしょうか？」侯爵はからかった。

ルパートは立ち上がろうとしたが、押しもどされた。

「落ち着いてください」彼の甥が言う。「もうよしますから」

ルパートはふたたびくつろいだ。「いいか、おまえは注意しなければならない」きびしい口調で言う。「家族にひとりでもうじゅうぶんなんだ。ジャスティンはじつに不愉快な態度をとるが、おまえが彼のようにしたら、まわりは敵だらけだぞ」言葉を切り、頭を掻《か》いた。「とはいえ、おまえにもう敵がいないとはかぎらないがな」

ヴィダルは肩をすくめた。「たぶん、敵がいてもぼくは気にしないでしょう」

「冷静だな。何かで悩んだことがないのか？」

侯爵はあくびをした。「悩む価値があるものを、これまで見つけたことがありません」

「ほう。女でもか？」

薄い唇が曲線を描いた。「女はいちばんありえない」

ルパートはまじめな顔になった。「それは問題だ。おまえは何かに悩まなければならん」

「説教ですか？」

「忠告だよ。くそっ、おまえにはどこかおかしいところがあるんだ。おまえはいつもどこぞの女を追いかけてるのに、そのだれをも愛さず……」ルパートは言葉をとぎれさせ、額をぴしゃりとたたいた。「それだ！」と大声をあげる。「何をおまえに言わなければならなかったのか思い出した」

「ふむ」ヴィダルの声にかすかな好奇心が混じった。「いい人でも見つけたんですか？その年で！」

「うるさい。ぼくを老いぼれだと思ってるのか？」ルパートは腹を立てた。「だが、その話じゃない。深刻な話だ。赤ワインはどこだ？　ちょっと飲め。害には少しもならんから」ボトルを持ち上げ、ふたつのグラスに注《つ》いだ。「ああ、今度は深刻な話だ。このワインをどう思う？　悪くないだろ？　どこで手に入れたのかは忘れた」

「いいワインです」侯爵はきっぱりと言い、さらに二杯おかわりを注いだ。「叔父上がぼくのセラーから持っていったんです」

「そうだったかな？　言っておくと、ドミニク、おまえは父親の味覚を受け継いだ。おまえたち親子にあるもので、いちばんいいのがそれだ」

侯爵はお辞儀をした。「ありがとうございます。で、深刻な警告とは？」

「いま言おうとしていただろう。すぐに口をはさむのはよせ。おまえの悪い癖だ」ルパートはワインを飲み干し、グラスを置いた。「これで少し頭がはっきりした。黄色い髪の娘のことだ、ドミニク。この前の晩、ヴォクソール公園でおまえといた娘だ」

「それで？」ヴィダルはきいた。

ルパートは長い腕を伸ばして、ボトルを取った。「ジャスティンが彼女のうわさを耳にした」

「それで？」

ルパートが首をまわして甥を見た。「それで、それでと言うな、くそっ！」怒って言う。「ジャスティンがうわさを聞きつけて、愉快に思っていないとおまえに教えてるんだ」

「ぼくがぐっしょり汗をかくとでも期待しているんですか？　もちろん、父は知っている。

それが父の習癖ですからね」

「ひどく悪い習癖だ」ルパートが感情をこめて言う。「おまえは自分の行動をよくわかってるだろうが、ぼくの忠告を受け入れるなら、控えめにしたほうがいい――その娘とは。名前はなんだったかな？」

「名前はどうでもいいですよ」

「いや、だめだ」ルパートが反駁《はんばく》した。「その娘を小娘とか黄色頭とか言い続けるのは、どうも居心地が悪い」

「好きなようにしてください」ヴィダルはあくびをした。「五分で忘れるんでしょうから。ソフィアです」

「それだ」ルパートはうなずいた。「ソフィアという未亡人につかまりそうになって以来、その名前には我慢ならん」

「それはソフィアじゃない」ヴィダルは異議を唱えた。「マリア・ヒズコックです」

「いや、いや、それとはべつだ」ルパートがいらついて言った。「ソフィアはおまえが生まれる前の話だ。ぼくはあやうくその女と結婚しそうになった。気をつけろよ、ドミニク」

「ご親切に」ヴィダルは丁寧に言った。「もう何回も言ったと思いますが、それをくり返すしかありません。ぼくは当分、結婚する気はありません」

「だが、そのソフィアは少し違うんじゃないか？」ルパートが興味深げに尋ねる。

「一般人の娘だろ？　おまえが面倒を起こすほうに賭《か》けるよ」

「ぼくは起こしませんよ。あの姉のほうなら！」ヴィダルは短く笑った。「叔父上が言っていた敵のひとりが彼女ですよ」

「姉が面倒というのは知らないな。母親なら、おまえと結婚させるためなら、どんなことでもやる。まったく、小うるさい母親につかまった日には！」

「そして姉は、ぼくを破滅させる」ヴィダルは言った。「ぼくは気取った女を喜ばせませんからね」

ルパートは片方の眉を上げた。「絶対にか？　で、彼女はおまえを喜ばせるのか？」

「とんでもない！　ぼくたちが行動をともにすることはありませんから。それに、そんなことがあっても、彼女は興をそぐでしょう」ヴィダルは歯を見せて、陰気に微笑《ほほえ》んだ。「まあ、もし彼女がぼくと剣を交えるつもりなら、その戦いで彼女は何か学ぶかもしれない」帽子と杖を手に取り、ドアへぶらぶらと歩く。「ごきげんよう、叔父上。あなたは道徳的になってきた」ヴィダルがドアの向こうへ去るまで、その非難の言葉に驚き、憤慨したルパートは適切な反論を思いつけなかった。

4

　カーライル卿《きょう》はまじめな被後見人が彼には不似合いな情熱を賭事《かけごと》に向けていると気づき、彼に最新の地獄を紹介するしかないと思った。若者は自由になる金をたくさん持っているようだし、たとえそれをさいころで失っても、カーライル卿には関係のないことだ。最近、カミンの顔がとても深刻になっているのは、ジュリアナのせいだと卿は決めつけた。あの快活な乙女は、兄に伴われて、パリへ行かされてしまった。

「女は全員、絞首刑にしてしまえ！」カーライル卿は陽気に言った。「なあ、おまえのふさぎこんだ顔の半分の価値もある女は、ひとりも存在しないんだぞ」

　カミンは穏やかに彼を見た。「陽気ですね。でも、誤解しないでください。あなたを勘違いさせたかもしれませんが、ぼくはもともと厳粛なんだと思います」

「まさか」カーライル卿は言った。「おまえのことはなんでも知っている。彼女がフランスへ行ってしまったんだろ？」

　カミンが唇を固く結んだ。カーライル卿は笑い声をあげた。

「酒を飲めば、かわいいジュリアナのことは忘れられる。おまえをティモシーの店へ連れていってやろう」

「喜んで同行させていただきます」カミンはお辞儀をした。

「あそこの敷居をまたぐまでは、上流階級に入ったとは言えない」カーライル卿が続けた。「最新の地獄だ。ヴィダルとフォックスがあそこを流行《はや》らせた。賭金は高いが、おまえはそんなことを気にしないだろ。そうはいっても」親切に付け加える。「わたしだったら、ヴィダルのテーブルでは遊ばないな。彼が設定するペースは、われわれのほとんどにとって、少しばかり激しすぎる。悪魔の子に会ったことはあるか?」

「先週の夜会でお目にかかりました」カミンは言った。「また会えるのをうれしく思います」

カーライル卿が彼をじっと見る。「ほんとうに?」

ティモシーの店はセントジェームズ宮殿のはずれの通りにある奥ゆかしい建物だった。通りを何げなく行ったり来たりしている人目につかない人間は、巡査が近づいた場合に警告する見張りだと、カミンは教えられた。窓には厚いカーテンがかかっていたが、陰気な服装の門番がカーライル卿とその被後見人の入場を許可すると、室内のまぶしい明かりに、カミンは目をぱちぱちさせた。彼は門番の黒服にかなり驚いたが、階段をのぼりながらカーライル卿に説明されたところによると、それは奇抜な思いつきをするフォックスの提案らしかった。

「ミスター・フォックスが賭博《とばく》場の経営者じゃありませんよね？」カミンは仰天して尋ねた。

「いや、違うが、彼はヴィダルの遊び仲間で、ティモシーは、聞いた話では、この種のことが得意だと気づくまで、エイヴォン公の使用人だった。だから、ヴィダルや彼の友人が望むことは、主人のティモシーにとって重要なんだ」

階段をのぼりきると、カーライル卿は最初の賭博室へ入った。少々混雑していて、カードゲームが行われていた。

カーライル卿はあちこちで挨拶《あいさつ》を交わしながら、その部屋を通り抜け、アーチのかかった戸口を抜けて、隣の少し小さな部屋に入った。そこではさいころの音がしていて、カミンの目が輝いた。テーブルは、部屋の真ん中にひとつあるだけで、多くの見物人に取り巻かれている。

「ふむ！　ヴィダルが親だ」カーライル卿がうなるように言った。「わたしだったら、やらない」

テーブルの端にヴィダルがいることに、カミンは気づいた。グラスを肘のそばに置き、クラヴァットをゆるめ、薄く髪粉をかけて後ろで結んだ髪から、ひと房の髪がほつれている。上着は紫のベルベットで、レースがたっぷり飾られ、花模様のベストは、ボタンがひとつかふたつ、留められていなかった。蝋燭《ろうそく》の灯に、顔が青く見え、いつもよりかなり自堕落な雰囲気だ。カミンがテーブルに近づくと、ヴィダルはちらりと視線を上げたが、いつになくきらめいている目には、彼を認識したようすは見られなかった。

カーライル卿がカミンの袖《そで》を引っ張った。「ファラオをやったほうがいい」声をひそめて言う。「見たところ、ヴィダルは機嫌が悪いようだ。だれがテーブルにいるのか見てみよう。おお。これはこれは！　ジャック・ボウリングの隣の男――袋鬘《かつら》をつけた赤ら顔の男。クォールズという名だ。彼と悪魔の子のあいだには、何か争いの種がある。朝になるまでにひと悶着《もんちゃく》あるだろう。近づかないほうがいい」

カミンは赤ら顔の紳士を興味深げに見た。「しかし、ぼくが面倒に巻きこまれることはないと思います」

「それはない。ヴィダルがクォールズから女を横取りしたとか、そんな騒ぎだ」

「ヴィダル卿の喧嘩《けんか》の原因はほとんど女性がらみですね」カミンは言った。

彼はテーブルの人々の観察にもどった。ヴィダルの右側では、フォックスがだらりと座り、金の爪楊枝《つまようじ》を使うのに忙しかった。けだるげに片手を上げ、カーライルに挨拶する。

「入りますか？　親の勝ちに賭《か》けます？」

ヴィダルの前には金貨と紙幣が山になっていた。カーライル卿は首を横に振った。「いや、やめておこう」

侯爵がグラスの液体を飲み干した。「勝たせてあげますよ」そう申し出る。

「やめたほうがいいですよ」べつのプレーヤーが気取った口調で言った。「ヴィダルは今週、幸運続きだ」

「今夜はさいころはよそう」カーライル卿は答えた。「テーブルに空きがあるなら、このミスター・カミンがやりたがっている」

侯爵がグラスにおかわりを注《つ》ぐ途中で手を止め、カミンを見上げた。「ああ、きみか」無頓着《むとんじゃく》に言う。「知っている顔だと思った。親の勝ちに賭けたいか？」

「ありがとう。でも、親の負けに」カミンは答え、ルパート・アラステア卿の隣に腰を下ろした。

被後見人をテーブルに近づけないよう、やれるだけのことはしたカーライル卿は、あきらめて肩をすくめ、立ち去った。

「賭金を百に引き上げよう」ヴィダルが言って背を椅子にあずけ、上着の大きなポケットに手を突っこみ、嗅《か》ぎたばこ入れを探した。それを引き出すと、蓋《ふた》を開け、ひとつまみ取って、テーブルの人々をざっと見る。暗褐色のサテンを身にまとい、巨大な襟飾りをつけた紳士が、五十でじゅうぶんだと抗議した。

フォックスがうんざりしたように眉を上げ、ヴィダルの嗅ぎたばこ入れに手を伸ばした。それをじっと見て、ため息混じりに言う。「大変結構。百と言ったんだよな？」嗅ぎたばこ入れを下ろし、さい筒を取った。

テーブルの端のだれかが賭金が高すぎると文句を言ったが、却下された。

「下りるか、チャムリー?」侯爵が尋ねた。

「まさか! ぼくの金がきみの手もとにありすぎる。五十で続けよう」

「百に引き上げよう」侯爵がくり返す。

フォックスがさいころを取った。「百で、いやな者は下りろ」彼は八を唱え、五を二度出した。「ちくしょう、ヴィダル」上機嫌に言って、紙に自分の名を書き、それをテーブルの向こうへ押しやった。

テーブルの中央近く、ルパート・アラステア卿の向かいに座った赤ら顔の紳士が、侯爵をにらみ、聞き取るにはじゅうぶんな大きさの声で言った。「べつの者が親をやる頃合《ころあ》いだな。これじゃあ一方的すぎる」

隣に座っていたボウリングが侯爵の目のなかの光に気づき、警告するように赤ら顔を小突いた。「落ち着けよ、モンタギュー。運は公平なんだから」

見物客のだれかが小声で言った。「侯爵は飲みすぎだ。きっとすぐ、悶着が起こる」

侯爵は酔っていたが、会話も思考力も損なわれていなかった。椅子にゆったりと座り、片手をズボンのポケットに入れ、もう一方の手の長い指をワイングラスの柄にからませていた。不満げなプレーヤーを鋭い視線でにらんでいる。「もういいかな、クォールズ?」

その口調は尊大だった。フォックスが嗅ぎたばこを嗅ぎ、りっぱなアーチ形の眉の下で、目を横に向けた。ルパートがさい筒を取った。「ああ、おまえたちは時間を無駄にしている。七だ」彼はさいころを投げ、負けた。「くそっ、この一時間、ずっと同じのを唱えてるのに、さいころは一と三しか出ない」

モンタギュー・クォールズが辛辣《しんらつ》に言った。「いいかって？　いや、まさか。だれかほかの者に親をやらせろ！　みんな、意見は？」テーブルを見まわしたが、なんの反応もなく、やがてチャムリー卿がぶっきらぼうに言った。

「ぼくは満足している。まったく、不運続きを断ち切る方法を知りたいよ。ぼくの意見は、おしゃべりが多すぎる、だ」

侯爵はまだモンタギュー・クォールズを見ていた。「親の四千ポンドほどの問題がある。きみに勝たせてやろう」

クォールズが怒って言った。「ごめんこうむる！」

「おいおい、ひと晩じゅう議論を続けるのか？」ボウリングが声をあげた。「こうしよう！」彼はさい筒を持ち上げ、唱え数を言って、さいころを振った。ヴィダルが金貨の山を少し彼のほうへ動かし、ゲームは続いた。

金があちこちへ動いたが、二時間たっても、まだ親が勝っていた。侯爵はずっと飲んでいた。ほかの数人、とくにクォールズも同様で、彼の顔は飲むたびに険しくなっていった。

侯爵はワインの影響をろくに受けていないようだった。彼の手はしっかりしていて、目のきらめきだけが、彼を知る者に、酔いの度合いを示している。

ルパートもさんざん飲んでいて、陽気になる段階に達しており、鬘を傾けて座っていた。フォックスは二本目のボトルの口を開け、眠たそうだ。ルパートが少し勝ち、ふたたび負け、テーブルの向かいの甥《おい》に言った。「くそっ、ドミニク、おもしろくないぞ！　ゲームを速くしろ！」

「親をやりますか？」

ルパートはポケットの内側を引っ張り出し、前に置いた金を苦労しながら数えはじめた。「十一ギニーある」そう言って、しゃっくりをする。「十一ギニーでは親になれんよ、ドミニク。ティモシーの店では、六十ギニー以下ではなれん」

侯爵は意に介さずに言った。「賭金を二百に上げよう」

フォックスがうなずいた。ボウリングは椅子を後ろに押しやった。「ぼくは下りる。その賭金はぼくには多すぎるよ、ヴィダル」

「親は永遠には勝てない」侯爵は答えた。「続けろ、ジャック。夜は更けたばかりだ」

ボウリングは目を細くして、遠くの壁にかかる時計を見た。「更けたばかり？　四時過ぎだぞ」

「それは更けたばかりだろ？」ルパートが言った。「四時？　まだまだじゃないか！」

ボウリングが笑い声をあげた。「いや、そんな。ぼくは穏やかな習慣が身についているんでね。きみたちはここで朝食を食べるつもりか？　ぼくは寝る」

「最後までいろ」チャムリー卿が勧めた。「まだヴィダルを負かしていない。ヴィダル、きみの鹿毛《かげ》の雌馬はまだ馬小屋にいるか？　その馬とぼくの〝青い稲妻〟を賭けよう。六時までにぼくがきみを負かす」

侯爵はワインのおかわりを注いだ。「五時なら受ける」

フォックスが目を開けた。「何か問題でもあるのか？　きみも眠るのか？」

「五時以降はここにいない」侯爵が言った。「ニューマーケットへ行ってくる」

チャムリー卿が口をぽかんと開けて彼を見た。「おいおい、きみのレースの日じゃなかったか？　ニューマーケットまで馬を飛ばすなんてどうかしている！　くそっ、ヴィダル、きみはぐでんぐでんだ。無理だ。それなのに、ぼくはきみに五百ポンドも賭けている！」

「落ち着け」侯爵は嘲笑《あざわら》った。「ぼくは酔っているときがいちばんうまく馬を扱う」

「だが、徹夜明けだ――ああ、くそっ、あんまりだ。ベッドへ行け！」

「きみの賭金を救うためにか？　ごめんだね。馬車は五時に来る。賭は有効か？　きみは五時までにぼくから金を巻き上げる――きみの雄馬対ぼくの雌馬だ」

「受けて立とう」チャムリー卿がテーブルをばんとたたいて言った。「一時間あるんだから、じゅうぶんだ。賭金帳はどこだ？」

賭金がしっかりと記入された。接客係が帳面を片づけようとしたとき、侯爵がけだるげに言った。「約束の時間内にニューマーケットに着くほうに、さらに五百賭けよう。チャムリー、受けろ」

「よしきた！」チャムリー卿が即座に応じた。「そして、きみに賛成だ。二百でやろうじゃないか」

「二百だ」侯爵は同意し、さいころの目を見ようと片眼鏡を上げた。

チャムリー卿が六を唱えた。ルパートが、テーブルに落ちたさいころを厳粛に見守った。「二だ」と宣言する。「親は永遠には勝ち続けられないだと、ヴィダル？」

いらだたしげに足で床をこつこつたたいていたクォールズが、大声をあげた。「ヴィダル卿は負けることができないんだろうよ」

侯爵の片眼鏡が、指から下がった黒い紐《ひも》の先で揺れた。「そう思うか？」侯爵はさらなる発言を待つかのように、優しく言った。

「おい、クォールズ、最後までやらないなら、口をはさむな」チャムリー卿がいらついて言った。

クォールズが喧嘩腰の段階に達したのは明らかだった。「ぼくは最後までやるよ。だが、運が公平じゃないのが気に入らない」

フォックスが大きなポケットから手鏡を取り出し、自分の姿をじっと見た。注意深く鬘の位置を直し、上着の襟から嗅ぎたばこの屑《くず》を指ではじき飛ばした。「ドミニク」うんざりしたように言う。

侯爵は彼にさっと顔を向けた。

「ドミニク、どうしてここはこんなに下品になったんだ?」

「黙れ、チャールズ」侯爵は言った。「きみはぼくの親愛なる友の話の腰を折っている。彼は説明するところだったんだ」

急速に熱を帯びてきた口論にまだ参加していなかった男が、ボウリングの空の椅子越しにクォールズの袖を引っ張った。「落ち着け。きみは雰囲気を悪くしている。運に見放されているのなら、ゲームから下りろ。喧嘩はごめんだ」

「ぼくはやる」クォールズが言い張った。「だが、べつの者が親をやる頃合いだ!」

「おい、賭金がかかっているんだ。親はヴィダルが続ける」

「ドミニク」フォックスが悲しげに言った。「ぼくはここを手放さなければならない。庶民にここが見つかってしまったからには、絶対に手放さなければならないな」

侯爵はまだクォールズを見続けていた。「辛抱しろ、チャールズ。ミスター・クォールズは親が勝つのを見たくないんだ。同情してやれ」

クォールズが身をびくんとさせた。「ぼくはこのゲームのやりかたが気に入らないんだ」声を張り上げる。「もしきみが親を続けるなら、新しいさいころを使ってもらおう」

その言葉によって、テーブルに不穏な静けさが広がった。チャムリー卿が急いで場をなごませようとした。「きみは飲みすぎていて、何を言っているかわかっていないんだ、クォールズ。ゲームを続けよう」

「ぼくは反対だ」テーブルの端から声がした。侯爵がワイングラスを持ったまま、身を乗り出していた。「なら、きみはさいころが気に入らないんだな?」

「ああ、気に入らないよ!」クォールズが叫んだ。「それに、きみの横暴なやりかたが気に入らない。ぼくはここに三晩座って、きみが勝つ姿を見――」

それ以上、言葉は続かなかった。侯爵が立ち上がり、グラスの中身をクォールズの顔にぶちまけたからだ。侯爵は笑みを浮かべ、目をぎらぎらさせていた。「いいワインが無駄になった」そう言うと、向きを変え、後ろにいた接客係に何か言った。クォールズは体から赤ワインをしたたらせながら跳び上がり、侯爵につかみかかろうとした。チャムリー卿とラクソール大尉が彼を押しとどめた。

「おい、きみが悪いぞ」チャムリー卿が断言する。「撤回しろ、ばか。きみは酔っている」

侯爵は椅子にもどっていた。接客係がびっくりした顔をし、彼にささやいた。侯爵がうなるように何かを言うと、接客係はあわてて立ち去った。

ルパートがふらふらと立ち上がった。「くそっ、ワインが頭にかかった!」そう言ったものの、突然の騒ぎに、しらふにもどったようだった。「もうやめろ」命令口調で言う。

「おまえはどうかしてるぞ、ドミニク。その男が酔ってるとわからんのか?」

　ヴィダルは笑い声をあげた。「ぼくだって酔っていますよ。でも、いかさまをしていると言われれば黙っていない」

「おい、三本空けたら、何を言われても気にするんじゃない」ラクソール大尉が怒鳴った。

　チャムリー卿がクォールズを揺すった。「撤回するんだ。きみはどうかしている」

　クォールズが彼の手を振りほどいた。「いつか、この決着はつけさせてもらうからな」怒鳴り声で言う。

「もちろんだ」侯爵は応じた。「いま、つけようじゃないか」

　ルパートがさいころを手に取った。「割ってみよう」あっさりと言う。「ティモシーはどこだ?　金槌《かなづち》を持ってこい」

　サー・ホーラス・トレムレットが気取った発音で抗議した。「そんな必要はありませんよ。われわれはヴィダル卿をよく知っているじゃありませんか。さいころを割る?　まったく、侯爵を侮辱してはいけません」

「うるさい!」ルパートが言った。「割るんだよ。もし細工がなかったら、クォールズが謝る。それが公正だろう」

「ああ、それがいちばんだ」ラクソール大尉が同意した。

　クォールズは顔を拭《ふ》いていた。「ぼくはいつか決着をつけさせてもらうと言っているんだ。顔にワインをかけられておいて、感謝するわけがないだろう」

チャムリー卿がルパートの耳もとでささやいた。「やりすぎだ。きみの甥も困った男だな。どうする気だ？」

「さいころを割る」ルパートは言い張った。「アラステアの人間が不正を働くと言われて、黙ってはいられない」

「おい、きみもヴィダルと同じで酔っている。だれがそんなことを言う？　クォールズは酔いがさめれば撤回する。きみはヴィダルを止めろ」

接客係が平らな箱を手にもどってきた。脅《おび》えた顔で侯爵を見て、箱をテーブルに置く。ヴィダルが箱を開けると、なかに一対のピストルがあった。「好きなほうを選べ」彼は言った。

ルパートが目を凝らす。「これはなんだ？　ここで決闘はできんぞ、ドミニク。バーン・エルムズで九時にしよう」

「九時には、ぼくはニューマーケットです」侯爵は言った。「発《た》つ前に、片をつける」

フォックスが完全に目を覚ました。片眼鏡越しにピストルを見て、ヴィダルに怪訝《けげん》な顔を向ける。「どこから持ってきた？」

「ぼくの馬車からだ」ヴィダルは答え、時計を見た。「馬車は待たせておく。選べ！」

「よかろう」クォールズが言った。目をラクソール大尉に向ける。「介添え人を頼めますか?」

「介添え人だと?」大尉が大声を出した。「わしはこれになんのかかわりもない。侯爵、きみは戦える状態じゃない。家に帰って、問題の処理は代理人に任せろ」

ヴィダルは声をあげて笑った。「戦える状態じゃない? これはおもしろい。あんたはぼくをよく知らないな」

「知らなくてうれしいよ!」大尉がこわばった声で言った。

「なら、見ていろ!」そう言うと、侯爵はポケットから金作りの小さな銃を取り出した。椅子にゆったり座ったままねらいを定め、あっという間に引き金を引く。大きな銃声とガラスの割れる音がして、部屋の向こうの大きな鏡が粉々になった。

「いったい何を?」ラクソール大尉が怒って口を開いたが、侯爵が指さす方向を見て、言葉をとぎれさせた。三本かたまっていた蝋燭の一本が、もはや燃えていなかった。

カミンの冷静な声がした。「すばらしい銃の腕前だ……この状況では」

ルパートが、より大事な問題を忘れて、声をあげた。「消した。しかも蝋燭に触れていない。なんとまあ!」

銃声を聞きつけて、ほかの部屋にいた者たちが駆けつけた。ヴィダルは気にしなかった。

「ぼくをよく知らない、か」くり返して言い、また笑った。

チャムリー卿がルパートに非難の目を向け、クォールズにふたたび警告した。「家へもどって、考え直すんだ、クォールズ。戦いたかったら、しらふで戦え。でないと、ヴィダルに勝てない」

地味な黒い服を着た、太った男が、人垣をかき分け、戸口にやってきた。「これはどういうことです？　だれが撃ったんだ？」

ヴィダルは眉を上げた。「うるさいぞ、ティモシー。ぼくが撃った」

太った男が愕然《がくぜん》とした顔になった。「なんでこんな荒っぽいことを？　わたしを破滅させる気ですか！」ピストルの入った箱を目にして、つかみかかった。侯爵の手がティモシーの手首をつかむ。ティモシーは侯爵を見て、泣きそうになって言った。「侯爵、お願いです。ここではやめてください！」

彼は突っぱねられた。「めそめそ言うな！」ヴィダルはさっと立ち上がった。「クォールズが決心するまで、ずっと待たなくてはならないのか？　介添え人を決めろ」

クォールズがまわりに熱い視線を送ったが、だれも名乗りをあげなかった。「きみたちはみんなずいぶん内気なようだから、ぼくが自分で介添えをするよ」

カミンが相変わらず落ち着いた態度で、椅子から立ち上がった。「問題になっているのはヴィダル卿の名誉ですから、あなたには介添え人がいたほうがいいでしょう」

「どいつもくたばれ！」クォールズがののしった。「自分で介添えをする」

「失礼ですが」カミンが穏やかに言い返した。「侯爵の善意を疑われるのなら、あなたの介添え人がピストルを慎重に確認したほうがいい。ようするに、ぼくがやります」

「ありがとう」クォールズがうなるように言った。

侯爵が笑い声をあげた。「きみにそんな才能があるとは思わなかったよ」

「ぼくはこういった規則に精通していると思います。侯爵、あなたも介添え人を指名してください」

侯爵は愉快そうな、優しい感じの視線でカミンをまだ見ていた。「チャールズ、介添え人をやってくれ」首を動かさずに言う。

フォックスはため息をついて立ち上がった。「むちゃをするというなら、しかたない」カミンとともにわきへ行き、ピストルを厳粛に確認したのち、両方が完全に同じだと宣言した。

ルパートが人込みをかき分け、甥のところへ行った。「頭を冷やせ、ドミニク！　おまえみたいなことをするやつの話は、聞いたことがない。あの男は撃たれて当然だが、やるなら品よくやれ。言いたいのはそれだけだ」そう言ってから、その発言とはやや矛盾する指示をラクソール大尉に出した。「その蝋燭をほんの少し左へ動かせ、ラクソール。明るさが双方に公平でなければいけない」

テーブルがどけられた。フォックスとカミンが歩幅で距離を測っている。

ピストルが与えられた。侯爵は、驚くほどいい加減に見える持ちかたをした。叔父のほうはそう思わなかったらしい。切迫した声でこう忠告する。「殺すなよ、ドミニク」

介添え人たちが後ろに下がり、合図が発せられた。侯爵のピストルがすばやく上がって、一発の銃声がし、ほぼ同時にそれに応じる銃声があがった。クォールズの弾丸が侯爵の背後の壁に埋まり、クォールズが勢いよく前へ倒れた。

侯爵はピストルをフォックスに投げた。「うちの者に返しておいてくれ」そう言うと、向きを変え、嗅ぎたばこ入れとハンカチを取りに行った。

「なんてことだ、ヴィダル。殺したのか！」ルパートが腹を立てて言った。

「どうやらそのような気がします」侯爵は答えた。

倒れた男のかたわらで膝をついていたカミンが顔を上げた。「医者を呼ぶべきだ。死んではいないようです」

「だとすると、ぼくは思っていたより酔っているようだ」侯爵は言った。「すまない、チャールズ。きみのために、ここをもっと心地いい場所にするつもりだったのに」

チャムリー卿が彼をじっと見ていた。「おい、ヴィダル、行ったほうがいい。きみはひと晩でやりすぎた」

「ぼくもそう思う。ミスター・カミンは同意しないだろうがね」侯爵は時計をちらりと見た。「くそっ、五時を過ぎている」

「もうニューマーケットへは行かないのだろう？」ラクソール大尉が彼の冷淡さに仰天し

て言った。
「もちろん行く」ヴィダルは涼しい顔で答えた。
ラクソール大尉は返す言葉が見つからなかった。侯爵は向きを変えて、出ていった。

5

その日の昼を少し過ぎた時刻に、エイヴォン公爵夫人はヴィダルの家に一回目の訪問をした。ルパートが不承不承同行していた。侯爵の執事が、ルパートの心配そうな顔に、ほんの少しだけ眉を上げて応じた。ルパートは安堵《あんど》のため息をついた。ヴィダルの屋敷では、何が見つかるかわからないのだ。

「息子を呼んでちょうだい」公爵夫人はきっぱりと言った。

しかし侯爵はニューマーケットからもどっていないようだった。

「ほら、言っただろう」ルパートが言った。「手紙を残していくといいよ。あいつがいつもどるかは、だれにもわからん。そうだろ、フレッチャー?」

「わたくしも正確なことはわかりかねます」

「あとでまた来るわ」公爵夫人が言った。

「でも、レオニー――」

「何度も何度も何度も来る。あの子がもどるまで」レオニーは言い張った。

彼女はそのとおりにしたが、舞踏会用のドレスで着飾った、夜の七時の最後の訪問では、なかで息子を待つと宣言した。

ルパートは彼女のあとからしかたなく玄関ホールに入った。「ああ、だが、ぼくはデヴローのところのカード・パーティーに行く途中なんだ」文句を言う。「ひと晩じゅう、ここにはいられないよ」

レオニーは怒って両腕を広げた。「なら、行きなさい！　あなたって、ほんとうにいやな人《フォール・タンニュイアン》！　わたしはドミニークに会わなければならないし、あなたはまったく必要ないわ」

「きみは昔から恩知らずな娘だった」ルパートが文句を言う。「ぼくは丸一日、きみの世話をしてるのに、必要ないとしか言ってもらえんとは」

レオニーの頬に、こらえられずにえくぼが浮かんだ。「でも、ほんとうのことよ、ルパート。あなたは必要ない。ドミニークに会ったら、軽装馬車をつかまえてパーティーへ行く。とっても単純なことよ」

「いや、だめだ。そんなにダイヤモンドを身につけてるんだから」レオニーのあとから、火が小さく燃えている書斎へ入り、外套《がいとう》を脱いだ。「あいつはどこへ行ったんだ？　フレッチャー！　貯蔵室には公爵夫人が飲めるようなものがあるか？」

その発言に、上品なフレッチャーが少しとまどいを見せた。「探してみましょう……」

レオニーはケープをはずし、火のそばに座った。「ああ、あなたの果実酒《ラタフイア》はごめんよ。

いっしょにポートワインを飲ませてもらうわ」

ルパートが頭を掻《か》き、鬘《かつら》が少し斜めになった。「ああ、いいとも。だが、それはレディーの飲み物とは言えない」

「わたしはレディーじゃないわ」レオニーは言い放った。「わたしはとてもよい教育を受けているし、ポートワインを飲むの」

フレッチャーがきわめて冷静に退いた。ルパートがふたたび文句を言った。「使用人の前であんなふうに話してはだめだ、レオニー。お願いだから――」

「よかったら」レオニーはさえぎった。「ドミニークがもどるまで、ピケットをしましょう」

ヴィダルは一時間後に帰宅した。二輪馬車が通りを走ってきて屋敷の前で停《と》まった。レオニーはトランプをさっと下ろし、窓辺に駆け寄って、重いカーテンを開けたが、息子をひと目見るには遅かった。馬丁がすでに二輪馬車を走らせていて、家のドアがばたんと開き、フレッチャーの慎みのある声が聞こえた。それより鋭い声が返事をし、ホールをすばやく歩く音がして、ヴィダルが書斎に入ってきた。

彼の顔は青く、目は不興の色を示し、疲れている。ズボンと地味なもみ革の上着に泥が盛大に飛び散り、クラヴァットはしわだらけで、だらんと垂れていた。「母上《マ・メール》！」驚いた声でヴィダルが言った。

レオニーは一瞬、用件を忘れた。息子のところへ行き、上着の襟をつかんだ。「ああ、死んでいなかったのね！　ドミニーク、早く教えて。あなたは時間内に着いたの？」

ヴィダルの腕が機械的に母親の体を包んだ。「ええ、もちろんです。でも、なんのご用です？　叔父上まで？　何かあったんですか？」

「何かあっただと」ルパートが激高して言った。「こいつはおもしろい！　なんて言いぐさだ。ああ、なんの問題もないから、心配するな。単に、おまえがあのクォールズを殺して、町で大騒ぎになってるだけだ」

「死んだのか？」侯爵は言った。レオニーから離れ、テーブルへ歩く。「まあ、そうだとは思ったが」

「違う、違う、死んではいないわ！」レオニーが力をこめて言った。「なんてことを言うの、ルパート！」

「ぼくが何を言ったって、どうってことない」ルパートが言い返す。「まだ死んでいなくても、きょうじゅうには死ぬ。おまえは愚か者だ、ドミニク」

侯爵はグラスにワインを注ぎ、その赤い液体を飲むかわりにじっと見た。「警察がぼくを捜しているのか？」

「そのうち、捜しはじめるだろう」彼の叔父がきびしい口調で言った。

侯爵の顔が険しくなっていった。唇が固く結ばれる。「ちくしょう！」レオニーの困惑した顔をちらりと見た。「心配しないでください、母上」

「ドミニーク、あなた……あなた、実際に彼を殺すつもりだったの？」息子の顔を見つめる。

侯爵は肩をすくめた。「ああ、決闘を始めたときから、そのつもりです」

「理由があれば、あなたが人を殺しても、わたしは気にしない。でも……でも、理由はあったの？」レオニーが尋ねた。

「あいつは酔っ払ってた。おまえも知ってただろう、ドミニク！」ルパートが言った。

「完全に」侯爵はワインを口に含んだ。「でも、こちらも酔っ払っていた」ふたたびレオニーのほうを見る。母親の顔に浮かんだ表情を見て、怒りを抑えて言った。「どうしてそんなふうにぼくを見るんです？　ぼくがどういう人間か知っているでしょう？　知らないんですか？」

「おい、ドミニク！」彼の叔父が抗議の口調で言った。「母親に向かって、その言いぐさはなんだ」

レオニーが忠告するように指を上げた。「もういいの、ルパート。ええ、ドミニーク、知っているわ。そして、あなたを思ってとても悲しい気持ちなの」まばたきをして、涙を隠す。「あなたはどうしようもないほど、わたしの息子よ」

「くだらない！」ヴィダルは荒々しく言った。グラスを置く。ワインを飲み終えていなかった。炉棚の時計が正時を知らせ、彼はそちらを向いた。「行かなければなりません。なんの用でいらしたんです？　クォールズが死にかかっているのを知らせに？　それはわかっていました」

「いいえ、そうじゃないわ」レオニーが答えた。「たぶん……たぶん、閣下からあなた宛《あて》の手紙があると思うの」

侯爵の笑い声には、無関心の響きがあった。「確かに。ポケットに入っています。あすの朝、うかがうと伝えておいてください」

レオニーの顔には、心からの苦悩が浮かんでいた。「ドミニーク、あなたは全然わかっていないようだわ。閣下はかんかんに怒っているの。あなたを外国へやらねばならないと言っている。お願いだから、あの人をこれ以上怒らせないで。すぐに閣下のところへ行きなさい」

「だれがしゃべったんです？」ヴィダルは言った。「叔父上、あなたでしょう？」

「おい、おまえはぼくを告げ口をする人間だと思ってるのか？　ばかなやつだ。兄さんは見たんだよ！」

侯爵は眉をひそめて叔父を見た。「どういう意味です？」

「おまえが、大混乱を引き起こしたままで、あの場を去ってすぐ、ジャスティンとヒュー・ダヴェナントが現れた」ルパートが、明らかにその記憶にけおされて、上質なレースのハンカチで額を拭《ぬぐ》った。

「朝の五時に？」侯爵は尋ねた。

「そんな大したことじゃない。もっとも、ジャスティンの姿が見えたときは、ぼくはワインを飲みすぎたと思ったけれどね。ジャスティンはひと晩じゅう〈オールド・ホワイツ〉にいて、ファラオをやってたんだが、ティモシーのところに来る気になった。大事な息子がひいきにしてる店が、どんな賭博《とばく》場か見ようと思ったからだ。〝確かに風変わりな場所だな〟と兄さんは言ったよ。なあ、ドミニク、あんなふうに現れるなんて、いかにもジャスティンらしいよな？」

ヴィダルの眉間《みけん》のしわが消えていった。目がきらりと光る。「当然ながら、あれは避けられない出来事だった。すべてを話してください」

「ぼくは酔っ払ってたから、何が起こったのか知らないよ。若いカミンが、おまえがクォールズの胸に空けた風穴にナプキンをあてていて、だれかが水を撒《ま》いてた。ラクソールは医者を呼んでこいとボーイに叫んでた。残りのみんなは混乱のただなかにいて、突然、片眼鏡を上げたジャスティンの姿が戸口に見えた。隣では、ダヴェナントが口をぽかんと開けてたよ。おまえの父親が現れると、どんな空気が流れるか、知ってるだろ。急に静かになるんだ。だれもがジャスティンを見ていた。カミンを除いてね。あの青年は落ち着きがある。そりゃあ冷静に止血を続けていた。ジャスティンはすべてを一瞬で見て取ったが、冷淡にあたりを見まわして、それからクォールズを見下ろした。そしてダヴェナントにこう言った。〝ティモシーの店はほかの賭博場と違うと聞いていたんだ、親愛なるヒュー。確かに〟そこはもう話したよな。言うまでもなく、ぼくに正気が残ってたら、窓から逃げ出してただろうが、何しろ、かなりのシャンパンを飲んでいた。まあ、つまるところ、きみの父親はいまいましい片眼鏡をぼくへ向けた。ぼくはそれを予期していたよ。〝どうやら、息子の居所を尋ねまわる必要はなさそうだ〟そう彼は言った」ルパートは思慮深く首を横に振った。「知ってのとおり、兄さんはとてつもなく鋭いんだ、ドミニク。それは認めるしかない」

「ええ」侯爵はうっすらと笑って同意した。「それから、どうなったんです？　その場にいたかったなあ」

「本気か？」彼の叔父が言った。「おまえがいてくれたら、かわりに答えてもらえたのにな。まあ、ぼくは、おまえは去ったと答えたよ。カミンが、あの気むずかしげな声であとを引き取ってくれた。〝侯爵はいまごろニューマーケットへ向かっていると思います〟とね。それを聞いて、ジャスティンは彼に片眼鏡を向けた。〝ほんとうか！〟兄さんはとてつもなく上品に言ったよ。〝息子はだらしない傾向があるようだ。この紳士は……〟ジャスティンはクォールズに片眼鏡を向けた。〝私の知らない人物のようだが、どうやら息子の最新の犠牲者だね？〟ジャスティンの口調はまねできんが、どんな感じかわかるだろ、ドミニク？」

「とっても。ああ、でも、さすがだな。いつでもりっぱだ。父上はぼくのことを詫《わ》びたんですか？」

「そう言われれば、そんな気がする」ルパートが言った。われわれはみんな、言葉を失った。「だが、兄さんはそのりっぱさをカミンと分け合ったよ。われわれはみんな、息子さんが強制されたものとも言ったんだ。〝それに関しては、この件は、息子さんが強制されたものとも言えます。男があのように言われたら、甘受するわけにはいかないと思います。もっとも、ふたりとも酔っていましたが〟それを聞いて、ぼくは胸の奥でつぶやいたよ。こんなにすらすらと言えるなんて、カミンはまったく酔ってないんだなって」

侯爵が好奇心をそそられたような顔になった。「あいつはそんなことを言ったのか？ずいぶん親切な男だ」肩をすくめ、小さく微笑《ほほえ》む。「抜け目ないというか」

暖炉の火を見ていたレオニーがその言葉を聞いて顔を上げた。「どうしてそれが抜け目ないの？」

「母上、ぼくは考えを口にしただけです」ふたたび時計を見た。「もう行かないと。父上には、明朝うかがうと伝えてください。今夜は大事な用があるんです」

「ドミニーク、もしその人が死んだら、あなたはイングランドにいられなくなるって、わからないの？」レオニーが叫んだ。「今回は問題になるって、閣下が言ったわ。これまで、あまりにも問題を起こしてきたから」

「それで、ぼくは脅《おび》えた犬みたいに逃げるんですか？　とんでもない！」彼は母親の手の上に、一瞬、顔を近づけた。「そんな不安げな顔をみんなに見せないでくださいよ、母上。わが家の体面にかかわります」

次の瞬間、侯爵は去った。レオニーは疑わしげにルパートを見た。「例の中産階級の娘だと思う？」

「まさか！」ルパートがむっつりと言った。「だが、レオニー、あいつをフランスへ行かせられれば、その関係は終わりにできる」

ルパートがその晩、甥《おい》を追わなかったのは、彼の心の平和のためにもよかった。侯爵は泥の撥《は》ねた服を着替えに立ち寄っただけで、二十分後には屋敷を出て、ロイヤル劇場へ向かった。芝居は半分以上終わっていて、ボックス席のひとつでは、ソフィア・チャロナーが唇をとがらせていた。崇拝者が来ないわねと、エリザ・マッチャムにひと晩じゅうからかわれ、とても不機嫌だった。いとこのジョシュアにずっと張りつかれている彼女の姉が、前夜のことがあるから侯爵は来ないでしょうと冷静に言った。

決闘の件は野火のように広まり、うわさはメアリーの耳にまで届いた。いとこのジョシュアもそれを聞いて、放蕩《ほうとう》者の侯爵についての思うところをすぐにぶちまけた。ソフィアはいとこに、ずっと上の身分の人間を非難するのは無礼だと鋭い語調で言い、彼が適切な返答を思いついたころには、白い背中を向けて、ミスター・マッチャムと熱心に話をしていた。ジョシュアは残りの訓戒を姉のメアリーに垂れ、彼女は無言で聞いていた。メアリーの視線があまりにもぼんやりしていたので、ジョシュアは聞いていないのではないかと疑いはじめた。そのとき、メアリーの表情が変化した。緊張が走り、目が少し大きくなり、一点を凝視する。当のジョシュアでさえ、彼女が急に興味を示したのが、自分の話のせいだとは思えず、何が彼女の目に留まったのか確かめようと顔の向きを変えた。

「なんてこった！」ジョシュアは頬をふくらませた。「恥知らずめ。あいつがずうずうしくもソフィアに近づいたら、目にもの見せてやる」

ヴィダルは平土間に立ち、片眼鏡でボックス席を見渡していた。

メアリーの唇が笑いで震えた。恥知らず？　もちろん彼は恥知らずだけれども、そのことにまったく気づいていないし、彼がだれなのかわかった人々から注目されていることにも気づいていないわ。

メアリーはようやくいとこを見た。「ちょうどいいじゃない、ジョシュア。もうすぐ、ここに来るだろうから」

侯爵が平土間の人々をかき分けているのを見て、ミスター・シンプキンズはソフィアの袖《そで》を引っ張った。「おい！　ぼくにはおまえを守る責任があるから、あの放蕩者と話すことは禁止だ」

その言葉は逆効果だった。ソフィアのふくれっ面がぱっと輝いた。「あら、彼が来たの？　どこ？　見えないわ。彼はきっとわたしを見つけるはずよ。遅刻を叱《しか》ってあげないと」

このころには、侯爵は平土間から消えていた。数分後、ボックス席のドアがノックされて、彼が入ってきた。

ソフィアは笑顔で彼を迎えた。その笑みは、非難していると同時に、差し招いていた。

「まあ、ほんとうにあなたなの、侯爵さま？　もう来ないと思っていたわ。あなたの話で持ちきりだったのよ。わたし、あなたがちょっと怖い」

「そうなのか？　なぜ？」ソフィアの手にキスをしながら、侯爵は尋ねた。「きみみたいな美しいものを、ぼくが傷つけると思っているのか？」

「あら、わたしが怒らせたら、侯爵さまは何をするかわからないわ」ソフィアは笑った。

「なら、ぼくを怒らせないことだ」侯爵は助言した。「いっしょに廊下を散歩しよう。まだ数分は幕が開かない」

「ええ、でも、次は第五幕だってご存じ？　まったく、劇の最後と道化芝居しか見られない時間に来るんですもの」

「なら、どんな芝居なのか教えてくれ」侯爵は涼しい顔で言った。

「教えても無駄な気がしますわ」ソフィアはそう言って、椅子から立ち上がった。「散歩といっても、あまり時間がありませんもの」

ミスター・シンプキンズが大げさに咳払《せきばら》いをし、侯爵の、いささかうんざりしたような注意を引いた。「何か言ったかな?」ヴィダルがとても傲慢《ごうまん》に言うと、ミスター・シンプキンズはうろたえ、何かもぐもぐと口ごもった。

侯爵がうっすらと笑い、ソフィアに腕をつかませてボックス席を離れようとしたとき、メアリーの紅潮した顔が目に入った。彼の眉がわずかに上がった。あの女はどうして赤くなっているんだ? 彼女が視線を感じ取ったかのように顔を上げ、一瞬、侯爵と目を合わせた。その目に軽蔑《けいべつ》がこめられていることに侯爵は気づいて、おもしろく思い、ボックス席を離れるとすぐ、お姉さんを怒らせるようなことをしただろうかと、ソフィアに尋ねた。ソフィアがかわいい肩をすくめた。「ああ、姉は、あなたのとても恐ろしいふるまいを好ましく思っていないんですわ」

侯爵は一瞬、驚いた。ソフィアや、彼女の母親やいとこたちの雰囲気から推測すると、彼女の姉が厳格だとは思えなかった。チャロナー夫人は小うるさい中年女だし、はっきり言えば、マッチャム家は平民階級だ。「厳格なお姉さんなのか? それに、きみも?」

ソフィアは視線を上げて侯爵の目を見つめ、その目が何かの光できらめいているのを見ると、恐ろしく感じると同時に興奮した。彼女の顔色が変化する。侯爵は人けのない廊下の左右にすばやく視線を投げ、ソフィアをぐっと抱きしめた。

「キスしよう!」欲望で突如かすれた声で彼は言い、そのとおりにした。ソフィアが本気ではないものの、離れようともがく。

「ああ、侯爵さま!」か弱く抵抗する。「ああ、いけませんわ」侯爵は彼女の腰に腕をまわし、自由なほうの手で彼女の顎をつかんで顔を上に向けさせ、その目をじっと見た。

「いつまでも、ぼくと距離を置くことはできないよ。きみが欲しい。ぼくのところへ来てくれるか?」

あからさまな誘いにソフィアは動揺し、口を開いた。「どういう意味なのかわかりませんわ」

しかし、侯爵はさえぎった。「最も不道徳なことすべての意味だ。いいか、かわいい人、ぼくはいいかさまをしない。恋愛でも、カードでも」

ソフィアの唇が驚きで開かれた。侯爵はその唇にキスをした。侯爵に動揺させられてそわそわしたのと、媚態《びたい》を示すためとで、彼女は忍び笑いをした。侯爵はもう確信していたが、それでも彼女に笑みを返した。ソフィアは平凡な娘にはめずらしく、空想好きなところがあったので、侯爵の目のなかで小さな悪魔たちが小躍りした。

「お互い、理解し合ったようだ」侯爵は言った。「聞いてくれ。昨夜《ゆうべ》の出来事については耳にしているだろう? その結果、ぼくはしばらく国を離れなければならないかもしれない」

ソフィアがびっくりして口をはさんだ。「国を離れる？　ああ、そんな、侯爵さま！」

「ぼくはきみとは離れないよ。約束する。きみをパリに連れていきたいと思っている。来てくれるか？」

ソフィアの頬が真っ赤になった。「パリ！」息をのむ。「ああ、ヴィダル卿《きょう》！　ああ、侯爵さま！　パリ！」そこには、華やかさ、すてきなドレス、装身具など、ソフィアが欲しくてたまらないものがある。彼女の考えを読むのは、侯爵にはむずかしくなかった。

「ぼくには金がある。きみはその美しさにふさわしい、美しいものすべてを手に入れられる。きみのために屋敷を借りよう。ぼくの友人たちに対して、きみはそこの女主人としてふるまうんだ。フランスでは、そういう取り決めは理解してもらえる。そういう家を、ぼくはいくつも知っている。いっしょに来てくれるかな？」

生まれながらの抜け目のなさが、しばらくのあいだソフィアに演技をさせていたが、彼女の頭のなかはすでに空想でいっぱいだった。侯爵の描いた未来図は、ソフィアを魅了した。ヴィダルが言ったように、そんな取り決めが理解され、パリに住めるのなら、結婚の結びつきなどどうでもいいように思えた。「なんてお答えしたらいいのでしょう？　あなたには……あなたには、驚かされましたわ。時間が必要です」

「時間はない。クォールズが死んだら、ぼくはイングランドとお別れだ。いま、返事をしてくれ。でなければ、ぼくにキスをして、さよならと言ってくれ」

ソフィアにはひとつだけ、ぐらつかない思いがあった。侯爵を逃さない、という思いだ。

「ああ、そんなに残酷にならないで！」すすり泣く。

侯爵は心を動かされなかったが、彼の視線は彼女を焼き尽くすほど熱かった。「そうしなければならないんだ。いっしょに来るんだ！　きみはぼくが怖くてためらっているのか？」

ソフィアは彼から離れ、胸に手を置いた。「ええ、怖いわ」息もつかずに言う。「あなたはわたしに有無を言わせないんですもの……残酷よ」

「ぼくを怖がる必要はない。ぼくはきみが大好きなんだ。来てくれるか？」

「もし……もし、いやだと言ったら？」

「そのときはキスをして、別れよう」

「いやよ。あなたとそんなふうには別れられないわ。もし……もし行かなければならないと言ってくれるのなら、いっしょに行きます」

ソフィアが驚いたことに、侯爵は喜びも安堵も見せなかった。こう言っただけだ。「もうすぐだ。きみの家に手紙を届けるよ」

「もうすぐ？」ソフィアはとまどった。

「あす、金曜の……はっきりとはわからない。きみは何も持たず、身ひとつで来ればいい」

ソフィアは興奮して笑い声をあげた。「駆け落ち！　ああ、でも、どうやってあなたと逃げればいいの？」

「ぼくが安全にきみをさらう」侯爵はにっこりと笑った。

「どうやって？　どこであなたと落ち合えばいいの？」

「あとできみに知らせる。だが、いいか、このことはだれにもしゃべってはだめだ。そしてぼくから連絡が来たら、きみは指示どおりに動くんだ」

「そうします」もっと大きな、欲得がらみの問題は一瞬忘れて、ソフィアは約束した。

彼女がボックス席にひとりでもどると、第五幕はすでに始まっていた。まだ興奮で顔が赤い状態で、挑むように頭をぐいと上げ、姉の視線を見返した。メアリーが眉をひそめたいなら、そうさせておけばいい。メアリーには輝かしい未来がないのだから。姉は、いとこのジョシュアをつかまえられたら、幸運だと思うといい。ソフィアはうっとりするような空想に浸った。

一方、侯爵はティモシーの店へ行き、人々をあっと言わせていた。

「おやまあ、ヴィダルが現れた！」チャムリー卿が言った。

彼とピケットをしていたフォックスは、落ち着き払って手札を捨てた。「現れて、おかしいか？」

「冷酷な悪魔め」チャムリー卿が驚嘆して言った。

フォックスは退屈そうな表情で、侯爵に向かってけだるげに手を振った。

ヴィダルはカード・ルームを入ってすぐのところに立ち、人々を見渡していた。一瞬、すべてのゲームが中断され、人々の顔が彼のほうへ向けられた。突然の静けさは、窓辺にいた、酔った紳士の大声で破られた。「おい、ヴィダル、時間はどうだったんだ？　きみが四時間で着かないほうに、わしは賭《か》けたんだ」

「あんたの賭金《かけきん》はなくなった」侯爵は答えた。フォックスを見つけると、彼のいるテーブルへぶらぶら歩きはじめた。

話し声があちこちであがった。多くの人が長身のヴィダルへ非難の視線を投げたが、彼はそれには気づいていないようすで、フォックスに近づいていく。

チャムリー卿がカードを置いた。「ほんとうか？」彼はきいた。「四時間かからなかったのか？」

侯爵は微笑んだ。「三時間と四十四分だ」

「おい、きみは酔っていたんだぞ」チャムリー卿は大声をあげた。「それは不可能だ」

「審判たちにきくといい」侯爵は肩をすくめた。「ぼくは酔っているときがいちばんうまく馬を扱うと警告したはずだ」話しながら、隣のテーブルに目を向ける。そこではルーが行われていたが、だれかが抜けたため、人々が解散するところだった。侯爵は声を少しあげ、そのひとりに話しかけた。「ピケットを一番どうだ、ミスター・カミン？」

カミンがさっと振り向いた。顔に驚きがちらりと表れる。「それは光栄です」

ヴィダルは彼のテーブルへゆっくりと歩き、接客係が新しいカードを置き、椅子の位置を変えるのを待った。

「切ってくれ、ミスター・カミン」侯爵は言った。

カミンはそのとおりにし、親になった。

「賭金はいつもどおりか?」侯爵はけだるげな口調で尋ねた。

カミンは彼の目をじっと見た。「あなたのお好きなように」

ヴィダルが突然笑い声をあげ、けだるげなしゃべりかたをやめた。「賭けずにやろう」

カミンは配る手を止めた。「それではあなたが楽しめないでしょう、侯爵」

「まったく」侯爵はにやりと笑った。

「ぼくもです」

「ぼくは家族とは賭をしない」ヴィダルは説明した。

カミンがびくりとした。「侯爵?」

「なんだ?」

カミンはそっとトランプを置いた。「それは、あなたがぼくの求婚に賛成だと受け取っていいのでしょうか?」

「きみは細かいな」ヴィダルは感想を言った。「ジュリアナはきみを欲しいと思えば、手に入れるだろうよ。ぼくがその件に関与しているとは思うな。興味がない」

カミンは椅子の背にもたれた。「今夜、ぼくを相手に選んだのは、ピケットをするためではありませんね」

「ゲームはする」侯爵は言った。「だが、ぼくは親類から金を巻き上げないし、親類に金を巻き上げられても気にしない。百点で十シリングにしよう」

「いいですよ、それで満足なら」カミンが言った。

侯爵の目がきらめいた。「ああ、ぼくは今夜、完全にしらふだぞ」

カミンはカードを配り終え、おもむろに口を開いた。「失礼な発言だったら許してもらいたいのですが、あなたの気性から判断すると、しらふでないあなたとはゲームをしたくありません」

「そのほうがいい」ヴィダルは同意し、不要な手札を捨てた。「四枚だけだ。きみはぼくに風穴を空けられるかもしれないと思っているのか?」

カミンは残っていた四枚のカードを取った。「いや、思っていませんよ。家族は撃たないでしょう?」

ヴィダルは笑い声をあげた。「まったく、きみはすぐにパリへ行って、ジュリアナをさらったほうがいいな。うちの家族のなかで、きみはうまくやっていけるだろう。助言させてもらうと、父にもっと気に入られるようにするんだ。ポイントは六、クイント、そしてエースが三枚。六枚取れ」

カミンは彼の手から慎重に六枚引いた。「公爵と知り合ったと言っていいのかわかりませんが、あのときの不幸な状況からすると、ぼくとこれ以上顔を合わせても、閣下の反感が増すばかりだと思います」

「きみはぼくの父をよく知らない」侯爵が言い返した。彼は残りのゲームを無言で続けたが、カードが集められると、こう言った。「叔父から聞いた話だと、きみは昨夜、ぼくを擁護してくれたそうだな。ありがとう。なぜそんなことをしたんだ？ 深慮があってのことか？ きみはぼくが好きではないだろう？」

カミンのまじめな顔に笑みが混じった。「それどころか、あなたを大きらいだと思っていましたが、ぼくには生まれつき、強い正義感があるようです」

「だろうと思った」侯爵は言った。「だが、きょう、ぼくがかなり感じのいい人間になれるとわかって、きみは判断を保留している」

「そのとおりです」カミンが用心深く言った。「でも、正直に言うと、あなたの態度が計算ずくに思えるときがあって、反感が高まりそうなんです」

「なんと！ また互いに努力するとしよう。きみはきのう、ぼくを弁護してくれるほど親切だった。ぼくはたぶんきみに恩義がある。もしかすると、ぼくのりっぱな父上がきみを信じたかもしれないからな。べつのときなら、父とのあいだを取り持つんだが、いま、ぼくの言葉は父にとってあまり重みがなさそうだ。だから、きみに助言してやろう。ぼくのいとことさっさと結婚しろ。でないと、手に入れられないぞ」

カミンの額にしわが寄った。「そのようです。でも、なぜレディー・ファニーがぼくの求婚を不適切だとみなすのか、わからないんです。身分を自慢する気はありませんが、高貴ではないにしても、恥ずかしくはないし、財産だって軽蔑に値するわけではありません。准男爵を継ぐ予定だし――」

「何十もの准男爵の称号を継ぐ予定だろうと」ヴィダルが口をはさんだ。「公爵の位を継ぐ者とは勝負にならない」

カミンが疑問を顔に表した。

「ぼくだよ」侯爵は答えた。「でなければ、ほかのだれか……知らないがね。叔母は望みが高いし、とてつもなく頑固な女性だ」

「しかし、ミス・マーリングに駆け落ちするよう説得するのは、ひどく不道徳なふるまいです」

「ジュリアナに説得はいらないだろう」侯爵が冷淡に言った。「それに、彼女に富はないから、きみは金目当てと思われなくてすむ。好きなようにすればいいが、ぼくの助言は以上だ」

カミンは自分の手札を集め、整理しはじめた。「感謝の言葉を言わなくてはならないの

でしょうが、正しくなかったり、内密だったりする行いは、ぼくの好みではありません

——とくに、この微妙な件においては」

「ならば、ぼくの家族と縁続きになるべきじゃない」侯爵は答えた。

6

ヴィダルはエイヴォン公との面談を楽しめるとは期待していなかったが、実際には、覚悟していたよりも愉快ではなかった。まず初めに、ヴィダルが部屋に案内されたとき、公爵は机に向かって書き物をしていた。そして従僕がかなり大きな声でヴィダルの到着を告げたのにもかかわらず、公爵の上品な手は紙の上で動き続けたし、顔を上げもしなければ、その報告を聞いたというしるしを表に出しもしなかった。

侯爵は部屋の入り口で立ち止まり、父親に目を向けた。それから暖炉まで歩き、靴を優雅に履いた足の片方を火のほうへ伸ばした。トップブーツのみごとなつやをじっと見ていたが、一度だけ、喉のまわりのメクリンレースに手を伸ばし、きつすぎるかのように、ぐいと引いた。

めずらしく注意を払った服装をしているのは、父親の名高い観察眼に敬意を表するためとも取れるが、実際には、午前の習慣である乗馬のためだった。もみ革のズボンは申し分のない裁断で、銀のボタンの青い上着は地味な感じだが、長身の彼にじつに似合っている。

フリンジのついたクラヴァットは、きょうはとてもきちんとしていて、先端が金のボタンホールに差しこまれ、黒髪は細い黒のリボンできつく結ばれていた。重い金の認め印付き指輪以外、宝石は身につけておらず、大陸帰りの伊達《だて》男たちのようなつけぼくろも髪粉もない。

公爵は書くのを終え、いまは腹立たしいほどじっくりと手紙を読んでいた。ヴィダルは怒りがこみ上げるのを感じ、歯を噛《か》みしめた。

手紙に少し変更を加えると、公爵はそれをたたみ、インク壺《つぼ》に鵞《が》ペンを浸《つ》け、宛名《あてな》を書きはじめた。顔の向きを変えずに声をかける。「座っていいぞ、ドミニク」

「ありがとうございます。でも、立っています」侯爵はそっけなく言った。

エイヴォン公はあとで封印を施すために手紙をわきに置いてから、ついに向きを変え、息子を観察できるよう椅子の位置をずらした。気がつくと、ヴィダルは、これが人生で百回目になるかもしれないが、父親の表情を読むことができればと願っていた。

少し尊大な感じの目が、ヴィダルの靴から顔へ移動し、そこで止まった。「おまえが訪ねてきてくれて、私は光栄に思うべきなのだろうな」公爵が穏やかに言う。

この発言に返せる言葉はなさそうだった。心地の悪い沈黙が一瞬流れ、それから公爵が続けた。

「おまえがイングランドにいると……活気づくと言ったらいいのかな、ドミニク。しかし、私はおまえのいないイングランドに耐えねばならないだろう」

　それを聞いて、侯爵は口を開いた。「では、彼は死んだのですか？」

　エイヴォン公の眉が、上品に驚きを表して上がった。「おまえが知らないということがあるのか？」

「知りません」

「おまえの気楽さがうらやましい」エイヴォン公は言った。「私の知るところでは、その紳士はまだ生きている。彼が生き続けようが死のうが、いまのところ、私にはどうでもいいことだ。おまえにとっても、大した違いはない。三カ月前、今度人を殺したら、深刻なことになると私は警告した。私の警告を軽視するのは決して賢明ではないと、指摘させてもらおう」

「ぼくは裁判を受けなければならないということですね？」

「そうではない」公爵が冷淡に言った。「私にはまだ影響力があるからな。しかし、かなり長いあいだ、おまえの住処《すみか》は大陸になるということだ。気高く行われた名誉ある事件ならば黙認されたかもしれない。飲み屋の喧嘩《けんか》は、結局は忘れられるだけだ」

　侯爵は顔を赤くした。「待ってください。ぼくの起こした数々の事件は、バーン・エルムズで決着をつけようが、飲み屋でつけようが、気高いものです」

「それはすまなかった」エイヴォン公はそう応じて、わずかに頭を傾けた。「寄る年波で、おまえたちの年代の流儀をよく理解できなくなっている。私たちのころには、賭博《とばく》場で、あるいは飲んでいるときに、争うことはなかった」

「あれは間違いだったんです。申し訳なく思っています」

公爵はあざけるように息子を見た。「おまえの感情に、私はまったく興味がない。私が気に入らないのは、おまえが生意気にも母親を困惑させたことだ。それは許さない。ただちにイングランドを去るのだ」

ヴィダルは顔が真っ青で、口の端の筋肉が引きつっていた。「ぼくは裁判を受けます」

公爵は片眼鏡を上げ、眼鏡越しにヴィダルをじっと見た。「おまえは状況をよく理解していないようだな。おまえはイングランドを去るのだ。命拾いをするためでも、私の願望だからでもなく、おまえのことで母親がこれ以上気をもまなくてすむようにするためだ。これでわかったか?」

ヴィダルは反抗的な目で父親をにらんだ。それから落ち着きなく窓辺へ歩き、またもどった。「はっきりと。でも、ぼくが行かないと言ったら、どうなります?」

「残念だが……何がなんでもおまえを行かせる手立てを考えることになる」

侯爵は短く笑った。「いやはや、父上ならきっとそうするでしょう。行きますよ」

「母親に別れの挨拶《あいさつ》をしていくといい」公爵が勧めた。「おまえは今夜には港にいるだろうから」

「お望みのとおりに」ヴィダルは無関心に言った。テーブルの帽子と手袋を手に取る。「ほかに、ぼくにおっしゃりたいことはありますか?」

「ほんの少々ある」エイヴォン公は言った。「おまえの自制心はみごとだ。感心したよ」

「自制心がないから、父上の感情を害したんだと思います」ヴィダルはむっつりと言った。「父上はやることが速すぎる」

エイヴォン公は微笑《ほほえ》んだ。「私を無分別だと思ってはいけない。私にも大いに非難されるべき過去があるではないかとおまえが言いたいのは、よくわかっている」

「じつを言うと、父上の説教はいささか皮肉だなと思っています」

「おもしろいだろう?」公爵が同意した。「私は完全にそれに気づいている。しかし、私が歩いてきた道は、息子には歩いてほしいと思わない道だ。それに、おまえはきっと同意してくれるだろうが、多くの悪徳を経験したゆえに、私には判断する権利が多少ある」立ち上がり、暖炉へ近づく。「もっと差し迫った問題について言うと、パリではもちろんフォーリーのところを利用するといい」

「ありがとうございます。必要な金はじゅうぶんにあります」侯爵はよそよそしく言った。

「すばらしい。アラステアの人間で、そう言ったのはおまえが最初だ。おまえの母は上階《うえ》にいるだろう」

「では、まず父上に別れの挨拶を。ぼくが父上におかけしたであろう迷惑をお詫《わ》びいたします」ヴィダルは笑みを浮かべずにお辞儀をし、くるりと向きを変えた。

ドアを開けようとしたとき、エイヴォン公が声をかけた。「ところで、ドミニク、私の記録はまだ有効か？」

侯爵は顔をしかめ、肩越しに振り向いた。「父上の記録？」

「三時間と四十七分が私の所要時間だった」公爵が懐かしげに言った。

ヴィダルは思わず笑いをもらした。「いいえ、父上、もう有効ではありません」

「そうだろうと思った。新しい記録を教えてもらえるかな？」

「三時間と四十四分です。でも二輪馬車は特注なんです」

「私のもそうだった」エイヴォン公が応じる。「おまえが記録を破ってくれてうれしいよ。もし私が二十歳若かったら――」

「それはよしてください！」侯爵は即座に言った。そして躊躇《ちゅうちょ》した。顔はまだ怒りの表情を浮かべていたが、目は優しくなっていた。

「そんなに腹を立てるんじゃない」エイヴォン公が言った。「私を傷つけるのはとてつもなくむずかしいと、おまえは気づくだろう」

侯爵はドアの取っ手を離し、父親のもとへもどった。「すみませんでした」エイヴォン公の薄い手を取り、身をかがめてそこにキスをした。「さようなら《アデュー》、父上」

「それよりも、ではまたと言おうではないか《オ・ルヴォワール》」エイヴォン公が応じた。「幸運を願う言葉は控えておくぞ。おまえにはなんの恩恵ももたらさないだろうからな」

そしてふたりは別れた。互いに相手をよく理解していた。ヴィダルの母親との面会はずっと長くかかり、彼にとってはもっと不愉快なものになった。レオニーは息子をまったく非難せず、明らかに落ちこんでいて、侯爵は落ちこんだ母親を見るのが大きらいだった。

「ぼくのどうしようもない気性のせいなんです」ヴィダルは悲しんで言った。

レオニーがうなずいた。「わかっているわ。だから、わたしはとっても情けないの。あなたがアラステアのすべての人間と同じように悪魔だと、人々が言うのが気に入らない。だって、あなたの気性はわたしから受け継いだとわかっているからよ。ほら、わたしの家族にはとても黒い血が流れているでしょう」悲しげに首を振る。「ムッシュー・ド・サンヴィール――わたしの父――は、それはそれは忌まわしい人物だった。それに短気！　最後はピストルで自殺したけれど、それはとてもいいことだったわ。彼はわたしと同じように赤毛だった」

「ぼくはそんな言い訳はしません」

「ええ、でもあなたは、わたしが怒ったときにしたいと望む、まさにそのとおりのふるまいをする」レオニーが率直に言った。「若いとき、わたしは銃で人を殺すのが大好きだった。もちろん、ほんとうにやったことはないけれど、撃ち殺したいと望んだわ。ええ、何度もね。一度、父親を撃ち殺そうと思ったわ――ルパートは衝撃を受けたけれど。あれは、ムッシュー・ド・サンヴィールがわたしをさらったときで、ルパートがわたしを救ってくれたの。もっとも、閣下が現れて、わたしにそれを許可してくれなかった」言葉をとぎれさせ、額にしわを寄せる。「ねえ、ドミニーク、わたしは尊敬すべき人物じゃないし、あなたもそうじゃない。それに、わたしはあなたにそうなるよう望んでもいなかった」

「すみません、母上。でも、ぼくは尊敬すべき血筋ではないんです――どちらの側を取っても」

「ああ、でも、アラステアの人間は特別よ」レオニーは急いで言った。「どんなに恋愛事件を起こしても、だれも気にしない。もちろん、ものすごい放蕩《ほうとう》者だったら、悪魔と呼ばれるけれど、それは流行《はやり》だし、とても尊敬される。ただ、あなたみたいに、人がやらないことをして、騒ぎになると、たちまち尊敬されなくなる」

ヴィダルはうっすらと笑って、母親を見下ろした。「ぼくはどうしたらいいんです？　もし、尊敬される人間になると母上に約束しても、きっと破ってしまうでしょう」

レオニーは息子の手を取った。「ねえ、考えたのだけれど、ドミニーク、いちばんいいのは、あなたが恋をして、だれかと結婚することかもしれないわ」打ち明けるように言う。「これは話したくないのだけれど、わたしと結婚する前、閣下はそれはすごい放蕩者だったの。ほんとうのことを言えば《ア・ヴレ・ディール》、彼の評判は口では言えないものだった。彼がわたしを小姓にし、それから被後見人にしたとき、それは親切心からではなく、ムッシュー・ド・サンヴィールに復讐《ふくしゅう》したいからだった。やがて、彼はわたしと結婚したいと思うようになって、そのあとは、放蕩はすっかりやめたし、わたしが知るかぎり、特別ひどいこともしていないわ」

「でも、母上のような女性を見つけられるとは思えません。もし見つけられたら、結婚すると約束します」

「それは大きな間違いよ」レオニーが賢明にも言った。「わたしはあなたに合うような女じゃないわ」

ヴィダルはその話題を深くは追わなかった。母親とは一時間以上いっしょにいた。彼女が息子から離れられないようだったからだ。やがて、無理やり母親のもとを去った。気丈に微笑んではいるものの、息子が行ってしまったら、彼女がさめざめと泣くだろうとわかっていた。今夜、ロンドンを出ると、母親には伝えた。残り少ない時間で、やることは山ほどあった。彼の使用人たちはさまざまな場所へ遣わされた。ひとりは、彼の帆船、アルバトロス号の船長に、あす、フランスへ出航すると前もって知らせるため、ニューヘイヴンへ。べつのひとりは、銀行家のもとへ。もうひとりは、走り書きされた手紙を携えて、ブルームズベリーの静かな家へ。

その手紙は粗忽《そこつ》な召使いに届けられ、彼女はエプロンで急いで手を拭《ふ》いて受け取った。使者の目の前でドアを閉じると、しっかりと封がされた手紙をひっくり返した。紋章のある封印だった。それがソフィアを追いかけている、あのハンサムな殿方からの手紙だったとしても、召使いは驚かなかっただろう。だが、ミス・チャロナー宛だったのだ。

メアリーが買い物籠《かご》を腕から下げて、階段を下りてきた。麦わら帽をかぶっている。メアリーは、妹よりもいい教育を受けていたが、買い物をするぐらい気さくだった。女学校からもどるとすぐ、家事を切り盛りするようになり、チャロナー夫人でさえ、以前よりも金を長持ちさせるこつを長女は知っていると認めていた。

「それは何、ベティー?」手袋をはずしながら、メアリーは尋ねた。

「手紙です、お嬢さま。従僕が持ってきました。あなたにです」ベティーが祝うような口調で言い足した。ソフィアが美しさのすべてを持っているのは不公平だと、召使いは常々思っていた。メアリーのほうがずっと話しかたが上品だからだ。殿方がそこに気づいてくれればいいのだ。

「あら?」メアリーはかなり驚いて言った。手紙を受け取る。「ありがとう」それから宛名を見て、ヴィダルの肉太の筆跡に気づいた。「でも、これは……」途中で言葉を切った。確かにミス・チャロナー宛になっている。「そうそう。思い出したわ」平然とそう言うと、そっと手提《レティキュール》げ袋に入れた。

メアリーは家を出て、通りを歩いていった。あれはヴィダル卿《きょう》の筆跡だった。それは間違いない。妹宛であることも間違いない。走り書きの宛名から、急いで書かれたとわかる。姉の存在を忘れるなんて、いかにも侯爵らしい、と思いながら、メアリーはゆがんだ笑みを浮かべた。

少々うわの空で買い物をすませ、ゆっくり歩いて家へもどった。もちろん、手紙はソフィアに渡すべきだ。そう認めながらも、渡すことはないだろうとわかっていた。手に入れた瞬間から、そんなつもりはなかった。午前中ずっと、ソフィアは興奮を抑えていた。謎《なぞ》めき、もったいぶっていて、二度、驚くべきことがあることをほのめかしたが、質問されると、笑って、内緒だと言うだけだった。メアリーはこれまでにないほど不安になっていた。この手紙は、ソフィアの秘密を少し明らかにしてくれるかもしれない。

少しどころではなかった。二階の自室でだれにもじゃまされることなく、メアリーは封を切り、一枚の厚い紙を広げた。

〈愛《いと》しい人――〉と侯爵は書き出していた。〈今夜だ。ぼくの四輪馬車が、十一時にきみの通りの先で停《と》まる。そこで合流しよう。外套《がいとう》の下に隠せないものは持ってくるな。

ヴィダル〉

メアリーはそっと頬に手をあてた。子どものころから、びっくりするとそうする癖があるのだ。短い手紙を見つめるうちに、単語が自分に向かって飛び出してくるように思えてきた。こんなぶっきらぼうな命令で、ソフィアの将来を決めようとするなんて！　ああ、でも、彼はソフィアが言いなりになると、自信があるにちがいない。愛しい人と呼んではいるものの、愛の言葉はひとつもない。誘惑の言葉もない。期待に背かないでくれと懇願する言葉もない。だとすると、彼はソフィアがいっしょに行くと知っていたのだろうか？これは、昨夜、ふたりきりでいたときに、決めたことなのだろうか？

メアリーは、手紙をぎゅっと握り、立ち上がろうとした。何か手を打たなければならない。それも至急。手紙を燃やすことはできるが、ソフィアが今夜ヴィダルの期待に背いた場合、あす、また手紙が来るのではないだろうか？　ヴィダルがどこへ妹を連れていく気か、メアリーには見当がつかなかった。四輪馬車――ということは、離れた場所だ。たぶん田舎にちょっとした屋敷があるのだろう。あるいは、スコットランドのグレトナグリーンへ駆け落ちしようとうそをついて、ソフィアをだます気なのだろうか？

メアリーはふたたび腰を下ろし、無意識に手紙のしわを伸ばした。母親にこれを見せても役には立たない。ソフィアの話から、チャロナー夫人がどんなばかげた夢をいだいているのか知っていたし、駆け落ちを大目に見るという、とんでもない愚行をしかねない母親だとも承知していた。伯父は、メアリーの見るところ、何もできそうにないし、ソフィアのだらしない行動を言いふらしたくはなかった。

その考えをいつ思いついたのか、彼女は自分でもわからなかった。長いあいだ頭の奥に隠れていて、ゆっくり熟したにちがいない。ふたたび、いつの間にか頬に手をあてていた。あまりにも大胆なので、恐ろしくなったのだ。できない！　彼女は胸の内でつぶやいた。できない！

その考えは居座り続けた。結局、侯爵に何ができるというの？　彼を怖がることがある？　彼は短気だけれども、どれほど怒ろうと、実際に危害を加えてくるとは思えなかった。

彼女はある役割を、忌まわしい役割を演じる必要があったが、それが成功すれば、侯爵のソフィアに対する情欲を断ち切れるはずだった。気がつくと、メアリーは震えていた。彼はわたしをソフィア同様に尻軽だと思うかもしれない。そう思うと憂鬱《ゆううつ》になったが、すぐに自分を叱《しか》った。彼にどう思われようと、関係ない。そして、ソフィアは？　妹はなんと言うだろう？　どんなに激怒するだろう？　まあ、それもどうでもいいことだ。ソフィアの将来がめちゃくちゃになるぐらいなら、恨まれるほうがましだ。

メアリーは手紙をじっと見た。約束の時間は十一時。今夜は、母や妹とヘンリー・シンプキンズの家へ行く予定だったことを思い出し、計画を練りはじめた。

窓辺にテーブルがあり、そこに文具箱がのっていた。メアリーは椅子をテーブルに引き寄せ、何度も手を止めて考えながら、ゆっくりと書きはじめた。

〈ママ――〉侯爵と同じように、いきなり始めた。〈わたしはソフィアのかわりにヴィダル卿のところへ行きます。侯爵の手紙が、妹にではなく、わたしに渡されたのです。この件がどれほど望みのないものか、ママもわかるでしょう。侯爵に結婚の意思がないことは明らかだもの。ソフィアがそんなに簡単には手に入らないと、彼に教えてやるつもりです。かなり遅くまで、家にもどらないかもしれないけれど、わたしの安全や評判は心配しないでください〉

メアリーは全部を読み直して、ためらい、それから署名をした。紙に砂を振りかけ、侯爵のソフィア宛の手紙とともにたたんで封をし、母親の名前を書いた。

その晩、チャロナー夫人もソフィアも、メアリー抜きで出かけることにさほど文句を言わなかった。伯父のヘンリーがダンスパーティーを開くと約束した、まさにその晩に、頭痛を起こす必要があるとはかわいそうに、とチャロナー夫人は間違いなく思ったはずだが、いっしょに来るよう娘を説き伏せはしなかった。

気つけ薬を持ってベッドに横になりながら、メアリーはパーティーのために着替えるソフィアを見守った。

「ねえ、どう思う、メアリー？」ソフィアがおしゃべりをする。「伯父さんはデニス・オハラランを来させることに成功したのよ。彼って、ものすごくハンサムだと思わない？」

「ヴィダルよりハンサム？」ヴィダルの暗く、苦みばしった顔よりも、ミスター・オハラランの派手な美しさのほうが妹は好みなのだろうかと思いながら、メアリーは尋ねた。

「あら、あたしが黒髪を賞賛したことはないって、知ってるでしょうに」ソフィアが答えた。「ヴィダルはあまりにも無頓着《むとんじやく》だわ。だって、何があっても鬘《かつら》をつけないし、たとえ髪粉をかけても、黒い色が透けて見えるんだもの」

メアリーは片肘をついて体を起こした。「ソフィー、あなたは彼を愛していないの？」不安になってきく。

ソフィアが肩をすくめ、笑い声をあげた。「まっ、愛だのなんだのって、どうかしているわ。夫を愛する必要なんてまったくないのよ。あたしはとっても彼が好き。相手がだれだろうと、あたしはあまり愛するつもりはないわ。だって、愛さないほうが気楽だもの。ねえ、髪形はヴィーナス風がいいかしら？」

メアリーは満足し、ふたたびくつろいでいた。ソフィアと母が外出してから、彼女はしばらく横たわったまま、あれこれ考えた。ベティーが夕食のトレイを持って、部屋に入ってきた。食欲がすっかりなくなってしまったらしく、ほとんど何にも手をつけずにトレイを返した。十時になると、ベティーが急な階段をのぼって狭い自室へ行った。メアリーはベッドを出て、服を着はじめた。手をわずかに震わせながら、紐《ひも》や留め金と格闘する。かなり寒く感じられた。杉の削り屑《くず》のにおいがする、ソフィアの引き出しを調べ、謝肉祭で一度使用された半仮面を見つけた。それを身につけ、鏡で自分を見ながら、細長い穴から覗《のぞ》く自分の目が奇妙にきらめいていると思った。

レティキュールに家事を切り盛りするための金がいくらか入っていた。多くはないけれども、必要なぐらいはあるようだ。腕にレティキュールを提げ、外套を身につけて、フードを慎重に頭にかけた。

下の階へ行く途中で母親の部屋に寄って、テーブルで書いた手紙を残した。それから音をたてずにホールへ行き、静かな家から抜け出た。

通りに人けはなく、刺すような風がメアリーの外套をばたばたとはためかせた。外套を引き寄せ、片方の手でぎゅっと握って、道路を歩きはじめる。寒い夜で、頭上では乱雲が慌ただしく流れ、ときどき月を隠していた。

通りのカーブを過ぎたとき、待っている馬車の明かりが目に入った。メアリーは道を引き返したい衝動に駆られたが、思いとどまり、決然と前に進んだ。

明かりはとてもかすかだったものの、近づくうちに、四頭立ての馬車の輪郭がはっきりしてきた。馬たちの前に御者たちが立っているのがわかり、角に立つ屋敷の松明《たいまつ》の明かりに照らされて、もっと背の高い人物が行ったり来たりする姿が見えた。

その人物に、そっと近寄った。彼が振り返り、おずおずと差し出したメアリーの手をつかんだ。「来てくれたね!」男が言い、指にキスをしてきた。彼にしっかり握られたその指は、震えていた。彼がメアリーの肩に腕をまわして引き寄せる。「怖いのか？　怖がらなくていいよ。きみは安全だ」メアリーが仮面をかぶっているのに気づいて、彼は小さく笑った。「ああ、ロマンチックなきみ、それは必要なのか？」そうからかうと、手を上げ、仮面の紐を探した。

メアリーはなんとか彼の手を止めた。「まだだめ！　ここではだめ！」小さな声で言う。彼は強くは言い張らなかったが、それでもおもしろそうな顔をしていた。「だれもきみを見ないよ」そう彼が指摘する。「だが、そうしたいなら、つけていればいい」手を貸して、メアリーを馬車に乗せた。「眠るといい。長旅になると思うから」

彼が踏み段から飛び下りた。メアリーは安堵《あんど》に震えながら、彼が馬に乗っていくのだと気づいた。

馬車の内装はとても豪華で、座席に毛皮の敷物があった。メアリーは敷物を体にかけ、隅に寄りかかった。長旅になるとヴィダルは言っていた。それは、結局、スコットランドとの国境を目指すということだろうか？　もしグレトナグリーンが目的地だったら、妹にとてつもなくひどい仕打ちをしたことになる。

上体を前に傾け、窓の外を覗いたものの、道筋を確かめる試みはすぐに放棄した。暗すぎたし、方向感覚がなくて、北へ向かっているのかどうかわからなかったからだ。

いままで、これほどスプリングの利いた馬車に乗ったことはなかった。石畳の道を走っているときでさえ、特別不快には感じなかった。付き添っている侯爵の姿は見えなかったので、後ろを走っているのだろうと推測した。やがて水に映る月光に気づき、もう一度、身を乗り出して窓の外を見た。馬車は橋を渡っていた。下を流れるテムズ川が見えて、南へ向かっているにちがいないと思った。グレトナグリーンが目的地ではない。メアリーは妙な安堵をおぼえた。

町を出ると、馬たちは飛ぶように走った。とんでもない速度に、メアリーは少しのあいだ、いつか事故が起こるのではないかと不安になったが、しばらくすると慣れてしまい、馬車の揺れにあやされて、少しうたた寝もした。

突然馬車が停止して、彼女ははっと目を覚ました。明かりが見え、人声と地面を踏む蹄《ひづめ》の音が聞こえた。いよいよその時が来たと思い、外見上は落ち着き払って、馬車から降ろされるのを待った。月が見え、どこにいるのか確かめようとしたものの、風に揺れる看板しか見えず、これは単に馬を替えるための停止だと気づいた。馬車のドアが開いたので、彼女は隅に体を引っこめた。ヴィダルの声が優しく言う。「起きているかい、辛抱強《ペイシェ》い人《ンス》？」

メアリーは答えず、じっと動かなかった。わたしに勇気があったら、いま正体を明かすのに、と心のなかでつぶやく。そして、風の強い街道で、夜、馬丁たちににやにや笑われながら、そうする場面を思い浮かべて尻込みした。

低い笑い声が聞こえ、ドアが閉じられる音がした。侯爵は去った。そしてすぐに鞭《むち》の音がし、馬車が進みはじめた。

メアリーはもう眠らず、膝の上で手を握り合わせ、背筋をまっすぐ伸ばして座った。一度、馬に乗ったヴィダルが馬車の窓に並んだのがちらりと見えたが、彼は馬車を追い越し、二度と現れなかった。

やがて馬車はふたたび停まったが、馬を替える作業はあっという間に終わり、馬車のドアにはだれもやってこなかった。冷たい、灰色の明かりが、夜明けが近いことを告げていた。これほど長いあいだ自分の策略がばれないとは、メアリーは予想していず、家へもどれるのはいつになるだろうかと不安になった。

明るくなるにつれ、馬車の内部がかすかに見えてきた。手を伸ばせばすぐのところにホルスターがあるのが見え、冷静かつ慎重に、なかのピストルを取った。彼女の小さな手には、それはかなり大きかった。火器の知識に乏しいため、弾が入っているのかどうかはわからない。それを外套の大きなポケットになんとかしまった。外套がとても重くなったが、メアリーの安心感は増した。この妙な旅の最初から感じていた、震えるほどの不安が消えはじめた。気がつくと、手はもう震えていず、何が起ころうとかなり冷静に対処できるように感じていた。旅の長さにいらだちをおぼえはじめ、もどるのにじゅうぶんなお金がレティキュールに入っているだろうかと、冷静に考える。ロンドン行きの乗合馬車に乗れればいいけれど。馬車を賃借りできるほどの金がないのは確かだった。ヴィダルが家まで送り返してくれるという可能性は考えなかった。ヴィダルは激怒のあまり、彼女の困った状況を察してはくれないだろう。

次に馬車が停まったとき、新しい馬に乗り替えるヴィダルが一瞬見えたが、彼は馬車のドアには来なかった。先を急ぐことに夢中で、恋人の存在を忘れているらしい。ソフィアの話から、ヴィダルが常に危険きわまる速さで馬を走らせると、メアリーは知っていた。そうでなければ、彼が命からがら逃げているのだと思ったことだろう。

ついに淡い朝日が、雲間から顔を覗かせた。メアリーはどれぐらい移動したのか計算しようとしたが、満足な答えは出なかった。家々が見えはじめ、やがて馬車は石畳の道に入り、速度をゆるめた。

角を曲がる。灰色の波立つ海が見えて、メアリーは目をみはった。ヴィダルがソフィアを国外へ出すつもりだとは考えもしなかった。それがほんとうらしいとわかってくると、このあいだの決闘を思い出し、その可能性を考えるべきだったと気づいた。

馬車が急停止した。メアリーは港に停泊する帆船から急いで視線をはずし、ドアが開くのを待った。

だれかが踏み段を下ろした。ドアを開けたのはヴィダルだった。「おや、まだ仮面をつけているのか？　きみを用心深い人《ブルーデンス》と呼ぼう。おいで！」

侯爵が両手を伸ばしてきて、メアリーは彼の腕に触れる前に腰をつかまれ、軽々と降ろされた。完全になされるがままになった感覚を一瞬おぼえ、それを心地よいと思ったことに当惑した。

「なかに入ろう」ヴィダルが陽気に言う。「船に乗る前に、コーヒーを飲む時間が少しある」

太った主人がお辞儀をして、ふたりを宿屋に招き入れた。メアリーが仮面の細長い穴から主人を見ると、その慎み深い顔にいわくありげな表情が浮かんでいて、ヴィダルがこの宿屋に連れてきた女性は彼女が最初ではないと、強い怒りをおぼえながら判断した。

主人はふたりを海を見晴らす休憩室へ案内し、ヴィダルが注文をするあいだ、お辞儀をし、作り笑いを浮かべて立っていた。メアリーは暖炉へ近づき、彼らに背を向けて立った。

「はい、侯爵さま。かしこまりました」宿の主人が言った。「そちらのレディーにはコーヒー、そしてあなたさまには巻きたばことスモールビアですね。はい、急いで持ってまいります」

「急いでくれよ」ヴィダルが言った。「でないと、潮時を逃す」

「かしこまりました。ただちに！」主人が請け合い、せかせかと部屋を出た。

ドアの閉まる音が聞こえると、メアリーは向きを変えた。ヴィダルは鞭と手袋を置いて、彼女をおもしろそうに見守っていた。「さて、思慮分別さん？　その仮面をはずしてくれるかな？　それとも、ぼくがしなければいけないのか？」

　メアリーは両手を上げて、紐をほどいた。「これの役目は終わったわ」落ち着いて言い、フードを後ろへやった。

　ヴィダルの顔から笑みが消えた。じっと彼女を見る。「いったい……？」

　メアリーは外套を脱ぎ、それを慎重に椅子に置いた。演じるべき役割があるせいで、ピストルの存在は忘れていた。ソフィアのようにいたずらっぽく微笑もうとし、うまくいくよう願った。

「ああ、侯爵さま、あなたはとってもだましやすい人だわ！」そう言ってから、ソフィアがするように、くすくす笑った。

　ヴィダルが彼女に近づいて、その手首をきつく握った。「そうかな？　まあ、そのうちわかるだろう。きみの妹はどこだ？」

「まあ、ベッドにいるに決まっているじゃありませんか」メアリーは答えた。「妹にあなたの手紙を見せられて、わたしたち、大笑いしたのよ。妹は、厚かましいあなたをちょっとしたおふざけで懲らしめるのに大賛成だった。だからわたしたち、知恵を絞ってこの計画を考えついたの。馬車に乗ったのが、わたしだということにあなたがまったく気づかなかったと教えたら、妹は笑いすぎて死んでしまうでしょうね」メアリーの声には震えひとつなかった。表面上は、生意気で下品な役割を演じていた。しかし、内心では、彼に殺されるのではないかと恐れていた。

確かに侯爵の目には殺意があり、手をつかむ強い力に、メアリーは身をびくりとさせた。

「おふざけ?」ヴィダルが言った。「彼女の悪ふざけなのか——それとも、きみか? 答えろ!」

メアリーは役割を演じるのが困難になっていたが、なんとか陽気にふるまった。「あら、やり遂げたのは間違いなくわたしだけれど、ソフィアが考えつかなかったら、わたしが考えついたでしょうね」

「ソフィアが考えついたのか?」侯爵が口をはさんだ。

メアリーはうなずいた。「ええ、でも、最初、わたしは全然気に入らなかった。ただ、わたしが同意しなかったら、エリザ・マッチャムを行かせると妹が脅したものだから」侯爵をちらりと見たが、ずっと見ている勇気はなかった。「ソフィアを簡単に誘惑できると考えても無駄よ。彼女はみごとにあなたをだましたでしょう? でも、あなたが結婚を考えていないと気づいて、あなたを懲らしめようと決心したの」

「結婚!」侯爵はのけぞって笑った。「結婚! なんと、そいつは愉快だ」

メアリーの頬は真っ赤になっていた。彼の笑い声には、あざけりと意地の悪さがこもっていた。まるで悪魔のようだ、とメアリーは胸の奥でつぶやいた。

侯爵がさっと手を離し、テーブルのそばの椅子に腰を下ろした。彼の顔から殺意は消えたが、半分閉じた目には、メアリーをもっと警戒させる輝きがあった。この男は悪意をいだいている。彼が視線でメアリーを裸にした。彼女は頬をますます赤くしながら、彼の薄い唇がゆがんで、忌まわしい笑みが浮かぶのを見た。彼の態度は侮辱的だった。メアリーが立っているのに、ヴィダルはゆったりと座って、片脚を前に伸ばし、片手をズボンのポケットの奥に入れていた。

「おもしろがっているのを許してくれ」侯爵がけだるげに言った。「真相は、ミス・ソフィアがぼくよりも貢いでくれる愚かな男を見つけたということだろう?」

メアリーはいい加減に肩をすくめた。「あら、秘密はしゃべりませんわ!」

ドアが開き、トレイを持った下男を伴って、主人が入ってきた。テーブルの用意がされるあいだ、メアリーは窓辺へ行っていた。またふたりきりになると、侯爵が言った。「きみのコーヒーだ――名前は聞いていたかな? メアリーか?」

彼女は自分の役割を忘れ、冷ややかに言った。「そう呼んでいい権利は、あなたにはないわ」

侯爵がふたたび笑った。「おいおい、ぼくが要求すれば、どんな権利だろうと、ぼくのものだ。座れ」

メアリーは彼を見つめたまま、その場に留《とど》まった。

「頑固なのか? ぼくが従順にしてやる」ヴィダルがそう言って立ち上がった。

　メアリーは彼から逃げたいという衝動に駆られ、それを抑えた。突然、体が持ち上げられ、あまり優しくなく、テーブルのそばの椅子に下ろされた。肩に重たい手が置かれ、立ち上がれない。

「きみはぼくといっしょに来ることにした」侯爵が言った。「そして、きみはぼくに従うことになる。ぼくが鞭できみの尻を打たねばならないとしてもな」

　ヴィダルの顔があまりにも恐ろしかったので、彼がきっと脅し文句のとおりにすると信じた。じっと座っていると、侯爵が肩から手をどかした。

「コーヒーを飲め。時間があまりない」

　もはや手は震えていないとは言えなかったが、メアリーはなんとかコーヒーをカップに注《つ》いだ。

「震えているのか？」忌まわしい声が尋ねた。「きみが行儀よくすれば、手を上げはしない。顔を見せてくれ」侯爵がメアリーの顎をなれなれしくつかんで、顔を上に向けさせた。

「そんなにひどい顔でもないな。仲よくやっていけるだろう」

　メアリーは熱いコーヒーを少し飲んだ。元気がもどって、冷静に返事をする。「残念ながら、わたしたちが互いを評価する機会はないでしょうね。わたしは朝いちばんの馬車でロンドンにもどるわ」

「いや、違う。きみはソフィアのかわりに、ぼくとパリへ行くんだ」

メアリーはカップと受け皿を押しやった。「でたらめを言わないで。あなたがいっしょに行きたいのは、わたしではないでしょうに」

「いいじゃないか」侯爵が冷淡に言った。「尻の軽い姉妹なんだから、どっちでも同じだろう」

メアリーは背筋をぴんと伸ばし、膝の上で軽く手を組み合わせた。「すっかりだまされたからといって、わたしを侮辱する必要はないわ」

侯爵が笑い声をあげる。「だれがだまされたのかは、おふざけが終わったときにわかる。侮辱については、いやはや、きみのような厚かましい女性をどうやったら侮辱できるのか、教えてほしいね。そんな澄ました顔をするな。昨夜《ゆうべ》のとんでもない行為のあとでは、役に立たない」

「わたしをフランスへ連れてはいけないわ」メアリーは断固として言った。「ソフィアが無分別だからって……わたしを……わたしたちをだらしない女だと思うのでしょうけれど、でも――」

「自分を貞淑な女だとぼくに信じさせようとしているのだったら、息の無駄遣いだ」侯爵が口をはさんだ。「最初から、きみの妹がどんな人間かわかっていたし、きみに関して言えば、ぼくがどんな疑念をいだいたとしても、きみが解決してくれた。貞淑な娘はな、そんなおふざけに加担しないんだよ。ぼくはきみの好みではないかもしれないが、きみがぼくを満足させることに成功すれば、ぼくが寛大さにおいて、ほかの男に劣らないとわかるだろう」

「あなたは許しがたいわ！」メアリーは息をつまらせながら言った。立ち上がる。今度は侯爵にじゃまされなかった。「ロンドンからどれぐらい離れた場所にいるのか、教えてちょうだい。ここはどこなの？」

「ニューヘイヴンだ」ジョッキのスモールビアを飲みながら、侯爵が答える。

「ここから乗合馬車に乗れる？」

「さあ」侯爵はあくびをした。「そんな心配はしなくていい。ぼくは言ったとおりにするつもりだ」

「わたしをパリへ連れていく気？　あなたはどうかしている。わたしが悲鳴をあげることを考えないの？　今日では、高貴な侯爵さまでさえ、若い娘を無理やり船に乗せることは、ほとんど不可能よ」

「ほとんどな」侯爵が同意する。「だが、きみを酔っ払わせて、抵抗できないようにすることは可能だ」外套のポケットから懐中びんを取り出し、高く上げた。「オランダ製のジンだ」

メアリーは憤慨した。「あなたは頭がどうかしていると思う」確信して言った。

侯爵が立ち上がり、メアリーに近づいた。「どう思ってもいいが、メアリー、きみはぼくのジンを飲むことになる」

メアリーは壁に阻まれるまで、後ずさりした。「わたしに触れたら、悲鳴をあげるわ」

侯爵に警告する。「騒ぎは起こしたくないけれど、そうする」

「悲鳴をあげるがいい。サイモン老人はとても耳が遠いとわかるはずだ……彼が聞きたくない場合はな」

高貴なひいき客のじゃまをすることを、あの主人は可能ならば避けようとするだろうと、メアリーは見抜いた。そして突然、自分は無力だと感じた。侯爵が彼女を見下ろしていた。彼はほんとうにびんの中身を飲ませそうだった。メアリーは静かに言った。「お願いだから、わたしにそれを飲ませないで。わたしは恥知らずじゃないわ——そう見えるかもしれないけれど。話を聞いてくれれば、あなたはきっと理解してくれると思う」

「話はあとで聞く。いまは時間がない」

その話を裏づけるかのように、ドアが強くノックされ、だれかが声をかけた。「旦那《だんな》さま、潮の向きが変わってしまいます！」

「いま行く」侯爵は答え、メアリーのほうへ向きをもどした。「早くしろ！」

メアリーは侯爵の手首を両手で押さえた。「わたしに無理やり飲ませる必要はないわ。行くしかないなら、行きます」

「そうしてくれると思ったよ」侯爵が残忍な笑みをうっすらと浮かべた。

ヴィダルはテーブルのほうを向いて、ジョッキを持ち上げ、中身を飲み干した。メアリーからは一時たりとも視線をはずさず、彼女のほうは、大胆に彼をにらみ返したかったものの、できなかった。侯爵がジョッキを置いたとき、メアリーは椅子に近づいて、外套を取り上げた。彼が物憂げな口調で言った。

「埠頭《ふとう》にはぼくのところの使用人しかいないだろうが、きみが騒ぎを起こしたくなった場合、ぼくがすぐそばにいることを覚えておくといい。きみが何か言う前に、その首を絞めてやる」

メアリーが外套を着ているときに侯爵が近づいてきて、彼女が気づく前に、彼女の腕をつかみ、すらりとしたもう一方の手で彼女の喉をつかんだ。指にどれほどの力があるのかを彼女に感じさせる。メアリーは体面を保つために抵抗しなかったものの、頭のなかで血液がどくどくと不快に流れ、気を失ってしまうと感じた。

「こんなふうに」侯爵が言って、あざけるような笑みをメアリーに向けた。彼の手が離れると、メアリーは喉に手をやった。「不快だろう？」侯爵が言う。「もしまたぼくがこんなことをせざるをえなくなったら、きみはしばらくのあいだ、声を出せなくなる。そして喉を絞めたあと、きみを船に乗せる――しかも、すばやく。だれかが近寄ってきたら、気を失ったのだと説明してね。ぼくの話をちゃんと理解できたかな？」

メアリーは喉の筋肉がこわばっていることに気づいたものの、なんとか声を出した。

「完璧《かんぺき》に」

「そうだろうと思っていたよ」侯爵が穏やかに言う。「さあ、来い！」

侯爵はメアリーの腕を自分の腕にからませて、ドアへ導いた。外套のポケットに入れたピストルが膝にあたって、彼女はその存在を思い出し、はっとした。

侯爵に一方の手を取られている状態では、ピストルをもう一方の手で取り出せるとは思えなかった。不注意に扱って暴発するのが怖かったし、発砲して、望ましくない評判を立てるつもりもなかった。ホルスターから取り出したときは、持っているほうがいいだろうと、なんとなく思っただけだった。使うことは考えていなかった。使わなければならない状況があるとさえ考えなかった。もう使うには遅すぎるが、ポケットにすっぽりとおさまっているそれを、機会があればすぐに取り出そうと思った。

侯爵が彼女を部屋から出した。談話室に立ち寄り、料金を払う。主人はすっかりこびへつらっていた。メアリーは二度とニューヘイヴンには来るまいと心に決めた。

否応《いやおう》なしに侯爵とともに埠頭へ行った。海は荒れ、白波が立っている。メアリーは内心、恐怖におののいて海を見つめた。それから、馬車から見えた優雅な帆船が目に入った。外海から守られた港にいるのに、帆船は上下に揺れている。メアリーは吐き気をおぼえ、哀願するように浅黒い顔を見上げた。

侯爵は少しも気づかずに、アルバトロス号の甲板に続く道板を歩くよう彼女に強いた。

複雑な綱を忙しそうに扱っている、荒くれた感じの男たちの何人かが、興味深そうに視線を向けてきたのをメアリーは感じたが、侯爵は急な昇降階段のところまで彼女を歩かせた。そしてメアリーには下りられそうにないと判断すると、侯爵は彼女を肩に担いで、下まで運んだ。下甲板でメアリーは下ろされ、かなり広い船室へ押された。

「なかに入れ」侯爵が命令する。「じゅうぶん快適なはずだ。ぼくがもどるまで、ここにいるんだ。すぐにもどってくる」

侯爵が去ると、メアリーは作りつけの寝台へよろよろと歩き、どさりと腰を下ろした。いまこそピストルを手にするべきときだったが、不思議なことに、彼女はそうしようとしなかった。彼女の指から外套がはらりと落ち、手が頭にあてられた。

外では、男たちが大声をあげたり、甲板を歩きまわったりしていた。帆船はこれまでよりも揺れ、メアリーは寝台から投げ出されそうになった。彼女は横になることにした。甲板で何が起こっていようが、いまのところ、まったく興味がなかった。

少しして、侯爵が船室に無遠慮に入ってきた。「錨《いかり》を上げたぞ」例の忌まわしい笑みを浮かべて言った。

メアリーは目を開き、何にも悩まされていない侯爵を見て驚嘆し、ぶるっと震えて、また目を閉じた。

「さて」侯爵が物柔らかに言う。「さて、ミス・メアリー・チャロナー……」

メアリーは、あっぱれなことに、なんとか肘をついて体を起こした。「あの」冷静沈着に言う。「あなたがどこへ行こうが、留まろうが、かまわないけれど、わたしはひどく気分が悪くなると警告しておくわ」口にハンカチをあて、くぐもった声で言った。「いますぐに！」

侯爵の笑い声は薄情に聞こえる、とメアリーは思った。「おやおや、それは考えてもみなかった。これを使うといい」

メアリーがぱっと目を開けると、侯爵が洗面器を差し出していた。それはとても都合がよさそうだった。「ありがとう！」メアリーは心から感謝した。

7

メアリーは長いため息とともに目を覚まし、目を閉じたまま、しばらく横たわっていた。目を開ければ災難を招くことになり、災難はもうごめんだった。やがて、船がもう揺れていないと気づいた。実際には、ほとんど動いていない。彼女は目を開け、船室の家具類を疑わしげに見たが、それらはもはや上下に揺れていなかった。

「よかった！」メアリーは心からそう言った。

体はひどく弱っていて、枕《まくら》から頭を上げるとめまいがした。じっと横たわったまま、これまでの長い時間に起こったことを思い出そうとした。記憶はいささか不鮮明だったが、ヴィダルが洗面器を渡してくれたあと、部屋から出ていったことを思い出した。そして、たしかそのあと、もどってきた。何時間もあとのことで、口も利けないほど疲れ果てていた彼女に、侯爵は何かひどくひりひりする液体を飲ませたのだ。酩酊《めいてい》させると脅迫されたのをぼんやりと思い出して、メアリーは抵抗しようとしたが、彼のほうはまだおもしろがっているようすで、こう言った。「ただのブランデーだよ。飲め」

そういうわけで、メアリーはその液体を飲み、それによって眠りに落ちた。侯爵は彼女を寝具でくるんでくれたらしかった。彼にそんな思いやりがあるとは、予想していなかった。

こうして記憶を呼び起こしている最中に、当の侯爵がやってきた。目が輝いていて、少し衣服が乱れていた。「目を覚ましたな？　じゃあ、起きろ」

「起きられないわ」メアリーは率直に言った。「頭がくらくらするの」

「だろうな。ディエップに着いた。きみに必要なのは食事だよ」侯爵が冷淡に言った。

メアリーはしかたなく体を起こした。「あなたは何を言ってもいいと思う」恨みがましく言った。「でも、少しでも感情があるなら、わたしに向かって食事の話はしないでしょうね」

「そんなものはない」ヴィダルは言った。「知らないだろうが、食事をとれば、きみはすっかり元気になる。起きて、陸に上がろう」

最後の魔法の言葉を聞いて、メアリーは立ち上がった。侯爵が腕を差し出した。

「それでいい」と励ます。「〈金の鶏〉亭に食事と宿泊の予約をしてある」

ふたりは甲板に上がった。メアリーは、侯爵に先に行くよう要求してから、くらくらする頭が許すかぎりすばやく昇降階段をのぼったのだった。甲板に出ると、海は驚くほど穏やかで青く、彼女はびっくりして目をしばたたいた。それから埠頭《ふとう》の長い影を見て、時刻を尋ねた。

「もうすぐ六時だ」ヴィダルが答えた。「海がひどく荒れていたんだ」

彼女の頭は働くことを拒否した。自分に何度もつぶやく。「わたしはフランスにいる。もう家へもどれない。時間を聞いても無駄だわ。わたしはフランスにいる」

侯爵に連れられて道板を渡り、波止場を歩いて、〈金の鶏〉亭に着いた。「きみの身のまわりの品は先に届けさせた」侯爵が言った。

メアリーはとまどった顔で彼を見た。「でも、わたしは何も持っていないわ」

「忘れていないか」侯爵が皮肉った。「ぼくはソフィアに何も持ってくるなと言ったんだ。そして、必要なものはこちらで用意すると約束した」

「あなたは買ったの……ソフィアのためにドレスを？」信じられずに、メアリーは尋ねた。

侯爵がにやりと笑う。「ああ、ドレスだけではない。ご婦人の必要なものは、教えられなくてもわかっている。シュミーズ、化粧着、垂れ飾り、ウォーレンの香水、白粉《おしろい》……なんでもそこにある。ぼくは経験豊富だからね」

「それに関しては、疑っていないわ」メアリーは言った。

侯爵がお辞儀をする。「きみはぼくの好みを気に入ってくれるはずだ」そう言って、待ちかまえていた侍女に彼女を渡した。

メアリーは、この侍女について上の階へ行くしかなかった。自分の外観がどうなっているか想像できたし、身なりを整えてからでないと、侯爵との来るべき対決に耐えられそうになかったからだ。

フランス語は不自由なく話せたので、侍女に希望を伝えることはむずかしくなかった。顔と手を洗い、侯爵に支給されたブラシと櫛《くし》を使ってふたたび髪を上げると、外套《がいとう》のポケットから慎重にピストルを取り出した。広がったスカートの下に隠せると思って、鏡の前で練習してみたが、うまくいかないので、右手でピストルを持ち、腕に外套をかけて、服のひだで隠した。満足すると、部屋を出て、侯爵が予約した階下の特別休憩室へ行った。

彼は片手にグラスを持って、暖炉のそばに立っていた。メアリーは突然、彼の目が妙にきらきらしている理由に気づいた。侯爵はずっと酒を飲んでいて、いまも飲んでいるのだ。

彼をちらりと見てから、メアリーはテーブルへ歩き、腰を下ろして、スカートの下にピストルを隠し、外套を椅子の背にかけた。

「あなたの言ったとおりだと思うわ」丁寧に話しかける。「食事をしたら、気分がよくなりそう」

侯爵が椅子へぶらぶらと歩き、腰を下ろした。「きみは何か体を温めるものが必要そうだ。ぼくといっしょに赤ワインを飲むか、それとも果実酒にするか？」

「ありがとう。わたしは水をいただくわ」メアリーは断固として言った。

「お好きなように」侯爵は肩をすくめ、椅子の背にもたれて、物憂げに彼女を眺めた。

お仕着せを着た男が、宿屋の使用人を連れてやってきて、ありがたくも気をそらしてくれた。目立たない感じの男がふたりに給仕しはじめ、メアリーは英語で話しかけられて、びっくりした。

「ぼくはいつでも、自分の使用人を連れて旅をするんだ」驚く彼女を見て、侯爵が説明した。

彼女はすばらしい夕食を堪能《たんのう》し、使用人たちの前だったため、当たり障りのない会話を続けた。侯爵は赤ワインのボトルを空にし、もう一本、持ってこさせた。メアリーががっかりしたことに、ワインは侯爵を饒舌《じょうぜつ》にするだけのようだった。彼は無鉄砲な雰囲気を漂わせていたが、酩酊とはほど遠い状態だった。

やがて来る、ふたりだけの時間を恐れていたメアリーは、砂糖菓子をだらだらと食べていた。ついに食事を終えると、侯爵が自分の使用人に合図を送り、その使用人はフランス人の下働きに食器を片づけるよう指示した。ヴィダルが立ち上がり、ふたたび暖炉の前へ行った。メアリーはその場に留《とど》まり、椅子を少しだけテーブルから離した。

「今夜、ほかにご用はございませんか？」使用人が尋ねた。

「何もない」ヴィダルが答える。男はお辞儀をして、部屋を出た。ヴィダルが穏やかに言った。「こっちへ来るんだ」

「その前に、言っておくことがあるわ」メアリーは冷静に答えた。

「おやおや、ぼくがきみをフランスへ連れてきたのは、きみの話を聞くためだと思っているのか？」あざけるように言う。「きみはよくわかっているはずだ！」

「たぶん」メアリーは認めた。「でも、聞いてほしいの。どうか、わたしに恋しているようなふりはしないでちょうだい」

「恋？」侯爵がばかにするように言った。「まさか。ぼくは、きみのかわいい妹に恋心をいだいていないのと同様、きみにも恋愛感情はない。だが、きみがぼくの気を引こうとしたのだから、きみをいただく！」侯爵の視線が彼女の体をじろじろ見た。「きみはかなりほっそりした体つきだし、見たところ、ソフィアよりも脳みそがありそうだ。妹の美しさはないが、不平を言うつもりはない」

メアリーは深刻な表情を侯爵に向けた。「わたしをものにするのだとしたら、それは復讐《ふくしゅう》のためなんでしょうね。わたしはそんなひどい罰を受けるようなことをした？」

「きみはあまり愛嬌《あいきょう》がないんだな」侯爵は嘲笑《ちょうしょう》した。

メアリーは後ろにピストルを持って立ち上がった。「わたしを行かせて。あなたはわたしを欲しがっていない。それに、もうじゅうぶんわたしを罰したでしょう」

「ああ、そうなのか。ぼくがソフィアのほうを気に入っていたから、きみは腹を立てているんだな？　それは気にしなくていい。ぼくはすでにあのあばずれを忘れている」

「侯爵」メアリーは必死になって言った。「ほんとうに、わたしはあなたが考えているような女じゃないの！」

侯爵が腹を抱えて笑い、メアリーはこの雰囲気のなかで彼にまじめに話を聞いてもらうのは無理だと気づいた。

彼が近づいてくる。メアリーは右手を背後から出し、ピストルを向けた。「止まりなさい！　もう一歩でも近づいたら、撃つわよ」

侯爵は突然立ち止まった。「どこでそれを手に入れた？」

「あなたの馬車で」

「弾は入っているのか？」

「知らないわ」メアリーは救いがたいほど正直に言った。

侯爵がふたたび笑い出し、前へ歩を進めた。「なら、撃て」軽く勧める。「それでわかるだろう。あと何歩か近づいてやるよ」

彼が本気だとメアリーは気づき、目をつぶって、決然と引き鉄《がね》を引いた。耳をつんざくような銃声があがり、侯爵が後ろへよろめいた。彼はすぐに体勢をもどした。

「弾は入っていたな」涼しい顔で言う。

メアリーの目がぱっと開いた。ヴィダルが左の肘の上あたりを調べているのが目に入り、驚いたことに、彼の袖《そで》に赤い染みが広がった。彼女はピストルを落とし、手を頬へやった。

「ああ、なんてことをしてしまったの」声をあげる。「あなたをひどく傷つけてしまった？」

侯爵がふたたび笑ったが、今度は前とはかなり違っていて、まるで心からおもしろがっているようだった。「きみはぼくよりも、プランソンの壁をひどく傷つけた」

そのとき、ミスター・プランソンが部屋に駆けてきた。目が飛び出している。彼の口から質問が次々に発せられ、大げさな身ぶりがそれに伴った。侯爵が簡潔に説明した。

「落ち着け。単にこちらのご婦人がピストルの具合を確認したがっただけだ」

「ですが、あたしの宿屋です！　うちの美しい部屋が台なしになってしまいました。ああ、壁の穴を見てください！」

「撃ったからだよ。さあ、その図体《ずうたい》をぼくの前から消せ」侯爵は言った。興奮した主人の後ろに、自分の執事の存在を認めた。「フレッチャー、そのばかを追い払え」

「かしこまりました」フレッチャーが平然と言い、ミスター・プランソンを部屋から引きずり出した。

メアリーは罪悪感をおぼえながら言った。「ああ、ごめんなさい！　こんなに大騒ぎになるとは思っていなかったの」

ヴィダルの目がきらめき出した。「きみは彼の美しい部屋をだめにし、ぼくのきわめて美しい上着をだめにした」

「わかっているわ」メアリーは頭を垂れた。「でも、結局のところ、あなたのせいよ」勇気を出して言う。「撃てとわたしに言ったじゃない」

「そうは言ったが、撃つとは思わなかった」

「あれ以上、近づいてくるべきじゃなかったわ」メアリーは容赦なく言った。

「確かに」侯爵は同意し、上着を脱いだ。「きみに敬意を表するよ。あの引き鉄を引ける勇気のある女性は、ほかにはあとひとりしか知らない」

「だれ？」メアリーはきいた。

「母だ。さあ、きみが撃った腕を縛ってくれ。プランソンの絨毯《じゆうたん》が台なしだ」

メアリーはすぐに近づき、侯爵が差し出したハンカチを受け取った。「ほんとうにだいじょうぶ？」不安げに尋ねる。「ひどく出血しているわ」

「だいじょうぶだ。血を見ても、きみは動じないんだな」

「わたしはそんなばかじゃありません」メアリーは彼の袖をまくった。「レースがもう使い物にならないわね。痛くない？」

「全然」ヴィダルが穏やかに答える。

メアリーは自分のハンカチをあててから、侯爵のハンカチを巻き、きつく縛った。

「ありがとう」作業が終わると、侯爵は言った。「さて、上着を着るのを手伝ってくれたら、話をしよう」

「着てだいじょうぶ？」メアリーは疑わしげに尋ねた。「また出血してしまうかもしれないわ」

「おいおい、これはほんのかすり傷だよ」

「あなたを殺してしまったかと思った」メアリーは打ち明けた。

ヴィダルがにやりと笑う。「銃の腕はまだまだだ」上着をなんとか着ると、椅子を暖炉へ近づけた。「座れ」メアリーがためらったので、ヴィダルはポケットから自分のピストルを取り出し、彼女に渡した。「次はこれを使え」そう勧める。「前より簡単なはずだ」

メアリーは座った。笑みを浮かべたものの、彼女の声は真剣だった。「もしまた撃つとしたら、自分を撃ったほうがましよ」

侯爵は上体を前に傾け、彼女からピストルを取りもどした。「それなら、ぼくが持っていよう」顔をしかめてメアリーを見る。「最初にきみの性格を読み取ったとき、ぼくは正しかったと思う」

「どんなふうに読み取ったの？」

「ひどく厳格な女性だと思った」

メアリーがうなずく。「そのとおりよ」

「なら、こんなお転婆な悪ふざけを、どうしてしようとしたんだ？」

彼女は膝の上で手を組み合わせた。「話したら、あなたはとても怒るわ」

「すでにぼくを怒らせた以上に怒らせることは不可能だ。真実を知りたい。頼むから、話してくれ」

メアリーは一瞬口をつぐみ、暖炉の火を見つめた。侯爵はじっと彼女を見守っていた。やがて、彼女が静かに話しはじめた。「ソフィアは、あなたに結婚を決断させることができると考えていたの。妹はとても幼くて、ばかよ。わたしの母も……」痛々しげに顔を赤くする。「あまり賢くないわ。わたしは、あなたがソフィアと結婚するとは思えなかった。あなたが妹を愛人にするだろうと思えたし、妹が心配だった。なぜなら、妹は……ばかなことをするから。それに、あなたが彼女の人生を台なしにすると知っていたから」メアリーはいったん口を閉じたが、侯爵は何も言わなかった。「あなたが送った手紙は」彼女は話を続けた。「ミス・チャロナー宛《あて》だった。知ってのとおり、わたしたちは姉妹で、手紙はわたしの手もとに届いたわ。あなたが差し出し人だとわかったけれど、わたしはそれを開封した。ソフィアは見てもいないのよ」

「じゃあ、ニューヘイヴンでぼくに言ったことはみんなうそか？」

メアリーは顔をぱっと赤らめた。「ええ、うそ。あなたが二度とソフィアに会いたがらないようにしたかったから、妹にだまされたと……そんなふうに……信じこませることに成功すれば、あなたの気持ちは完全に妹から離れると思ったの」

「そのとおりだ」ヴィダルが険しい顔で言った。

「ええ。ただ、わたしにかわりに来るよう、あなたが強要するとは考えなかった。すべてをあなたに話すはめになるとは、思いもしなかったわ。あなたがすぐにわたしを解放してくれて、ロンドンへもどれると思った。そして、母とソフィアがもっと賢くなってくれると。もちろん、いまでは自分が大ばかだったとわかる。でも、これが真実のすべてよ」

「大ばか？　きみは気がふれていたんだ！　まったく、なんてことをしてくれた」ヴィダルはぱっと立ち上がり、部屋を行ったり来たりしはじめた。肩越しに、メアリーに言葉を投げつける。「愚かな姉よ、ソフィアはきみが冒した危険に値する女ではなかった。きみは彼女をぼくから救ったかもしれないが、すぐにべつの男が現れるはずだ」

「ああ、そんな」メアリーが苦悩の声をあげた。「うそでしょう？」

「うそではない。さて、きみをこの騒動から救うのに、どうしたらいいんだ？」

「定期船に乗れるように手配してくれれば、なんとかするわ」

侯爵の目が愉快そうにぱっと輝いた。「なんと、また船旅をする勇気があるのか？」

「そうするしかないわ。今度はあんなに揺れないはずよ」

笑みが消え、侯爵はいらだたしげに首を振った。「いや、それはできない。いまは家へは帰れない」

メアリーがびっくりした顔になった。「ほかにどうすればいいというの？　わたしは家へもどらなければならないわ」

「それはできない」侯爵はくり返した。「きのうから、きみはぼくといっしょだったと気づかないのか？　気の毒に、身を滅ぼしたのはきみだよ。ソフィアではなく」

メアリーが落ち着いて言った。「でも、わたしは身を滅ぼしていないわ。みんなを満足させるような話を考えるから、だいじょうぶ」

侯爵は短く笑った。「ぼくの船に乗ったと知られたら、きみの身がきれいだとはだれも信じないよ」

「でも、だれもそのことは……」メアリーは母親に残した手紙を思い出して、言葉を切った。

侯爵は彼女の考えを読み取った。「手紙を残したんだろう？　そうに決まっている。女はみんなそうするものだ」メアリーは当惑し、何も言葉を返せなかった。侯爵が暖炉のそばにもどり、険しい顔で彼女を見下ろした。「ふたりでこの件を片づけよう」彼は言った。「ぼくは間違いを犯すことを気にしない。責任はぼくにあるかもしれないが、きみには母親に口出しする権利があるのか――あるいは、ソフィアみたいな妹に？」

「侯爵」メアリーは彼をまっすぐ見た。「わたしは自分を母や妹より上に見られようとは思っていないわ」

「思っていない！」侯爵がばかにするように言った。「きみは彼女たちより上だ。あの女たちは……いや、きみをこれ以上不快にさせたくない」

メアリーは落ち着いて言った。「あなたは考えられるあらゆる方法でわたしを侮辱したんだから、いまさら率直に語ることをためらうのはやめて」

「なるほど」ヴィダルは氷のように冷たく言った。「なら、言わせてもらうが、きみの母親と妹の態度は、上流社会の人間のものでも、貞淑な女性たちのものでもない。一方、きみは、どうやら貞淑だし、淑女としてのしつけを受けているらしい。そして」怒りをぱっと燃え上がらせて、先を続ける。「尊敬に値する娘をさらうのは、ぼくの習慣ではない」

「あなたには、わたしをさらってもらいたくなかったわ」メアリーは指摘した。「あなたの間違いはとても残念だけれど、わたしのふるまいもある程度は責められるべきだと思う」

「きみのふるまいは、とてつもなくひどかった！」侯爵はぴしゃりと言った。「ニューヘイヴンでのきみの態度は、だらしないあばずれのそれだった。あの突飛な行為は軽率で、奔放で、無分別だった。きみに約束したように、乗馬鞭《むち》できみをしつけていたら、当然の報いぐらいは受けさせられたのに」

メアリーは椅子に座ったまま背筋をまっすぐ伸ばし、自分の膝に視線を落とした。「ソフィアをあなたから守るためには、ほかに思いつかなかったのよ」小さな声で言った。

「もちろん、いまでは気がどうかしていたとわかる」喉の何かをのみこむ。「あなたがかわりにわたしを連れていくとは考えもしなかった」

「きみは愚かな娘だ」侯爵がいらいらして言った。

「愚かかもしれないけれど」メアリーが勇気をふるって言い返す。「少なくとも、わたしはそれが最善だと思ったの。でも、侯爵、あなたのほうには、最初から悪意しかなかった。あなたはソフィアの身を破滅させようとして、わたしがじゃまに入ると、今度はわたしの身を破滅させようとしたわ」

「よしてくれ」侯爵が冷淡に言った。「ぼくはきみのようなりっぱな女性の貞操は奪わない」

「もう一度、わたしを尊敬に値する娘などと言ったら、わたしは気鬱《きうつ》の発作を起こしてしまうわ」メアリーは辛辣《しんらつ》に言った。「もっと早くにわたしという人間を認めてくれれば、ふたりにとって、もっといい結果になったのに」

「確かにな」侯爵は同意した。

メアリーはハンカチを探して、小さな鼻をかんだ。それは素朴な動作だった。これがソフィアだったら、まつげを濡《ぬ》らして演技をしただろう。さらに言えば、ソフィアは決して鼻をすすったりしない。メアリーは間違いなく鼻をすすった。女の涙に動じたことのないヴィダルも、これには心を動かされた。彼はメアリーの肩に手を置き、声を優しくして言った。

「泣く必要はない。ぼくはきみのような女性の貞操は奪わないと言っただろう」

メアリーは挑むように目を輝かせた。「わたしはとっても疲れているの。でなければ、弱みを見せたりはしない。そんなこと、大きらいだもの」

「ああ、そうだろう」

メアリーはハンカチをしまった。「これからわたしがどうすべきか知っていたら、どうか教えてちょうだい」

「きみにできることはひとつしかない」侯爵は言った。「ぼくと結婚するしかないな」

メアリーの目の前で、宿屋の休憩室がまわりはじめた。アルバトロス号での体験を思い出させるような光景に耐えられなくて、目を閉じる。「なんですって?」か細い声できいた。

ヴィダルは眉を上げた。「びっくりしているようだな」

「びっくりしているわ」メアリーは答え、思いきって目を開けた。

「きみはぼくの人格に関して、とんでもない考えをいだいているな」侯爵が皮肉っぽく言った。

メアリーは椅子から立ち上がり、お辞儀をした。「あなたはとても親切な方ですわ、侯爵。でも、あなたの妻になるという誉れは、謹んでお断りさせていただきます」

「きみはぼくと結婚するんだ」侯爵は言い張った。「たとえぼくがきみを祭壇へ引っ張っていかねばならないとしても」

メアリーは目をしばたたいた。「あなた、頭がおかしいの? わたしとの結婚を望んではいないでしょう？」

「もちろん、きみと結婚したくはない！」ヴィダルがいらだたしげに言う。「きみのことをろくに知らないんだぞ。だが、ぼくは規則に従ってカードをする。ぼくには数多くの悪癖があるが、無垢《むく》な娘をさらって、世界をさまよわせることは、それに入っていない。どうか少しは理解してくれ。きみは母親に手紙を残して、ぼくと駆け落ちした。ぼくがきみを帰しても、早くてもあすの夜まで家にもどれない。そのころには――きみの母親と妹のことだから――きみの知り合い全員がきみの行いを知っているだろう。きみの評判は地に落ち、だれもきみをもらってくれなくなる。率直に言って、ぼくは汚名を着せられたくない」

メアリーは手を額にあてた。「わたしがあなたと結婚するのは、あなたの面目を保つため、それともわたしの面目を保つため？」

「両方だ」侯爵が答えた。

彼女は疑い深そうに侯爵を一瞥《いちべつ》した。「わたし、疲れすぎていて、はっきりと考えられない」ため息をつく。

「寝たほうがいいな」侯爵がメアリーの肩に手を置き、彼女を自分から引き離して見下ろした。彼女は侯爵の視線を受け止めながら、彼が次に何を言うのだろうかと思っていた。侯爵がふたたび彼女を驚かせた。「そんなに疲れきった顔をするな。とんでもない事態になってしまったが、きみには害が及ばないようにするよ。おやすみ」

不可解な涙がメアリーのまぶたを刺激した。彼女は後ろに下がって、お辞儀をした。

「ありがとう」震える声で言う。「おやすみなさい」

8

　メアリーは疲れたと言ったものの、なかなか寝つけなかった。自分の抜き差しならない問題に夜中まで苦しめられ、ある種の結論に達してようやくまどろみはじめた。

　自分が侯爵と結婚する場面をちらりと思い浮かべたとき、ソフィアの存在をすっかり忘れていたのに気づいて、衝撃を受け、息をのんだ。「じゃあ、そういうことなの？」メアリーは辛辣《しんらつ》なつぶやきをもらした。「彼に恋をしていて、その気持ちを何週間も自覚していたの？」

　しかし彼女が恋をしたのは、悪名高い侯爵ではなかった。放蕩《ほうとう》者の顔の奥に見えた、自分勝手で、無愛想で、手に負えない少年だ。

「わたしは彼をなんとかできる」ため息をついた。「ええ、できますとも！」

　彼女はこの夢に長く浸りはしなかった。結婚は、あらゆる点で問題外だ。侯爵はわたしに関心を持っていない。彼は、時機が来たら、同じ階級の上品な娘と結婚するべきだ。それに、何よりも問題なのは、ソフィアの目の前で花婿を盗むことはできない。

こうして侯爵の件を片づけると、メアリーは自身の将来について決然と考えはじめた。ブルームズベリーへもどるのが不可能なことは、ヴィダルに指摘された。祖父のもとへ駆けこむのも、同様に不可能だろう。この突然の孤独について、わびしい気持ちで思いを巡らせたあと、メアリーは涙を拭《ぬぐ》い、避難できる場所について考えようとした。二時間がたったころ、かなりの精神力の持ち主である彼女は、フランスに残るのがいちばんだと判断した。名前を変えて、フランスのりっぱな家で家庭教師の口を見つけるのだ。

やがて母宛《あて》の手紙を頭のなかで書きはじめ、妙に入り組んだ文の途中で眠りに落ちた。

翌朝、ベッドでチョコレートとロールパンをとってから、ようやく階下の特別休憩室へ下りると、慎み深いフレッチャーが、声にきびしさを交えることなく、メアリーに知らせた。昨夜、侯爵の腕の傷が開いてふたたび出血し、けさは非常に具合がよくなさそうだというのだ。侯爵はまだベッドにいるが、旅を続けるつもりだという。

「お医者さまを呼んだの?」メアリーは殺人犯になったような気分で尋ねた。

「旦那《だんな》さまは医者を呼ぶつもりはないようです」フレッチャーが言った。「呼ぶべきだというのが、従者のミスター・ティムズとわたくしの見解です」

「なら、呼んできてちょうだい」メアリーはきびきびと言った。

フレッチャーが首を横に振る。「独断では決められません」

「わたしが頼んでいるの」メアリーはなおも言った。「どうか、わたしの言うとおりにして」

「すみません。しかし、あとで旦那さまはだれが医者を呼んだのか、知りたいとお思いになるはずで……?」

「もちろん、真実を言えばいいのよ。侯爵さまのお部屋はどこ?」

フレッチャーは敬意をいだきつつあるような目でメアリーを見た。「ご案内します」そう言うと、先に立って階上へ行った。

執事が先に部屋に入った。「ああ、入ってもらえ!」メアリーはヴィダルがそう言うのを耳にすると、さっさとなかへ入った。フレッチャーが部屋を出てドアを閉じると、四柱式寝台へ近づき、悔悟の声で言う。

「わたしが傷つけてしまったのね。ほんとうにごめんなさい」

ヴィダルはベッドで枕《まくら》に寄りかかり、上体を起こしていた。彼の目は少し熱っぽく見え、頬は赤かった。

「謝るな」侯爵が言った。「きみは初心者にしてはなかなかよくやった。こんなふうにきみに応対することを残念に思っている。きみにはもっと寝ていてもらいたかった。正午に出発する準備はできるか?」

「いいえ、残念ながら」メアリーは答えた。「わたしたちは、きょうはここに留《とど》まります」

床にあった枕を取り、ヴィダルの怪我《けが》をした腕の下にそっと置いた。「このほうが楽?」

「完璧《かんぺき》だ。ありがとう。だが、きみの準備ができようができまいが、きょうじゅうにパリへ発《た》つ」

メアリーが愛情たっぷりの笑みを侯爵に向けた。「今度はわたしが暴君になる番よ。あなたはベッドに留まるの」

「きみは間違っている。ぼくは言いなりにはならない」

不機嫌な声だった。メアリーは彼の顔を両手ではさんで、その不機嫌さをキスで拭い去ってやりたかった。「いいえ、わたしは間違っていないわ」

「どうやってぼくをベッドに縛りつけておくのか、きいてもいいかな?」

「あら、あなたの服を持ち去ればいいだけのことよ」メアリーは指摘した。

「いかにも世話女房的だ」

その言葉に、メアリーは少したじろいだが、震えることなく言った。「あなたの執事に、医者を呼びにやらせたわ。どうか彼を責めないで」

「なんて女だ！　ぼくは死にかけていないぞ」

「もちろんよ」メアリーは答えた。「でも、あなたはきのうワインを飲みすぎているから、それで熱が出て、傷を刺激したんじゃないかと、ちょっと心配なの。瀉血《しゃけつ》したほうがいいと思うわ」

侯爵は無言で彼女を見つめた。メアリーが椅子を引っ張ってきて、腰を下ろした。

「わたしと少し話をするぐらいには気分がいい？」

「もちろん、話をするぐらい、わけがない。何を話したいんだ？」

「わたしの将来について」

侯爵は顔をしかめて彼女を見た。「それはぼくの問題だ」

メアリーは首を横に振った。「ありがとう。でも、わたしはあなたの妻になりたくない。よくよく考えて、何がわたしにとっていちばんいいかわかった気がするの。わたしが決めたこと、聞いてくれる？」

侯爵が興味をいだいた。「けさ、きみはかなりいろいろ決めたようだな。ぜひとも聞かせてくれ」

メアリーが膝の上で手を組み合わせた。とても落ち着いた女性だと、ヴィダルは思った。

「昨晩、あなたが言ったことは真実よ。わたしは家にはもどれない。そのことで、わたしが過度に悲しむとは思わないでちょうだい。あそこで、わたしはあまり幸せではなかったのだから。だから、とっても賢明だと思える、将来の計画を立てたの。あなたがわたしをパリへ連れていってくれるのなら、喜んで同行します。向こうへ着いたら、上流階級の家での、家庭教師の仕事を探すつもり。それで、もしかしたら、あなたが力を貸してくれるんじゃないかと思うの。あなたはパリに知り合いが多いでしょうから」

ここで侯爵が口をはさんだ。「おいおい、ぼくがどこかのりっぱなご婦人にきみを推薦することを、言っているのか？」

「できない？」メアリーが心配そうに尋ねる。

「もちろんできるが……まったく、そのご婦人の顔を見るためなら、大金を払ってもいいな！」

「まあ！」メアリーは気づいた。「そういうことね。それを考えないなんて、わたしはばかだったわ」ふたたび深く考えこむ。「もしわたしを家庭教師として推薦してくれる人が見つからなければ、婦人帽子屋になろうと思う」そう告げた。

侯爵は右手を伸ばし、メアリーの両手をつかんだ。もはや笑っていなかった。「ぼくはあまり良心の呵責《かしゃく》をおぼえないんだが、きみは次々に思い知らせてくれるな。なあ、ぼくを夫にすることには耐えられないのか？」

「たとえ耐えられても、わたしが妹からあなたを盗むと思う？　妹のかわりなんて、とんでもないわ」

「盗むなどと言うな！」侯爵が荒々しく言った。「ぼくはソフィアとの結婚を考えたことがない」

「それでも、わたしにはできないわ。結婚という考え自体がばかげている。お互いに愛し合っていないし、わたしの階級はあなたのとはかけ離れているわ」

「きみの階級？　きみの父親はだれだ？」

「それが問題なの？」メアリーはきいた。

「全然。だが、きみには当惑させられる。きみの育ちは母方のものではない」

「幸運なことに、えり抜きの女学校で教育を受けたのよ」

「そうなのか。だれの世話で？」

「祖父の」メアリーは言いたくなさそうだった。

「きみの父親の父親か？　彼はご存命か？　だれなんだ？」

「祖父は将軍よ」

ヴィダルの眉根が寄った。「どこの州だ？」

「バッキンガムシャーに住んでいます」

「まさかサー・ジャイルズ・チャロナーの孫だなんて言わないでくれよ」

「そうよ」メアリーは穏やかに言った。

「なら、ぼくは終わった。さっさと結婚するしかないな」ヴィダルが言った。「あの頑固者の軍人はぼくの父の友人だ」

メアリーは笑みを浮かべた。「心配する必要はないわ。祖父は昔はわたしにとっても親切だったけれど、父を結婚のときに勘当していて、母と妹といっしょに住むほうを選んだときから、わたしとも、手を切った。祖父がわたしの運命を気にかけることはないでしょうね」

「孫娘が婦人帽子屋にいると聞きつけたら、すぐに自分の身を気にかけるだろうな」

「言うまでもなく、わたしは本名で婦人帽子屋になるつもりはないわ」

「きみはどの名前でも、そんなものにはなれないよ。この事態をうまく乗りきるんだ。いまのところ、ぼくと結婚する以外、きみに方法はない。すまないとは思うが、夫としてのぼくはあまりうるさくないはずだ。きみはきみの道を行けばいい——きみが分別ある行動をするかぎり、ぼくはきみに口を出さない。そしてぼくは自分の道を行く。ぼくと顔を合わせる必要はほとんどない」

そんな将来を思うと、メアリーは心底ぞっとしたが、侯爵の熱っぽい顔を見て、いま、これ以上彼と議論するのは賢明ではないと判断した。立ち上がり、静かに言った。「この件はまた話をしましょう。あなたは疲れているし、お医者さまが間もなく来るわ」

ヴィダルは彼女の手をつかんだ。「ぼくが動けないあいだに逃げ出さないと約束するんだ！」

メアリーは彼の手に触れるという誘惑に抵抗できなかった。「そんなことしないと約束するわ」そう言って安心させる。「パリに着くまで、あなたのお世話になります」

医者がやってきて、たくさんの感嘆符と身ぶり手ぶりを交え、専門的なことをぺらぺらしゃべった。侯爵はしばらくのあいだ我慢していたが、やがて目を開けて——最初の五分間は閉じていた——ちびの医者の診断を切り捨て、乱暴で非常に慣用的な言いまわしで治療法を提案した。

医者は間違って刺草《いらくさ》を握ってしまったかのように、びくりと飛びのいた。「ムッシュー、あなたはイングランドのお人だと聞いておりました！」

侯爵は、自分の家系の詳細を長々と話してきみを苦しめるつもりはないと言った。そして医者とその仕事ぶりを、個別かつ包括的にあげつらって地獄送りにし、あらゆる種類の蛭《ひる》を辛辣かつ下品に非難して、長い演説を終えた。

この痛烈な非難をうっとりと聞いていた医者は、熱をこめて言った。「なんとすばらしい！　イングランドのお人が、これほど流暢《りゅうちょう》にフランス語を操るとは！　感嘆せざるをえません。では、血を出しましょう。親切にもマダムが洗面器を持ってくださいます。イングランドのお方は冷静ですな！」

ヴィダルはドアのそばに立つメアリーに気づいた。「なんと、ここにいたのか？　きみはフランス語がわかるのか？」

「まあまあですわ」彼女は穏やかに答えた。

「どの程度だ？」侯爵が重ねて尋ねる。

メアリーの目が愉快そうに輝いた。「お医者さまの言っていることを理解できる程度よ。あなたの言ったことはあまりよくわからなかった。多くの単語が聞き慣れないものだったから」

「よかった！」ヴィダルは安堵《あんど》した。「じゃあ、いい子だから、ここから出ていって、この医者の相手はぼくに任せてくれ」

「冷静さを備えているので、わたしが洗面器を持つことになっているの」メアリーが言い返した。「あなただって、わたしに同じことをしたでしょう」

侯爵はにやりと笑った。「あのことでは、きみに許してもらえない気がしていた。ほかのことは許してもらえてもね」

「許すわ！　わたしはとても感謝していたのよ」メアリーは率直に言った。

「きみは驚くべき女性だ。だが、瀉血をするつもりはない」

メアリーは洗面器をかまえて優しく言った。「痛くはないから。保証するわ」

この朝、これで二度目だったが、侯爵は言葉を失った。

メアリーが聞き分けのない子を相手にするかのように言った。「よくなって、パリへの旅を続けたいなら、お医者さまのおっしゃるとおりにしないと。あくまでもばかなことを言い張るんだったら、わたしはパリへひとりで行く算段をするわ」

侯爵が体を起こした。「なんと、きみはぼくをいくつだと思っているんだ？」

「あまり大人じゃないわね」メアリーは答えた。「でなければ、もっと分別があるはずだもの」にっこりと微笑《ほほえ》む。理解を示す、優しい笑みだった。「どうか、この気の毒なお医者さまに血を抜かせてあげて」

「ああ、わかったよ！」侯爵はぴしゃりと言い、緊張を解いた。「それから、今後は、ぼくの問題に干渉しないでくれるとありがたい」

「いまの願いは覚えておくよう努力するわ」メアリーは約束した。

侯爵は手首を医者のほうへ上げたが、視線はメアリーに向け続けていた。「ぼくがきみの首を絞めることになっても、悪いのはきみだ」そう伝えた。

吸玉放血法によって、侯爵は体力を失い、パリへは行けなくなった。その日の大部分を眠って過ごし、目を覚ましていても、話をする気にはなれないようだった。有能な女性であるメアリーが、一行の指揮をとり、侯爵の健康に関する指図をいくつかしたので、フレッチャーとティムズは互いに顔を見合わせた。メアリーが驚いたことに、このとても分別のある紳士たちは最初から彼女に適切な敬意を払っていたが、昼が終わるころには、彼らの敬意は侯爵に対する恐れを理由としたものではなくなった。

侯爵が使用人たちの変化に初めて気づいたのは、午後の四時に、仮面のような顔をしたフレッチャーが薄い粥《かゆ》の入った碗《わん》を出したときだった。フレッチャーはそれをメアリーから預かっていて、上の階でティムズと会うと、重々しく言ったのだった。「きみが侯爵のところへ持っていっていいぞ、ホーラス」

ティムズはトレイを一瞥《いちべつ》して、その役目を断った。「ぼくがあんただったら、フランス人のだれかに持っていかせるね」

その提案はフレッチャーの体面を傷つけ、彼はこわばった声で言った。「なぜ、きみが行けないのだ？」

「粥の碗を頭に投げつけられたくないからだよ」ティムズが容赦なく、率直に言った。

侯爵は碗の中身を無言の驚きとともに見つめた。それから、寝台支柱のそばに身を固くして立つ執事を見る。「おいおい」ヴィダルが言った。「この胸の悪くなるような粥はなんだ？」

「オートミール粥です」フレッチャーが感情を出さずに答えた。

侯爵は頭を枕にあずけ、執事をじっと見つづけた。「おまえは正気を失ったのか？」穏やかにきく。

「いいえ、旦那さま」

「なら、粥を持ってくるとは、どういうことだ？　どこで調達した？　フランス人がこんな忌まわしいことをしたなどと言うなよ」

「あのご婦人が用意しました」

短いものの、含みのある沈黙が流れた。「それを片づけろ」危険なほど自分を抑えて、侯爵が言った。

「絶対にそうしてはだめだと、あのお方に言われました」フレッチャーが申し訳なさそうに言う。

侯爵の指が、碗の取っ手の一方をつまんだ。「片づけてくれるか、フレッチャー?」ととても穏やかに尋ねる。

フレッチャーはその白い手の動きを用心深く片目で確認すると、抵抗するのをやめた。

「かしこまりました」

ヴィダルは碗から手を離した。「そうしてくれると思ったよ。何か食べるにふさわしいものと赤ワインのボトルを持ってこい」

フレッチャーはお辞儀をし、トレイを持って部屋を出た。三分後、ドアがふたたび開いた。メアリーが同じトレイを持って入ってきた。彼女はそれをベッドのわきのテーブルに置くと、侯爵にナプキンを渡した。「赤ワインをあなたに飲ませられなくて、ごめんなさい。でも、お粥はそんなにまずくないはずよ。まあまあの味になるように気を配ったから」

ヴィダルの目が怒りにきらめいた。「きみは役割から逸脱したことをしているぞ。きみの気遣いも粥も、ぼくは求めていない。頼むから、今後、ぼくの問題に干渉しないでもらいたい」

メアリーは大してがっかりしなかった。「わかったわ。でも、わたしの願いを聞き入れて、味見ぐらいはしてもらえないかしら?」

「いや、断る」

メアリーは悲しげに小さくため息をつくと、ふたたびトレイを持ち上げた。「あなたの気分を害するつもりはなかったの」残念そうに言う。「ただ、心をこめて準備をしたから、ひと口も食べてくれないほどつれなくされることはないだろうと思っていたの」

「なら、きみは間違っている」侯爵が冷たく答えた。

「ええ」メアリーはかなり落胆していた。「そうだったようね。出すぎたことをしてしまったのね。ごめんなさい」

彼女はのろのろとドアへ向かった。侯爵が、耐えがたいほど責めさいなまれた声で言った。「ああ、それを持ってこい——持ってくるんだ！　きみが満足するなら、そいつを食べてやるよ」

メアリーはためらっているようだった。「ええ、確かに満足はするだろうけれど、あなたを苦しめたくはないの」

「頼むから、それ以上言うな！」ヴィダルは懇願した。「こっちにそれをよこして、終わりにさせてくれ」

メアリーは言われたとおりにトレイをもどした。ベッドのわきに座り、粥をのみこむ侯爵を見守る。彼は疑わしそうにメアリーを見たが、彼女は無邪気そうな態度を保っていた。侯爵は碗をすっかり空にして、下ろした。「メアリー、もう少しそばに寄って、きみの左頬を差し出してくれ」

えくぼが震える。「なんですって？」

「わからないのか？」ヴィダルは言った。

　メアリーは笑い声をあげた。「もちろん、わかっているわ。わたしをひっぱたきたいんでしょう」

「そうすべきだろうな。そのおとなしそうな顔に、ぼくがだまされると思うのか？　どこへ行くんだ？」

「階下《した》の休憩室へ」

「ここにいろ。話がしたい」これははっきりとした命令だった。メアリーは眉をわずかに上げた。ヴィダルがにやりと笑う。「愛《いと》しのメアリー、頼むから、ぼくのそばにいてくれないか」

　彼女はふたたび腰を下ろし、少し頭を傾けた。「もちろん。でも、あなたにメアリーと呼ぶことを許可してはいないわ」

「じゃあ、いま、許可してくれ。ぼくたちは婚約しているんじゃないか？」

　メアリーは首を横に振った。「いいえ、侯爵さま」

「ドミニクだ」彼は訂正した。

「いいえ、侯爵さま」メアリーが落ち着いてくり返す。

「メアリー、きみに助言をしていいかな」彼女が問うような視線を向けた。「今後、ぼくと言い争うな。自制したほうが、きみにとってずっといい結果になる。ぼくは賞賛に値する心の持ち主なんだが、それにふさわしい行動をめったにしない。ぼくはきみに対して、また腹を立てたくないんだ」

「でも、わたしにはそんなこと――」

「親愛なるメアリー」侯爵は言った。「黙っていろ!」

「わかりました」メアリーは素直に言った。

「まず、ディエップにいるあいだは、外に出ないでもらいたい。きみがここにいることを、たまたまだれかに見られるのは困る」

メアリーは考えこむように額にしわを寄せた。「もちろん、あなたの言うとおりにするけれど、この季節にわたしの知り合いがフランスを訪れているとは思えないわ」

「たぶんそのとおりだろう」侯爵は答えた。「だが、ぼくの知り合いはたくさんいる。ふたつ目に、残念だが、パリに到着してすぐにきみと結婚するのは不可能だろう」

「つまり、よくよく考えると、わたしの計画が賢明だと気づいたということ?」

「いや、そうじゃない。フランスでイングランドのプロテスタントが結婚するには、ある程度困難が伴うということだ」

「まあ!」メアリーは希望をいだいた。

「一般的には、大使館に行く方法がある」侯爵が言った。「だが、大使はぼくの親類だし、少なくとも三人の書記官は個人的な知り合いだ。大使館へは、できれば行きたくない」

　メアリーは言った。「あなたの数多くの友人にわたしを見せることをそんなに避けたいと思っているのなら、わたしとの結婚に固執する理由がわからないわ」

　侯爵が少しとげとげしく言った。「きみが持っているはずの脳みそを使えば、ぼくの数多くの友人にきみを見せたくないという気持ちが、私心のない騎士道精神から来ているとわかるはずだ」

「そうなの？」メアリーが平然と言った。「まあ、わたしがそんなふうに考えられるわけがないでしょう？」

「おやおや、きみはきついことを言うな」メアリーは何も言わない。「簡単に言うとだ、ミス・チャロナー、ぼくの尊敬すべき親戚《しんせき》である大使と、彼の書記官たちと、罪深い友人たちは、ぼくの屋敷にしばしばやってきて、そこで女主人としてふるまうレディーに会っているということだよ。彼らはぼくの家にいる女性を、とやかく言うべき存在とは考えない。しかし、すでにひとつ屋根の下に暮らす女性とすぐに結婚したいと、ぼくが大使館へ話を持っていったら、とやかく言われるのではなく、大騒ぎになってしまうだろう。きみがぼくと駆け落ちしてきて、ぼくを結婚の罠《わな》にかけたと、一週間以内に町じゅうにうわさが広がる」

「まあ！」メアリーが顔を赤らめた。

「そうなんだよ」侯爵が嘲笑《あざわら》うように言った。「ぼくたちの結婚の理由が、きみのりっぱな名前に傷がつくのを止めることなんだから、できるだけ地味に結婚しなくてはならない。そのあとなら、きみが友人と逗留《とうりゅう》していたパリで、ぼくたちは適切に出会って、とても情熱的に即座に結婚したと見せかけるのは簡単だ」

「なるほど」メアリーは言った。「で、どうやってそれを成し遂げるつもりなの？」

「フランスにはまだプロテスタントがいるんだ。ぼくは牧師を見つけるだけでいい。だが、簡単にはいかないだろうから、きみはぼくの屋敷に身を隠していなければならない。伯母は信用できないから、彼女にきみを預けるわけにもいかない」彼はいったん言葉を切った。

「もちろん、太りすぎの大叔父のアルマン・ド・サンヴィールもいる。だめだ。あの人は口が軽すぎる」

「パリにはたくさん親戚がいるようね。お祝いを言わせて」

「その必要はない。ぼくは、どちらかというと、彼らにはうんざりしているんでね。ぼくの母がフランス人であるだけでなく、父方の祖母もフランス人だったんだよ。その結果、ぼくのいまいましい親類縁者たちがパリじゅうにいる。きみを任せられない伯母もそのひとりだ。厳密に言えば父のいとこにあたるんだが、ぼくの世代にはエリザベス伯母さんと呼ばれている。いつか、きみは彼女に会うことになる。エリザベス伯母さんはぼくを好いている。ほかの親類は気にしなくていい。彼らの干渉は許していないんでね」

「それで、太りすぎの大叔父さんは?」メアリーは尋ねた。

「ああ、彼はその連中とはべつだ。母の一族の長なんだ。年をとってから爵位を継いで、そのさいに結婚した。ぼくの父の友人で、父と同様、ひとり息子がいる。いとこのベルトラン・ド・サンヴィールだ。彼にも会うことになるよ」

「そうなの? いつ?」

「ぼくがきみと結婚したらだ」

「もちろん、それは楽しみだわ」メアリーが立ち上がりながら言った。「でも、たとえその楽しみが待っていようと、結婚に積極的にはなれないわね」そして優雅にお辞儀をし、ドアへ歩いた。

「性悪女め」侯爵がそう言ったとき、彼女がドアを開けた。

メアリーはふたたびお辞儀をして、退室した。

翌朝、メアリーはしっかりした朝食をとっている侯爵の姿を見つけたが、顔色がずっとよさそうだったので、文句は言わなかった。昼に医者がやってきて、その日の出発を希望するヴィダルに、語気を強めて反対したが、短時間、患者がベッドを離れることには異議を唱えなかった。医者が去ると、メアリーはもう一日、出発を遅らせるよう侯爵を説得した。彼女は、午後を自分の部屋で過ごしたが、夕食の時刻の少し前に特別休憩室へ行くとき、階段の下の騒がしい会話に遭遇した。

何人かの興奮した人々が、紛れもないイギリス仕立ての旅行用衣装に身を包んだ、小ぎれいで理知的な紳士を囲んでいた。宿屋の主人のミスター・プランソンが、その紳士に話を理解してもらおうと努力しているようだったが、ぺらぺらとしゃべる口を休ませたとき、絶望したように手を天に向かって上げた。そのあいだ、使用人ふたりと馬丁ひとりが話を引き継ぎ、身ぶり手ぶりと大声を最大限に使っていた。

侯爵の指示があったので、メアリーは躊躇《ちゅうちょ》したが、ちょうどそのとき、旅人が落ち着いた声で言った。「残念なんだが、きみたちのありがたい助言の十分の一しか理解できない。ぼくはイングランド人《アングレ》なんだよ。理解できない《ヌ・コンプラン・パ》んだ」

メアリーの母性本能が刺激された。歩を進める。「お手伝いしましょうか?」

即座に紳士が振り向き、お辞儀をした。「ご親切に。恐縮です。この人たちと話が通じないんです。このなかに英語を知っている人間がひとりもいないことに、びっくりしました」

メアリーは微笑んだ。「言語道断ですよね。でも、何にお困りなのか説明してくだされば、わたしが宿屋の主人に通訳できるかもしれませんわ」

「それは非常にありがたい。自己紹介させてください。ぼくの名前はカミンといい、定期船から降りたばかりです。駅馬車でパリへ行きたいと考えていて、いつ、どこで駅馬車《ディリジアーンス》に乗れるか、この人たちに尋ねていたところなんです」

「プランソンにきいてみますわ」メアリーはそう言って、宿屋の主人のほうを向いた。彼女が通訳してくれるとわかって、プランソンは、フランス人が野蛮人の言葉を理解すると誤解している、頭のおかしなイングランド人たちをどうにかしてくださいと熱心に話しはじめた。ここはフランスなんです、そうでしょう！

五分間の活発な会話ののち、メアリーはカミンに、駅馬車は一時間後に、まさにこの宿屋から出るという情報を知らせることができた。

カミンは彼女に感謝の言葉を言ってから、すぐに食事をしたいと主人に伝えてもらえないだろうかと、さらに頼んだ。

プランソンはそれを聞くと喜んで、指示を実行するためにその場を去り、使用人たちもそれぞれの仕事へ散っていった。

カミンは、ディエップ《ヴワイエ・ヴ》で故郷の人間に会えたのはとても幸運だったと言い、あなたもパリへ行くのかとメアリーに丁寧に尋ねた。

メアリーが自分の旅程ははっきりしていないのだと冷静に答え、休憩室へ避難しようとしたとき、ティムズが階段を下りてきて、彼女にお辞儀をすると、どうしようもないほど明瞭《めいりょう》に言った。「旦那さまからの伝言で、あなたさまと五時に食事をさせていただきたいとのことです」

メアリーは顔を真っ赤にし、カミンの小さな驚きの表情を見ることができず、逃げ去った。

十分後、宿屋の使用人がヴィダルの部屋のドアをそっとたたき、入室を許されると、侯爵に手紙を渡した。

ヴィダルは化粧台の前に座っていた。手紙を受け取り、メアリーの手書きの文章を読んだ。

〈どうか、気をつけてください。ここに、カミンという名のイングランド人がいて、軽率だったかもしれませんが、わたしは彼と話をせざるをえなくなりました。まだ彼といっしょだったときに、あなたの伝言が届けられてしまったので、非常に動揺しております〉

侯爵は小さく悪態をつくと、一瞬、考えこんだようだった。それから手紙を破り、身支度を再開した。数分後、用意ができると、階下の喫茶室へ向かった。カミンは窓際に立ち、懐中時計を見ていた。顔を上げたとき、侯爵がやってきたので、声をあげた。「ヴィダル卿《きょう》！　それでは……」声をとぎれさせ、空咳《からせき》をした。

「そうだよ」侯爵は言った。「だが、どうしてきみがディエップへ来なければならないのか、理解に苦しむ」

「あなたがどうして理解に苦しむのかわかりませんね」カミンが答えた。「フランスへ行けとぼくに言ったのは、あなたじゃないですか」

「どうやらぼくは、自分が少しも望んでいないことを人に言ってしまうようだ」侯爵は苦々しく思った。「ミスター・カミン、きみはこの宿屋であるご婦人と会ったはずだ」

「ええ」

「忘れてくれ」

「わかりました」カミンがお辞儀をする。

ヴィダルはにやりと笑った。「まったく、ぼくはきみを好きになりはじめているよ、将来の親戚くん。あのご婦人は間もなくぼくの妻になる」

「これは驚いた」カミンが正直に言った。

「だろうな。言わせてもらいたいのだが、彼女がここにいるのは、彼女自身の選択ではなく、ぼくが強制的にさらったからだ。彼女は申し分のない貞淑な女性であって、ぼくと彼女がいっしょにいたことを、きみが忘れてくれるとありがたい」

「侯爵」正確であることにこだわるカミンが言った。「ぼくはあなたといっしょにいる彼女を見ていませんから、忘れるべきことは何もないんです」

「きみはいいやつだ」侯爵はめずらしく優しさを声ににじませた。「きみを信じるよ」窓辺に腰を下ろすと、この二日間に起こったことを、カミンに率直かつ手短に説明した。

カミンはじっと耳を傾け、説明が終わると、ためになる話だと感想を言った。侯爵が打ち明けてくれたことを光栄に思うとも付け加え、間近に迫る結婚に祝福の言葉を贈らせてくれと頼んだ。

「まったく、とっとと失《う》せてくれ!」侯爵は腹を立て、ぴしゃりと言った。

9

フランスの宿屋で他人に話しかけることは不適切で愚かだと、侯爵が痛烈に非難しても、メアリーにははっきりした効果がないように見えた。メアリーは侯爵の説教に礼儀正しく耳を傾けるだけで、食事を続け、カミンがフランス語を話せないことがじゅうぶんな言い訳になると考えているようだった。侯爵はすみやかに彼女に真実を悟らせた。「きみは自分の立場が非常に微妙なものだとわかっていないようだな」

メアリーは砂糖菓子の皿をじっと見ていて、やがてそのなかでいちばんいいものを選んだ。「わかっているわ」返事をする。「考える時間がたっぷりあったから、わたしには評判のひとかけらも残っていないと気づいたの」

侯爵は笑い声をあげた。「きみはずいぶん冷静なんだな」

「あなたはそれを喜んだほうがいいわよ」メアリーが落ち着いて言った。「狂乱状態の女をパリへ運ぶ仕事は、あなたにはとても不快なものだったでしょうから」

「だろうな」侯爵が確信して言った。

「そのうえ」ふたたび砂糖菓子の皿を見つめながら、彼女は続けた。「わたしが取り乱しても、わたしのほうは疲れるだけだし、あなたのほうはいらだつだけ」プラムの砂糖漬けを口に入れる。「それに」考えながら言う。「これまで何度も激しくあなたに脅されたから、わたしはあなたを怒らせることをとても恐れているはずよ」

侯爵が平手でテーブルをばんとたたき、グラスが跳び上がった。「うそをつくな！　きみはぼくが何をしようが、少しも恐れていないだろ！　そうじゃないか？」

「いまのところはそのとおりよ」彼女は認めた。「でも、あなたが二本目のボトルを飲みはじめたら、わたしは少し不安になるわ」

「教えてあげよう。ぼくは三本目までは危険じゃない」

メアリーはうっすらと笑って、彼を見た。「侯爵さま。あなたは自分の思ったとおりにならないと、すぐに危険になるわ」率直な物言いをする。「あなたはわがままで、衝動的で、驚くほど横柄よ」

「ありがとう」侯爵は言った。「たぶんきみは、お友だちのミスター・カミンの落ち着いた物腰のほうが好みなんだな」

「確かに彼はまっとうな礼儀正しい紳士に見えるわね」メアリーは同意した。

「ぼくはもちろん、ひどく不作法な紳士なんだろ」

「あら、紳士じゃないわ。貴族よ」メアリーは皮肉をこめて言った。

「きみはきついな。それで、ミスター・カミンには、ほかに意見を述べる価値があるところがあるか？」

「もちろんよ。彼ほど好ましい物腰の人はいないわ」

「ぼくは正反対だ」侯爵が静かに言った。「ぼくは貴族だから、そういう物腰は必要ない。ほら、きみが気づいていない、こちらの糖菓の皿もあげよう」

「ありがとう」

　侯爵はワインを飲み、グラスの縁越しにメアリーを観察した。「前もって言っておいたほうが公平だと思うが、あの模範的な紳士はぼくのいとこと密《ひそ》かに結婚の約束を交わしている。実際のところ、彼がパリへ行くのは、間違いなく、彼女と駆け落ちするためだ」

「ほんとう？」メアリーは無邪気に言った。「あなたのいとこはあなたにとても似ているようね？」

「いや、似た者一族というだけだ」侯爵は言い返した。「彼女はきみを気に入るだろうよ」

思案ありげに言う。

「なぜなのかわからないわ」

「彼女はぼくと結婚する女性ならだれでも気に入るはずだからだ」

　メアリーは興味深げに彼を見た。「彼女はそんなにあなたが好きなの？」

「いや、そういう理由じゃない。彼女の母親、ぼくの野心的なファニー叔母さんが、娘をぼくの花嫁にしたいと思っている。ぼくと同様、ジュリアナはそれが気に入らない」

メアリーは急いで言った。「ジュリアナ？」

「ぼくのいとこだ」

「ええ、それはわかるわ。でも、彼女の姓は何？」

「マーリングだ。それがどうかしたか？」

メアリーは椅子の上で跳び上がった。「あなたのいとこ！ ジュリアナ・マーリングが！ 彼女とは知り合いよ」

「そうなのか」ヴィダルはあまり驚かずに言った。「むちゃくちゃな女だろう？」

「ああ、彼女はわたしの大親友よ！ でも、あなたのいとこだとは思ってもみなかった。わたしたちは同じ女学校にいたの」

「ジュリアナはそこでほとんど何も学ばなかっただろう」ヴィダルは指摘した。

「あんまり」メアリーは同意した。「一度、もう少しで学校を追い出されそうになったわ。絵の先生と……あの……戯れたという理由で。追い出されなかったのは、伯父さんが公爵だからだって、ジュリアナはいつも言っていた」

「絵の先生にキスをしたんだったな。あいつならやりかねない」

「ほんとうにミスター・カミンと結婚するの？」

「ジュリアナはそう言っている。だが、こうなったからには、ぼくたちの問題が解決するまで、彼女は駆け落ちできない。まったく、きみが彼女と知り合いだとは、なんたる幸運だ」侯爵は椅子を後ろへやり、立ち上がった。「彼女は伯母のエリザベスのところに滞在している。ミスター・カミンから引き離すために、そこへ行かされたんだ。ぼくはパリに到着したらすぐにジュリアナのところへ行って、何もかも話すよ。頭が空っぽのおしゃべり娘だが、ぼくを好いているから、こちらの指図どおりに動いてくれるだろう。きみは叔母さんかだれかとイングランドへもどろうとしていたときに、パリで偶然彼女と出会ったことにするんだ。彼女は一週間か二週間、自分のところに滞在するようきみを説き伏せたと、エリザベス伯母さんに話をする。そして、きみは世間体という霧にすっかり包まれたシャルボン邸に行く。やがて、ぼくときみは密かにそこから逃げ出そうとする。ただし、その前に、伯母には真実を知る時間が与えられるんだ」

メアリーはすばやく考えていた。もしジュリアナがパリにいるのなら、どこかの上流階級の家で仕事を得る手助けをしてくれるだろう。快活な子だから、友人のとんでもない行動に衝撃を受けたりする心配はない。「ええ、それはとてもいい考えだわ――一部は。でも、あなたはジュリアナがパリにいることの利点をじゅうぶんに把握していないと思うの。わたしが世間体という霧にすっかり包まれると、あなた自身が言ったじゃない。それなら、ジュリアナは旅の最初からいっしょにいたと母に言ってくれるだけで、わたしの面目は保たれるわ」

侯爵は首を横に振った。「それはどうかな、メアリー。悪くないうそだが、あまりにも多くの人間にうそだとわかってしまう。それに、きみの母親のことだから、きみがさらわれたとぼくの両親に知らせて、できるかぎりの騒動にしようと考えているだろう。同じやりかたで、ソフィアとの結婚をぼくに強いるつもりだったと、よく知っているんだよ。違うか？」

「そのとおりよ」メアリーは恥ずかしさで顔を真っ赤にした。

侯爵は彼女の椅子のところを通り過ぎるとき、彼女の頬を何げなく指で触れた。「そんな顔をする必要はない。幸運なことに、ぼくの両親はどちらも町を留守にしているから、その計画は少し引き延ばされる。父のほうは、ぼくが別れの挨拶《あいさつ》をしたその日のうちに、ニューマーケットの競馬場へ向けて出発する予定になっていた。母もベッドフォードまでは父といっしょに行く予定で、いまはそこにいて、ヴェイン家に滞在しているだろう。だから、われわれには少なくとも二週間の猶予があると思う。だが、もちろん、それ以上は無理だ。きみは母親に手紙を書いて、婚約の件を知らせるんだな。それで彼女は黙らせられる」

「あなたのほうは？」部屋を落ち着きなく動きまわる侯爵を見守りながら、メアリーはきいた。「あなたはお父さまに手紙を書くつもり？」

無意識の笑みで、侯爵の唇がゆがんだ。公爵が当惑するのは、息子の放埒《ほうらつ》な行為ではなく、高潔な意思から結婚することだろうと彼女に告げるのは差し控え、ただこう答えた。

「その必要はない。ぼくが何をしようと、父は心配するような人ではない」

「あなたのお父さまについて失礼なことを言うつもりはないけれど、小耳にはさんだうわさから判断させてもらうと、お父さまはあなたの密やかな情事に頭を悩ませるより、わたしのような不適切な娘との結婚を何がなんでも防ごうとする人だと思うの」

「きみの意見が間違っていることを心から願うよ」侯爵がおどけて言った。「なぜなら、父がありとあらゆる手で目的を達成しようとするときは、いつだって成功するからね」

メアリーは少し皮肉っぽく微笑《ほほえ》みながら立ち上がった。「とてもすてきね。あなたがわたしとの結婚を望んでいるのだと、ほとんど信じてしまいそう」

彼女が歩いていくと、侯爵はドアを開けた。「保証するが、その可能性を受け入れる気持ちが一時間ごとに高まっているよ」そう言うと、メアリーの手を取り、とても気品のあるキスをして、彼女を驚かせた。

階段をのぼりながら、メアリーは侯爵の保護を受けなくなるのが早ければ早いほど、心の平静にはいいと考えた。

翌日、一行は旅を再開し、メアリーの要請に従って、休み休み、かなり落ち着いた速度で進んだ。

侯爵の一行を、彼女は少々おもしろく思った。メアリーを運ぶ四輪馬車のほかに、かなりの荷物とティムズを運ぶ軽装馬車があった。侯爵は馬に乗っていて、使用人の半分を引き連れているように思えた。メアリーは随員の多さについて口にしたが、侯爵自身は身軽に旅をしていると考えていることを知った。侯爵の母親がしばしば出かけるときの説明を聞いたときは、自分がエイヴォン公爵夫人と顔を合わせることはないだろうと思って、悲しくなった。どうやら公爵夫人は、ふたつのやりかたでしか旅をしないようだった。泊まる宿屋すべてで用意を調えさせるために、小さな軍隊並みの使用人を先発させて、衣装のすべてと装身具の大部分とともに出立するか、着替えも用意しないで、あわてて旅立つかのどちらからしい。

侯爵が母親を敬愛していることに、メアリーはやがて気づき、旅が終わるころには、魅力的な公爵夫人についてかなりのことを知った。公爵についても、自分と彼のあいだを海が隔てていることを感謝するぐらいには知った。公爵は、薄気味悪い洞察力を持った、少々邪悪な人物のようだった。

一行は四日かけてパリへ行き、そのあいだに侯爵は二度しか腹を立てなかった。一度は、ルーアンでメアリーがこっそり大聖堂を見に行って、あやうくイングランド人の一団に目撃されそうになったときで、もどった彼女は非難の熱弁をえんえんと聞かされた。二度目は、侯爵に支給された服を着ることを、彼女が拒絶したときだ。言い争いは危険なほど激しくなり、自分の手で服を着させると侯爵に言われて、メアリーは抵抗をやめたほうがいいと悟った。青い綿布《ディミティ》のドレスをまとってふたたび姿を見せたときも、侯爵の目はまだくすぶっていて、彼の怒りを静めるのにはかなりの時間がかかった。

　パリへ到着すると、侯爵はメアリーをすぐにエイヴォン館に案内し、そこに彼女を残して、自分はいとこを捜しに行った。すでに日も暮れた時刻で、ジュリアナもシャルボン夫人も屋敷にはいなかった。シャトーモルニー夫人なる人物の屋敷で開かれている舞踏会へ出かけたと知らされて、すぐにそちらへ向かった。ヴィダルは前もって、旅行用の服を着替えていた。金モールでたっぷり飾られた黄色いベルベットの上着と、サテンのズボンだ。ティムズは、この伊達《だて》男だらけの地でなんとか頑張って、侯爵の真っ黒な髪にかなり徹底的に髪粉をかけ、後ろで縛る黒いリボンの上にダイヤモンドの留め金をつけることに成功した。靴の留め金もダイヤモンドで、喉もとの泡立つようなレースにもダイヤモンドのピンが刺してある。ティムズは侯爵の長く白い指にいつくか指輪をはめさせたかったものの、侯爵はすべてを却下し、指には認め印付き指輪しかなかった。化粧刷毛《はけ》やつけぼくろ入れも拒絶されたので、ティムズが頬紅もなしにパリの舞踏会へ行くのはやめてくださいと、ほとんど涙ながらに頼みこむと、侯爵は笑い声をあげて降参した。その結果、広い書斎の暖炉のそばでくつろいでいたメアリーのところへ侯爵が挨拶に来たとき、彼女は一瞬、見知らぬ人物が部屋に入ってきたと思った。ダイヤモンドが輝く舞踏会用の衣装、薄いレースのひだ飾りが手を覆い、髪は適切に髪粉がかけられて整えられ、口の隅にはつけぼくろがある。メアリーは息をのんだ。笑いながら彼を見たが、心の奥ではとてもすてきに見えると思っていた。侯爵は、炉棚の上の鏡に映った自分の姿に顔をしかめた。「まるでめかし屋だな。ジュリアナは、どこかの舞踏会か夜会で見つかるだろう。ぼくがもどるまで、起きていろよ」

シャトーモルニー夫人の屋敷へ入るのはむずかしくなく、侯爵が階段をのぼりきったとき、夫人その人が驚きと喜びの混じった叫び声で彼を出迎え、招待なしで訪問したことに関する彼の謝罪を笑って撥《は》ねつけた。侯爵はほどなく彼女から逃れ、舞踏室に入ると、片眼鏡で周囲を眺めた。彼の長身はすぐに人目を引いた。何人かが挨拶してきて、いつパリに来たのかと知りたがり、若い女性の半分以上が今夜じゅうに彼と踊ろうと心に決めた。

侯爵が現れたとき、ジュリアナは、最新の流行の服装をした細身の若い紳士と踊ろうとしていたところだった。いとこを目に留めると、娘らしくない悲鳴をあげて踊りの相手の手をつかみ、さっさとフロアから離れ、彼のもとへ駆けつけた。

「ドミニク！」そう叫んで、両手を彼に差し出す。

部屋の女性の半分が彼女を恨めしげに見た。

「しとやかになれ、ジュ」侯爵はそう言って、彼女の手を交互に口もとへ上げた。「おいおい、きみなのか、ベルトラン？」

「ミス・マーリングのいとこよ。危険な侯爵」ひとりのブルネットが悩ましげなブロンドにささやいた。

「幸運な娘ね」ブロンドがうっとりとヴィダルを見つめ、ため息をついた。

粋《いき》な若い紳士は、琥珀《こはく》のにおいのきついハンカチを振りまわしながら、深くお辞儀をした。表情豊かかな、いたずらっぽい顔の持ち主で、不安でいっぱいの母親たちにはひどい色男として知られている。「親愛なる《シェール》ドミニク、そうだよ、きみには不似合いないとこだよ。どんな悪巧みがあって、パリへ来たんだ？」

「失礼なやつだな」侯爵は陽気に言った。「それで、これはなんなんだ、ベルトラン？」

片眼鏡を手から離すと、快活なヴァルメ子爵の耳をつまんだ。

「イングランド人というのは」老婦人が話し相手に言った。「みんな無遠慮《サン・ジエンヌ》だと聞いたことがあるわ」

「イヤリングのことか？　なんでもないよ。最先端の流行なんだ」子爵が答える。「放せよ、野蛮人！」

ジュリアナが侯爵の袖《そで》を引っ張った。「ドミニク、あなたにまた会えて、とってもうれしいけれど、パリで何をしているの？　伯父さんに送りこまれたなんて言わないでね――最愛のフレデリックをわたしに近づけないために」

「まさか」ヴィダルは答えた。「おまえのフレデリックはどこなんだ？　今夜はここにいないのか？」

「ええ、でもパリにいるわ。ドミニク、どこかで話ができる？　話したいことが山ほどあるの」

これを聞いて子爵が割りこみ、英語で言った。「ドミニク、ぼくのピストルの腕前は下手くそだが、きみは使い慣れてる。ぼくのために、その憎らしいフレデリックを撃ってくれないか？」

ジュリアナは小さく笑い声をあげたが、そんな口の利きかたをした子爵を許すつもりはないと言った。

「でも、彼は殺されるべきだよ、愛《いと》しのきみ！　彼が殺されるべきだというのは、はっきりしてる。ぼくからきみを盗もうとするやつは、だれだって殺されるべきなんだ。なあ、ドミニク、きみこそがそれをしてくれる人だ」

「自分でやれよ。きみのすてきな剣でつついてやるといい。ジュリアナは自分のために決闘が行われるのを、大いに好むだろう」

「それもひとつの考えだな」子爵が同意した。「確かに、ひとつの考えだ。だが、ぼくにできるかな？　もしかしたら、彼は剣の名人じゃないか？　迷うなあ。勝てると確信できなければ、比類のないジュリアナとの結婚を賭《か》けて戦えない。勝てなければ、どんなにみっともなく見えるかわかるだろ」

「そのイヤリングほどにはみっともなくは見えないだろうよ」侯爵は指摘した。「きみは向こうへ行ってくれ。ジュリアナと話があるんだ」

「きみはぼくに大きな嫉妬《しっと》心をいだかせたぞ。エイヴォン館に滞在してるのか？　だったら、あす、会いに行く」

「食事をしに来い。だが、イヤリングはなしだ」

子爵は笑い、手を振って別れの挨拶をすると、さらなる楽しみを探しに行った。

「ジュ、おまえに助けてもらいたい」侯爵は急いで言った。「どこかじゃまが入らないところはないか？」

ジュリアナの目が輝いた。「まあ、ドミニク、今度は何をしたの？　さっさと白状なさい。もちろん、助けてあげるわよ。ふたりきりになれる小さな部屋があるわ」

侯爵は彼女のあとについて、カーテンで仕切られたアーチ形の入り口まで行き、そのカーテンを開けて、彼女を先に入れた。

「このあばずれ、おまえは舞踏会へ行って、ふたりきりになれる小部屋をいつも見つけるのか？」

「そうよ」ジュリアナが平然と認めた。長椅子に腰を下ろし、隣をぽんとたたいて、ヴィダルに座るよう合図する。「さあ、話しなさい」

侯爵は腰を下ろし、ジュリアナの扇子をもてあそびはじめた。「ヴォクソール公園でぼくといっしょにいたブロンド娘を覚えているか？」

　彼女は一瞬考え、うなずいた。「ええ、青い目で、頭が空っぽそうだったわ」

「頭は空っぽだった。ぼくは彼女ではなく、彼女の姉と逃げてしまい、なんと結婚しなければならなくなった」

「なんですって?」ジュリアナが甲高い声で叫んだ。

「もう一度金切り声を出したら、ジュ、おまえの首を絞める」侯爵は言った。「まじめな話なんだ。その娘はおまえが見たほうとは似ても似つかない。彼女は淑女だ。おまえは彼女を知っている」

「知らないわ」ジュリアナがきっぱりと否定した。「あなたと逃げるような女と知り合うことは、ママが許さないもの」

「口ばかりはさむな!」ヴィダルは命じた。「妹のほうをパリに連れてくるつもりだったんだ。イングランドから出なければならなかったから――」

「あらまあ、イングランドを出なければならないって、どんなことをしたの?」

「決闘で人を撃った。だが、それはどうでもいい。金髪の妹がぼくといっしょに来るはずだったんだが、姉がそのうわさを嗅《か》ぎつけて、妹を救うためにかわりになった」

「彼女自身があなたを欲しかったんだと思うわ」ジュリアナが疑わしそうに言う。

「彼女はぼくを望んでいない。厳格すぎる娘なんだ。ニューヘイヴンに到着するまで、ぼくはそのごまかしに気づかなかった。彼女はソフィアが計画したことだとぼくに信じさせようとした。ぼくは信じた」まだ持っている扇子を、顔をしかめて見る。「ぼくが自制心を失ったとき、どんなふうになるか知っているだろ、ジュ？」ジュリアナが大げさに震えた。「で、ぼくは自制心を失ったんだ。そして娘を無理やりアルバトロス号に乗せ、フランスに連れてきた。ディエップで、ぼくは自分のあやまちに気づいた。彼女はソフィアとはまったく違う淑女で、おまけに貞淑だった」

「それでも、彼女はそのいたずらを大いに楽しんだはずよ」ジュリアナはため息をついた。「きっとね」

「そうだろう」侯爵は認めた。「だが、その娘はあばずれじゃない。ぼくは彼女と結婚するしかないんだ。できるだけ早く結婚したい。そしてぼくが準備を調えているあいだ、おまえに彼女の世話を頼みたい」

「ヴィダル、あなたがそんなに情熱的になるなんて思ってもみなかったわ。彼女の名前を早く教えて！」

「チャロナー……メアリー・チャロナーだ」侯爵は答えた。

ジュリアナは椅子から跳び上がった。「メアリー！　学校を卒業して以来、うわさを聞いていない、愛しのメアリーのこと？　ドミニク、どうしようもない人、彼女はどこ？　あなたが彼女を怖がらせていたら、わたしは二度とあなたと口を利かないわよ！」

「怖がらせる？　ミス・チャロナーを怖がらせる？　彼女を知っているだろう？　あんな

落ち着き払った女性に、ぼくは会ったことがないよ」

「ああ、早くメアリーのところへ連れていって」ジュリアナが要求した。「何がなんでも彼女に再会したいわ。どこにいるの？」

「エイヴォン館だ。おまえにやってほしいことを、これから話す」

侯爵はジュリアナに計画を説明した。彼女はうなずいてそれに同意し、すぐにいとこをシャルボン夫人がユーカーをしているカード・ルームへ引っ張っていった。「伯母さん、ドミニクよ！」ジュリアナは告げた。

夫人は彼に手を差し出し、うわの空で微笑んだ。「愛しのドミニーク」ぶつぶつと言う。

「あなたが来ていると聞いたわ。あした、うちを訪ねてらっしゃい」

「伯母さん、ねえ……わたしの親友のひとりがパリにいると、ドミニクから聞いたの。伯母さん、お願いだから聞いてちょうだい。わたし、いまから彼女に会いに行くわ。ドミニクの話だと、彼女はあした、叔母さんとイングランドへ帰ってしまうらしいから」

「こんな時間にどうやって行くっていうの？」伯母が反対した。

「ドミニクが連れていってくれるって。ほら、ママはドミニクとならどこへでも行かせてくれたのよ。それに、メアリーと会ったら、彼がちゃんとうちに送り届けてくれる。だから、わたしを待っていないでね、エリザベス伯母さん？ここにはもどらないってこと」

「それはとっても問題ね」夫人が文句を言った。「それから、ゲームのじゃまをしないで。

彼女を連れていきなさい、ドミニーク。遅くならないのよ」

三十分後、暖炉の前でうとうとしていたメアリーは、ドアの開く音で目を覚まし、顔を上げた。ジュリアナが急ぎ足で部屋に入ってくるところだった。「ジュリアナ！」喜びの叫びをあげた。

「メアリー！」ジュリアナが甲高い声で言い、メアリーの広げた腕のなかへ飛びこんだ。

10

チャロナー夫人は長女の手紙を読むと、大きな悲鳴をあげた。ソフィアが部屋に駆けこんできた。「これを読んでみなさい！」苦悩した母親はあえぎながら言い、ソフィアの手に手紙を押しつけた。

ソフィアは読み終えると、すぐに半狂乱になり、絨毯《じゅうたん》の上で足を踏み鳴らし、危険なほど体をこわばらせた。現実的な女であるチャロナー夫人は、水差しの中身を娘にぶっかけた。ソフィアが意識を取りもどして、わんわん泣きながら、姉の邪悪さに文句を言いはじめると、夫人は化粧台の前に腰を下ろし、じっくりと考えた。しばらくして、ソフィアが怒り心頭に発しているころ、チャロナー夫人は唐突に口を開いた。

「黙りなさい、ソフィア。結局、とてもいい成り行きなのかもしれないわ」ソフィアが母親をじっと見た。チャロナー夫人はいつになくじれったそうな顔をして言った。「ヴィダルがメアリーと逃げたのなら、娘と結婚するよう彼に断固として要求するわ」

ソフィアが怒りに声を震わせながら叫んだ。「姉さんに彼はやらないわ！　絶対にやらない！　ああ、あたし、悔しくて死にそう」

「メアリーにいい結婚ができるとは思ってもみなかったわ」ソフィアには注意を払わず、母親は言葉を継いだ。「でも、これ以上のことはないように思えてきた。まったく、これと比べたら、ガニング姉妹もどうってことないじゃない。わたしはメアリーをジョシュアとくっつけようと考えていたけど、そのあいだずっと、あの悪賢い子はあなたからヴィダルを奪い取ろうともくろんでいたのよ、ソフィー！　わたしったら、なんてばかだったのかしら」

ソフィアが手を握りしめ、ぱっと立ち上がった。「メアリーが侯爵夫人ですって？　姉さんが彼を奪ったら、あたしは自殺する！」

「ああ、そんなにがっかりしてはだめよ、ソフィー」チャロナー夫人は元気づけた。「あなたの美貌《びぼう》なら、だれとだって結婚できる。でも、メアリーに関しては、結婚できると思わなかったわ――ジョシュア以外とは。まっ、こんなびっくりするような幸運があるなんてねえ」

「姉さんはヴィダルと結婚しないわ」感情の高ぶりで声を震わせながら、ソフィアは言った。「あのおせっかいな女は、あたしの名誉を守るために出かけたの。そしていまや、彼女の名誉が台なしになろうとしてる。いい気味だわ。ほんとにいい気味！」

チャロナー夫人はメアリーの手紙をたたんだ。「メアリーの名誉はわたしが守りますよ。

わたしのレディー・ヴィダルの名誉は……まあ、なんてすてきなの！　まるで夢みたい」

ソフィアの指が子猫の爪みたいに丸まった。「ヴィダル卿《きょう》が欲しいのは、メアリーじゃなくて、あたしなのよ」

「あら、そんなことはどうでもいいの」チャロナー夫人は言った。「彼がいっしょに逃げたのはメアリーなんだから。もう、そんなにふてくされるのはやめなさい。あなたはうまくやれるから。オハラランはあなたにぞっこんだし、フレイザーだっている」

ソフィアが小さな悲鳴をあげた。「オハララン！　フレイザー！　あたしは平凡な男とは結婚しないわ。絶対に。川に身を投げたほうがまし！」

「まあ、まあ、あなたのほうがいい結婚ができないなんて、言っていないわよ」チャロナー夫人はなだめた。「それに、うまくメアリーをヴィダルと結婚させられたら、彼女がだれかをあなたに見つけてくれるかもしれない。あの子は優しいもの。メアリーは優しい子だと、わたしはいつも言っていたでしょう。どんなに偉くなったって、母親と妹を忘れたりはしないわ」

メアリーに夫を見つけてもらうという見込みは、ソフィアには我慢ならないものだった。ふたたび理性を失いかけたが、母親に顔をひっぱたかれ、びっくりして黙りこくった。チャロナー夫人は突然、甘やかした娘よりも長女のほうが重要だと気づいたのだ。

癇癪《かんしゃく》に付き合っている時間はないので、チャロナー夫人は娘をさっさとベッドへ追いやった。夫人のいちばんの心配は、メアリーが評判に傷をつけずにもどってきてしまうことだった。玄関のドアをたたく音がいつ聞こえるかとびくびくしながら、落ち着かない夜を過ごした。メアリーからなんの知らせもなく夜が明けると、チャロナー夫人の心配は和らぎ、ソフィアに泣くのをやめるようぴしゃりと言ってから、エイヴォン公に会いに行くために、入念に身なりを整えた。ドイツ風の襟のついた暗褐色系のドレスに、自在に下ろせる白いつばのついたボンネットをかぶって、正午前にエイヴォン邸へ向かう。お仕着せを着たドアマンがドアを開けると、尊大にエイヴォン公との面会を求めた。

公爵は留守だとドアマンは言ってから、チャロナー夫人の身分について自分なりの意見をまとめ、ドアを閉めようとした。

侮りがたい夫人はすぐにドアの隙間《すきま》に足をはさんだ。「なら、公爵夫人のところへ案内してくださいな」

「公爵夫人も町にはおりません」ドアマンが答える。

チャロナー夫人の顔に落胆が浮かんだ。「いつおもどりなの?」重ねて尋ねた。

ドアマンは夫人を見下ろした。「存じません」尊大に言う。

チャロナー夫人は相手を殴りたいと思いながら、公爵ご夫妻はどちらに行かれたのかと尋ねた。ドアマンはわからないと答えた。「それから」ドアマンが冷淡に続ける。「すみませんが足をどかしてください。ドアを閉められませんので」

ドアマンがそう言ったのは、ずっと上級の使用人が現れ、チャロナー夫人を玄関から追い返せると確信したからだった。その使用人はチャロナー夫人に用件をきき、彼女がこれは公爵夫妻だけに関係する件だと答えると、それは残念です、公爵も公爵夫人も町にいらっしゃいませんからと言った。

「わたしはふたりがどこにいるのか知りたいのよ！」チャロナー夫人は喧嘩腰《けんか》で言った。上級の使用人は夫人に、冷静に値踏みする視線を走らせた。それから慇懃《いんぎん》に言う。「マダム、公爵のお知り合いの方々は、ご夫妻の居所をご存じです」

それを聞くと、チャロナー夫人は大きなスカートをはためかせて去り、ひどく不機嫌な状態で家に帰った。家にはエリザ・マッチャムがソフィアといっしょにいた。エリザの態度から、彼女がソフィアの怒りに満ちた打ち明け話を聞かされていたのは明らかだった。ミス・マッチャムは興奮した笑い声をあげ、チャロナー夫人を迎えた。「ああ、おばさま、わたし、こんなに衝撃を受けたことはないわ。わたしたち、すっかりだまされていたのね。だって、誓って言えるけど、彼が望んでいたのはソフィアのほうだもの」

「あたしよ！　あたしのほう！」ソフィアが言葉をつまらせる。「彼がメアリーの首を絞めてしまえばいいのよ。きっと、いまごろは首を絞めているわ。だって、彼は気性が激しいもの。あんな卑劣で腹黒い女には、それがふさわしいわ」

チャロナー夫人が話に乗ってくる気分ではないと気づいて、ミス・マッチャムはすぐにソフィアに別れの挨拶《あいさつ》をして、手に入れた情報にわくわくしながら去っていった。彼女が行ってしまうと、チャロナー夫人は軽率なソフィアを叱《しか》りつけた。「今夜には、町じゅうに広まってしまうじゃない！　よりによってエリザに話してしまうなんて」

「いいじゃない」ソフィアが言い返す。「みんな、彼があたしより姉さんのほうを好きだったなんて思わないから。そうじゃないもの！　メアリーは恥知らずのあばずれよ。あたしはみんなにそう言うわ」

「ばかなまねはやめなさい」チャロナー夫人は告げた。「そんな話、だれが信じると思うの？　よけい人に笑われて、嫉妬《しっと》していると言われるのが落ちよ」

エイヴォン邸へ行ってなんの成果もなかったことを娘には言わず、夫人は昼食を終えるとすぐ、今度は兄のヘンリーのところへ出かけた。

ヘンリー・シンプキンズはシティーへ行っていて、家にいたのは義理の姉だけだったが、チャロナー夫人が何か重要な話を持ってきたのだと気づいたシンプキンズ夫人は、夫の帰りを待って、いっしょに食事をしましょうと彼女を誘った。シンプキンズ夫人はやがて義理の妹の用件をきき出し、ふたりは話し合ったり、声をあげたり、駆け落ち結婚の計画を練ったりして、とても心地よい数時間を過ごした。

五時少し前にヘンリーとジョシュアが帰ってくると、彼女たちはすぐにこの一件を語りはじめた。チャロナー夫人が推測を交えて事細かに話し、シンプキンズ夫人がそこここで補足した。

「まったくねえ、ヘンリー」チャロナー夫人が勝ち誇ったように締めくくる。「あの子はほんとうに悪賢いわ。ソフィーの名誉を守るために行ったふりをして、じつはずっと、自分が侯爵と逃げるつもりだったにちがいないんだから。だって、そうじゃなかったら、どうしてもどってこないのよ? ああ、ほんとうに手に負えない子なんだから!」低いうめき声がして、彼女は注意を甥《おい》に向けた。「ええ、ジョシュア、あなたにはつらいことね」優しく言う。「でもね、メアリーはあなたを選ばないだろうって、わたしは思っていたの。だって、彼女はとてもきれいな子で、すばらしい結婚をするだろうって、わたしはいつも言っていたのよ」

「結婚?」ジョシュアが低い声で言った。「叔母さんは彼女を嫁にやることしか考えていないんですか? 恥ずかしくないんですか?」

ミスター・シンプキンズが息子を支持した。「結婚を自慢するのは、メアリーを無事に侯爵に嫁がせてからでいい。もしエイヴォン公がほんとうに留守なら、おまえは彼を見つけなければならない。おい、クララ、おまえはまるで、娘がこんなふうに行ってしまったのを喜んでいるように見えるぞ」

兄の厳格な考えかたを知っているチャロナー夫人は、急いでしらばくれた。エイヴォン公爵夫妻が町にいないと知った経緯を兄に告げると、彼は妹に、すぐになんとしてでも見つけ出せと言った。彼女はどこから手をつけたらいいのか見当がつかなかったが、義理の姉が助けてくれた。シンプキンズ夫人が長年、ゴシップ誌を読んでいたのは無駄ではなかった。彼女はエイヴォン公の名前と爵位のすべてを正確に暗唱できただけでなく、ハーフムーン街に公爵の弟が住んでいることや、一般人と結婚した妹がいて、いまは未亡人だということも義理の妹に教えられた。

公爵の弟の名を耳にすると、ミスター・シンプキンズは彼を問題外だと却下した。ルパート・アラステア卿のうわさはミスター・シンプキンズに伝わっていて、彼は堕落した、身持ちの悪い道楽者だと妹に断言した。ヴィダルに結婚を強いるのに、絶対協力してくれそうにない男だ。ミスター・シンプキンズは妹にあすの朝、レディー・ファニー・マーリングを訪ねるよう助言し、チャロナー夫人は結局そうすることに決めた。

レディー・ファニーの使用人はエイヴォン邸の使用人たちほどよく訓練されておらず、チャロナー夫人はもし自分と会わなかったらレディー・ファニーは後悔するだろうと強く言って、なんとか家のなかに入った。

レディー・ファニーは、アイルランド風ポロネーズの部屋着に、紗《うすぎぬ》のエプロン、手編みレースの垂れのついたかぶり物という格好で、家の奥にある小さな居間で夫人と面会した。夫人を滞っている支払いの催促に来た洋裁師か帽子屋だろうと、なんとなく思っていたので、機嫌はあまりよくない。チャロナー夫人はまずは挨拶をしようとしたが、その機会は得られなかった。レディー・ファニーが先に、面食らわせるような調子でしゃべりはじめたからだ。「いいこと」きつい口調で言う。「女が自宅で支払いを要求されるなんて、世も末よ。あのね、あなたはわたしの服飾を担当できて喜ぶべきなの。あなたの名前を聞いた覚えはない気がするけど――セリセットかミラベルよね、きっと――あなたのことを紹介してあげた人の数は、何十人にもなるはずよ。どっちにしても、わたしは一ペニーも持ってないから、家まで来ても無駄なの。どうかそこに立って、目を丸くしてわたしを見るのはやめてちょうだい！」

チャロナー夫人は間違って頭のおかしな病院に踏みこんでしまったような感覚をおぼえた。入念に準備した話のかわりに思いついたのは、これだけだった。「お金は欲しくないんです。勘違いしてらっしゃいますわ」

「お金が欲しくないなら、何が望みなの？」レディー・ファニーが青い目を大きく開いた。

彼女はうれしくない訪問客に椅子を勧めていなかったし、チャロナー夫人はどういうわけか、許しなしに椅子に座る気になれなかった。レディー・ファニーがこれほど恐ろしい人物だとは想像していなかったが、背丈はないのに、彼女はじつに恐ろしかった。それに、傲慢《ごうまん》な話しかたに高貴な夫人だという雰囲気が加わって、チャロナー夫人はすっかり落ち着きを失った。自信のない口調で言う。「奥さまのところへ来たのは、エイヴォン公の居所を知りたいからなんです」

レディー・ファニーはぽかんと口を開けた。驚きと怒りをこめて、チャロナー夫人をまじまじと見る。「エイヴォン公？」信じられずに言った。

「ええ、エイヴォン公です」チャロナー夫人がくり返して言う。「彼の名誉にかかわる要件がありまして、すぐにお会いしたいんです」

「なんと、まあ！」レディー・ファニーは小さく言った。目が怒りで光る。「よくもわたしのところへ来られたわね。失礼すぎる。彼の居所は絶対に教えないわよ。わたしから聞き出せると思ったら、大間違い！」

チャロナー夫人はレティキュールを握りしめ、断固として言った。「公爵か公爵夫人に、わたしは会わなくてはならないし、必ず会いますわ」

レディー・ファニーの胸がふくらんだ。「あなたの忌まわしい話を、公爵夫人には持っていかせないわ。何もかもでたらめに決まってるけど、義理の姉に紛争の種を蒔《ま》いてやろうと思ってるなら、わたしが許しません」

「わたしが公爵に会うことを妨害するつもりでしたら、言っておきますけど、大いに後悔しますわよ。わたしが口を閉じたままでいるはずがないでしょう。公爵の居場所を教えていただけないなら、この件を世間に必ず明かします！」

レディー・ファニーの唇が軽蔑《けいべつ》するようにゆがんだ。「どうかそうしてちょうだい。ほんとうに、あなたは常識知らずね。公爵が十歳若くても、わたしだったら、そんなばかげた話は信じないわ」

チャロナー夫人は頭のおかしな病院に迷いこんだ感覚をより強くおぼえた。「公爵の年齢がどう関係するんです？」非常に混乱して尋ねる。

「すべてに関係するでしょうね」レディー・ファニーが冷たく言った。

「まったく関係ありませんわ！」ますます熱くなって、チャロナー夫人は言った。「奥さまはわたしをうまく避けようと思っているんでしょうけど、わたしは母親として頼んでいるんです。ええ、びっくりしたでしょう。母親としての願いなんです。娘の母親として、わたしはきょう、ここに立っているんです」

「まあ、わたしは信じないわよ」ファニーは叫んだ。「わたしのラベンダー水はどこ？ ああ、かわいそうなレオニー！ ええ、言いたいことを言いなさいな。わたしはひと言も信じないから。そしてもし、あなたが忌まわしい娘をエイヴォンに押しつける気なら、それは大間違いよ。前もって、よく考えるべきだったわね。その娘は少なくとも十五歳にはなってるはずよ」

チャロナー夫人は目をしばたたいた。「十五歳？ 奥さま、娘は二十歳です。それに、娘を公爵に押しつける件ですけど、もし公爵に少しでもちゃんとした感情があるなら、最善を尽くしてくださるはずです。もっとも、わたしとしては、娘にどれほどの敬意が払われても、じゅうぶんだとは思いませんけど。公爵はためらうことなく、あの子を娘として受け入れてくださるはずですわ。あの子はほんとうに優しくて、従順で、えり抜きの女学校で教育を受けたんです」

「あのねえ」ファニーが哀れむように言う。「エイヴォンがそんなことをすると思ってるなら、あなたは大ばかよ。彼には、あなたが言ったような、ちゃんとした感情はまったくないし、もしその娘の教育に彼がお金を払ったのなら――どうやらそうらしいけど――わたしとしては驚くしかないわ。あなたは幸運だと思ったほうがいいわよ」

「娘の教育にお金を払った？」チャロナー夫人は息をのんだ。「公爵は娘に会ったこともありませんわ！　奥さまはいったい、なんの話をしているんです？」

ファニーは一瞬、チャロナー夫人をじっと見た。チャロナー夫人の顔には、当惑が大きく浮かんでいる。ファニーは椅子を手で示した。「よかったら、座って」チャロナー夫人が感謝するように腰を下ろす。ファニーは話を続けた。「そして、あなたの望みがなんなのか、わかりやすく言ってちょうだい」ファニーは話を続けた。「その娘はエイヴォンの子どもなの、違うの？」

チャロナー夫人はその質問の意味を把握するのに一分近くかかった。どういうことかわかると、ぱっと立ち上がって叫んだ。「いいえ、違います！　それに、わたしはミスター・チャロナーには不釣り合いだと思われましたが、貞淑な女だということを覚えておいてください。彼は地位のある有力な家の出でしたけれど、わたしと結婚したんです。わたしは、エイヴォン公の大事な息子さんがわたしのかわいそうな娘と結婚するよう取り計らうつもりなんです」

レディー・ファニーからきびしさが消えた。「ドミニク！」安堵《あんど》のうめきをもらす。「なんと、それだけのこと？」

チャロナー夫人はまだ怒りに燃えていた。「それだけですって？　それだけ？　あなたは邪悪な甥がわたしの娘をさらったことを、それだけと言うんですか？」

ファニーは椅子にもどるよう、手を振って彼女に合図した。「あなたには同情するわ。ほんとうよ。でも、兄のところへ行っても無駄。心を動かされて、息子をあなたの娘と結婚させようなんて気になることは絶対ないから」

「そんな！」チャロナー夫人は叫んだ。「わたしの沈黙を安く買えて、公爵は喜ぶはずですわ」

ファニーはにっこりとした。「いいこと、この件が世間に知られて傷つくのは、わたしの甥じゃなくて、あなたの娘よ。さっき、〝さらった〟と言ったわね。わたしはヴィダルの悪評を山ほど知っているけど、抵抗する娘をかどわかすという悪癖は耳にしたことがないわ。あなたの娘さんはおそらく自分の行動を承知していた。だから、わたしがあなたにできるのは、自分の身を守りたかったら、口をつぐんでいるべきだという忠告だけよ」

レディー・ファニーの予想外の態度に、チャロナー夫人は意図したよりも早めにトランプのカードを切らねばならなくなった。「そうでしょうか？　奥さまは大いに間違っていますわ。それに、娘に有力な親類がいないとお考えだとしたら、すぐに真実をお教えできます。メアリーの祖父は陸軍の将軍で、准男爵ですの。名前はサー・ジャイルズ・チャロナー。彼ならかわいそうな娘の名誉をどのように守るか、知っているでしょう」

ファニーは尊大に眉を上げたが、この情報には驚いていた。「サー・ジャイルズがお孫さんを誇りに思ってるといいわね」けだるげに言う。

チャロナー夫人は両頰に赤い斑点《はんてん》を浮かべて、レティキュールのなかを探った。メアリーの手紙を取り出し、レディー・ファニーの前のテーブルにぽんと置く。「これを読んでください」悲しげな口調で言った。

レディー・ファニーは手紙を手に取り、冷静に目を通した。読み終えると、手紙をふたたび置いた。「これがなんなのか、まったくわからないわ。〝ソフィア〟というのはだれなの？」

「わたしの下の娘ですわ。侯爵は妹のほうと逃げるつもりだったんです。彼女にぞっこんだったんですもの。ふた晩前、いっしょに逃げる準備をしておくようにという手紙をソフィアに送って、それをメアリーが開封したんです。メアリーはおたくの階級の娘さんたちのように派手ではない、誠実な娘で、彼女の祖父のお気に入りですわ。奥さまにもおわかりのとおり、メアリーは妹が身を滅ぼすのを阻もうとしたんです。メアリーがいなくなって二日。侯爵が彼女をさらったんですわ。わたしはメアリーという子をよく知っていて、進んで侯爵についていくような娘ではないと断言できます」

レディー・ファニーは当惑して黙りこくりながら話を聞いていた。この件は確かに深刻なようだ。サー・ジャイルズ・チャロナーのことは知っている。もしその娘がほんとうに彼の孫だったら、彼は孫娘の誘拐をうやむやにすることを許さないだろう。とんでもない悪評が立とうとしているようだった。単なる悪評ですめばだが。甥がいつかはこんな悪評を立てるだろうと、いくら辛辣《しんらつ》に予測していようと、レディー・ファニーはそれを傍観して、防ぐ手立てを講じない女ではなかった。ヴィダルに好感をいだいていたし、彼の母親は大好きだった。それに、自分の一族をとても誇らしく思っていた。最初に思いついたのは、すぐさまエイヴォン公にこのひどい出来事を知らせることだった。それから考え直した。いまエイヴォン公にこんな話を聞かせるべきではない。息子がべつの問題で国を離れざるをえなくなったいまはだめだ。この件がどうなるかも、もみ消すことが可能かどうかもはっきりとはわからなかったが、レオニーに知らせを送ろうと決めた。

チャロナー夫人に、値踏みするような視線を送る。ファニーは抜け目のない女だった。チャロナー夫人が自分の腹の内をレディー・ファニーにどれほど推測されているのか知ったら、きっと驚いただろう。

「あなたのために、できるだけのことをしましょう」ファニーは唐突に言った。「でも、この不愉快な件を、あなたはだれにも口外しないほうが賢明よ。わたしはこのとんでもない話を義理の姉に伝えるわ。いいこと、もしあなたが悪いうわさを立てたら、あなたの目的は達成されないわよ。あなたの娘の名が人々の口にのぼったら、彼女と甥の結婚はないとわたしが保証する。悪い評判については、それでだれがいちばん傷つくのか、あなたが決めればいいわ」

チャロナー夫人はなんと返事をすればいいのかわからなかった。レディー・ファニーの態度に圧倒された。レディー・ファニーが衝撃を受け、脅《おび》えるだろうと予想していたので、自分の立場がはっきりしなかった。レディー・ファニーが落ち着き払い、嘲笑《あざわら》っているようすだったため、侯爵の行動を公にすると言って、アラステア一族を脅迫することが可能かどうか疑問に思えてきた。兄にいっしょに来てもらい、助言してもらえばよかったと後悔した。夫人は好戦的に言った。「それで、わたしが口を閉じていたら？　そうしたら、どうなるんです？」

レディー・ファニーが眉を上げた。「兄にかわって、わたしが勝手に言うことはできないわ。あなたの話を義理の姉に伝えると言ったでしょう。あなたが住所を置いていってくれたら、きっと公爵夫人が――あるいは公爵が――あなたのところへ行くはずだわ」小さな銀の呼び鈴のほうへ手を伸ばし、それを振った。「これだけは請け合いましょう。もし間違いが起きたのなら、公爵はしかるべき処置を必ずすると。悪いけれど、もうさようならを言わせて」うなずいて退出を促されると、チャロナー夫人は反射的に立ち上がった。

彼女のために、従僕がドアを開けて待っていた。チャロナー夫人は言った。「もし一両日中に連絡をいただけなかったら、わたしは最善だと思うことをさせてもらいます」

「一両日中にあなたが連絡を受けるのは、ほとんど無理ね」レディー・ファニーが冷たく言った。「義理の姉はいまロンドンを離れているわ。三日か四日したら、連絡が行くでしょう」

「まあ……」チャロナー夫人は躊躇《ちゅうちょ》した。この面会は計画どおりに進んでいなかった。

「あさって、またこちらに来させてもらいます。それから、わたしを避けることができるなどとはお思いにならないでください」ドアのほうへ歩き、レディー・ファニーに住所を伝えるのを忘れていたと思い出して、立ち止まった。伝え終えると、お辞儀をして退室した。少々当惑し、かなり腹を立てていた。

五分後、チャロナー夫人がこの家にもどることができていたら、彼女は少しは元気づけられていただろう。玄関ドアが閉まるとすぐ、レディー・ファニーは椅子から立ち上がって、呼び鈴を激しく振り、従僕が来ると、ジョン・マーリングを捜しにやった。

やがて部屋にやってきたジョンは、うわの空でいる母親を見つけた。

「ああ、ジョン、いったいどこに行ってたのよ！」レディー・ファニーが声をあげる。「ドアを閉めてちょうだい。とても恐ろしいことが起こって、あなたはすぐにベッドフォードへ行かねばならないわ」

ジョンは穏やかに答えた。「きょうロンドンを離れるのは、とてもむずかしいよ、母さん。王立協会の会合に行こうと、ミスター・ホープに誘われているんだ。燃素の理論に関する討議があって、興味があるんだよ」

レディー・ファニーが足を踏み鳴らした。「ドミニクが恐ろしい醜聞でわたしたちみんなの面目をつぶそうとしているときに、そんなばかげた理論がなんの役に立つというの？ どこの協会にも行かせないわ。あなたはベッドフォードへ行くのよ」

「燃素の理論がなんの役に立つかということと、ヴィダルの偉業を比べようとしているようだけれど、ぼくに言えるのは、そんな比較はばかげていて、いとこの行動を完全に無意味なものにしているということだけだよ」ジョンが皮肉を利かせて言った。

「あなたの退屈な理論については、もうひと言も聞きたくないわ。わたしたちの名前が汚されたら、ドミニクの行動が無意味かどうかわかるでしょうね」

「ありがたいことに、母さん、ぼくの名前はアラステアじゃない。ヴィダルは今度は何をしたの？」

「ありえないぐらいとんでもないことよ！ すぐにあなたの伯母さんに手紙を書かなくては。彼はいつかやりすぎるだろうと、わたしは常々言っていたのに。かわいそうな、かわいそうなレオニー。彼女のことを思うと心が痛むわ」

書き物机に腰を下ろす母親を見守りながら、ジョンはもう一度尋ねた。「ヴィダルは今度は何をしたの？」

「罪のない娘をさらったそうよ――わたしはひと言も信じてないけれど。だって、あの母親は強欲だったもの。それに、その娘は喜んでついていったような気がする。そうでなかった場合は、考えるのもおぞましいわ」

「もっと論理的に説明してくれると、よくわかるんだが」

レディー・ファニーの鵞《が》ペンが紙の上をさらさらと走った。「あなたはその癪に障る理論以外は理解できないのね、ジョン」むっつりと言ったものの、彼女は書く手をいったん止めて、チャロナー夫人との面会を生き生きと説明した。

話が終わると、ジョンがうんざりして言った。「ヴィダルは恥知らずだ。その娘と結婚して外国で暮らすべきだな。彼には絶望した。イングランドで好き勝手に行動するのを許されていたら、ぼくたちは一瞬たりとも平安を得られない」

「彼女と結婚？　ジャスティンがなんと言うと思っているの？　まだ何か打つ手があると信じたいわ」

「ぼくはニューマーケットへ行って、伯父さんに知らせたほうがよさそうだ」ジョンが陰気に言った。

「ああ、ジョン、とんでもないわ！」彼の母親が叫ぶ。「これをジャスティンに知らせたら、レオニーはわたしを許してくれないでしょう。あなたはすぐに彼女をヴェイン家から連れてきて。それからみんなで知恵を絞るのよ」

「レオニー伯母さんをきらいにはなれない」ジョンは告げた。「けれど、伯母さんがこんな破廉恥行為さえ軽く扱うかもしれないことは考えた？」

「そんなことは重要ではないわ。あなたはこの手紙を彼女に届けて、彼女を町に連れもどせばいいのよ」レディー・ファニーは命令口調で言った。

不満だったものの従順なジョンは、その晩、ベッドフォードに近いレディー・ヴェインの家に到着した。そこにはほかにも何人か滞在していたが、彼はなんとか個室で伯母と面会することに成功した。甥のあまりにも悲しそうな顔を見て、レオニーがすぐに不安になり、何かまずいことが起こったのかと尋ねた。

「伯母さん」ジョンが重々しく言う。「悪い知らせを持ってきました」

レオニーの顔が青くなった。「閣下？」声が震える。

「いいえ、伯母上、ぼくの知っているかぎりでは、伯父上はお変わりなくお過ごしです」

「まあ《モン・デュ》、ドミニークね！　決闘で撃たれたの？　彼の帆船が沈んだ？　熱病で死んだ？　教えて！」

「いとこは元気ですよ。その点は心配しないでください。でも、お知らせするのは想像できないほど最悪なことです」

「元気なら、最悪じゃないわ」レオニーは言った。「お願いだから、これ以上、わたしに心の準備をさせないで。心臓に悪いわ。あの子に何があったの？」

「伯母上、こんな話でお耳を汚さざるをえないのは、心苦しいかぎりです。とんでもない話なんです。ヴィダルが――おそらく力ずくで――若い女性をさらったんです。貞淑で、いい家の娘を」

「ああ、あの中産階級の娘ね！　閣下はいままで以上に腹を立てるわ。何もかも話してちょうだい」

ジョンはつらそうに伯母を見た。「手紙をお読みになるほうがいいと思います。母から預かってまいりました」

「だったら、さっさと渡して」レオニーはそう言うと、甥の手からひったくらんばかりに手紙を取り上げた。

レディー・ファニーの興奮した走り書きは三ページに及んだ。レオニーは急いで読み、最後にファニーは天使だと叫んだ。そしてすぐに町にもどると言い、女主人が部屋に入ってくると、彼女に詫《わ》びを言って、レディー・ファニーが病気で、自分を必要としていると知らせた。レディー・ヴェインはひどく心配して、同情に満ちた質問をジョンにいくつも浴びせ、その結果、まじめなジョンが気まずそうにそわそわした。彼女は少なくとも朝まで出立を遅らせるようレオニーを説得し、レオニーは、一日ずっと移動していた甥を思いやって、それに同意した。

翌朝、ふたりは公爵夫人の大きな旅行用馬車で出発した。レオニーは息子のふるまいにさほど困惑していないようすだった。間違って姉のほうをさらうとはドミニークらしくないと陽気に言って、何があったと思うかと、ジョンに意見をきいた。疲れ、いらだっていたジョンは、推測する気にもならないと答えた。

「わたしは、彼がとてもばかだったのだと思うわ」レオニーは言った。

ジョンが辛辣に言う。「ヴィダルのふるまいは、ほとんどいつもばかげていますよ、伯母さん。彼には良識も品もない」

「そうかしら？」レオニーが物騒な口調になった。

「ぼくは何度も深刻な事柄について彼に関心を持たせようとしました。ぼくは六歳年上で、当然ながら、自分の助言と頻繁な警告を完全に無視されるとは思っていなかった。しかし、間違っていたようです。ティモシーの店での、このあいだの出来事のせいで、ぼくはあそこに行くのがじつに不快になりました。あそこでは、だれにでもこう指さされるにちがいないとわかっているからです――悪名高い放蕩《ほうとう》者で、単刀直入に言えば殺人者のいとこだと。そのうえ――」

「あのねえ、ジョン」レオニーが口をはさんだ。「あなたはドミニークに感謝すべきよ。だって、あなたが彼のいとこでなかったら、だれも絶対にあなたを指ささないもの」

「いやはや、伯母上、ぼくがそんなふうにして有名になりたがっていると思われるんですか？　断じてごめんです。今回の偉業に関して言わせてもらうと、これはルパート叔父さんの影響が大いにあると思います。ヴィダルはずっと叔父さんと懇意にしていましたし、ぼくは、そして母は、とても無分別なことだと思っていました。いとこが道徳をまったく無視するのは、叔父さんの影響にちがいありません」

「あなたの考えには我慢ならないわ」レオニーが言った。「かわいそうに、あなたはドミニークに嫉妬している」

「嫉妬？」ジョンがびっくりする。

「そうよ」レオニーはうなずいた。「人を撃ち殺す——あなたはそれをとんでもないと言う。なぜなら、あなたにはできないことだからよ。あなたは象を撃ち殺すこともできないわ。女性と逃げる——恥ずべきふるまいね、言うまでもなく《ビヤン・アンタンデュ》。でも、あなたは目の見えない女性でさえ、いっしょに逃げるよう説得できない。それは恥ずべきふるまいではないけれど、とても悲しいことよ」

ジョンは適切な返答を思いつけなかった。彼の伯母はこの辛辣な発言で彼を切って捨てると、愛想よく微笑《ほほえ》み、彼の膝をぽんとたたいた。

「さあ、ドミニークをこの苦境から救出するために、わたしが何をしたらいいのか話し合いましょう」

ジョンはこう言わずにはいられなかった。「彼といっしょにいる不幸な娘のほうがもっと救出を必要としていると思いますよ」

「ああ、もう！」レオニーは声をあげた。「あなたみたいな良識のない人と話し合うのは不可能ね」

「がっかりさせたのなら、すみません。でも、伯母上はこの件をとても軽く考えていらっしゃるように思えるんです」

「軽く考えてなどいないわ」レオニーは断固として言った。「ただ、そのチャロナー夫人がファニーに言ったとおりの話だとは信じていないだけ。もしドミニクが彼女の娘をフランスへ連れていったのなら、娘は大いに乗り気で行ったと考えられるから、問題はないわ。チャロナー夫人は、妹を救うために姉がわたしの息子と行ったのだと信じこませようとするでしょうけれど、ちょっと信じがたい話だわ《ヴォアラ・ユンヌ・イストワール・ブ・クオロワヤーブル》。だとしたら、娘はいまどこにいるの？イングランドよ、もちろん《ビヤン・シュール》。ドミニクが欲しくもない娘をどうしてフランスへ連れていくというの？」

「ぼくもそれを考えましたよ、レオニー伯母さん。そして答えを見つけました。伯母上は認めてくださらないでしょうがね。もし話がほんとうだったら、ヴィダルは彼女を復讐《ふくしゅう》のために連れ去ったんです」

　長い沈黙があった。レオニーは両手を握りしめ、また開いた。「それがあなたの考えなのね、ジョン？」

「可能性があることは、伯母上も同意してくださるはずです」

「ええ。機嫌が悪いときのドミニークだったら……。ルパートのところへすぐに行かなければならないわ！　どうしてこんなにのろのろ走っているの？　急ぐように言ってちょうだい」

「叔父さんのところへ？」ジョンがきき直した。「叔父さんが伯母上の役に立つとは思えません」

「そう？」レオニーはきつい口調で言った。「なら、教えてあげる。彼はわたしとフランスへ行って、ドミニークとその娘を見つけてくれるわ」

「伯母上、あなたは叔父さんとフランスへ行くというんですか？」

「悪い？」

「でも、伯母上、世間がそれを知ったら、とても奇妙だと思うはずですよ。伯母上が叔父さんと駆け落ちしたと、みんなに勘違いされます。それに、伯母上のような、きめ細かな心遣いを受けて快適に過ごすことに慣れたご婦人のだれにとっても、彼は最も不適切な付き添いです」

「ありがとう、ジョン。でも、わたしはルパートとフランスへ行くつもりだし、彼はちゃんとわたしの面倒を見てくれるでしょう。それから、ぼうや《モン・ザンフアン》、あなたを殺したくないから、話をするのはやめましょう。ドミニクやルパートのことも、ほかのすべてのことも」

数時間後、互いに細心の注意を払って相手に礼儀正しく接した伯母と甥は、ロンドンのレディー・ファニーの屋敷に到着した。ちょうど夕食の時間で、ファニーがひとり食卓に着こうとしていたとき、レオニーが足早に食堂に入ってきた。

「ああ、あなた！」ファニーは声をあげてレオニーを抱きしめた。「来てくれてよかった。ほんとうに困っていたの」

レオニーはケープをさっとはずした。「教えてちょうだい、ファニー。あの子は彼女をさらったの？　ほんとうにさらったの？」

「ええ」レディー・ファニーはきっぱりと言った。「そのようね。あのいやな女がきょう、またここへ来たの。彼女はこちらを憎悪してて、ひどい騒ぎを起こしそう。お金でけりもつけないとね。そのことはすぐに考えたんだけど、あなたに大金でもないかぎり、どうやってそうしたらいいのかわからなくて。だって、わたしはすっからかんだもの。ドミニクがここにいたら、殺してやるわ！　誠実な娘に手をつけるなんて、軽率にもほどがある——もっとも、その娘が誠実だとは、一瞬たりとも思ってないわよ、レオニー。母親のほうは、ぞっとするほど腹黒くて、それから、そう、きょうは下の娘を連れてきたの。彼女を見たら、母親の、うそがてんこ盛りのばかげた話を信じる気になったわ。その娘ときたら、癪に障るほど美人なのよ、レオニー。わたしが彼女の年齢のころはどうだったかって、考えちゃったわ。彼女を見たとたん、ドミニクが恋に落ちたのも無理はないってわかった」ファニーは言葉を切った。下僕が食堂に入ってきて、ふたり分の食器を追加で並べ、レオニーにお座りくださいと言った。下僕の前でそれ以上深い話はできないため、ファニーは最新の町のうわさを話しはじめ、話題が尽きると、今夜は王立協会に行かないのかと息子に優しく尋ねさえした。ジョンは返事をしてやらなかったが、食事が終わると、残念ながら王立協会へ行くのは無理だけれど、書斎で本を読むことにすると、ふたりに告げた。

ファニーは二階の私室で、話の残りをぶちまけた。ソフィア・チャロナーはむっつりしていて、その小さな口をほとんど開かなかったものの、ヴィダルを横取りされたことに怒り狂っていたのは間違いない、と請け合う。

「大したあばずれよ！　ええ、そういう女は見ればわかるわ。姉のほうも妹と似たり寄ったりだったら……その可能性は高いでしょ？　かわいそうにドミニクはまんまとだまされたんだわ。ドミニクが彼女をフランスへ連れていったのは間違いない。だって、連れていってなかったら、彼女はどこにいるの？　わたしたちはどうしたらいいのかしら？」

「わたしはパリへ行くわ」レオニーが言った。「まずは、そのチャロナー夫人に会ってみる。それから、ルパートに、わたしをフランスへ連れていくよう頼むわ。もしすべてが真実で、その娘があれじゃなかったら……あれは、なんて言うんだっけ？」

「あなたの言いたいことはちゃんとわかってるから、だいじょうぶ」レディー・ファニーは急いで言った。

「で、その娘があれじゃなかったら、ドミニークに彼女と結婚するよう言わなければならないわ。彼女の名誉を傷つけるのは、とてもまずいもの。それに、彼女が気の毒よ」真剣な口調で言い足す。「そんなふうにひとりぼっちで、だれかに支配されているのは、すごく苦痛なものなの。それは断言できるから」

「あの母親は娘がドミニークをものにするまでうるさいでしょうけど、ジャスティンのほうはどうするの？　そこのところは、わたしにはお手上げよ。兄さんはとても不愉快な人間になれるから」

「ジャスティンのことはわたしも考えた。閣下をだましたくはないけれど、今回はそうしなくてはならないわ。もしドミニークがその娘と結婚せざるをえなくなったら、わたしはうまいうそを考えて彼に言う。そうすれば、今度のことがドミニークの愚かさのせいだとばれないわ。ばれたら、彼は激怒するでしょうから」

「兄さんは信じないわよ」レディー・ファニーは言った。

「いいえ、たぶん信じてくれる。わたしは彼にうそをついたことがないから――これまでは」レオニーが悲しそうに言った。「このことについては考えに考えて、とてもつらく思っているわ。閣下には手紙を書いて、ひとつ、大きなうそをつく。いとこのハリエットが体調を崩していて、彼女のところへ行かなければならないって。彼女はかなりの年だから、閣下はそんなに驚かないはずよ。そして、ドミニークがその娘――わたしがもうきらいになっている娘――と結婚しなくてはならない状況にあるのだったら、彼にそうさせる。ただし、わたしはパリに一度も行っていないように取り繕う。だって、わたしはこちらにもどっていて、ドミニークについては何も知らないことになっているから。それからドミニークは閣下に結婚を知らせる手紙を書き――その娘がほんとうにサー・ジャイルズの孫娘なら、そんなにひどいことではないわ――わたしは大いに喜んでいるふりをし、そしてジャスティンはたぶんあまり気にしない」

ファニーはレオニーの手を握った。「あなた、ジャスティンが激怒するってわかってるでしょうに。そして怒り狂った兄さんは、ドミニクよりもずっと危険になるわ」

レオニーの唇が震えた。「わかっている。でも、少なくとも真実が公になるよりはましだと思う」

11

翌朝、窓から外を見ていたチャロナー夫人は、玄関前に非常に優雅な馬車が停《と》まったのを見て興奮した。すぐに声をあげる。「公爵夫人だわ！」かぶり物を整えるため、急いで鏡のところへ行った。それからソフィアに、よけいなことをひと言でも言ったら一週間部屋から出さないわよ、と告げる。ソフィアが同じようにきつい口調で言い返そうとしたとき、ベティーがドアを開け、畏怖《いふ》に満ちた声で告げた。「エイヴォン公爵夫人です、奥さま！」

公爵夫人が入ってきた。チャロナー夫人は驚きのあまり、お辞儀をするのも忘れた。目の前に立つ、若々しい婦人ではなく、あと二十歳は上の婦人を予想していたし、とても恐ろしげな婦人と対面するのだと心の準備をしていたのだ。大きな菫《すみれ》色の目と、えくぼと、麦わら帽子の下から覗《のぞ》く銅色の巻き毛は、チャロナー夫人には予想外で、自尊心と礼儀を適度に混ぜて公爵夫人を迎えるかわりに、落ち着きを失って、相手をじっと見ていた。

「あなたがミセス・チャロナー？」やがて公爵夫人が口を開いた。

公爵夫人が明らかなフランスなまりで話したので、チャロナー夫人はさらに驚いた。ソフィアも驚き、礼儀も忘れて声をあげた。「まあ、じゃあ、あなたがヴィダル卿《きょう》のお母さまなの？」

公爵夫人がソフィアを頭から爪先まで見つめると、ソフィアは顔を赤くし、もじもじしはじめた。それからふたたびチャロナー夫人に目をやった。礼儀作法を思い出した夫人は、娘に黙っていなさいと言い、椅子を引いた。「どうかお座りくださいませ」

「ありがとう」レオニーは腰を下ろした。「息子があなたの娘さんと駆け落ちしたと、聞かされました。でも、わたしにはどうしても理解しがたい行為なの。だから、そんなことがどうして可能なのか、うかがいに来ました」

チャロナー夫人はハンカチを目にあて、悲しさと恥ずかしさで気がおかしくなりそうなのだと訴えた。「だって、メアリーはとてもいい子なんです、奥さま。侯爵さまと駆け落ちするなんて、ありえません。あなたさまの息子さんがわたしの無垢《むく》な娘を力ずくでさらったんです」

「まあ！」レオニー《ティヤン》は好奇心を上品に表した。「では、息子は押し込み強盗だわ。おそらく、あなたの家から彼女を盗んだのね？」

チャロナー夫人はハンカチを落とした。「わたしの家から？　どうしてそんなことができるんです？　違います！」

「わたしもそれを疑問に思っているの」レオニーは言った。「たぶん息子は娘さんに罠《わな》を仕掛けて、通りでつかまえ、猿ぐつわと縄を使って連れ去ったんでしょう」

　チャロナー夫人が敵意をこめてレオニーを見た。レオニーは平然とその視線を受け止め、待った。「奥さまはわかっていらっしゃらないんです」チャロナー夫人が言った。

「確かに、わたしはわかっていないわ。あなたは息子があなたの娘さんを力ずくでさらったと言っている。それなら、そんなことがロンドンの真ん中でどうして可能だったのか、説明してください。そんなにむずかしい誘拐をしてのけたとすると、侯爵はとてつもなく賢《エ・ビヤン》かったのね」

　チャロナー夫人が顔を真っ赤にした。「奥さま！　よしてください！」

「なら、誘拐じゃなかったの？」

「まあ……もちろん誘拐です。そしてわたしはちゃんとした処置がなされるようにしてみせます」

「わたしもちゃんとした処置がなされるように願っているわ」レオニーは穏やかに言った。「でも、わたしはばかではありません。あなたの誘拐の話はとても信じられない。娘さんにその気がなかったのなら、大声を出すことができたはずです。そしてロンドンならば、だれかがその声を聞きつけて、助けに来たはずよ」

「奥さまは話を全部聞いてはいらっしゃらないようですわ。いいですか、侯爵さまが望んでいたのは、メアリーではなくて、ここにいるかわいいソフィアだったんです。侯爵さまはいつもここを訪ねていらして、どうやらそれで娘はのぼせ上がってしまったようです。こう言うのは恥ずかしいんですが、侯爵さまはソフィアを口説かれたようで。もちろん、わたしは気づきませんでした。どんなうそをつかれたのか存じませんが、侯爵さまは娘と逃げる計画を立てたんです。わたしは娘をとてもきびしく育ててきました。だから、侯爵さまに結婚する気持ちがないなどと、娘に想像できるわけがございません。娘はグレトナグリーンへ連れていってもらえるのだと思っておりました。ええ、娘が大ばかで勘違いしていたことを否定するつもりはありませんが、若い娘というのは夢のような空想をするものですし、侯爵さまがどんなふうに説得されたのかは、神のみぞ知ることですから。いいえ、ソフィー、口を閉じてなさい！」

レオニーは憤慨しているソフィアを見て、微笑《ほほえ》んだ。「あなたは息子に新しい役割を与えてくれたわ。息子がそれほど骨惜しみをしない子だとは知らなかった。どうやらあなたにぞっこんだったようね」

「彼はわたしをほんとうに愛してました！」ソフィアが声をつまらせて言った。「メアリーになんか目も留めなかった。全然！」

「黙りなさい、ソフィー！　でも、そのとおりなんです、奥さま。侯爵さまはこの子に夢中でした。でも、メアリーは侯爵さまが考えているのは結婚ではないと思って、妹の身を守ろうと行動を起こしたんです」

「信じられないような気高い精神からした行動なのね。そのメアリーとやらは、どんなことをしたんです？」

チャロナー夫人は両手を大げさに広げた。「メアリーはソフィアの身がわりになったんです。夜の出来事で、娘は仮面をつけておりました。古い半仮面がたんすから消えているのにソフィアが気づきましたから。メアリーが何をする気だったのかはわかりませんが、もどってくるつもりだったんです、奥さま。そして五日がたったのに、かわいそうなメアリーは行方知れず。侯爵さまがメアリーを連れてフランスへ逃げたんです」

「ほんとうに？」レオニーは言った。「あなたはいいことを教えてくれたわ。侯爵がフランスへ行ったと、だれが言ったんです？　あまり人には知られていないことなのに」

チャロナー夫人はびっくりして、ソフィアをちらりと見た。「わたしがママに教えたんです」ソフィアがむっつりと言った。

「あら、そうなの。おもしろいわね、マドモワゼル。あなた、息子がスコットランドへ行くと思っていたのよね。そして、彼はフランスへ行くのだと言った」

「それは奥さまの推測ですわ！」チャロナー夫人が必死になって言った。「ソフィア、部屋から出ていきなさい。奥さまとふたりきりで話したいことがあるから」

「出ていかないわ」ソフィアが拒んだ。「ママはヴィダル卿とメアリーを結婚させようとしてる。そんなの不公平よ。彼はわたしを愛してるの。このわたしを！　メアリーは泥棒猫みたいに彼を盗んだ。でも、彼とは結婚させるもんですか！」

「ああ、ほんとうのことがわかったわ」レオニーは言った。「息子をかどわかしたのは、ミス・メアリー・チャロナーなのね。なかなかのものだわ」

「そんなんじゃありません！」チャロナー夫人が口をはさんだ。「ああ、ここにいるソフィアが侯爵さまとフランスへ行ったかもしれないというのはほんとうです。わたしとしても、残念ながらそれを認めざるをえません。でも、奥さまもきっとご存じでしょうけれど、女の子というのは、いつの時代も、恋愛小説を読むものなんです。ええ、ソフィアは侯爵さまの誘いに夢中になっていましたけれど、メアリーが侯爵さまを追い払おうと、何か計画を立てて割りこんだんです。メアリーは自分の操を犠牲にして、かわいそうな妹を救ったんですわ、奥さま！」

レオニーは考えこんだ。「そんなにすばらしい娘さんが、ここにいる妹さんがもくろんでいることをあなたに知らせなかったのは、不思議ですわね。娘さんたちをきびしく育てたあなたなら、ことをもっと簡単に処理できたでしょうに」

「ほんとうに、メアリーがどうしてわたしに言わなかったのか理解できませんわ。でも、彼女は秘密主義の変わった子ですから、母親よりも賢く行動できると思っているのでしょう」

レオニーは立ち上がった。笑顔だが、黒みがかった目には怒りが燃えている。「理解できない？　なら、わたしが教えてあげましょう。簡単なことよ。マドモワゼル・メアリーは妹さんではなく、自分が侯爵夫人になれると考えたんです。それについては、いずれわかるわ。あなたはわたしの義理の妹に、大スキャンダルを引き起こすと言ったそうね。わざわざそんなことをしなくてもだいじょうぶよ《ヴ・ブヴェ・ヴ・エヴィテ・ド・ラ・ペンヌ》。わたしがスキャンダルにするから。息子が娘さんと関係《リエゾン》を持つことを、わたしは望みません。どうやら、りっぱな娘さんとは思えませんからね。わたしはすぐにパリへ発《た》って、ただちにその賢いメアリーを連れてもどってくるわ。息子が娘さんを連れ去ったと、もしあなたが愚かにも騒ぎ立てたら、あなたはいま以上に愚かに見えることでしょう。わたしがずっと侯爵といっしょだったように、世間の目には映るでしょうからね。息子とずっといっしょにいたとわたしが言えば、人々はマダム・チャロナーの言葉よりも、わたしの言葉を信じるはずだわ。どうかしら《ケ・パンセ・ヴ》、マダム？」

チャロナー夫人は急いでレオニーに近づき、声を大にして言った。「へえ、そうですかねえ？　そのすてきなお話に、わたしのだまされた娘が何も言わないとお思いですか？　娘はどんなにひどい目に遭ったかを、世間さまに公表するでしょう。わたしがそうさせますから。そして、みんな、彼女の話に耳を傾けるはずです！」

レオニーは軽蔑《けいべつ》するように小さく笑った。「ほんとう《ヴレマン》？　そんなばかげた話、みんなに

〝たわごとだらけ《ケル・タ・デ・ペティーズ》！〟と言われて、全然信じてもらえないでしょうね。そしてわたしのほうは、息子はメアリーに押しかけられたって言うだけで、信じてもらえるでしょう。間違いなく」お辞儀をすると、あっけにとられて見ていたソフィアを無視して、部屋を出た。チャロナー夫人は呆然《ぼうぜん》としていた。

ソフィアが椅子からぱっと立ち上がり、声をあげた。「ほら、ママ！　ママの計画なんてこんなものじゃない。ばからしくて、笑い死にしそうよ！」

チャロナー夫人は娘を平手で打った。泣き叫ぶソフィアを相手にせず、窓辺へ行き、お仕着せを着た従僕の手を借りて馬車に乗りこむ公爵夫人を見守った。歯を食いしばって言う。「まだ終わったわけじゃないわ、ソフィー。最後に笑うのはだれでしょうね！」くるりと向きを変えた。「ちょっと遠出をしてくるわ。わたしがもどるまで、あなたはヘンリー伯父さんの家へ行ってなさい。おとなしくしているのよ！」

カーゾンストリートの白い家で、レディー・ファニーはレオニーの帰りをいまかいまかと待っていた。レオニーが部屋に入ってくると、ファニーは彼女に飛びついて、次々に質問を投げかけた。レオニーがよく似合っている帽子をはずし、テーブルに投げる。「ふん、なんていまいましい女《ケル・ヴィエイユ・グノン》なの！　少し脅してやったわ。いいこと、ファニー、あんな女の娘とは絶対にドミニークを結婚させせないから。始末をつけるために、わたしはすぐにフランスへ行くわ」

レディー・ファニーは賢明にも言った。「まっ、あなた、そんなに興奮しているんだから、少し落ち着くまで待ったほうがいいわ」

「わたしは全然興奮していないわ」レオニーがきっぱりと言う。「すばらしく落ち着いている。そして、あの女を殺してやりたいの」

「あなたはひどく興奮しているわよ！　英語を忘れてるのがいい証拠だわ。でも、癇癪《かんしゃく》を起こすと、どうしてそんなにフランス人ぽくなるのかしらね」

レオニーが炉棚へゆっくりと歩き、そこにあった花びんを手に取ると、わざと粉々にした。レディー・ファニーが悲鳴をあげる。

「わたしの大切なセーヴルの花びん！」

レオニーは良心の呵責《かしゃく》を感じて、床の破片を見下ろした。「レディーらしくないふるまいだったわ。セーヴルだって知らなかったの。とても醜いんですもの」

ファニーはくすくす笑った。「ぞっとするわよね。前から、その花びんはきらいだったの。でも、あなたは癇癪を抑えることを学んだとばかり思ってた。二十年前とまるで変わっていない、お転婆娘のままだとは。そんなに腹を立てるなんて、あのいやな女は何を言ったの？」

レオニーが激しい口調で訴える。「あれやこれや、ドミニークをその娘と結婚させるための策略よ。彼女はわたしを恐怖に陥れられると考えたけど、わたしのほうが彼女を恐怖に陥れてやる。ドミニークを結婚させはしないわ。そんな……そんな……売女《ばいた》とは！」

「レオニー！」ファニーが息をのみ、耳を手で覆った。「やめて」

「だって、そうだもの」レオニーは声をあげた。「そして母親のほうは、やり手ばばあ《アントルメトゥーズ》よ！　ああいう女のことは、よく知っているわ。そんな女がわたしのドミニークの義理の母になるですって？　だめ、だめ、絶対にだめ！」

レディー・ファニーは耳から手を離した。「まあ、あなた、心配しないで。ドミニクはその娘との結婚を望まないはずよ。でも、悪いうわさは立ってしまう」

「かまうもんですか《ジュ・マン・フィシュ》」レオニーがそっけなく言った。

「ジャスティンは賛成してくれるんでしょうね？　ねえ、ドミニクはもう悪いうわさにまみれてるのよ。あの女が下品な脅迫をするつもりだというほうに、わたしのダイヤモンドの首飾りを賭《か》けてもいいわ。彼女はきっと騒ぎを起こし、わたしたちはみんな、とてつもなく不愉快な思いをする。ドミニクはとても困ったことになるわ。だって、あの女の言葉に真実がちょっとでも混じってたら……。もちろん、そんなことはないと思うわよ。あんなくだらない長話、これまで聞いたことがないもの。ドミニクはその娘を望んでもいないのよ！　まったく、わたしたちを困らせるためでないとしたら、ドミニクがどうしてこんなことをしたのか、知ってたら教えてちょうだい」

「ジョンは、仕返しだと言っているわ」レオニーが困惑した顔で言った。「彼の言うとおりかもしれないと、わたしは不安でたまらないの」

レディー・ファニーの青い目が大きくなった。「まさか、ドミニクだってそこまで残忍じゃないでしょう？」

窓辺へ移動していたレオニーが、さっと振り向いた。「どういう意味――ドミニークだってって？」鋭い口調。

「あら、なんでもないわ」レディー・ファニーは急いで言った。「だからといって、卑劣きわまりない行いだということに変わりはないけど。わたしの息子がドミニクのような性格じゃなくて、ほんとうによかった。あなたに心から同情するわ」

「わたしもよ」レオニーがとても愛想よく言った。

「どうして？」レディー・ファニーは一戦を交える準備をした。

レオニーが肩をすくめる。「丸一日、わたしは尊敬すべきジョンと馬車でいっしょだったの。もうたくさん！」

レディー・ファニーは腹を立てて立ち上がった。「こんな恩知らずには会ったことがないわ。ほんとうはジョンを兄さんのところへ行かせたかったのよ。半分、その気だったんだから」

レオニーはすぐに態度を和らげた。「ああ、ごめんなさい、ファニー。でも、互いの息子について、あなたはわたしよりも悪く言った。それに、言い出したのはあなたのほう」

一瞬、レディー・ファニーは怒って部屋を出ていこうとしたが、結局は折れ、レオニーと喧嘩《けんか》をして、家族にこれ以上災難をもたらすつもりはないと穏やかに言った。それから、来るべき醜聞を避けるためにどうするつもりか話してほしいとレオニーに要求した。

レオニーが言った。「わからないけれど、必要なら、その娘に夫を見つけるわ」

「夫を見つける？」ファニーはびっくりした。「だれを？」

「ああ、だれだっていい」レオニーがいらいらして言う。「何か考えるわよ。だって、考えなければならないんですもの。もしかすると、ルパートが助けてくれる」

「ルパート！」レディー・ファニーは鼻で笑わんばかりだった。「わたしの鸚鵡《おうむ》に助けを求めるようなものじゃない。あきらめるのね。兄さんに全部話すしかないわ」

レオニーは首を横に振った。「いいえ。閣下には何も知らせない。彼とドミニークのあいだにこれ以上問題が起こるのは耐えられないもの」

ファニーはよろけるように腰を下ろした。「そんなにうまくいきっこないわ。兄さんは週末には街にもどってくるし、あなたとルパートがいっしょに消えたと知ったら、わたしのところへ来る。そうしたら、わたしはいったいなんて言い訳したらいいの？」

「いとこのハリエットのところへ行ったと言えばいいのよ」

「それで、ルパートは？　まったくすてきな話だわね」

「閣下はルパートがロンドンにいるかどうかなんて知ることはないし、気にもしないでしょう」

「いいこと、レオニー、兄さんは知るわ。そしてなんと、わたしはこの件に首を突っこむことになる。そんなのごめんよ」

「ファニー、あなたは首を突っこんでくれるわ――そうでしょう？」

「こういう面倒くさいことにかかわる若さは、わたしにはないのよ。もし突っこむことになったら、兄さんには、あなたのこともルパートのこともだれのことも、何も知らないって言う。そしてドミニクにはこう伝えて。次に若い娘をさらうときは、わたしに助けを求めに来なくていいって」立ち上がり、気つけの鹿角精《ろっかくせい》を探しはじめた。「もしあなたがルパートをここへ連れてきたら、わたしは憂鬱《ゆううつ》の発作を起こすわ」部屋を出たが、すぐにドアから首だけ出した。「わたしがいっしょに行ってもいいけど。どう？」

「だめよ」レオニーはきっぱりと断った。「みんないないことに気づいたら、閣下はおかしいと思うもの」

「あらそう。少なくとも、わたしは兄さんにうそを山ほどつかなくてすむんだけど。うそをついても、見破られるに決まってるもの。でも、あなたがルパートを連れていくと決めてるなら、ここに残るほうがましかもね」ファニーは姿を消した。レオニーは帽子を取り上げ、ふたたびかぶった。

ハーフムーン街まで軽装馬車で行き、在宅していたルパートを運よくつかまえた。ルパートがレオニーを陽気に迎える。「ベッドフォードにいたんじゃなかったのか？　我慢ができなくなったんだろ？　言ったじゃないか。ヴェイン婆《ばあ》さんはとんでもなく退屈だと」

「ルパート、とても恐ろしいことが起こって、あなたに助けてもらいたいの」レオニーは話をさえぎった。「ドミニークのことよ」

ルパートが辛辣《しんらつ》に言う。「ああ、あの野郎め！　うまく国外へ出したと思ったのに」

「それはうまくいったわ」レオニーは請け合った。「でも、女の子をいっしょに連れていったのよ！」

「どういう娘だ？」

「あ……あばずれよ。そんな言葉じゃふじゅうぶんだけど」

「ああ、そういうことか。で、それがどうした？　まさかきみは高潔な人間になったんじゃないだろ、レオニー？」

「ルパート、これは大問題なの。あの子は例の中産階級の娘と行くつもりだったんだけど、ああ、ルパート、間違って姉のほうを連れていったのよ！」

ルパートがぽかんとレオニーを見た。「間違って？　なんてこったい！」首を横に振る。「くそっ、レオニー、あいつは飲みすぎるんだ。まいったなあ」

「あの子は酔っ払っていなかったわよ、ばか！」それから用心深く付け加える。「少なくとも、わたしはそう思う」

「きっと酔ってたんだよ」

「全部説明しないとだめみたいね」レオニーはため息をついた。

説明が終わると、ルパートは甥《おい》が完全に正気をなくしたと結論づけた。「ジャスティンは知ってるのか？」

「いいえ、まったく知らない。閣下に知られてはまずいのよ。だから、わたしたち、すぐにフランスへ行かなくてはならないの」

ルパートがひどく疑わしげにレオニーを見た。「だれがフランスへ行くって？」

「あなたとわたしよ、もちろん！」レオニーは答えた。

「いや、ぼくは行かない」ルパートがきっぱりと言う。「ドミニクの問題にかかわるのはごめんだ。きみの前で言うのはなんだが、あいつは呪《のろ》われてしまえばいいんだ」

「いっしょに行くのよ」レオニーは衝撃を受けながら言い張った。「閣下はわたしがひとりで行くことを好ましく思わないでしょうから」

「いやだね。頼むから、つべこべ言うのはやめてくれ。前回きみとフランスへ行ったとき、ぼくは肩を撃たれたんだ」

「ばかなことを言わないで」レオニーはきびしい口調で言った。「今回、だれがあなたを撃つというの？」

「その点なら、ドミニクに可能性がある。もしぼくが彼の問題に首を突っこんだらな。いいかい、ぼくは手助けしないよ」

「わかったわ」レオニーは言って、ドアへ歩いた。

ルパートが心配そうに彼女を見守る。「きみはどうするつもりだ？」

「フランスへ行くわ」

ルパートは常識的になってくれとレオニーに懇願した。彼女がきょとんとした顔で彼を見る。ルパートは彼女の行動は狂気の沙汰《さた》だと指摘した。レオニーがあくびをし、ドアを開けた。ルパートは毒づいてから、降参した。にこやかな笑みが彼に与えられた。

「あなたって、とっても親切だわ、ルパート」レオニーが熱をこめて言う。「すぐに出発したほうがいいわよね？　もう五日も遅れをとっているもの」

「あの小僧に五日遅れてるなら、もう完全に手遅れだよ」ルパートが分別のあることを言った。「ああ、この件でぼくはジャスティンに殺される」

「もちろん、あなたは殺されないわよ」レオニーが請け合った。「閣下がこの件を知ることはないもの。いつ出発しましょうか？」

「ぼくの銀行家たちに会ってからだ。あすの朝に会うことにするよ。連中、ぼくが高飛びすると思わないでくれるといいが。ドーヴァーで夜の定期船に乗ろう。だが、急ぎの旅をしたいなら、山ほどの荷物は持ってくるなよ、レオニー」

レオニーはその言葉をまともに受け取り、翌朝、ルパートの馬車がカーゾンストリートに到着したとき、彼女は帽子箱ひとつしか持っていなかった。

「そんなんじゃ、旅行はできんだろ！」ルパートは文句を言った。「それに、侍女も連れていかないのか？」

レオニーはその発言を軽蔑の目で撥《は》ねつけ、馬車の屋根にすでに山積みになっている荷物を非難するように指さした。レディー・ファニーと彼女の息子も加わった激しい口論ののち、ルパートのトランクのうちのふたつが妹に預けられた。使い走りの少年ひとりと、通りがかりのふたりと、厨房《ちゅうぼう》の下働きの娘ひとりがおもしろそうに出発を見守るなか、紳士がパリへ持っていくべき荷物の量についてジョンが説教をし、だれにも相手にされないでいた。

ついに馬車が出発すると、レディー・ファニーは偏頭痛がすると言って自室へ向かい、あとには、舗道のトランクふたつの処理を任されたジョンが残った。

レディー・ファニーはエイヴォン公が三日以内に来るだろうと予想していた。彼女が大いに動揺したことに、兄は二日目に現れた。彼の名前が告げられたとき、レディー・ファニーは東風で白く柔らかな手が少し荒れたために手にチキン・スキンの手袋をつけて、客間のソファーにもたれ、あくびをしながら『頑固な捕虜』のページを繰っていた。かなりびっくりしたものの、すぐに落ち着きを取りもどし、喜んでいるふりをして公爵を迎える。

「まっ、ジャスティン、ほんとうにあなたなの？　会えて、とってもうれしい。ジョンがわたしにくれた本を見てよ！　例の青鞜《せいとう》派のモア夫人が書いたものよ。これって、驚くほど退屈よね？」

公爵が暖炉のそばに来て、謎《なぞ》めいた表情で妹を見下ろす。「驚くほどだよ、親愛なるファニー。体の調子はいいようだな？」

レディー・ファニーはすぐさま自分を苦しめる不調の数々を話しはじめた。いくらでも話せる話題だった。公爵は礼儀として興味を示し、彼女は詳しい説明をした。二十分間話し続け、コッチ博士の書いた『ピタゴラス式食餌療《しよくじ》法――野菜だけが健康の保持と病気の治癒の助けとなる』について語った。公爵は礼儀正しさそのものだった。レディー・ファニーは内心びくびくし、しどろもどろになりはじめた。やがて短い沈黙があった。公爵が嗅《か》ぎたばこを吸い、優雅な金の箱を閉じるとき、けだるげに言った。

「そういえば、親愛なるファニー、われらが一族のなかで婚礼があるようだな」

レディー・ファニーはソファーに座ったまま、背筋を伸ばした。「こ……婚礼？」言葉がつかえる。「ど……どうして……どういう意味、ジャスティン？」

公爵が眉を少し上げた。兄の目に悪意のきらめきがあるように、ファニーには思えた。「どうやら私が間違った話を聞いたのだろう。わが姪《めい》がカミンという紳士と結ばれると思ったのだが」

「ああ！」ファニーは小さくうめいた。安堵《あんど》から気が遠くなりそうだった。クッションに体をあずける。「もちろん、あの子はそんなことはしないわ。まったく、その不適切な青年から遠ざけるために、あの子をパリへやったことを忘れたの？」

「それどころか、おまえが身分の低い男との結婚を避けるために、彼女をやったのだとわかっているよ」

「ええ、でも……でも、そうですもの」ファニーはびっくりして言った。

公爵が袖《そで》から嗅ぎたばこの粉を払った。「親愛なる妹よ、教えておこう。私はその結婚を支持している」

レディー・ファニーは気つけ薬入れを手探りした。「でも、わたしは支持しないわ！　彼は取るに足らない男なのよ、ジャスティン。娘にはもっといい結婚をさせるつもり。ねえ、どうしてそんな気になったの？　兄さんはカミンに会ったことがないでしょうに」

「おまえに反論するのは気が進まないが、ファニー」公爵が丁寧に言う。「しかし、私がまだもうろくしていないことを、おまえはきっと許してくれるだろう。私はミスター・カミンに会っていて、好ましく思っている。どうやらかなり冷静沈着な若者のように見受けられる。ひとつ驚いているのは、彼が私の姪との結婚を望んでいることだ」

レディー・ファニーは薬用塩をひと嗅ぎして、反論する力を取りもどした。「気がおかしくなったようね、ジャスティン。いいこと、わたしはジュリアナがベルトラン・ド・サンヴィールと結婚してほしいと切に願ってるの」

公爵が微笑む。「親愛なるファニー、残念だがおまえは失望することになる」

「どういう意味かわからないわ。でも、わたしは失望なんてまっぴらよ」ファニーは受け入れなかった。「兄さんがものすごくいやな人になれることを、予想しておくべきだったわ。それから、もしジュリアナのわがままを通させるためだけにニューマーケットから早くもどってきたのなら、あまりにもひどいと思う」

「落ち着いてくれ、ファニー。私はもう消えるよ。今夜、私がロンドンを発つと知ったら、おまえはきっと喜ぶだろう」

レディー・ファニーはかなり動揺して兄を見た。「まあ、ほんとうなの、ジャスティン？　どこへ行くつもりなのか、きいてもいい？」

「もちろんだ」公爵が穏やかに答える。「だが、おまえはきっと推測しているだろう？」

レディー・ファニーは口ごもった。「いいえ……ええ……ねえ、どうしてわたしが推測してるのよ？　どこへ行くの？」

公爵はドアのほうへ歩いた。あざけるように妹を見る。「いとこのハリエットのところだよ。決まっているではないか？」お辞儀をし、妹が恐怖と疑念の目で見つめるなか、ドアを閉じた。レディー・ファニーには気を落ち着ける暇もなかった。

12

親友のメアリーに家庭教師になるつもりだと打ち明けられたとき、ジュリアナは賢明にも動揺を顔に出さなかった。感覚の鋭い彼女はすぐにメアリーの気持ちに気づき、気づくとすぐ、メアリーと侯爵を結婚させようと決心した。恋愛感情を頑として認めないメアリーの話に、優しく、しかし不審をいだきながら耳を傾け、上流階級の家を紹介してくれと頼まれると、知らないと率直に言った。ポケットに借りた数ギニーしかないメアリーは、自分がいままでと変わらずヴィダルに支配されていると感じ、シャルボン夫人に事実を話しても家からすぐに追い出されるだけだという不安から、ジュリアナに助けを求め、ヴィダルから自分を救い出してくれないかと頼んだのだった。さすがのメアリーも、外国の町で通りにほうり出されるのは恐ろしかった。自分が窮地でもがいていると感じていて、ジュリアナへの嘆願が無駄骨だったとわかると、侯爵を遠ざける望みは絶たれたように思えた。

世渡りの知恵を間違いなく母親から学んだジュリアナは、侯爵と結婚する利点を指摘した。ヴィダルがいやな夫になるのは間違いないけれど、彼を夫にしないメアリーは驚くほどのばかだ、と言った。ロンドンの未亡人の半分は彼を娘の夫にしたいと望んでいるのだから。

メアリーは悲しげに言った。「わたしはあなたに頼んだの……この罠《わな》からわたしを救い出してと懇願したの。あなたはそんなにわたしがきらいなの？」

「わたしはあなたが大好きだから、親戚《しんせき》になれると思うとわくわくするのよ」ジュリアナは答えた。心をこめてメアリーを抱擁する。「ほんとうよ。わたしはあなたをこっそり逃がすようなことはしないとヴィダルに約束したの。たとえ逃がしても、ヴィダルはすぐにあなたを見つけるでしょうけどね。今夜の舞踏会では何を着るの？」

「わたしは行かない」メアリーはきっぱりと言った。

「まあ、メアリー、どうして？」

「わたしはこの家にうその口実で滞在してるわ」メアリーの口調はきびしい。「真実を知ったら、伯母さんはそんなパーティーにわたしを連れていこうとしないでしょうね」

「でも、伯母さんは知らないもの」ジュリアナは言った。「行きましょうよ。ヴィダルも来るわ」

「侯爵には会いたくない」メアリーはそれ以上、口を利こうとしなかった。

シャルボン夫人はきわめて鷹揚《おうよう》な女性で、二日前に突然メアリーが来たのと同じように、彼女が家に残ることにも反対しなかった。メアリーは自分で生計を立てなくてはならないことを切羽詰まって夫人に話しており、それを聞いて彼女をめずらしい客だと見なした夫人は、貧窮した娘に舞踏会は場違いだと明らかに判断していた。適切な家族に推薦してもらえないだろうかとメアリーに頼まれたときには、気にかけておくとあいまいに答えた。あまり期待はできそうになかった。

ジュリアナはパーティー用に衣装を替えた。ローズピンクのタフタのドレスは、銀のシェニール糸で飾られ、スカートが大きく広がっている。髪形は、ミスター・ルグロその人の手によって、彼女の大好きなゴルゴンヌ風になっている。彼女自身はカッシアのにおいがした。メアリーはジュリアナを送り出すと、小さな客間で静かな夜を過ごそうと思った。逃亡について真剣に考えるつもりだったが、シャルボン夫人とジュリアナが発《た》ってから一時間もしないうちに、フレデリック・カミンが現れ、その計画は挫折《ざせつ》した。

メアリーはカミンにすでに会っている。ディエップで不運にも顔を合わせていたから、カミンには彼女の立場が知られているはずだった。あのときのカミンの態度は非常に礼儀正しく、彼の視線には深い同情がこめられているように思えた。

従僕に案内されてカミンが客間に入ってくると、メアリーは立ち上がり、お辞儀をした。そうしながら、彼の唇がかなり固く結ばれていることに気づいた。カミンが彼女にお辞儀をして言った。質問というよりも意見だった。「ひとりなんですね」

「ええ、そうです。玄関で知らされましたでしょう？　ミス……マダムは今夜お出かけだと？」

カミンは少し悲しげな表情になった。「あなたの最初の仮定は当たっています。ぼくが会いに来たのは、シャルボン夫人ではなくてミス・マーリングです。外出中だと確かに知らされましたが、あなたに尋ねてみることにしたんです。あなたなら、ミス・マーリングの居場所を教えてくださるだろうと思って」

メアリーは彼に椅子を勧めた。ジュリアナとその恋人とのあいだが必ずしもうまくいっていないことを、鋭く感じ取っていた。ジュリアナのはっきりしない発言や、つんと澄ましぐさから、カミンが恋人を怒らせるようなことをしたのだろうと想像していた。いま、カミンが堪忍袋の緒が切れたような雰囲気を漂わせていることに気づいた。ジュリアナをうまく扱うこつを彼に教えてやりたかったが、あまりよく知った相手ではないことから、それはためらわれ、ただこう答えた。「もちろんですわ。ミス・マーリングは舞踏会に行っています。たぶん……サンヴィール夫人のお宅です」

彼の表情から、メアリーは自分の正直な発言がまずかったとすぐに気づいた。カミンの眉間《みけん》にしわが寄った。顔が明らかに険しくなり、メアリーはそのほうが彼に合っていると内心思った。「そうなんですか？」彼が落ち着いた声で言う。「だったら、ぼくが想像していたとおりです。ありがとうございました」

カミンが部屋を出ようとしたが、メアリーは思いきって引き留めた。「あの、ミスター・カミン、気分を害していらっしゃいますよね？」

カミンが短く笑った。「いいえ。ぼくは単に上流社会の作法に慣れていないんだと思います」

「わたしに少し話してくださる気はありませんか？」メアリーは穏やかに尋ねた。「ジュリアナは友人ですし、わたしは少しは彼女を理解していると思います。あなたのお力になれるかと……でも、さしでがましいことはしたくありません」

カミンはためらったが、メアリーの顔に表れた優しさを見て、部屋にもどり、彼女の隣の椅子に腰を下ろした。「ご親切に。ミス・マーリングとぼくのあいだに結婚の約束があることを、あなたはご存じだと思います。不幸にも、まだ公にしていない約束ですが、少なくともぼくはそれを拘束力のあるものだと考えています」

「ええ、存じております。そして、お祝いを言わせてください」

「ありがとうございます。この町に来るまでは……来たことを、急速に後悔しはじめていますが……あなたのありがたいお祝いの言葉を、不安をおぼえることなく、感謝とともにちょうだいしたいと思います。でも、いまは……」カミンが言葉を切った。メアリーが見守るなか、きちょうめんな紳士が憤った仏頂面の若者に変化していく。「ぼくの想像では、ミス・マーリングは熟慮の末、親御さんの主張に同意して、結婚相手をほかの男にしようと決めたようです」

「いいえ、そんなことはないと、わたしは断言できますわ」

カミンが悲しそうな目を向けてきて、メアリーの心を動かした。「ぼくがパリに到着した瞬間から、ミス・マーリングが親戚関係にあるフランスの紳士を近づけるようにしていて、ぼくといるよりも彼といるほうを常に好んでいると言ったら、彼女の愛情が変わっていないと、あなたはぼくに請け合えないでしょう」

「でも、請け合えるんです」メアリーは熱心に言った。「ジュリアナがあなたにどんな態度をとったのかは知りませんが、彼女はその美しさと同じ程度に強情で、からかうようなやりかたで人を怒らせることに、たぶん無分別にでしょうけれど喜びをおぼえます。あなたがおっしゃっている紳士は、ヴァルメ子爵のことですね。心配する必要はないと思いますわ、ミスター・カミン。子爵は確かにおもしろくて、こびるように接してこられます。でも、結局のところ、あの人はただのおしゃべりで、ジュリアナは彼をまったく気にかけていませんわ」

「子爵をご存じなのですね?」カミンがすぐに言った。

「お会いしたことがあります」

カミンが抑制した声で言った。「あなたはこの家に二日間滞在しておられ、ジュリアナから聞いたところでは、外出しておられない。つまり、あなたが子爵に会われたのはここでだと推測できます――この四十八時間以内に」

メアリーが慎重に尋ねた。「もしそうだとしたら、そのどこがあなたには不快なんですか?」

「子爵が訪ねてきたことを、ジュリアナが否定したものですから」カミンの声は鋭かった。

強い罪悪感をおぼえたメアリーは、言うべき言葉が見つからなかった。口もとを真っ青にしたカミンが、噛《か》みつくように言う。

「それだけではないんです。ぼくはジュリアナに懇願しました。ぼくのことを思っているなら、今夜、子爵の両親が主催する舞踏会に行かないように、と。彼女の愛情を試したんです。愚かにも、それほどひどい状況ではないと信じて。ぼくは間違っていました。ジュリアナはぼくをもてあそんでいたんです――戯れの恋だったと言っていいでしょう」

メアリーはだれかが若いふたりの面倒を見る頃合《ころあ》いだと感じていたので、甘やかされた美人の扱いかたをカミンに指南することにした。ジュリアナは元気が余っているため、少しでも反対されると突飛な行動に出るのだと説明しようとした――もっとも、メアリー自身もよくわかっていなかったので、あまりうまくいかなかった。非難されたり、いさめられたりすると、ジュリアナは反抗的な気分になるのだと話した。「彼女はロマンチックなんです。ジュリアナを手に入れたいのなら、ミスター・カミン、彼女のふざけた態度を大目に見るような男ではないとわからせなくてはだめですわ。ジュリアナはあなたが力ずくで駆け落ちするような人だったら、大好きになるでしょうけれど、あなたが優しくて、礼儀正しいと、もどかしく思うんです」

「ミス・マーリングをさらうべきだと、おっしゃっているのでしょうか？　ぼくはそういうやりかたについては、まったく無知のようです。彼女のいとこ、ヴィダル侯爵なら、間違いなく彼女の願いをかなえられるでしょうが」メアリーは顔を赤くし、目をそらした。カミンも自分が言ったことに気づいて、顔を赤くし、詫びを言った。「たとえ彼女にその気があっても、ぼくは駆け落ちを望んでいませんでした」あわてて先を続ける。「でも、彼女はそれがいちばんだと考えていたし、ぼくも彼女の親類からそれを勧められるにいたって、ついに良心のとがめを押しのけ、密《ひそ》かに結婚の手配をしようとパリへ来たんです」

「なら、手配するといいわ」メアリーは勧めた。

「ほとんど準備はできたんです。いまこの瞬間、ポケットのなかに、フランス経由でイタリアへ行こうとしている、イングランドの牧師の居所を書いた紙が入っています。ぼくが今夜ここへ来たのは、ジュリアナに会って、もう待たなくていいと伝えるためでした。ところが彼女は、ぼくの明らかな希望を無視して、ヴァルメ子爵に会うのを主な……いや唯一の目的として、舞踏会へ行ってしまったんです。こんなふるまいは、冷酷きわまりないと断言できます」

メアリーは彼の発言の後半にはほとんど注意を払わず、息を切らして言った。「あなたはイングランドの牧師をご存じなんですか？」　ああ、もしかして、ヴィダル卿《きょう》には話してしまわれましたか？

「いいえ、なぜなら――」

「なら、話さないで！」メアリーはカミンの手をつかんだ。「彼に話さないと約束してくれます？」

「大変申し訳ないのですが、あなたは思い違いをしておられる。教えてくれたのは、ヴィダル卿なんです」

メアリーの手がふたたびわきに垂れた。「彼はいつ話したんです？」

「きょうの午後です。親切にも、同時に、サンヴィール邸の舞踏会の招待状もくれました。明らかに、彼はいとこのことをぼくよりもよく知っている。彼女が行くとは思ってもみませんでした」

「きょうの午後……。わたしたちを結婚させるプロテスタントの牧師を、彼が見つけられなければいいと願っていたのに！」メアリーはうっかり声をあげた。「どうしましょう？ほんとうに、どうしましょう？」

カミンが興味深げに彼女を見る。「ヴィダル卿との結婚を、あなたは望んでいないということですか？」

メアリーはうなずいた。「望んでいません。あなたがわたしの行動を……わたしの不名誉な状況をどう思っていらっしゃるかはわかっておりますが……」立ち上がり、顔を背ける。

カミンも立ち上がった。メアリーの両手を取り、力づけるようにぎゅっと握る。「ミス・チャロナー、ぼくはあなたの気持ちをちゃんと理解していますよ。あなたには心から同情します。もしあなたのお役に立つようなことがぼくにできれば、光栄です」

彼に応《こた》えるように、メアリーの指に力が入る。彼女は笑みを浮かべようとした。「ご親切に……ありがとうございます」

ドアでかちりと音がして、メアリーはぱっと手を引っこめた。驚いて振り向くと、ヴィダルのくすぶった視線にぶつかった。

侯爵は戸口に立っていて、メアリーがカミンから手を離すところを見たのは明らかだった。侯爵の手が思わせぶりに礼装用佩刀《はかせ》の柄に置かれていて、視線には紛れもない威嚇がある。舞踏会用の盛装をしていて、紫と金の細い縞《しま》の服に身を包み、手首と喉もとには上質のレースがふんだんにあしらわれていた。

癪《しゃく》に障ることに、頬が赤くなっていくのをメアリーは感じた。いつもの落ち着きをなくして言った。「あなたはサンヴィール邸へいらしたのだと思っていましたわ」

「そうだろうな」とげを含んだ声。「じゃまじゃなかったかな?」

侯爵が挑むような視線でカミンを見ていた。メアリーは落ち着きを取りもどして、静かに言った。「いいえ。ミスター・カミンはお帰りになるところです」言いながら、片手をその若者へ差し出した。「舞踏会の招待状をお使いになるべきですわ。どうかそうなさって」

カミンがお辞儀をし、メアリーの指にキスをした。「ありがとうございます。でも、あなたが話し相手を必要としておられるのなら、ぼくは喜んで留《とど》まりましょう」

この発言の意味するところは明白だった。侯爵が挑発するように部屋のなかへ入ってきたが、口を開く前にメアリーが急いで言った。「ご親切に。でも、わたしはもう休みます。おやすみを言わせてください……そして幸運を」

カミンがふたたびお辞儀をし、侯爵に向かってわずかに頭を下げてから、部屋を出た。

彼がすっかり姿を消すまで、侯爵は険しい顔で見つめていた。それからメアリーのほうを向いた。「きみはカミンと親しいのか?」

「いいえ」メアリーは答えた。「全然親しくありませんわ」

侯爵が近づいてきて、メアリーの両肩をつかんだ。「あの口調の柔らかな男に銃弾が貫通するのを見たくなかったら、彼には近づくな? わかったか?」

「完璧《かんぺき》に」メアリーは言った。「あなたは矛盾していると言わせてちょうだい。そんなおかしな怒りをあなたがおぼえるのは嫉妬《しっと》のせいでしかないけれど、愛のないところに嫉妬はありえないのよ」

侯爵は彼女を解放した。「ぼくは自分のものを守る方法を知っている」

「わたしはあなたのものじゃありません」

「間もなくそうなる。座れ。どうして舞踏会に行かないんだ?」

「行きたくなかったの。わたしもきかせて。どうしてあなたは行かないの?」

「向こうにきみがいなかったから、ここにいる」

「うれしがらせてくれるのね」

侯爵が笑い声をあげた。「それをねらっていたんだ。あの男はどうしてきみの手を握っていた?」

「慰めるためよ」メアリーは暗い声で答えた。

侯爵が手を差し伸べた。「ぼくに握らせてくれ」

メアリーは首を横に振った。なぜか喉がつまり、言葉を発せなかった。

「ああ、結構だよ。きみがフレデリック・カミンの親切のほうがいいのなら!」侯爵がとげのある声で言う。「ぼくの話を聞いてもらいたい。大使の随行員のカラザーズから、最近、牧師がパリを通過したと聞いた。貴族の子どもの付き添い家庭教師だそうだ。一行はのんびりとイタリアへ向かっていて、いま現在はディジョンにいる。そこには二週間滞在するようだ。彼こそが、ぼくたちの役に立ってくれる人物だ。ぼくはもう一度、これが最後だが、きみを誘拐する」メアリーは返答をしない。侯爵の視線が彼女の顔へ移動した。

「何も言うことはないのか？」

「言いたいことは全部、何度も言っていますわ」

侯爵がいらだたしげに顔を背けた。「ぼくで我慢するんだ。きみが心底ぼくをきらっているのは疑いもない。そうする理由があることは認めよう。だが、いいか、ぼくはこれまでどの女性にも申し出ていないことをきみに申し出ているんだ」

「申し出ているのは、それが義務だと感じているからでしょう」メアリーは小さな声で言った。「そしてわたしは感謝している……でも、お断りします」

「そうであっても、きみはあす、ぼくとディジョンへ発つ」

メアリーは視線を彼の顔へ上げた。「力ずくでわたしをこの家から連れ出すことはできないわ」

「そうかな？」侯爵の唇がゆがんでいる。「そのうちわかる。ぼくから逃げようとはするなよ。一日できみを見つけ出すし、そんな手間をぼくにかけたら、きみはぼくの気性が不愉快なものだとわかるだろう」侯爵はドアへ歩いた。「おやすみと言わせてくれ」そっけなく言って、部屋を出た。

13

ジュリアナを知る人間にとって、その夜の彼女のはしゃぎようは、内心の不安を示していたと言える。彼女は最高に気分が高揚しているようで、視線は落ち着きがなく、常に上流階級の人々を目で追っていた。

これまで、パリはジュリアナを興奮させたし、ヴァルメ子爵のような、よく知られた通の心遣いが彼女をうれしがらせないわけはなかった。子爵は自分の心は彼女の意のままだと主張した。ジュリアナはそれをすっかり信じたわけではなかったが、お決まりの賞賛を聞かされると、カミンの批判がうるさく思えてきた。彼女のいとこの屋敷にカミンが初めて現れたとき、彼女はその腕に飛びこんだが、この心からの歓喜は抑制されることとなった。彼女は喜びや誇らしい気持ちをカミンに詳しく説明した。彼は黙って耳を傾け、話の終わりに、彼女が楽しめたことはうれしく思うものの、自分がいない場所で、それほど華やいだ気分になれるとは考えてもいなかったと重々しく言った。

ジュリアナは、少々なまめかしくするのが流行《はや》っていることや罪悪感から、いたずらっぽい、挑発的な態度で答えたが、カミンはそれにはまったく魅了されなかった。ベルトラン・ド・サンヴィールなら、言うべき言葉を知っていただろう。男女の戯れかたに疎いカミンは、パリがジュリアナをだめにしたと言った。

ふたりは喧嘩《けんか》をしたものの、すぐに仲直りした。しかしこれは不幸の始まりだった。

ジュリアナは新しくできた友人たちにカミンを紹介した。そのなかにはヴァルメ子爵もいた。悲しいほど臨機応変の才に欠けるカミンは、子爵を我慢のならない男と見なし、彼について非難するような意見を口にした。じつを言えば、カミンの主張をよく理解していた子爵は、生来のいたずら好きの性質から、堅苦しく不満げな恋人の目の前で、ジュリアナと派手に戯れた。どうも反応が鈍い恋人に焼き餅《もち》を焼かせたくて、ジュリアナは子爵をけしかけた。彼女が望んだのは、毅然《きぜん》とした、独占欲の強い男らしさだけだった。もしあとで、カミンが彼女を愛情たっぷりに抱きしめたのなら、子爵の悪ふざけは終わっただろう。しかしカミンは深く傷つき、ジュリアナが彼への愛をゆがんだ形で表現したことに気づかなかった。彼は若く、この件をうまく扱えなかった。怒るべきところで耐え忍び、求愛すべきときに非難をした。ジュリアナはカミンに思い知らせてやろうと決めた。

彼女がサンヴィール邸へ行ったのは、その見上げた決意からだった。ジュリアナに小言や批判を聞かせるのは賢明ではないと、カミンは学ばなければならない。しかし内心では彼をとても愛していた彼女は、いとこを使って、舞踏会の招待状を彼に届けた。

ヴァルメ子爵は最初の二曲をジュリアナと踊り、踊り終えると彼女を手頃《てごろ》なアルコーヴへ連れていき、うっとりするような求愛を始めた。この好ましい作業は、突然現れたヴィダルによって中断された。侯爵が無愛想に言う。「すまない、ベルトラン。ジュリアナと話があるんだ」

子爵は両手を上げた。「ひどいよ、ドミニーク！　きみはいつもジュリアナと話したがる。ぼくはここにいる《ジ・スィ》、ここに留まる《ジ・レステ》。まだぼくのために例のフレデリックを殺してないのか？」

「ヴィダル、フレデリックに舞踏会の招待状を渡してくれた？」ジュリアナが不安そうに尋ねる。

「渡した。だが、彼は使わないだろう」

「そいつはよかった《ア・ラ・ボン・ヌール》！」ヴァルメ子爵は自分を抑えられなかった。侯爵に向かって生意気にも笑い声をあげる。「何を待ってるんだ？　ひどくじゃまなんだが」

「きみが行くのを待っている。ぐずぐずするな」侯爵は言った。

子爵は大げさに驚いてみせた。「脅しているよ、ジュリアナ！　はっきりわかる。この男はすぐにぼくを撃ち殺す。ぼくは死んだも同然だが、きみが胸につけている薔薇《ばら》をもらえたら、喜んで死ぬだろう」

ヴィダルの目がきらめいた。「同じように喜んでその窓から飛び下りてくれるか？」

「絶対いやだ！」子爵は即座に答えた。立ち上がり、ジュリアナの手にキスをする。「ぼくは絶大な力《フォルス・マジュール》に降伏するよ、親愛なるジュリアナ。彼には繊細さがまったくない。ぐずぐずしていたら、ぼくを間違いなく窓から投げ落とすだろう」

「あら、彼に屈するなんて、気が弱いのね」ジュリアナが率直に言った。

「でも、彼の体の大きさを見てくれよ！」子爵が懇願する。「きっとぼくを手荒に扱って、このとびきりの上着をだめにする。行くよ、ドミニーク、行く！」

ジュリアナはいい加減にさようならの手を振ってから、いとこのほうを見た。「彼って、とってもおもしろいと思うわ」

「そうらしいな」ヴィダルは言った。「メアリー・チャロナーはどこだ？」

ジュリアナが目を大きく開いた。「彼がきらいなの、ドミニク？　あなたの友だちだと思っていた」

「そうだよ」侯爵は答えた。

「まあ、友人を窓から投げ落とすと脅すなんて、どうかしているわ」

侯爵は微笑《ほほえ》んだ。「全然。ぼくが窓から投げ落とすのは友だちだけだ」

「あらまあ！」男というものは理解しがたいとジュリアナは思った。

侯爵は彼女の扇子を取り上げた。象牙《ぞうげ》の骨が金色に塗られ、飾り穴のついた優美なキャブリオレ型の扇子で、それを使ってジュリアナの手をとんとんとたたく。「ぼくの話を聞くんだ、ジュリアナ。きみはカミンを手に入れるつもりなのか、違うのか？」

「まあ、どういう意味よ？」ジュリアナが声をあげた。

「答えるんだ」

「そのつもりだって、知っているでしょうに。でも、どうしてそんな――」

「なら、ベルトランと戯れるのはやめるんだな」

ジュリアナの顔が赤くなった。「まあ、戯れるなんて……していないわよ」

「そうなのか？」侯爵はあざけるように言った。「それは悪かった。だが、きみが何をしているにしろ、やめろ。いとことしての忠告だ」

ジュリアナは顎をつんと上げた。「わたしは好きなようにするつもりよ、ヴィダル。それから、あなた方のどちらからも、お説教をされたり、叱《しか》られたりするつもりはないから」

「好きにしろ、ジュ。フレデリックを失ったとき、ぼくを責めるなよ」

ジュリアナがびっくりした顔になった。「彼を失うつもりはないわ！」

「きみはばかだ。いったいなんのゲームをしているんだ？　彼に焼き餅を焼かせようとしているのか？　それはうまくいかないだろうな」

「うまくいかないって、どうしてわかるのよ？」ジュリアナは気分を害した。

侯爵はうっすらと愛情をこめて、いとこを見下ろした。「きみの選んだ相手は、そんな駆け引きがわかる男じゃない。何が不満なんだ？」

ジュリアナは絹のドレスにひだをつけはじめた。「わたしは彼を愛しているの。愛しているのよ、ドミニク！」

「それで？」

「ただ、彼が……もう少しあなたみたいだったらいいのにと思って」ジュリアナが勢いよく言った。

「なんとまあ！」侯爵はおもしろがっていた。「なぜ、そうだったらいいんだ？」

「あなたそっくりになってほしいんじゃないの」ジュリアナが説明する。「ただね……あ、言えないわ！　でも、ドミニク、もしあなたがわたしを愛しているとして、そしてわたしがべつの男と……その、あなたの忌まわしい言葉を使うのなら……戯れていたら、あなたはどうする？」

「そいつを殺す」侯爵はふざけて言った。

ジュリアナは彼の腕をゆすった。「本気で言ったんじゃないでしょうけど、たぶんあなたはそうすると思うわ。ヴィダル、あなたは愛する女をべつの男に盗ませたりはしないでしょう？　まじめに答えて」

侯爵の唇にはまだ笑みが残っていたが、歯が食いしばられたことにジュリアナは気づいた。「まじめに言って、ジュ、そんなことはさせない」

「あなたならどうする?」一瞬、好奇心から、話がわきにそれた。

侯爵はしばらく答えなかった。笑みが消え、妙にきびしい顔になった。侯爵の手のなかで、小さくぱちんという音がした。彼がちらりと手に目をやると、顔からきびしさが去った。「きみの扇子をだめにしてしまった」そう言って、扇子を返す。二本の骨が肩の部分で折れていた。「べつのをあげるよ」

ジュリアナは強い恐れをいだいていとこを見ていた。「まだ質問に答えていないわ」あいまいに笑う。

「ぼくがするだろうことは、カミンがすることとは似ても似つかない。きみにとって幸いなことに」

「そうね」ジュリアナは悲しげに言った。「でも、似ていたらいいのにとわたしが願っているって、あなたはわからない?」

「がっかりさせてしまうが、ぼくの嘆かわしい気性を一度味わったら、きみはフレデリックの腕のなかに飛びこむだろうよ」侯爵はそう言うと、立ち上がった。「メアリー・チャロナーはどこにいる?」

「彼女は来ないわ」

「どうして?」

「じつを言うと、ドミニク、彼女はあなたに会いたくないんだと思う」

「ちくしょう！」侯爵が動じるようすもなく言って、立ち去った。

ジュリアナがアルコーヴから出ると、侯爵は消えていた。彼がふたたび現れなかったので、屋敷を出たのだと気づいた。ヴィダルの行き先は簡単に想像がついた。

一時間近くたったあと、カミンが広い階段をのぼってきた。最も都合の悪いときに現れた。なぜなら、ちょうどジュリアナが身につけたピンクの薔薇の一本を有頂天のヴァルメ子爵に授けていたところだったからだ。

ジュリアナは舞踏室を出たところに立っていて、すぐにはカミンに気づかなかった。子爵が薔薇をうやうやしく受け取り、唇に当てる。それから上着の内側にそっとしまうと、心臓の鼓動が激しくなったと彼女に伝えた。

ジュリアナは笑い声をあげ、それと時を同じくして、カミンの姿を目に留めた。これほど険しい顔をした彼を見たのは初めてで、内心かなり動揺した。しかし彼女は平然と対処するという大きな間違いを犯し、ぞんざいにうなずいた。「あなたは来ないだろうと、あきらめていたところだったわ」

「そうなのか？」カミンがひどくよそよそしく言った。「五分ほどふたりきりになれないかな？」

ジュリアナは小さく肩をすくめたが、子爵を立ち去らせた。カミンに反抗的な顔を見せ、彼と同じぐらい冷たく言う。「これでいい？」

「ぼくには全然よく思えないよ、ジュリアナ。きみはひとつの舞踏会への出席を差し控えて、ぼくを満足させることができなかった」

「ばかなことを言わないで、フレデリック！」ジュリアナの声は鋭かった。「どうして差し控えなくちゃならないの？」

「ぼくが頼んだからだよ。ぼくを愛していたら――」

彼女は手でハンカチをねじっていた。「あなたはわたしにたくさん期待しすぎよ」

「じゃあ、ここに来るより、ぼくとひと晩過ごすほうをきみが望んでくれると期待するのは、重荷なんだな？」

「ええ、そうよ！」ジュリアナは答えた。「どうしてわたしがあなたに小言を言われるほうを望むのよ？　あなたは小言を言ってばかりじゃない。自分でもわかっているはずよ」

「もしぼくの忠告が小言のように思えるのだとしたら――」

「どうしてあなたがわたしに忠告しなくちゃならないの？　結婚したあと、そんなふうに扱われるんだったら、ひとりのほうがましだわ」

カミンの顔がいっそう青くなった。「どうかわかりやすく言ってくれ。それは本気なのか？」

ジュリアナは顔を背けた。「ああ、もう！　わたしはあなたと喧嘩をしたくはないの。ただ、わたしの顔を見るたびに、あなたは不機嫌になるでしょう。まるで四六時中あなたのことを考えていなくちゃいけないみたいに。あなたは田舎に引っこんでいたから、わたしもあなたと同じようにのんびりしていると思っているんでしょうけど、わたしが育った環境はまったく違うの。それを教えてあげるわ」

「教えてくれなくて結構だよ。きみは自分のことしか考えないように育てられたんだ」

「そのとおりよ」ジュリアナは顔を赤くしながら言った。「どうか上品ぶった物言いはやめて。わたしがわがままだと言えばいいのよ。それぐらいは予期していたわ」

「もしぼくがそう考えているとしたら、それはきみが悪い」カミンはゆっくりと言った。

ジュリアナの唇が震える。「あのね、そう考えていない人もいるのよ」

「知っている」カミンはお辞儀をした。

「あなたは嫉妬《しっと》しているんだわ。そうに決まっている！」ジュリアナは声をあげた。

「もしそうだとしたら、理由があるんじゃないか？」

「わたしがほかのだれかを好いていると思うのなら、どうして取り返そうとしないのか不思議だわ」ジュリアナはまつげの下から彼を盗み見た。

「だとしたら、きみはぼくの性格をよく理解していない。ぼくは嫉妬を起こさせるようにふるまう妻を望んでいない」

「あなたに奥さんは必要ないわ」ジュリアナは目をぎらつかせた。

短い沈黙があった。やがてカミンが胸を張って言った。「きみの気持ちはわかった。今夜の行いをきみが後悔しないよう願っているよ」

ジュリアナは反抗するように笑った。「後悔？　まあ、どうしてわたしが？　わたしに求婚した殿方があなただけだと考える必要はないのよ」

「きみはぼくの愛情をもてあそんだ。すっかりだまされたぼくがばかだったよ。きみの一族に期待するべきではないと、わかっていればよかったのに」

このころには、どちらも大いに腹を立てていた。ジュリアナがすぐに言い返す。「よくもわたしの一族をばかにしたわね。まったく、こんなずうずうしい発言は聞いたことがない。わたしの一族があなたを取るに足らない人間だと見なしていることを、たぶん知らないのね」

カミンはなんとか声を荒らげなかった。「それは違う。ぼくはよく知っているよ。だが、いまこの瞬間まで、きみが高貴な血筋を自慢するような下品な行動に出るとは思っていなかった。言わせてもらうが、きみの行儀作法はぼくの一族では許容されないだろう」

「あなたのぞっとする一族が、わたしを許容するよう求められる機会はないわ」ジュリアナは怒りに震えながら言った。「あなたに恋をしていると思ったなんて、わたしはなんて間抜けだったの。きっとあなたへの哀れみを恋だと誤解したんだわ。こんな身分違いの結婚をしそうだったとあとで思い返したら、背筋が寒くなるでしょうね」

「きみも、ぼくのように神に感謝したほうがいい。双方にとって永続する不幸になると決まっていた縁組から救済されたことをね。さようならを言わせてくれ。それから、この次はきみの愚かさと気まぐれに気づかない男から、きみが幸運にも求婚されると信じているよ」そう捨て台詞《ぜりふ》を吐くと、カミンは低くお辞儀をし、階段を下りていった。一度も振り返らなかった。

　馬車を呼びましょうかという従僕の申し出を断って、彼はサンヴィール邸を離れ、自分の宿に向かって通りを歩きはじめた。半分も行かないうちに、突然気が変わったらしく、来た道をもどり、わき道があるところまで行った。その道に入り、広場を横切って、やがて、今夜二度目になるが、シャルボン邸に到着した。

　ドアを開けた従僕は二十分もたたない前にヴィダルを取り次いだばかりで、彼のよく訓練された顔も驚きを隠せなかった。メアリーはまだ起きていらっしゃるかと尋ねられると、従僕は聞いてきますと慎重に答え、カミンをホールに長いこと待たせた。駆け落ちでもするつもりかと、従僕は怪しく思いはじめた。

　茶色い書斎の暖炉のそばにずっと座っていたメアリーは、従僕がやってくるとびっくりし、時計を見た。針が十二時十五分過ぎを指していた。

「今夜、最初に来た英国紳士が、またいらっしゃいました」従僕がとげのある声で告げた。

「ミスター・カミン?」メアリーは驚いてきいた。

「はい、マドモワゼル」

なぜ彼がもどってきたのだろうかと大いに不思議に思いながら、メアリーは案内するよう従僕に頼んだ。従僕は立ち去り、あとで同僚に、イングランド娘の習慣はまっとうなフランス人には衝撃的だと告げた。

一方フレデリック・カミンはふたたびメアリーの前に立ち、いつもの厳密さを欠いて言った。「こんな時刻にすみません。しかし、あなたへの申し出があるんです」

「わたしへの申し出？」

「ええ。今夜早く、ぼくにできることなら喜んでさせてもらいますと、あなたにお知らせしました」

「まあ、わたしが逃れる方法を見つけてくださったんですか？」メアリーが熱をこめて言った。「そうなんですか？　どんな方法でも大歓迎です」

「そう言ってくださり、うれしいかぎりです。ぼくの申し出はあなたを驚かせ、もしかすると不快にさせるかもしれないと不安なものですから」いったん言葉を切った。メアリーは彼の目がとてもきびしいことに気づいた。「ミス・チャロナー、あなたの非常に微妙な境遇に触れることになりますが、ぼくにあなたの感情を害するつもりはないと信じてください。しかしあなたにまつわる話をぼくは知っています。あなた自身が、ヴィダル卿《きょう》と同様に、ぼくに明かしてくださいましたから。あなたの境遇はじつに深刻で、あなたが侯爵との結婚を望まない気持ちは容易に理解できます。でも、不当な汚名を着せられる状況から逃れるには結婚しかないという彼の意見には同意せざるをえません。ミス・チャロナー、あなたに結婚を申しこませてください」

メアリーは率直に驚きの表情を浮かべて話に耳を傾けていたが、ここでぎょっとした。

「まあ、頭がおかしくなったんですか?」声をあげた。

「いいえ。この数週間、ぼくの頭はどうかしていましたが、いまは完全に正気にもどっています」

メアリーは初め、彼が酔っているのではないかと疑ったが、やがて事態をより正しく理解した。「でも、ミスター・カミン、あなたはジュリアナ・マーリングと婚約しているのでしょう」

カミンが辛辣《しんらつ》に返事をした。「これをお知らせできてうれしく思いますが、ミス・マーリングとぼくは、双方がもつれたと見なすにいたった結びつきを断ち切りました」

「まあ!」メアリーは嘆いた。「じゃあ、ジュリアナと喧嘩をしたんですか? あなたたちふたりのあいだに何があったのか知りませんが、もしジュリアナに非があるのなら、彼女はすぐに後悔しますわ。彼女のところへもどってください、ミスター・カミン。わたしが正しいとわかるはずです」

「それはありません」カミンがそっけなく言った。「ぼくはミス・マーリングのところへもどりたいとは、まったく思っていません。ぼくが腹立ち紛れにあなたのもとへ来たとは、どうか思わないでください。この一週間、ぼくはこの婚約が賢明ではないと気づいていたんです。ミス・マーリングのふるまいは、ぼくが自分の妻に求めるものではありませんし、彼女がぼくを結婚の義務から解放してくれたことは、彼女が授けてくれたなかでいちばんすばらしい好意だとしか感じていないのですから」

この恐ろしい発言に、メアリーは顔を真っ青にし、弱々しくソファーに腰を下ろした。

「でも、それはあんまりです。あなたは怒りに駆られて話してらっしゃいます。あとで考える時間ができたら、後悔するような話しかたです」

「ミス・チャロナー、ぼくは怒りからではなく、大いなる安堵《あんど》をおぼえて話をしているのです。ぼくの求婚をあなたが受け入れようが入れまいが、ミス・マーリングとの婚約は解消したんです。彼女をとても愛していると思いこんだことを、あなたに隠すつもりはありません。あなたを熱愛しているふりをして、聡明《そうめい》なあなたを侮辱するつもりもありません。そんな時間はなかったのですから。あなたへの敬愛と深い尊敬の念で満足してくださるのなら、ぼくは心からの称賛に値する性格と品行の持ち主である人を妻にでき、幸運だと思うでしょう」

「でも、そんなこと不可能です！」メアリーはまだ当惑していた。「あなたとジュリアナのあいだで、ほんとうにすべてが終わったわけではありませんよね？」

「完全に終わったんです」

「まあ、なんということ！」メアリーは悲しんだ。「あなたの申し出に関しては、ほんとうにありがたいと思います。でも、愛もなく、よく知りさえしないのに結婚するなんて、どうしてできましょう？」

カミンが重々しく言った。「べつのときなら、こんな性急な決定はじつに奇妙でしょう。しかしあなたがいま置かれている状況からすると、できるだけすみやかに結婚生活へ逃げこまねばなりません。ミス・チャロナー、不作法だと思われるかもしれませんが、はっきり言わせてください。あなたは、ぼくと同様、傷ついた心を伴って結婚することになります。失礼ながら、ぼくがこれまであなたを見ていたところ、あなたはヴィダル卿に無関心ではないと思わざるをえません。彼の求婚をあなたがなぜ受ける気にならないのか、ぼくは尋ねません。ぼくたちはお互い、希望をくじかれたとだけ言っておきましょう。どうかいっしょに、それぞれの傷を癒《いや》す努力をしましょう」

メアリーは手で顔を覆った。驚きのあまり、頭がくらくらしていた。目の前に、彼女の願いの答えが確かにある。しかし、こう返事をすることしかできなかった。「どうかお帰りください。考えなければなりません。いま、返事をするのは無理です。あなたの申し出を断るべきではないと承知していますが、こんな絶望的な立場にいるので、落ち着いて考えてから決めたいのです。ジュリアナに会わなければなりません。すべてがあなたのおっしゃるとおりだとは信じられないんです」

カミンは帽子を手に取った。「帰りましょう。ぼくの言ったことを、よく考えてください。いまの宿にはあすの正午までいます。それまでにあなたから連絡がなければ、パリを去るつもりです。どうかよい夜を過ごされますように」お辞儀をすると、部屋を出ていった。少ししてから、メアリーは立ち上がり、ゆっくりと寝室へ上がった。

一時間もしないうちに、家の女主人とジュリアナが帰ってきた音が聞こえ、メアリーはすぐにベッドを出て部屋着を羽織り、ジュリアナの部屋へ行って、ドアをそっとたたいた。

ジュリアナが入ってと言った。眠そうな侍女にドレスを脱がせてもらっている。メアリーが生き生きとしたジュリアナの顔をじっくり見ても、自然な疲労しか見て取れなかった。「あら、メアリーだったの？」ジュリアナが言った。「あなたも来ればよかったのに。とってもおもしろかったんだから」会った人や、目にしたドレスについて、おしゃべりを始める。目をきらきらさせ、上機嫌でかなり興奮していたが、その外見は友人をだましていた。ドレスが衣装戸棚にきちんとかけられ、宝石がしまわれると、ジュリアナは侍女をベッドへ帰した。メアリーは思いきって、カミンは舞踏会に現れたのかと尋ねた。

ジュリアナがベッドへ飛びこんだ。「ああ、あの男の話をわたしにしないで！　彼に恋していたと思いこむなんて、どうしてそんなにばかだったのかしら。わたしたちの関係はすっかり終わったわ。わたしがどれほど喜んでいるか、あなたには想像もつかないほどよ！」

メアリーは心配して彼女を見た。「でも、ジュリアナ、あなたは確かに彼を愛していたわ……いまも愛しているわよ！」

「わたしが？」ジュリアナがせせら笑った。「まったく、あなたってお堅いんだから。わたしが駆け落ちすると彼に思いこませたら、とってもおもしろいだろうと思ったのよ。でも、いいこと、彼と結婚するつもりはまったくなかったの」メアリーのまじめな顔をさっと見る。「わたしはベルトラン・ド・サンヴィールと結婚するわ」そう言って、話にけりをつけた。

その発言にメアリーはぎょっとした。子爵も、これを聞いたら、やはりぎょっとしただろう。「どうしてそんなことを言うの？　わたしは信じないわ」

ジュリアナがふたたび笑った。「あら、そう？　きっとわたしをひどく薄情だと思っているんでしょうね。ええ、そう思っているのがわかるわ。そのうちあなたにも残念なことにわかるでしょうけど、わが一族に情はないの」

「残念なんて、わたしに言う必要はないわ」メアリーは穏やかに言った。「わたしはヴィダル卿とは結婚しないから。絶対に」

「あなたはわたしのいとこを知らないのよ」ジュリアナが反論した。「ドミニクはあなたと結婚するつもりだし、そうするわ……しかもジャスティン伯父さんの意に逆らってね。まったく、それを聞いたときの伯父の顔が見られるなら、一ギニー払ってもいい。それだけじゃ言い足りないわね」憂いに沈んだ声。「あなたはまだ公爵に会ったことがないわ。会うことになったら……」いったん言葉を切る。「あなたに助言はできないわ。伯父に何か言おうと、わたしはいつも心に決めるんだけど、実際に会うと、それができないの」

メアリーはこの発言を聞き流した。「ジュリアナ、正直に言って。あなたはミスター・カミンと喧嘩をしたの？」

「ええ、したわ。何度もね。そしてありがたいことに、これが最後よ」

「朝が来たら、後悔するわよ」

「そんなこと、どうでもいいの。ママはわたしが彼と結婚するのを決して許さないだろうし、駆け落ちを計画するのは、娯楽としてはすごくおもしろいけど、住む世界がまったく違う人と実際に結婚するのは、ひどくぞっとすることでしょうし」

「あなたがそれほど自分本位だとは知らなかったわ」メアリーは言った。「おやすみなさい」

ジュリアナはぞんざいにうなずいて、友人がドアを閉じるのを見守った。それから顔を枕《まくら》に埋《うず》め、さめざめと泣いた。

一方メアリーは、自分のベッドへもどると横になり、今夜受けた妙な申し出について考えた。

ジュリアナの態度に対する嫌悪感は、驚きによっても緩和されなかった。いまでは、アラステア一族のふるまいは、より低い身分の者には理解不可能だという結論に達していた。ヴィダルは向こう見ずで、放蕩者《ほうとう》で、横柄。いとこのヴァルメ子爵は単なる快楽を求める人間のようだ。もっと温かい心の持ち主だと思っていたジュリアナも、浅薄で利己的だ。ジュリアナとヴィダルの会話から、メアリーは一族の残りの人たちについても、かなり妥当な判断ができていると思えた。レディー・ファニーは俗人で野心的。ルパートは時間と財産を賭事《かけごと》やほかの娯楽に費やしているようだし、エイヴォン公は冷酷で愛情のない、邪悪な人物らしい。メアリーが会ってみたいと少しでも思える人物は公爵夫人だけだった。カミンはひどい縁組から解放されて幸運だと思えてきた。そしてそう思うと、彼女は自分の苦しい状況についてふたたび考えはじめた。

この高度に文明化した時代にはばかげているかもしれないが、メアリーはヴィダルがなんらかの手を使って彼女をディジョンへ連れていくことに、まったく疑いを持たなかった。彼が当初の騎士道にかなった衝動ではなく、支配好きな性格に突き動かされていると信じていた。やると言ったことを、彼は結果を気にすることなくやるだろう。いやがる花嫁を祭壇へ引きずっていくことはできないが、ディジョンへメアリーを連れていくことに成功したら、彼女はますます苦しい立場に陥り、彼との結婚しか道がなくなる。この結婚に反対する気持ちはいまだに固かった。彼の妻になる以上のましな状況はないかもしれないが、そこから生まれるのは不幸だけだと理解するだけの良識が彼女にはあった。もし彼に愛情があって、もしわたしが彼の世界に属していて、彼の家族の賛成があったら……。でも、不可能なことに思いを巡らしてもしかたがない。

早朝にこの家からこっそり抜け出して、パリの裏町で迷うのもいいかもしれない。そう考えて、メアリーは自分の愚かさに、微笑まずにはいられなかった。確かに迷子になるだろうが、パリを知る侯爵に簡単に見つけ出されそうだ。彼女には金もなければ、友人もいない。シャルボン夫人の保護の外に出たら、前途にあるのは破滅だけだ。それよりは、カミンとの結婚のほうがましだろう。少なくとも、彼の階級は彼女の階級よりとてつもなく上ではない。彼は情熱的な愛情の持ち主ではなさそうだし、メアリーは彼をまあまあ幸せにできるように思えた。結局のところ、ふたりともロマンチックな性格ではないのだ。でも、少なくともわたしは、突然逼迫《ひっぱく》した状況に陥ることを恐れなくてすむようになる。

数時間後、カミンが朝食をとっていた部屋に、召使いが驚きながらメアリーを案内してきた。若く、感じのいい婦人がひとりでこんな常識的ではない時刻に訪れてきたので、召使いはすっかり好奇心に駆られていた。メアリーを案内し終わってドアを閉めると、召使いはもちろん鍵穴《かぎあな》に耳をあてた。しかし部屋のなかの会話が英語だったため、間もなく耳を離した。

カミンはすぐに立ち上がり、ナプキンをテーブルに置いた。「ミス・チャロナー！」前に進んで、彼女を迎える。

メアリーは灰色のドレスと、さらわれた夜と同じフード付きの外套《がいとう》を身にまとっていて、カミンの手に手を差し出し、彼がかがんでキスをすると、穏やかな口調で言った。「教えてください。ゆっくり考える時間を得たいま、ミス・マーリングのところへもどりたいと思っていませんか？」

「とんでもない！」カミンが彼女の手を放して言った。「もしかすると……あなたは使者としていらしたのですか？」

メアリーが首を横に振る。「まあ。違います」

カミンは失望が声に忍びこまないよう注意した。「あなたはぼくの申し出の返事をしに来られたのですね。言うまでもありませんが、ぼくの求婚を受け入れてくだされば、ぼくは大変な幸せ者になるでしょう」

メアリーは笑みを浮かべたが、弱々しい笑みだった。「あなたはとても親切な方です。あなたを犠牲にするとしか思えない行為を受け入れる権利など、わたしにはないと思いますが、でもわたしの置かれた状況は絶望的で、ですから受け入れさせてください」

カミンがお辞儀をした。「あなたが安らぎを得られるよう努力します。となると、どうするのがいちばんいいのか、決めなくてはなりません。お座りになりませんか？」

「朝食をとられていたのですね？」

「気にしないでください。もうじゅうぶん食べましたから」

メアリーの目がきらめいた。「わたしのほうは、まだ何も食べていないんです」カミンは彼女の手をそっと握った。「いま、この瞬間、あなたに食欲がないことはよくわかっていますよ。火のそばに座りましょう」

メアリーは控え目に言った。「食欲はあるんです、ミスター・カミン。あなたの朝食を分けていただけませんか。とてもおなかが空《す》いているんです」

カミンはかなり驚いた顔になったが、すぐにメアリーをテーブルへ導いた。「もちろんですよ。新しいカップと皿を持ってこさせましょう」ドアへ行くと、召使いにつまずきそうになった。召使いは何かフランス語が聞き取れないかと、まだあきらめずにいたのだ。カミンはフランス語がつたなかったので、叱ることはできなかったが、なんとかカップと皿を注文した。

食器が運ばれてくると、メアリーはカップにコーヒーを注《つ》ぎ、ロールパンにバターを塗った。そして大いに食べた。カミンはあれもこれもと勧めたが、この劇的な状況を前にしての彼女のふるまいは少し日常的だと感じずにはいられなかった。メアリーも小さな白い歯でパンの皮を嚙《か》みながら、やはり内心で思うことがあり、ある紳士ととった食事のことを思い出した。すると胸が痛んだ。そんな弱々しい思いに浸る気はなかったので、そっけなく言った。「わたしたち、どこで結婚します？　いつパリを発《た》ちます？」

カミンは彼女にコーヒーのおかわりを注いだ。「その件について考えました。ふたつの計画をご紹介できます。きっと、あなたの希望にかなうでしょう。もしあなたが望めば、イングランドへもどります。向こうならば、ぼくたちの急ぎの結婚を手配するのは簡単なはずです。しかし、言っておかねばなりませんが、イングランドで結婚したら、あれこれうわさになるのは避けられません。もうひとつの計画はディジョンへ行って、例の英国人の牧師を見つけることです。居所はヴィダル卿に教えてもらっています。こちらを選んだ場合は、式を挙げたあと、しばらくイタリアへ行くべきでしょう。この計画に関しては、当然、気がとがめます。侯爵から得た情報を使うことになりますから」

「そんなこと、気にしなくていいと思うわ」メアリーは平然と言った。「あなたはどちらの計画がいいですか？」

「決めるのはあなたです」

「でも――」

「あなたがどちらを選ぼうと、ぼくは賛成です」

口論してもきりがないと感じたメアリーは、ディジョンを選んだ。うわさが消えるまで、イングランドへはもどりたくなかった。カミンが彼女の選択のいい点をいくつか指摘し、正午までには出発すると請け合った。メアリーは、いま着ている服しか持っていないので、必要なものを何点か買わなくてはならないと彼に告げた。カミンはひどく衝撃を受け、その買い物をするだけの金を持っているのかと慎重に尋ねた。メアリーは持っていると言って安心させ、カミンが馬車の手配に行っているあいだに、近くの店へ出かけた。自尊心から、侯爵から与えられた服は何も持ってこなかった。シャルボン邸ではやむをえず身につけていたが、いまでは全部、入念にしまってあった。ブロンドレースのスカラップがついた紗《うすぎぬ》のドレスも、タフタや、ディミティや、紋織りのサテンのドレスも、黒いレース飾りがたっぷりある外套も、指から滑り落ちるほど柔らかくて上質な部屋着も……。寒冷紗《かんれいしゃ》のシュミーズや、襟飾りや、トルコのハンカチなど、上流社会の婦人にふさわしい装飾品すべても……。娼婦《しょうふ》にふさわしいと言うべきかもしれない、と彼女はゆがんだ笑みを浮かべた。櫛《くし》や化粧刷毛《はけ》さえ、持ってくる気にはならなかった。

正午少し前に、ふたりは出発した。どちらも口数が少なく、馬車がパリを出るまで、窓の外をぼんやりと眺めながら、過ぎ去った可能性について沈んだ気分で考えていた。

ついにカミンがわれに返って言った。「あなたにお知らせしておいたほうがいいと思うのですが、ヴィダル卿に手紙を残してきました」

メアリーがはっと背筋を伸ばした。「なんですって？」

「彼にあなたの安全と、ぼくの結婚の意思を伝える恩義があると、どうしても思ったものですから」

「ああ、そんなこと、してはいけなかったわ」メアリーは恐怖に襲われた。「なんて大きな失敗をしてしまったの！」

「あなたに賛成していただけないのは残念ですが、侯爵はあなたの安寧に責任を感じておられたし、ぼくのほうは、ぼくたちの婚約を知らせずにこの旅をするのは良心が許さなかったんです」

メアリーはぱっと両手を組み合わせた。「でも、わかりませんか？　彼に追われることになるんですよ。ああ、わたしだったら絶対に知らせなかったわ」

「心配なさらないでください。ぼくは隠し立てがきらいですけれども、行き先は書くべきではないと思いましたから」

メアリーは少しだけ安心し、御者に速度を速めるよう命じてくれとカミンに頼んだ。彼はあまり速度を出すと事故に遭うと指摘したが、メアリーにさらに訴えられると、しかたなく窓を下ろし、御者に大声で呼びかけた。御者が、何を言われているのかすぐにはわからず、馬を止めた。そこでメアリーが指示を出す役目を引き受けた。この旅の目的に関して御者がいままでどんな疑問をいだいていたにせよ、その答えははっきりした。馬車がふたたび走りはじめると、カミンは窓を上げ、御者に駆け落ちだと思われたかもしれないと深刻な声で言った。メアリーはたぶんそうだろうと同意したが、大きな問題ではないと告げた。カミンは、不体裁な疑いを絶対持たれたくなかったので、自分たちは兄妹だとできるだけうまく伝えたと、少しきびしい声で言った。

メアリーは、常に鋭さを失わないユーモアのセンスが刺激されて、くすくすと笑い、カミンを狼狽《ろうばい》させた。ここ最近のあれやこれやのあとでは、体裁を考えるのもばからしく思えるのだと、遠慮がちに説明する。カミンが彼女の手を取り、心をこめて言った。「ご苦労をなされたんですね。上品な家庭で育った女性にとって、ヴィダル卿の習慣や態度はひどく恐ろしく、不快なものだったでしょう」

メアリーが彼の目をじっと見た。「いいえ、そんなことはありませんでした。不当でむごい扱いを受けたように思われたくはありません。何もかも自分がもたらしたことですし、侯爵はわたしにはもったいないほどの思いやりをこめて、接してくださいました」

カミンは当惑したようだった。「そうなんですか？　じつは、あなたは彼の不作法さに――さらには残忍さに――苦しめられたのだと想像していました。他者を思いやるような美徳が侯爵にあるようには見えませんから」

メアリーが追想にふけるように微笑んだ。「彼はとても親切になれる人だと思います」半ばひとり言のように言う。「彼の思いやりのいくつかには感謝しています」笑みが広がったが、目はうるんでいた。「あれほど冷酷な人なので信じられないでしょうが、侯爵は、わたしに対してひどく怒っていたのに、船上で洗面器を渡してくれたんです。人生であれほどうれしく思ったことはありません」

カミンは衝撃を受けた。「それはとても大変だったでしょう。吐き……体調を崩して、同性の連れがいなかったのは」

「今度の予想外の体験で、あのときがいちばん大変でしたわ」メアリーが同意する。そして率直に言い足した。「吐き気がひどくて、折よく侯爵にブランデーを飲まされなかったら、きっと死んでいただろうと思っています」

「なんとも不潔な雰囲気ですね」カミンがきびしい口調で言った。

彼の感情を害したのだとメアリーは気づいて、ふたたび沈んだ顔になり、沈黙した。カミンが、ふるまいは平凡なのに、ロマンチックであることが好きなのだと、しだいにわかってきた。一方ロマンスの象徴であるようなヴィダルには、それが完全に欠けている。

旅は三日続き、男のほうも女のほうも楽しめなかった。道中、馬車が止まるたびに、ふたりを代表して指示を出さざるをえなかったメアリーは、いつの間にか先日のパリへの旅とこの逃避行を比較していた。あのときは、どの宿屋でもいちばんいい部屋が彼女に用意され、侯爵の命令に従う以外、彼女にすることはなかった。一方カミンのほうは、自分の連れがこんな状況にもかかわらず事務的にふるまっていることを不満に思わずにいられなかった。彼女は、この異常で向こう見ずな旅よりも、宿屋での食事の注文や、じめじめした寝具の乾燥のほうに関心があるようだった。女性につきものの動揺を見せてくれれば、彼の騎士道精神が発揮できる余地もあるだろうが、メアリーは腹立たしいほどの冷静さを保ち、弱さや神経質な不安を表に出さずに、旅の指揮をとっている。唯一、彼女が不安を見せるのは、もっと速度を出すよう訴えるときだけだ。カミンは、悪路でがたごと揺られることが非常にいやだったし、こんな異常な速さで進むと、まるでみっともなく逃げているように見えると考え、何度か彼女に不満を言った。しかし危険な速さだと文句を言っても、メアリーは笑い、侯爵と旅をしたら、いまの速度を速いとは思わないだろうと言うのだった。

この発言も、ほかのさまざまな発言もすべて侯爵と関係していたため、カミンはついに辛辣さを隠さずに彼女に言った。ぼくが考えていたよりも、あなたは侯爵にさらわれたことをいやだと思っていないようだ、と。「じつを言うと」カミンは続けた。「あなたは無慈悲な行為でよく知られた人物の手中にあって、自暴自棄になっているのだと想像していました。明らかに、ぼくは誤解していました。あなたのこれまでの会話からすると、侯爵は評判とは驚くほど違って、敬意と優しさを伴ったふるまいをしたようだ」

メアリーの目が少しきらめいた。「敬意と優しさ……」そうくり返す。「いいえ。彼は独断的で、高慢で、ひどく気が短くて、横柄でした」

「それでいながら、あなたは嫌悪をおぼえなかった」

「ええ、嫌悪はおぼえませんでした」

「こう言ってはなんですが、ぼくが気づいていたよりも、あなたはヴィダル卿に温かい感情をいだいていると思います」

メアリーは真剣な表情を彼に向けた。「あなたのこれまでの言葉から、あなたはわたしが彼に対して……無関心ではないと推測されていたと思いました」

「それほどの感情だとは知りませんでした。もしほんとうにそうなのだとしたら、あなたがなぜ急いで彼から離れたがっていたのか、どうにも理解できません」

「彼はわたしに愛情を持っていません」メアリーは飾り気なしに言った。「それに、わたしは彼の世界の人間ではありません。彼がわたしと結婚したら、ご両親がどれほどがっかりされるか想像してみてください。そんなとんでもないことをした息子を、父親が廃嫡するのはめずらしくありません」

カミンはいたく感動した。「ミス・チャロナー、そのような高潔なあなたを、ぼくはひたすら尊敬します」

「ばかばかしい！」メアリーは鋭い声で言った。

14

サンヴィール邸での舞踏会の翌朝、かなり遅い時刻に、ジュリアナはチョコレートを飲んでいた。目を覚ましたのが十一時過ぎで、長時間寝ていたのに、まったく元気を回復していないような顔だった。彼女の侍女は針編みレースのナイトキャップの下の小さな顔が陰気なことに気づき、彼女なりの結論を引き出した。ジュリアナは朝着る部屋着を選ぶさいも気むずかしく、チョコレートが甘すぎると文句を言った。手紙が来ていないかだれかの訪問がなかったかと尋ね、手紙も訪問もないと知ると、チョコレートをわきにやり、あまりにもまずくて飲めないとつっかかった。

ベッドからまだ出ずに、カミンに手紙を書くべきかどうか迷っていたとき、ヴィダルが階下に来ていて、すぐに面会したがっていると告げられた。

カミンが来たにちがいないと思ったのに、彼ではなかったため、ジュリアナはひどく落胆し、目には涙が浮かんだ。こわばった声で言った。「会えないわ。まだベッドにいるし、頭痛がするの」

従僕の足音が階段を下りていき、二分もすると、もっとすばやい足音がして、ドアが威圧的にたたかれた。「入れてくれ、ジュ。用がある」ヴィダルの声。

「もう、しょうがないわね！」ジュリアナは不機嫌に言った。

侍女の非難の視線を浴びながら侯爵が入ってきて、部屋を出るよう彼女に合図した。侍女が大きく鼻を鳴らして出ていくと、ヴィダルは大きなベッドへ近づき、険しい顔でジュリアナを見下ろした。「使用人たちの話では、メアリー・チャロナーはけさ早く家を出て、もどっていないそうだな」前置きなしに言う。「彼女はどこだ？」

「まあ、知るはずがないでしょう」ジュリアナは腹を立てた。レースの縁取りの枕《まくら》のひとつを、さらに引き上げる。「あなたと結婚するよりも逃げるほうを選んだんでしょうよ。彼女を責めることはできないわ。あなたがしょっちゅう、こんなぞっとする方法でレディーの寝室に飛びこんでくるのだとしたら」

「気取ったふりはやめろ、ジュ」侯爵はいらいらして顔をしかめた。「彼女の世話をきみに頼んだんだぞ」

「だったら、どうだというの？　四六時中彼女といっしょにはいられないわ。彼女だって、我慢できないはずよ」

ヴィダルは鋭い目で彼女を見た。「ほう？　喧嘩《けんか》をしたのか？」

「みんながあなたみたいにいつも喧嘩していると思わないでちょうだい。もし人がわたしに優しく接してくれれば、わたしはだれとも喧嘩しないわ」

侯爵はベッドの端に腰を下ろした。「さあ、早く話すんだ。きみたちのあいだに何があった？」

「何もないったら！」ジュリアナがぴしゃりと言った。「メアリーがわたしのことをあなたと同じいやな人間だと思っているのは間違いないでしょうけれどね。もっとも、わたしは彼女やほかの人がどう思っていようと、ちっとも気にしないけれど」

「いますぐきみを揺さぶって、話をさせるぞ」侯爵は脅した。「きみたちふたりのあいだに何があった？」

ジュリアナは片肘をついて、上体を起こした。「脅しに負ける気はないから、そんなことを考えても無駄よ。男の人というのは、想像できるかぎりで最もいまいましくて、残酷だと思う。ここを出ていって、憎たらしいメアリーを自分で見つけることね」

ジュリアナの声にははっきりした変化があり、彼女には甘いヴィダルは、その体に両手をまわし、めずらしく優しく言った。「泣くんじゃない。どうしたんだ？」

ジュリアナからとげとげしさがなくなった。彼女はヴィダルの青い上着に顔を埋《うず》め、くぐもった声で言った。「国に帰りたい！　パリの何もかもがいや。二度とここには来たくないわ」

ヴィダルはレースのひだ飾りをつかむ彼女の指をそっとどけた。「カミンと喧嘩をしたんだな？　ばかだな、ジュ。泣くのをやめろ。あいつが去ってしまったのか？　ぼくが連れもどしてやろうか？」

　ジュリアナはあらゆる嫌悪の言葉で彼の申し出を拒絶し、侯爵を解放すると、枕の下のハンカチを探して、小さな鼻を盛大にかんだ。

「思うんだが、もしかすると……」ヴィダルは言葉を切り、座ったまま、ベッドの支柱に不気味な視線を向けた。

　侯爵の目の暗さを見て、ジュリアナはすぐに尋ねた。「思うって、何を？　お願いだから、その残虐そうな表情はやめて。怖くなるのよ」

　侯爵は彼女に視線を落とした。「思うんだが、ミスター・フレデリック・カミンはメアリーが消えたことと何か関係しているんじゃないか？」

「ばかばかしい」ジュリアナは言った。「どうしてメアリーの失踪《しっそう》に彼が手を貸すのよ？」

「あのおせっかいな性格のせいかな」ヴィダルは顔をしかめた。「昨晩、あいつがここにいるのを見た。かなりメアリーと親しげだったよ」

「なんですって？」ジュリアナが身をこわばらせた。「ここに？　メアリーと？　彼は何をしていたの？」

「メアリーの手を握っていた。厚かましいやつめ」

「まあ！」ジュリアナの顔が怒りで青くなった。「あのうそつき女！　彼女はそれについてひと言も口にしなかったわ。おまけに、フレデリックと喧嘩したわたしをたしなめた。ああ、あのふたりを殺してやる。彼が夜遅くに彼女の手を握っていたなんて。おまけに、わたしがベルトランと踊るのが好きだからって、嫉妬《しっと》したのよ。まったく、こんなことってないわ。ふたりとも許さない」

ヴィダルは立ち上がった。「カミンの宿へ行ってくる」ドアへ歩く。

「彼を殺さないで、ドミニク。だめよ！」侯爵のいとこが金切り声で懇願した。

「頼むから、ばかなことを言うな！」侯爵はいらいらして言い、部屋を去った。

カミンの宿の主人は引退した従者で、ドアを開けると、侯爵を狭いホールに招き入れた。英国の紳士について質問されると、カミンは宿代を払って、一時間ほど前に馬車で去ったと告げた。

「去った？　ひとりでか？」侯爵が質問を重ねる。

元従者は視線を落とした。「大変妙な時刻にミスター・カミンに会いに来た英国人女性がいっしょでした」

元従者はこっそりと侯爵の顔を見て、その浅黒い顔に浮かんだ表情に仰天した。「女がいっしょだったって？」ヴィダルが歯を食いしばる。顔に笑みが浮かんだのを見て、元従者は思わず一歩下がった。「ふたりはどこへ行った？　知っているか？」

「まさか、存じません。女性のほうは荷物ひとつ持っていませんでしたが、ミスター・カミンはご自分の荷物を全部持っていかれました。もうもどらないとおっしゃって、それからサントノレ通りに届けてくれと手紙を私に渡しました」

侯爵の陰気な目がきらりと光った。「サントノレ通りのどこだ?」

「エイヴォン邸の英国人侯爵への手紙でした」

「そうだったのか!」ヴィダルは急いで家へもどった。

カミンのきれいな字で宛名《あてな》が書かれた手紙が、広いホールのテーブルに置かれていた。

ヴィダルは封を破ると、一枚の紙に視線を走らせた。

〈侯爵さま

あなたにお知らせしなければならないことがあります。ぼくとミス・ジュリアナ・マーリングとの婚約は終わりを告げ、ぼくは厚かましくも、最近あなたの保護下で旅をしていた女性に求婚しました。あなたにはよくしていただいたので、当然このことをお知らせするべきだと思ったしだいです。ミス・チャロナーがありがたくもぼくの求婚を受けてくださったので、ぼくたちはすぐにパリを発《た》ちます。ミス・チャロナーは、侯爵さまの求婚を名誉だとは理解していますが、不相応と考え、最初から不幸になると定められている結婚をひどくきらっています。彼女のこの気持ちを侯爵さまもご存じのはずですので、ミス・チャロナーの心の平安に脅威となっている求婚の破棄をあなたにお願いする必要は（きっと）ないでしょう。

以上、畏《おそ》れながら謹んで申し上げます。

フレデリック・カミン〉

侯爵は静かに、長い罵倒《ばとう》の言葉を吐いた。そのよどみない言葉を、従僕はびっくりしながらうやうやしく聞いていた。それから侯爵は使用人たちを立て続けに驚かせ、十分もしないうちに、悪魔の子がひどく腹を立てていて、日暮れまでには流血の惨事が起こるだろうといううわさが広まった。その後、稲妻のごとく次々に侯爵の口から発せられた命令から、彼が急いで旅に出ることが明らかになった。フレッチャーが命じられたのは、パリのいくつかの城門へ人を送って、その日の朝、女連れの英国人男性が通らなかったか調べることだった。使用人たちは侯爵の旅の目的を確信した。

「あんな興奮した悪魔の子を見たことがない！」ある下男が言った。「ああ、ここで働いて一年か二年だけどな」

「俺《おれ》はもっと怒り狂った侯爵を見たことがあるぞ」ひとりの従僕が思い出しながら言った。「だが、女が原因じゃなかったな。それに、マントーニ家の女のほうが、今度のよりも魅力的だったと思うし、それを言うなら、二、三年前のあの……なんて名前だったっけ、ホラス？　癇癪《かんしやく》を起こして、コーヒーポットを悪魔の子に投げた美女は？」

「ぼくはホラスじゃない」ティムズが尊大に言った。「それから、侯爵の従者として忠告するが、ミス・チャロナーとほかのあばずれたちを比較するなどという不快なことはやめたほうがいい」

ティムズはヴィダルの荷造りをするためにその場を去り、自分が同行できないと知って憤慨した。彼が強く異議を唱えると、おまえは主人が自分で服も着られないと思うのかときびしく問われた。ティムズは礼儀正しい男だったので、そうは思わないと否定したが、実際にはまさにそう思っていた。紳士の従者として、彼は恐ろしい光景が頭に浮かんだ。クラヴァットの結び目はおかしく、髪はまっすぐで、着こなしがいい加減な主人の姿だ。そしてヴィダルが旅行かばんから色粉箱と化粧刷毛《はけ》と紅入れをほうり出すと、わたくしの気持ちも考えてくださいと懇願した。

ヴィダルが短い笑いを発した。「おまえの気持ちがどう関係するんだ？　着替えと剃刀《かみそり》と寝間着を入れろ」

ティムズはいつもは臆病《おくびよう》な人間だったが、自分の職業にかかわることとなると大胆不敵になった。断固として言う。「侯爵さま、あなたさまの衣装をわたくしがお世話していることはよく知られています。わたくしにはプライドがあり、フランス人たちのなかであなたさまを付き添いなしに旅させることはわたくしの不名誉になりますから、お願いします――ああ、これは男が喉を切り裂いてもいいほどの不名誉なのですよ」

シャツ姿のヴィダルは、乗馬靴に脚を入れているところだった。不機嫌な顔をちらりと上げ、ぶっきらぼうに言う。「着せ替え人形みたいな主人が欲しければ、暇を取っていいぞ、ティムズ。ぼくはおまえの期待にはそえない」

「侯爵さま、言わせていただけるのなら、侯爵さまほど従者の期待にそってくださる紳士はロンドンにもパリにもいません」

「お世辞がうまいな」ヴィダルはベストを手に取った。

「いいえ、違います。わたくしは三年間、サー・ジャスパー・トレローニーのところで働きました。若いころは伊達《だて》男と見なされていたお方です。お持ちの衣装のすばらしいこと！　ああ、芸術家のような紳士でした。しかし、上着の肩には当て物をしなければ話にならず、当人が顔につけぼくろを三つつけるようになった時点で、わたくしは暇《いとま》をいただくことにしました。わたくしにも、ほかの人間と同じように、考慮すべき評判がありましたから」

「なんと！」ヴィダルは言った。「ぼくの肩はおまえの神経を逆撫《さかな》でしていないと信じているが、ティムズ？」

「言わせていただけるのなら、侯爵さまほどの美しい肩は見たことがございません。ほかの点でときに問題があろうと、身につけられた上着はその価値をじゅうぶんに発揮し、見る者を喜ばせます」侯爵が上着を着るのに手を貸しながら話を続け、愛《いと》おしげに生地を撫でる。「デヴェニッシュ卿《きょう》のところで働かせていただいたときは、お脚の見た目を少しよくするため、ストッキングにおが屑《くず》をつめなくてはなりませんでした」懐かしそうに言った。「しかし、それでも、上流社会の紳士としてはいただけませんでした。それ以外は問題がなかったのです。あれほどすばらしいお腰は見たことがございません。当時の上着は、裾《すそ》に鯨骨が使われていて、腰のところがたいそうぴっちりしていたのです。しかし、膝から下が、残念なことに、あのお方の難点でした。そのせいで、あのお方の衣装を担当する者のプライドが傷つきましたし、おが屑は助けにはなりましたが、よい筋肉とは似ていませんので」

「それほど似ていないものは想像がつかないな」ヴィダルが明らかに驚いて、従者を見た。

「おまえは以前の主人たちには難儀したようだな」

「それが問題でした」ティムズが答える。「よろしければ、この留め金を整えさせてください。デヴェニッシュ卿のところを去ってからは、しばらくのあいだ、お若いミスター・ハリー・チェストンのもとで働かせていただきました。肩、脚、腰――すべてが合格でした。あのお方は服をみごとに着こなされました。しわひとつなく、場違いな飾りピンもなく。もっとも、ヴェラムホールのベストをたいそうお好きなのにはまいりましたが。問題は、ミスター・チェストンのお手でした。どんなに衣装がりっぱでも、そのせいで台なしだったんです。毎晩、チキン・スキンの手袋をつけてお眠りでしたが、まったく役に立たず、品のない赤い手のままでした」

ヴィダルは化粧台のそばの椅子に腰を下ろし、ゆったりと座って、唇をゆがめ、うっすらと笑いながら従者を見ていた。「おまえの話を聞くと不安になるな、ティムズ。ひどく不安になる」

ティムズは寛大に微笑《ほほえ》んだ。「侯爵さまは不安になる必要はまったくございません。ただ、指輪を……たくさんではなくて、ひとつ、できることなら紳士の手の白さを埋め合わせるためにあるようなエメラルドをはめてくだされば、と。しかし侯爵さまは宝石が非常においきらいなので、装飾品はあきらめるしかありません。侯爵さまのお手そのものは、無礼だと思わないでくださるといいのですが、わたくしが望む最高のものです」

この賛辞を平然と聞いた侯爵は、両手をズボンのポケットに突っこんだ。「さあ、言うんだ、ティムズ！　おまえのとんでもなく高い基準に、ぼくのどこが達していない？　最悪のところを教えてくれ」

ティムズはかがんで、侯爵のぴかぴかした靴のほこりを払った。「侯爵さまはご自分の優雅なお姿をご存じのはずです。従者として勤めてきた二十五年のあいだ、言ってみれば、わたくしは常に困難と闘ってまいりました。ひとつの劣った点が流行の最先端の服装を台なしにしてしまうと知れば、侯爵さまは驚かれると思います。ピーター・ヘイリング閣下という方は、体にぴったりの服をお持ちで、それをお着せするのに、わたくしとふたりの従僕が必要でした。めったにないようなおみ足の持ち主で、お顔は決してひどくはありませんでした。しかし、それはまったく有利にはなりませんでした。ミスター・ヘイリングは、クラヴァットでは隠せないほどお首が短かったのです。そういう事例はいくらでもお教えできます。ときには肩、またあるときには脚。かつて、どうしようもないほど太られた紳士に仕えたことがあります。紐《ひも》を絞って、できるだけのことはいたしましたが、うまくいきませんでした。お顔は、侯爵さまのようにお美しかったと言えるのですがね」

「ぼくを赤面させるような話はやめろ、ティムズ」侯爵は嘲笑《あざわら》うように言った。「ギリシア神話のアドニスになりたいとは思っていないのだから。さあ、話せ。ぼくの欠点はどこだ？」

ティムズは簡潔に言った。「ございません」

侯爵はびっくりした。「えっ？」

「欠点はまったくございません。クラヴァットの巻きかたにもっと注意を払っていただきたいとは思いますし、カールごてと色粉箱をもっと使っていただきたいとも思います。しかし、隠さねばならない場所は何ひとつございません。侯爵さまもわかってくださると思いますが、常に自然を相手に奮闘する行為は気が滅《め》入《い》ります。侯爵さまが従者を必要とされ、わたくしがこの職に応募したとき、失礼ながら、わたくしは確信しておりました。侯爵さまは服装に無頓着《むとんじやく》なほうを好まれ、従者は悲しむことになるかもしれないが、お顔やお手――ようするに、侯爵さまの全身――のみごとな調和は、侯爵さまの身支度を担当する者に、不満を忘れさせるほどの喜びを与えてくださるだろう、と」

「なんと、まあ！」侯爵は言った。

ティムズがこびるように言う。「侯爵さまがつけぼくろをひとつ、つけさせてくださるなら……ひとつだけでいいのです」

侯爵は立ち上がった。「ぼくの完璧《かんぺき》な調和で満足するんだな、ティムズ。フレッチャーはどこだ？」部屋を出ていきながら、執事を大声で呼んだ。執事がゆっくりと階段をのぼってきた。「おい、従僕たちは仕事を片づけるのに丸一日かかるのか？」

「ジョンが帰ってまいりました。サンドニ門には該当者がおりませんでした。サンマルタン門もです。ただいま、ロバートとミッチェルの帰りを待っているところで、間もなくお知らせできるでしょう」

「北の門ははずれか」侯爵は考えこんだ。「では、あいつは彼女をイングランドに連れ帰るつもりじゃないな。さて、何をする気なんだ？」

十分後、フレッチャーがふたたび現れて、無表情で言った。「ロバートの話では、正午少し前に、旅の馬車がポールロワイヤルを通ってパリを出たということです。馬車にはフランス語が非常に下手な英国人と、ご婦人がひとり乗っていきました」

侯爵は乗馬鞭《むち》をつかんだ。「ディジョンだ！」うなるような声とともに言った。「厚かましい男め！　鹿毛《かげ》に鞍《くら》をつけろ、フレッチャー。それから、ミス・マーリングに手紙を届ける男をよこせ」書き物机に向かって座り、インク壺《つぼ》に鵞《が》ペンを突っこんだ。いとこに向けて、一行だけ走り書きする。〈ふたりはディジョンへ向かった。ぼくは三十分でパリを発つ〉これを従僕に渡し、帽子を手に取ると、エイヴォン公の銀行家であるフォーリーのところへ行った。

二十分後、侯爵がもどってきたとき、軽装馬車がすでに中庭で待ち受けていた。馬丁が鹿毛を行ったり来たりさせている。ひとりの従僕が帽子箱をふたつ馬車に入れようとしていて、何をしているのかという大声で動きを止めた。

「これはレディーのお荷物です」従僕がびくびくしながら説明する。

「レディー？　どこのレディーだ？」ヴィダルはびっくりして尋ねた。

その疑問は、玄関に彼のいとこが現れて、解決した。ジュリアナは非常に似合う帽子を、顎の下でピンクのリボンで結んでかぶり、フェザーのマフを持っていた。顔には動かしがたい決意が浮かんでいる。「ああ、やっともどってきたわね、ドミニク！」

「なんでここにいるんだ？」侯爵はジュリアナに近づいた。「この件で、きみがすることは何もない」

ジュリアナは反抗的に侯爵を見た。「いっしょに行くわ」

「何を言うんだ！」侯爵は声をあげた。「だめだ。この旅に女はじゃまだ」

「わたしはいっしょに行く」ジュリアナが言い張る。

「行かせない」ヴィダルはそっけなく言って、馬丁に合図を送った。

ジュリアナが侯爵の手首をつかんだ。「わたしを置いては行かせないわよ！」鋭くささやく。「あなたは憎たらしいメアリーを気にかけているんでしょうけど、彼女はわたしのフレデリックと逃げたのよ。たとえ駅馬車に乗って、ひとりで旅をしなくてはならないとしても、わたしは行くわ。本気よ、ヴィダル」

侯爵は顔をしかめて彼女を見下ろした。「ああ、そうだろうとも。きっとこの旅を大いに楽しめるぞ」

「連れていってくれるの？」ジュリアナが熱をこめてきいた。

侯爵は肩をすくめた。「連れていってやる。だが、ぼくがきみの夫だったら、ただちにしつけてやるのにな」手を貸して、さっさと彼女を馬車に乗せ、ぶっきらぼうに言った。

「伯母さんはこれを知っているのか？」

「伯母さんは出かけていたの。でも、急いでいたけど、手短に説明した手紙を残してきたわ」

「よろしい」ヴィダルは言って、ドアを閉めた。

下僕のひとりが踏み段を片づけた。御者たちはすでに馬に乗っており、馬丁たちは馬の頭のところに立っている。ヴィダルは手袋をつけると、馬に乗った。

た。

「ポールロワイヤルへ！」御者たちに言うと、鹿毛の手綱をゆるめ、馬車を中庭から出した。

最初の宿駅で、ジュリアナは馬車から降りると言い張った。馬が替えられているあいだ、彼女は侯爵に、彼の礼儀作法と馬車のスプリングについて辛辣《しんらつ》な意見を浴びせた。これほど揺れたり跳ねたりしたことはないと告げた。女性にこんな不快な思いをさせる残酷な男はほかにいないだろう、この旅を非常に後悔していると訴えた。

「こうなると思っていたよ」侯爵は言った。「これで、ぼくの問題に首を突っこむべきではないとわかっただろう」

「あなたの問題？」ジュリアナは低くうめいた。「わたしがあなたの問題を少しでも気にすると思う？　わたしは自分の問題で来たのよ、ヴィダル」

「なら、不平を言うな」

ジュリアナは大いに腹を立てて馬車へもどった。次の宿駅では、窓の外を見ることもしなかったが、それから二十キロも進んだときにはふたたび降り、外套《がいとう》をきつく体に巻きつけて、夕方の冷たい風を避けた。

夕暮れ時で、あたりは薄暗く、灰色の霧が地面から立ちのぼっていた。馬車のランプはすでに灯《とも》されており、小さな宿屋の窓から心地よさそうな明かりがもれていた。

「ドミニク、今夜、ここに泊まれないの？」ジュリアナが消え入りそうな声で尋ねた。

侯爵は宿屋の馬丁のひとりと話をしていた。話が終わると、ゆっくりといとこのほうへ歩いた。厚い外套を着ていた。布地は黄褐色で、肩にケープが三枚ついている。「疲れたのか？」

「疲れたに決まっているじゃない」ジュリアナが言い返した。

「宿屋へ入れ。ここで食事だ」侯爵は命じた。

「ひと口も食べられないわよ！」

侯爵はこの言葉には注意を払わず、自分の馬丁のところへ行って、何か言いつけた。彼を憎たらしく思っていたジュリアナは、怒って宿屋へ入っていき、宿の主人の案内で特別休憩室に入った。暖炉で火が燃えていて、ジュリアナは椅子を引き寄せて座り、かじかんだ手を火に向けて広げた。

やがて侯爵が入ってきた。椅子に外套をぱっとかけると、くすぶっていた薪《まき》を蹴《け》って燃え上がらせた。「このほうがいい」そっけなく言う。

「煙いじゃない」ジュリアナが気分が悪そうに言った。

侯爵はうっすらと笑みを浮かべて彼女を見下ろした。「空腹でご機嫌斜めだな、ジュ」

ジュリアナは胸を張った。「あなたはわたしにひどい扱いをしたわ」

「ばかな！」

「さんざん揺すぶられて、頭のなかで歯ががちがちいったんだから。あなたはわたしを荷物みたいにいまいましい馬車に突っこんでおきながら、わたしと同席する礼儀正しさも持ち合わせていないのね」

「ぼくは馬に乗れるときは馬車に乗らない」侯爵は冷淡に言った。

「わたしがメアリー・チャロナーだったら、あなたは喜んで同席したにちがいないわ！」

侯爵は一本の蝋燭《ろうそく》のにおいを嗅《か》いでいたが、その言葉に顔を上げた。目がきらりと光った。「それは、まったくべつの問題だ」

ジュリアナは、こんなに粗野な人には会ったことがないときびしく言ったが、侯爵が一笑に付すと、今度は長々と文句を言いはじめた。

侯爵は話をさえぎった。「なあ、きみはわれらが逃亡者たちに追いつきたいのか、追いつきたくないのか？」

「もちろん、追いつきたいわよ。でも、こんなとんでもない速度で進む必要があるの？ふたりがディジョンに着くには二、三日かかるでしょうから、わたしたちには追いつく時間がたっぷりあると思っていたのに」

「ぼくは今夜、彼らに追いつきたいんだ」ヴィダルはきっぱりと言った。

「なんですって？　もう、そんなに近づいたの？　なら、いままで言ったことは全部撤回する。すぐに出発しましょう！」

「まずは食事だ」

「こんなときに、わたしが食べ物のことを考えられるわけがないでしょうに」ジュリアナが悲しそうな顔になった。

「ジュリアナ、きみにはうんざりさせられる」侯爵は穏やかに言った。「ぼくが選んだ速度について、不満を言う。ぼくの不作法と自分の感情について、くだくだつまらないことを言う。食事を、まるで毒が盛ってあるかのように撥《は》ねつける。ようするに、通俗劇のヒロインみたいだ」

ジュリアナは言い返そうとしたが、給仕がふたり入ってきたために、それができなかった。テーブルに食器が置かれ、椅子が用意された。給仕が退くと、ジュリアナは慎重に口を開いた。「あなたにも文句がたくさんあるってことね。ねえ、ドミニク、わたしは不安を感じちゃいけないの？　確かに速度について不平を言ったのは悪かったわ。でも、がたがた揺れる馬車のなかで、何時間もひとりきりにされるのは、メアリー・チャロナーでさえ我慢の限界よ」

「いや」一瞬、侯爵の口もとに、思い出すような笑みが浮かんだ。「さあ、こっちへ来て、座れよ」

ジュリアナはテーブルに近づいたが、元気づけのワイン一杯しかいらないと告げた。

侯爵は肩をすくめた。「お好きなように」

ジュリアナはワインに口をつけながら、鶏肉《とりにく》を切り分ける侯爵を眺めた。身を震わせ、あなたにはあきれたと告げる。「わたしはね、少しでも感受性のある紳士なら、慎むものだと思っていたわ——レディーの前でがつがつ食べるような行為は——」

「ああ、だが、ぼくは紳士じゃない。ぼくはただの貴族だと、確かな筋から聞いている」

「まあ、ドミニク、いったいだれがそんなことを言ったの？」ジュリアナはすぐに気をそらされて、声をあげた。

「メアリー」侯爵はグラスのワインを飲み干した。

「あなたが夕食以外に重要なものはないかのように食べていても、わたしは驚かないわ」ジュリアナが敵意をこめて言った。「わたしが、あのこすっからい女に怒りをおぼえていなかったら、あなたにさんざん苦しめられたはずの彼女に同情するところよ」

「ぼくが食べるのを見るのは、彼女の苦しみのうちで最小のものだったな」侯爵が言い返した。「彼女はいろいろな苦しみを味わったが、言っておくと、ジュリアナ、彼女はぼくの気分を重くはしなかった。きみはそうする気が満々のようだが」

「だとしたら、ヴィダル、彼女はあなたがどれほど残酷な男か知らなかったか、臆病で鈍い人間だったんでしょうね」

一瞬、ヴィダルは返事をしなかった。やがて冷静な声で言った。「彼女は知っていたよ」侯爵の唇がゆがむ。いとこをさげすむように見た。「ぼくが彼女をさらったようにきみをさらったら、きみは恐怖かヒステリーで死んでしまっただろうな。誤解するなよ——メアリーはあまりの恐怖に、ぼくに銃弾を撃ちこもうとした」

「あなたに銃弾を撃ちこもうとした?」ジュリアナが信じられずに、おうむ返しに言った。

「そんな話は聞いていないわ」

「聞かせたいような話じゃないからな。自慢できることではないし」ヴィダルはぶっきらぼうに言った。「だが、悪路で揺られたからという理由で、きみが高慢で上品ぶった態度でそこに座って、メアリーを嘲笑うなら——」

「嘲笑っていないわ。あなたが彼女に対してそんなにひどい態度をとったなんて知らなかったもの。あなたが無理やり彼女を船に乗せたとは聞いたけど、彼女が銃を向ける気になるほどの恐怖を味わわせたなんて思ってもみなかった。怒っているからって、わたしにそんなことを言わなくてもいいのよ、ドミニク。でも、あなたの家でメアリーに会ったとき、彼女は落ち着いていたから、てっきりあなたは彼女をそれほど残酷には扱わなかったのだと確信していたの。違ったの?」

「ああ」ヴィダルがそっけなく答える。ジュリアナに目を向けた。「メアリーがぼくにさらわれたことを、きみはとてもロマンチックな出来事だと思っているだろう。自分だったらそれを楽しんだと考え、彼女がどんなに恐ろしい思いをしたのか理解できないだろう? だったら考えるんだ! 少しは考えろ! いいか、いま、きみはぼくの思いのままだ。もしぼくがきみにそう感じさせたら、どんな気分だ? きみは夕食を食べることになる、無理やり食わせてやるとぼくが言ったら？」

ジュリアナは思わず後ずさりした。「やめて、ドミニク！　わたしに近づかないで！」

侯爵の顔に脅《おび》えて叫んだ。

侯爵は笑い声をあげた。「あまりロマンチックじゃないだろ、ジュ？　それから、夕食を食べるよう強いるのは、ぼくが彼女に強いたほかのことに比べれば大したことじゃない。座れ。きみに触れたりはしないから」

ジュリアナは言われたとおりにし、不安そうに侯爵を見た。「わたし……わたし、あなたといっしょに来たことを後悔している！」

「メアリーも同じ気持ちだった。もっと多くの理由でね。しかし、メアリーは恐怖をおぼえていることをぼくに気づかれるぐらいなら、死んだほうがましだった。そして、メアリーはぼくのいとこではなかった」

ジュリアナは深呼吸をした。「もちろん、あなたがほんとうにわたしに食べるのを強いるとは思わなかったわ。わたしは……単にびっくりしただけよ」

「さて、注意しないと、きみに無理やり食べさせるぞ」侯爵はそう言って、胸肉を切り分け、ジュリアナに渡した。「手を焼かせるな、ジュリアナ。食べるんだ。感受性など忘れろ。時間があまりない」

ジュリアナはおとなしく皿を受け取った。「わかったわよ。あのね、ドミニク、あなたがあんな脅すような目でメアリーを見たのなら、彼女がフレデリックと逃げたのをほとんど許せるわ」横目でちらりと侯爵を見る。「あなたはメアリーにあまり親切じゃなかったようね」

「親切！」ヴィダルは声をあげた。「いや、ぼくは違った――親切じゃなかった」

ジュリアナは鶏肉をもうひと口食べた。「あなたはまるで憎んでいるかのように、わたしに接した感じがした」侯爵は何も言わなかった。ジュリアナはふたたび彼をちらりと見た。「ドミニク、あなたは彼女を取りもどそうと必死になっている。でも、どうしてそうするのかよくわからないわ。だって、あなたが彼女と結婚するのは、彼女の名誉を傷つけたために、そうせざるをえなくなったからでしょう？」

返答はないだろうとジュリアナは思っていたが、侯爵が突然、ワインの澱《おり》を見つめていた目を上げた。「そうせざるをえなかったから？　ぼくがメアリーと結婚するのは、彼女なしでは生きていけないと確信しているからだ」

ジュリアナは喜びの声をあげて、手をたたいた。「まあ、すてき！　あなたがわたしのまじめなメアリーと恋に落ちるなんて、思ってもみなかった。あなたが彼女を追いかけてフランスを旅しているのは、人に妨害されるのをきらっているからだと思っていたわ。でも、彼女を臆病で鈍い人間だとわたしが言って、あなたが激怒したとき、すぐに想像がついた。親愛なるドミニク、人生でこれほどうれしいことはないわ。めちゃめちゃロマンチックじゃない！　さあ、いますぐ彼らに追いつきましょう。わたしたちを見たときの、彼らの驚きが楽しみだわ」

「メアリーはぼくがすぐ後ろにいることを知っている」ヴィダルは小さく笑った。「宿駅に着くたびに、同じ話が聞ける。イングランド人のレディーのほうは、時間を無駄にしないよう必死だったそうだ。彼女はぼくの旅のやりかたに慣れているんだ、ジュリアナ。メアリーなら、フレデリックを彼の体面にかかわるような速度でディジョンへ運び去るだろう」

「メアリーではなくて、フレデリックが旅を仕切っている可能性もあるわ」ジュリアナが頑固に言った。

ヴィダルは喉の奥で笑った。「いや、ぼくのメアリーなら、それはない」

二十分後、彼らはふたたび道を進んでいた。夕食を食べてジュリアナは元気を取りもどし、ふたたび馬車に乗ることに文句を言わなかった。カミンが手の届くところにいると知ったいま、速度がどれほど速くてもまだじゅうぶんではなかった。唯一の不安は、彼らを追い越してしまうことだった。どこかでカミンとメアリーは夜の休憩を取るはずなので、ジュリアナはできれば村ごとに馬を止めて、逃亡者たちがそこにいないか確かめたかった。

近い将来に待ち受ける場面を頭に描き、何を言おうか決めたとき、突然大きな衝撃を受け、馬車の側面に打ちつけられた。どしんという恐ろしい音とガラスの割れる音がした。

ジュリアナはひどく動揺し、気を失いそうになりながら、体勢を立て直そうとしたが、気がつくと座席がとても奇妙な角度になっていて、はずれたドアはほとんど屋根があるべき位置にあった。恐怖で飛び跳ねる馬たちの蹄《ひづめ》の音と、御者たちの声が聞こえる。やがて、はずれたドアが開けられ、ヴィダルのきびしい声がした。「怪我《けが》はないか、ジュ?」

「だいじょうぶだけど、何があったの? まあ、手が切れているわ! この恐ろしいガラスのせいよ。あなたが悪いのよ、ドミニク! とんでもない速度で進んでいると警告したのに、こんなことになって!」

「車輪がはずれた」侯爵は説明した。「こっちへ手を伸ばせ。引っ張り出してやる」

その作業は荒っぽかったものの、すばやく行われた。ジュリアナは道に下ろされ、傷を自分で調べるはめになった。一方、侯爵のほうは、脅えている馬たちに怪我がないことを確かめに行った。彼がもどってきたとき、ジュリアナは猛烈に怒っていて、質問を浴びせかけた。ここはどこなの、ふたりにどうやって追いつくつもり、どこに泊まるの、だれかが血が出ているわたしの手に包帯を巻いてくれるの、くれないの?

侯爵は馬車のランプの明かりを頼りに傷の手当てをし、かすり傷程度で騒ぐなと言った。そして幸運にも次の村までは一キロもなく、そこの田舎屋のどこかに泊まれるだろうと告げる。

「なんですって?」苦しんでいるジュリアナが叫んだ。「農民の家に泊まるですって?

いやよ！　すぐにべつの馬車を見つけてきて。すぐによ、ドミニク。聞こえた？」

「聞こえたよ」侯爵は冷静に言った。「さあ、ばかはやめろ、ジュリアナ。だいじょうぶだから。もしかすると、ぼくたちが滞在できる宿屋があるかもしれない。もっとも、シーツは保証しないがね。馬車は朝まで直せそうにない。リチャーズが近くの町まで行って、鍛冶《かじ》屋を見つけなければならないからな。いますぐ彼を行かせる。いまのところはそれで我慢するんだ。逃げたふたりには、ちゃんと追いつくから」

ジュリアナは自分の屈辱的な境遇にまいってしまい、道端の土手に座りこむと、泣き崩れた。御者たちが、気の毒そうに彼女を見ていた。リチャーズが困惑して、咳払《せきばら》いをした。侯爵は握り拳《こぶし》を天に向け、ひとりを除くすべての女たちから解放されたいと願った。

15

ヴィダルの馬車の車輪がはずれたころ、エイヴォン公爵夫人とルパート・アラステア卿《きょう》がパリに到着し、すぐにエイヴォン館へ向かった。

「まず、何をしたらいいかしら、ルパート?」馬車が中庭に入ると、レオニーが不安げに尋ねた。

「夕食だな」ルパートが大きなあくびをして答えた。「屋敷にだれかいればだが、怪しいもんだ」

「でも、どうして怪しいの? ドミニークはパリにいるのよ」

「おい、レオニー、そんな無邪気なことを言うな。ドミニクは放蕩《ほうとう》者だが、きみの家に女を連れこんだりはしない」ルパートは馬車の隅から体を起こし、窓の外を見た。「墓場みたいに人けがない感じだぞ」ドアを開ける。

馬車の音を聞きつけて、ひとりの従僕が現れ、侯爵は町にいないと説明を始めた。ルパートが馬車から飛び降りると、従僕は彼に気づいて、非常に驚いた顔になり、何を言ったらいいのかわからないようだった。

ルパートは値踏みするように彼を見た。「ドミニクの召使いだな。ヴィダル侯爵はどこにいる?」

「わかりません」従僕が慎重に答えた。

「というより、言いたくないようだな」ルパートは向きを変え、馬車から降りてきたレオニーに手を貸した。「ドミニクの召使いのひとりがここにいる。つまり、あいつはここにいたようだ。妙だ。非常に妙だ」

レオニーはしわくちゃになったスカートを大きく振って広げると、肝をつぶしてこちらを見ている従僕に目を向けた。「息子の召使いって、あなた? 結構《ボン》! 侯爵はどこにいるの?」

「存じません。町にはいらっしゃいません」

「家にだれかいるの?」

「いいえ、奥さま。召使いたちだけです」

レオニーはこれを聞いて、責め立てた。「屋敷に息子の召使いがちゃんといるのに、息子がここにいないって、どういうこと?」

従僕が不安そうに体重を一方の足からもう一方へ移した。「侯爵さまはきょうの午後、パリを発《た》たれました」

レオニーはルパートのほうを向き、腕を広げた。「どうかしているわ。なぜ彼がパリを離れるの？　わたしはひと言も信じない。フレッチャーはどこ？」

「ミスター・フレッチャーもミスター・ティムズも外出中です、奥さま」

「おい、侯爵は従者を連れずに出かけたのか？」ルパートが問いただした。

「さようでございます」

「わたしはなかへ入るわ」レオニーは告げた。

ルパートは屋敷に入る夫人を見守ってから、ふたたび従僕に視線を向けた。「さあ、話すんだ。侯爵はどこだ？」

「ほんとうに知らないんです。ミスター・フレッチャーがもどるまで待ってくだされば、彼が知っているかもしれません」

「なんだかずいぶんうさんくさいな」ルパートはきびしく言って、レオニーのあとからホールへ入った。

レオニーは召使い頭から話をきき出そうとしていた。レオニーがルパートを見て、こう言った。「ルパート、さっぱりわからないわ。彼女によると、娘は一度もここに来ていないと言うの。彼女がうそをついているとは思わない。だって、わたしの召使いなんですもの。ドミニークのではなくて」

ルパートは重い外套《がいとう》を脱いだ。「ドミニクが女をもう厄介払いしたとすると、すばやい手並みだな」賞賛する。「まったく、やりかたを教えてもらいたいもんだ！　ぼくの場合、いつもまとわりつかれて、全然払いのけられないからな」

　レオニーは軽蔑《けいべつ》のまなざしを彼に投げてから、さっさと階上へ上がった。召使い頭がレオニーを追おうとしたが、ルパートが引き留め、いちばんの関心事を打ち明けた。召使い頭はふたりがまだ夕食をとっていないと知って驚き、急いで食事の支度を命じに向かった。

　レオニーがふたたびルパートに会ったとき、テーブルには夕食の用意がされていて、ルパートは馬小屋からもどってきたところだった。レオニーの向かいに腰を下ろすと、彼は当惑ぎみに言った。「この謎《なぞ》はわけがわからん。ドミニクの従僕たちは牡蠣《かき》みたいに黙りこんでる。なあ、レオニー、きみの息子は大した男だ。うちなど、ぼくの起こした問題をもらすような召使いばかりだぞ」

「ドミニークは帰ってくるわ」レオニーは自信たっぷりに言った。「彼の部屋を見たら、服は全部あったもの」

　ルパートは咳払《せきばら》いをした。「ほかには？」慎重に尋ねる。

「何も」レオニーは答えた。「とても妙だと思わない？　だって、例の娘はどこにいるの？」

「そこがぼくにも見当がつかない」ルパートが打ち明ける。「といっても、彼女がここで見つかると思ってたわけではないが。だが、彼女がいないとしたら、ドミニクはどうして？　そこがわからん。いま、馬丁たちと話をしてきたところだ。わかったのは、ドミニクがポールロワイヤルを通ってパリを離れたということだけだ。当然、あいつが娘を連れていったかどうかはきかなかったし、だれも――」

「なぜきかなかったの？」レオニーが口をはさんだ。

「おいおい、従僕たちにそんな質問はできんだろう、レオニー！」

「どうしてできないのかわからないわ。わたしは知りたいの。こっちから尋ねなかったら、だれが答えてくれるのよ？」

「どっちにしても、従僕たちはしゃべらないだろうよ」

夕食が終わったとき、ようやくフレッチャーがちらりと顔を出し、ルパートとレオニーは書斎へ行った。フレッチャーがいつもどおりに落ち着き払った態度で入ってくると、留守にしていて申し訳ありませんと、レオニーに詫《わ》びを言った。レオニーはそれを無視して、すぐに息子の居所について問いただした。

「侯爵はディジョンへ行かれたのだと思います」フレッチャーが用心深く答える。

ルパートは執事をじっと見た。「ディジョンになんの用があるんだ？」

「侯爵はおっしゃいませんでした」

レオニーは手をばんとたたいた。「まったく、だれもわたしの息子について何も知らないなんて、我慢ができないわ！　話しなさい。例の娘は侯爵といっしょだったの？　いいえ、黙っていないわよ、ルパート。彼女はいっしょだったの、フレッチャー？」

「恐れ入りますが、なんの話でしょう？」フレッチャーがとまどった顔をした。

「二度ときき返さないで。でないと、怒るわよ！」レオニーが険悪な口調で言った。「娘のことなど、何も知らないと言っても無駄よ。侯爵がイングランドを離れたとき、娘といっしょだったことはよく知っていますから。そんな驚くことじゃないでしょう。そうなんでしょう？」

懇願するような視線をフレッチャーから向けられて、ルパートは不機嫌に言った。「ぼくを見るな！　娘が侯爵といっしょだったことはわかってるんだ」

フレッチャーがお辞儀をした。「おっしゃるとおりです」

「で、彼女はディジョンへ行ったのか？」

「存じません」

レオニーが敵意をこめて執事を見た。「彼女は侯爵といっしょにこの屋敷から出発したの？」

「いいえ。侯爵さまが出発されたとき、彼女はいっしょではありませんでした」

「ほら、言ったとおりだ」ルパートが胸を張った。「ドミニクは彼女を厄介払いしたんだ。ぼくたちもジャスティンがこの件を嗅《か》ぎつける前に、国へ帰ったほうがいい」

レオニーはフレッチャーに下がっていいと伝え、ドアが閉まると、大いなる不安を顔に浮かべてルパートのほうを向いた。「ルパート、この件はだんだん深刻になっているわ」

「そんなことない！」ルパートが陽気に応じた。「きみは心配のしすぎだ。娘はもうドミニクといっしょじゃないんだから、何も心配することはない」

「でも、ルパート、あなたは全然わかっていないわ。わたしはドミニークが――ほら、かっとなって――彼女を見捨てたのではないかと、とっても不安なの」

ルパートは腰を下ろした椅子のなかで、手足がさらに楽になるようにした。「それはありえるな」あっさり同意する。「ありがたいことに、どうでもいいが」

レオニーは立ち上がり、部屋を歩きまわりはじめた。「もしそんなことをしたのなら、許せない犯罪だわ」

ルパートが目をぱちくりさせた。「きみの最愛の息子といっしょじゃないのなら、彼女にもう用はないだろう？」

「息子が女の子をパリで見捨てることを、わたしが許すと思うの？」レオニーの口調は激しい。「そんなわけないでしょう。いいこと、わたしは大都市でひとりぼっちだった。保護してくれる人のない娘がどんな目に遭うか、なんでも知っているわ」

「でも、きみはその娘はふしだらだと――」

「そう言ったかもしれないけど、それは腹を立てていたからよ。彼女がどんな子なのかわたしは知らないわ。すぐに彼女を捜しにかかるつもり。もしドミニークが彼女を不当に扱ったのなら、結婚させる」

ルパートは頭を抱えた。「おい、どうなってるんだ、レオニー？　息子を女山師から救うのを手伝わせるために、ぼくをイングランドから連れてきたのだと思ってたのに、今度はふたりを結婚させるだと？」

レオニーはこの言葉を完全に無視した。部屋を行ったり来たりしていたが、ふとひらめいて、唐突に足を止めた。「ルパート、ジュリアナがパリにいるわ！」

「それがどうした？」

「わからないの？　ヴィダルがここにいたのなら、もちろんジュリアナと会っているでしょう？」

「彼女なら、厄介者の息子がなぜディジョンへ行ったのか知ってるかもしれないということか？」ルパートが期待をこめて尋ねた。「そこが謎なんだよな。どうしてディジョンなんだ？」

レオニーが当惑したように額にしわを寄せた。「でも、ルパート、どうしてあなたはそんなにディジョンを気にするの？　わたしとしては、この件全体がとても奇妙でわけがわからないから、ドミニークがディジョンへ行ったことなんてどうでもよく思えるわ」

「うむ、ぼくもわからん。行くにしては、じつに妙な場所だ。ディジョン！　どんな理由があったら、そんなとこへ行きたくなるんだ？　なあ、レオニー、あいつの行動はおかしすぎる」ルパートは首を横に振った。「第九代伯爵にはそういうふるまいがあったと言われている。困ったもんだ」

レオニーは彼をじっと見た。ルパートが意味ありげに額をたたいた。レオニーは激怒した。「わたしの息子の頭がおかしいと言っているの？」

「そうじゃないことを願ってるよ」ルパートが悲観的に言う。「だが、ドミニクの行動をまともだと言えないのは、否定できんだろう。ディジョン！　まったく、どうかしてる」

「あなたが閣下の弟《ヴワヤン》じゃなかったら、ルパート、大喧嘩《げんか》しているところよ。頭がおかしいですって！　まったく、息子はあなたほど頭がおかしくはないわ。だって、あなたには全然分別がないもの。ジュリアナを捜しに行きましょう」

ふたりは、ジュリアナではなく、彼女のフランスでの保護者を見つけた。シャルボン夫人はとても長そうな手紙を骨折って書いているところだった。ふたりが私室に案内されてくると、いつもは落ち着いた人物なのに、それはひどく驚いた顔をした。立ち上がって、レオニーの首に倒れこみそうな勢いで、彼女を抱きしめた。「まあ《モン・デュ》、あなたなの、レオニー？」大きくうめく。それから、確認するように片手を差し出した。「いとこのジャスティンはいないわよね？　ジャスティンがここにいるとは言わないで！」

「兄さんがパリにいたら、ぼくはここにいないよ」ルパートが安心させる。

「もしファニーがここにいたら、彼女に会わせる顔がないわ！」シャルボン夫人がおろおろして言った。机と、散らかった金縁の紙を指で示す。「いま、ファニーに手紙を書いていたところなの。あなたたちはどうして来たの？　うれしいのよ。でも、どうして来たのかわからないわ」

「うれしいだって？　そんなふうには聞こえないなあ」ルパートが指摘した。「ぼくたちが来たのは、ぼくの厄介な甥《おい》を見つけるためだ。ばかげた用事だよ」

シャルボン夫人は細長い脚のついた椅子にへなへなと座り、口をぽかんと開けて彼を見た。「知っているの、じゃあ？」口ごもる。

「ええ、ええ、わたしたちはみんな知っているわ！」レオニーが言った。「エリザベス、ドミニークがどこにいるのか教えてちょうだい。お願いだから、早く教えて」

「でも、知らないの！」夫人がぽっちゃりした二本の腕を広げて叫んだ。

「まあ、なんてこと《ペスト》」レオニーはいらだった。

「じゃあ、ぼくたちにわかっているのはあれだけか」ルパートが言った。「ドミニクはディジョンへ行った」

シャルボン夫人は当惑して彼からレオニーへ視線を移した。「ディジョンへ？　でも、どうして？　ねえ、なんでディジョンなの？」

「ぼくも同じ感想を持ったんだ」ルパートが勝ち誇って答えた。「あいつにも理由はあったんだろうが、なぜディジョンに行ったのか見当がつかない」

「ジュリアナに会わせて」レオニーが口をはさんだ。「たぶん彼女なら、息子の居所を知っていると思うの。だって、息子は彼女を気に入っていたし、彼女はきっと息子と会ったはずだから」

夫人がぎくりとした。「ジュリアナ？」うつろにくり返す。「まあ、じゃあ、あなたたちは知らないのね！」

ルパートは不安げに彼女を見た。「なんと、謎めいた話が始まりそうだな。どんな話なんだ？　こっちとしてはもう手いっぱいで、知りたいわけじゃないが、話したほうがいい。さあ、話してしまうんだ」

そう言われて、シャルボン夫人は恐ろしい宣言をした。「ジュリアナがドミニクと駆け落ちしたの！」

それを聞いたふたりは一瞬、すっかり言葉を失った。レオニーは驚愕《きょうがく》と信じられない思いから、目をみはったまま立ち尽くし、ルパートはぽかんと口を開けた。レオニーが先に言葉を取りもどした。

「ふん、なんてばかげた話！　わたしは全然信じませんからね」

「これを読んでちょうだい！」シャルボン夫人が大げさな口ぶりで命じ、レオニーにしわになった紙を手渡した。

そこには、ジュリアナののたくった字で、用件が短く書かれていた。〈親愛なる伯母さ

ま、どうか驚かないで。わたし、ドミニクと行くわ。これ以上書く時間がないの。とっても急いでいるから。ジュリアナ〉

「でも……でも、ありえない」レオニーは口ごもり、顔を青くした。

ルパートがレオニーの手から手紙を取り上げた。「ぼくに読ませてくれ」そう言って、手紙に視線を走らせた。「くそっ、なんてこった！」絶叫する。「ああ、これではっきりした。あいつは完全にどうかしちまった」手で紙を殴った。「これは大変だぞ、レオニー！あいつがあのふしだらな女をさらったことを、ぼくはどうでもいいと思ってた。なんの害もないからな。しかしいとこと逃げたとなると、そろそろ監獄行きだぞ」

シャルボン夫人はこの話をよく理解できなかった。「わたしにはわからないわ。ドミニクがジュリアナと駆け落ちしたのよね。でも、どうして？　ふたりは結婚してはいけないの？　これでこの件はうわさになって、ファニーがここに来るでしょう。わたしはファニーが怖いわ」

ジュリアナの手紙を取りもどしたレオニーが、断固として言った。「わたしは信じない。ドミニークはジュリアナを愛していないわ。何かの間違いよ。それに、ほら、ジュリアナは名もない男と結婚する気だったわ」

シャルボン夫人は依然として理解できないと言った。ことがはっきりしてくると、考えこみながら言った。「ああ、それはあの若いイングランド人のことね、きっと。彼はジュリアナに会いによく来ていたわ」

「なんだって、じゃあ、フレデリック・カミンもパリにいるのか?」ルパートが尋ねた。

「その名前よ」夫人がうなずく。「とてもきちんとした《トレ・コム・イル・フォ》若者よ。でも、ジュリアナはドミニークと結婚するのね」

「しないわ!」レオニーが頑として言い張った。「息子は結婚を望んでいないし、結婚しない」

「でもねえ、ジュリアナと駆け落ちしたのだから、もちろん結婚しないと」

「そんなこと、大したことじゃないんだよ、エリザベス」ルパートが口をはさんだ。「ドミニクが駆け落ちした相手は、ジュリアナだけじゃない。いいか、あいつは青髭《あおひげ》並みに無情で残忍なんだ」

「息子がジュリアナと駆け落ちしたと言うのはやめてちょうだい!」レオニーが目をぎらぎらさせて命じた。「ドミニークがどうしてジュリアナを連れ去ったのかはわからないけれど、絶対に理由があるわ」

「しかも、ディジョンに連れ去ったんだぞ」ルパートが考えこむ。「考えれば考えるほど、このディジョンというのがおかしい。道理にかなわない。ほかはなんとか理解できるが、その点だけがぼくの頭を大いに悩ませる」

「そこがいちばん不可解なのよね」シャルボン夫人が同意した。

「でも、あなたはばかよ、ルパート！　ディジョンへ行くなんて、大した問題じゃないわ。多くの人がディジョンへ行く。どうってことないわよ」

「そうかな？」ルパートは疑《うたぐ》り深かった。「ぼくは、ディジョンへ行く人間に会ったことがないぞ。なんの理由で行くんだ？　ディジョンで何をする？　教えてくれ」

「ディジョンは町でしょ、ルパート。なら、もちろん、人々はそこへ行くわ。そこの部分をわたしは不可解《ヴワヤン》だとは思わない。でも、ドミニークがジュリアナと駆け落ちだなんて……まったく、あまりにも不可解で、わたしは信じないわ」シャルボン夫人のほうを向く。「ファニーに手紙は書かないで。何もかも、わたしが取り計らいます」

シャルボン夫人はため息をついた。「それで結構よ。ファニーに手紙を書くのは気が進まないから。きょうはとってもやこしくて、とってもいらいら《エネルヴァン》する日だったの。それにしても、もうひとりの娘はどこへ行ったのかしら。でも、わたしにはどうでもいいことなの。ただ、ひと言もなくいなくなるなんて、とっても奇妙だと思って」

「もうひとりの娘って？」ルパートが当惑した。

「ジュリアナのお友だちよ。ジュリアナがうちに来るよう誘ったの。彼女は叔母さんとパリに来ていて、ジュリアナの招待でうちに滞在していたのよ」

レオニーはその件を軽くあしらった。「ジュリアナのお友だちには興味がないわ。そんな娘、どうでもいいの」

「ええ、でも、こんなふうにいなくなってしまうのは妙だと思ったから」

「たぶん、彼女もドミニクと行ってしまったんだろう」ルパートが皮肉った。

レオニーはこの下手なほのめかしを無視した。ずっと懸命に考えていて、ようやく口を開いた。「もしその名もない男……なんという名前だったかしら、ルパート？　カミンね。覚えておくわ。もしミスター・カミンがパリにいるのなら、ジュリアナは彼と駆け落ちしたのよ。当然、それをあなたに打ち明ける気はなかったでしょうね、エリザベス。もしドミニークがふたりといっしょなら、それはおそらく《サン・ドウト》体裁をよくするためでしょう。彼らは、たぶんディジョンに逃げて、息子は事実上、ええと……付き添い《シャプロン》人として行ったのよ」

ルパートはひどく驚いてこの話を聞いていた。「ドミニクが礼節を守るために行ったというのか？」ぽかんとして尋ねる。「ドミニクが！　いや、ばかばかしい。それはありえない。きみはあいつの母親だから、もちろん彼のことをよく言わねばならんだろうが、ディジョンみたいなばかげた場所に、ジュリアナの付き添い人として行ったなんて屁理屈《へりくつ》をこねるのは……おい、きみは頭が混乱しているよ」

レオニーの頬に、こらえきれずにえくぼが現れた。「可能性が高いとは言えないでしょうね」素直に認める。「でも、息子はジュリアナと駆け落ちしていない。それは確実よ。この件はあまりにも妙で、頭が痛くなる。だから、するべきことはひとつしかないと思うわ」

ルパートは安堵《あんど》のため息をついた。「きみは賢明な女性だ、レオニー。間違いない。もし運がよければ、ジャスティンがニューマーケットからもどる前に、ぼくたちはうちに帰れる」

レオニーはケープの紐《ひも》を顎の下で縛り、いたずらっぽい目でルパートを見た。

「わかっているでしょう、わたしたちは帰らないって」

ルパートがうんざりして言った。「気がつくべきだったよ。もし、ばかげた、とんでもない考えを持つ女性が存在するとしたら――」

「わたしはとっても賢明よ。あなたはそう言ったじゃない」レオニーが目をきらめかせて指摘する。「朝、ものすごく早くに出発よ、ルパート。ディジョンへ行くの」いったん言葉を切ってから快活に付け加えた。「まったく、とってもおもしろくなってきたわ。だって、わたしのかわいそうなドミニークにはいま、ただちに結婚しなくてはいけないレディーがふたりいて、それは許されないことなんですもの。おもしろいわよね、ルパート」

「おもしろい？」ルパートがうなった。「あの若い悪魔と女たちを追って、フランスを旅するのがおもしろい？　いや、全然！　ドミニクのいるべき場所は病院《ベドラム》であって、くそっ、この件すべてをジャスティンにどう説明するかを考えると、ぼく自身がそこに行き着くはめになりそうだ」言い終えると、ルパートは帽子と杖《つえ》をつかみ、ぽかんと口を開けたいとこにそっけなく挨拶《あいさつ》をすると、レオニーのためにドアをさっと開けた。

16

ディジョンに到着したころには、メアリーとカミンのどちらも、来るべき婚礼に対して深い憂鬱《ゆううつ》感しかいだいていなかった。もっとも、ふたりとも、できるだけ早く結婚しようと決意していた。カミンの場合は適切さを求める意識に、メアリーの場合は侯爵の到着への不安に突き動かされてのことだ。

ふたりは午後遅くにディジョンに着き、いちばんいい宿に泊まった。カミンがすぐに英国人の牧師を訪問してくれるようメアリーは望んだが、彼は翌朝に行くと言い張った。夕食時に面会を求めるのは大変奇妙に思われてしまうと説明し、彼がヴィダルを恐れているとメアリーが考えているとしたら、それは完全に間違いだと知らせた。結婚式が終わったらすぐにディジョンを発《た》ってイタリアへ向かうのがメアリーの希望だった。カミンはそれにまったく文句はなかったが、侯爵が到着する可能性がほんの少しあるのなら、ディジョンで彼を待つほうが自分の威厳を保つにはふさわしいと言った。侯爵との対面を避けたいとは思っていないし、ヴィダルのピストルの腕前はすばらしいと知られているのだから、急いでイタリアへ行くのは逃げているという印象を強く与えてしまうと指摘した。

いつも理性的なメアリーは、少しディジョンにいたいというカミンの感情を評価できたが、その成り行きを恐れもした。彼女は決闘を悪習だと非難し、カミンもばかげているし、廃止されるべきだと同意した。

翌朝、カミンはミスター・レオナード・ハモンドに会いに行った。町から五キロ離れた城に、世話を任された少年と滞在していた。ひとり残されたメアリーは、気がつくと、車輪の音に神経質に耳をそばだて、しょっちゅう立ち上がっては窓の外を見に行った。これはよくない、と彼女は思った。それにカミンは昼までもどりそうにないので、帽子の紐《ひも》を結んで、散歩に出かけた。気持ちの問題だったのだろうが、メアリーはほとんど楽しめず、帽子屋を三軒と服屋を四軒見てまわってから宿屋へもどり、カミンの帰りを待った。

彼は昼少し前にもどってきた。人を連れておらず、顔は暗い。メアリーは心配して尋ねた。「ミスター・ハモンドを見つけられなかったの？」

カミンは帽子と乗馬鞭《むち》をそっと椅子に置いた。「幸いにも、彼を城で見つけることができました。でも、ぼくたちのために結婚式を行ってくれるかどうか、あまり期待できません」

「まあ！」メアリーは声をあげた。「断られたということですか？」

「ミスター・ハモンドは、いささか懸念をいだいておられた。この状況が非常に微妙なことを思えば、それを完全に不当とは言えないでしょう。こちらの依頼をミスター・ハモンドは奇妙な依頼だと決めてかかり、ようするに、こんなうさんくさい件にかかわることをいやがっておられた」

メアリーは強い焦りを感じた。「でも、彼に説明してくださったんでしょう。説得してくださったんですよね?」

「そう努力しましたが、あまりうまくいきませんでした。運のよいことに――あるいは、そうなるだろうと信じていますが――ぼくは切り札を持っていて、そのおかげで少しはぼくの地位と信用に関して彼を安堵《あんど》させることができました。もう少し彼と話ができれば、説得に成功したのではないかと思うんですよ。しかし、わかっているとおり、ミスター・ハモンドは城の客であって、城の主人――短気な紳士でした――が何か口をはさんできたんです。フランス語があまりできないぼくには、何を言ったのかわかりませんでした。ミスター・ハモンドは、当然ながら、ぼくみたいな一見うさんくさそうな訪問者を伯爵に紹介することを望まなかったので、ぼくを追い返そうと腐心していました。こちらとしては暇乞《いとまご》いするしか手がなかった。ぼくは、その非常に当惑するような状況下でできるかぎりの体面を保って、別れの言葉を言い、きょうの午後、ぼくを訪ねてくれるようお願いしました」

メアリーはじつに辛抱強く彼の話に耳を傾けていた。話が終わると、皮肉っぽく聞こえないように言った。「でも、訪問してくれるかしら？」

「来てくれそうな気がします」カミンのしかつめらしい顔に笑みがよぎった。「彼が乗り気ではなさそうだったので、またこちらからうかがいたいと告げたんです。彼は、ヨーロッパ大陸巡遊旅行をする貴族の子弟の世話を運よく任された、生活の苦しい牧師ですから、付き合う相手を慎重に選ぶ必要があります。ぼくは、とても評判の悪い人物に見えたでしょうから、ミスター・ハモンドはぼくの再訪問のほのめかしを聞いて、要求に同意したんです。彼があなたに会ったら、この件をもっと好意的に見てくれるはずですよ」

　メアリーは笑わざるをえなかった。「わたしたちふたりのうちでは、あなたのほうがずっと尊敬に値すると思いますわ。もしその癪《しゃく》に障るミスター・ハモンドがわたしの……わたしにまつわる嘆かわしい話を知っているなら、わたしにはろくに目を向けてくれないでしょう」

「彼は知りませんよ。うそは得意ではありませんが、彼をあざむくことができました。よろしければ、昼食にしませんか」

「ほかにすべきこともなさそうですわね」メアリーはこの状況を受け入れた。

　特別休憩室で昼食をとったものの、メアリーはすっかり食欲をなくしていた。侯爵に追われていると確信していたので、一時間の遅れでも耐えがたかった。カミンは、この結婚への侯爵の干渉は不可能であることをあなたに納得させられたらいいのに、と優しく言った。しかし、侯爵の気性をいまではとてもよく知っているメアリーを納得させられるわけがない。だが、未来の夫がすでにかなり忍耐を強いられていると感じたので、彼女は心配そうな顔をしないようにした。彼女はこの思いやりが無益だとは知らなかった。というのも、女性はか弱いものだとカミンは信じていたので、彼女の不安を和らげねばならない立場に立たされたら、自分はこの状況を思うがままに操れる人物と感じられただろうからだ。メアリーの落ち着きは、想像力のない性向の表れのようにカミンには見え、彼女の自制心を賞賛するかわりに、彼女が愚かなのか、あるいは単に感覚が鈍いのかといぶかった。

三時近くになって、メアリーの不安が正しいことが証明された。蹄《ひづめ》と車輪の音が、馬車の到着を知らせた。メアリーは顔を真っ青にして、カミンのほうへ手を伸ばした。「侯爵よ！」動揺の声をあげる。「どうか、彼の口車に乗って、決闘せざるをえない状況にはならないでください。あなたにそこまで迷惑をかけるのは耐えられないわ」手を握り合わせて立ち上がった。「わたしたち、無事に結婚できていたらよかったのに」絶望の声をあげた。

「もしほんとうに侯爵でしたら、執拗《しつよう》な彼からあなたを救うために、ぼくたちは結婚したと告げたらどうでしょう」カミンはそう言って、やはり立ち上がり、ドアのほうに目を向けた。間違いなく外で声が聞こえ、大声になって、うむを言わせぬ要求をした。カミンの唇がしっかり結ばれた。ちらりとメアリーを見る。「あなたの予想が正しかったようです」

冷静に言った。「ぼくたちはすでに結婚したと、言ってほしいですか？」

「はい」彼女は答えた。「いいえ……わかりません。はい、でいいと思います」

足音がすばやく廊下をこちらへ向かっていた。ドアの取っ手がまわり、ヴィダルが戸口に現れた。拍車をつけた乗馬靴を履いていて、外套《がいとう》は雨粒できらめいている。

侯爵の視線が部屋をさっと見まわし、椅子のわきにじっと立つメアリーのところで止まった。「ああ、ミス・チャロナー！　ようやく見つけたわけだ」歩きながら、乗馬鞭をわきへほうり、彼女の両肩をつかんだ。「簡単にぼくから逃げられると思ったら、間違いだよ」

カミンが冷淡で慇懃《いんぎん》な声で言った。「ぼくの妻から手を離してくださいませんか？」

突然、肩をつかんだ手がこわばったので、メアリーはびくりとした。侯爵がカミンをにらみつけた。呼吸が短く、速くなっていた。「なんだって？」怒鳴り声をあげる。「きみの妻？」

カミンはお辞儀をした。「彼女はありがたくも本日、ぼくと結婚してくれました」

侯爵の鋭い視線がメアリーに向けられた。「ほんとうなのか？　メアリー、答えろ！　ほんとうなのか？」

メアリーは侯爵を見上げた。襟飾りと同じぐらい、顔が青白くなっていた。「そのとおりです。わたしはミスター・カミンと結婚いたしました」

「結婚した?」侯爵がくり返す。「結婚した?」彼はメアリーを投げ飛ばしそうになった。「ならば、すぐに未亡人にしてやる!」

侯爵の顔には殺意があった。彼はひとまたぎでカミンのところまで行った。カミンはとっさに剣の柄をつかんだ。しかし剣を抜く時間はなかった。侯爵の細い指がカミンの喉をつかみ、首を絞めた。

「この犬め! こんちくしょう!」歯を食いしばり、侯爵は言った。

命懸けの取っ組み合いのなかで揺れ動くふたりの男を見て、メアリーは前へ歩こうとしたが、ふたりのもとへ行き着く前に、戸口で甲高い叫び声があがった。この場に到着したばかりのジュリアナが走って、騒ぎの中心へ身を投じた。

「だめよ! だめ!」ジュリアナが金切り声で言う。「彼を放しなさい! この人でなし!」

カミンがどうしようもないほど圧迫されているのを見て、メアリーは適当な武器がないかとあたりを見まわした。まだテーブルの上で倒れていない水差しに気づき、いつもの冷静さを伴ってそれをつかんだ。「どいて、ジュリアナ」落ち着いて言ってから、ふたりの男に公平に水をかける。この警告を無視したジュリアナも水をかぶって、あえぎながら後ずさりした。

突然びっくりさせられて、侯爵はわれに返ったらしく、カミンの喉から手を離し、目のあたりの水を拭《ぬぐ》った。カミンは首をさすり、咳《せき》をしながら後ろへよろめいた。ジュリアナが涙を流しながらカミンへ駆け寄った。「フレデリック！　ああ、かわいそうなわたしのフレデリック、怪我《けが》をしたの？」

カミンは礼儀作法に厳格な面をなくしたようだった。不作法にジュリアナをどけると、腹を立てて言った。「怪我？　いや」しわになったクラヴァットを整えようとする。このころには、カミンは侯爵と同じぐらい怒り狂っていて、挑戦の言葉を急いで言おうとして、少しつっかえた。「剣かピストルか？」強く要求する。「好きな武器を選ぶんだ。すぐに」

「だめよ！」ジュリアナが叫んで、カミンを両腕で包もうとした。「ドミニク、乗らないで！　フレデリック、お願い、お願いだから、落ち着いて」

まとわりつくジュリアナの手をカミンは払った。「きみに話はない」ぴしゃりと言う。「おとなしく、ぼくから離れていてくれ。さあ、侯爵？　どちらがいい？」

侯爵は口の隅を上げた奇妙な笑顔でメアリーを見ていた。「メアリー、このいたずら娘め！」優しく言う。それから顔の向きを変えると、ふたたび険しい視線をカミンの青白い顔に向けた。「どちらでもいいぞ、不誠実な犬ちくしょう！　好きなほうを選べ」

ジュリアナが両手をもみ合わせた。「ああ、あなたはフレデリックを殺してしまうわ！　きっと殺してしまう！」泣き叫ぶ。

「そうする」侯爵が柔らかな声で宣言した。

メアリーは炉棚の縁をつかんだ。「行きすぎだわ。お願いだから、少しだけわたしの話を聞いて」

カミンが乗馬靴の紐をゆるめながら、急いで言った。「あなたが何を言っても、侯爵との決闘を止めることはできません。頼むから、口を出さないで。侯爵、ぼくたちは剣で片をつける。そして、育ちのいい紳士というより獣に近い本能の持ち主を、この世から取り除くことができるだろうと、ぼくは信じている」

「ああ、でも、あなたにドミニクは殺せないわ！」ジュリアナはほとんど泣きじゃくっていた。「ああ、フレデリック、何もかもわたしが悪かったわ。ドミニクと戦わないで。お願いだから、やめて」

カミンがジュリアナに冷酷な顔を向けた。「すでに言ったように、きみに話はない。きみがなぜここにいるのかわからないが、ぼくに祝いを言うのに、ちょうどいいときに来てくれたよ。ミス・チャロナーが光栄にもぼくと結婚してくれた」

ジュリアナは支えを求めて椅子の背をつかんだ。「結婚？」言葉をつまらせる。「ああ、ああ、ああ！」

メアリーだけがこの軽いヒステリー発作に少々注意を払った。侯爵は外套と上着と乗馬靴を脱ぎ、シャツとズボン姿で細身の剣のしなやかさを確かめていた。カミンはシャツのひだ飾りが手にかかっていたが、きびきびと袖《そで》をまくり上げた。怒りと憎悪の視線を侯爵に向け、鞘《さや》から諸刃《もろは》のレピアーを抜きながら、低い、不安定な声で言った。「あなたが先ほどぼくを呼んだ名前を、すぐにその喉に押しもどしてやる。それから、ぼくの妻に執拗につきまとうと——」

その決定的な言葉が侯爵の激情の炎をあおった。侯爵が唇を白くして言った。「ちくしょう、彼女をそんなふうに呼べるのも長くないぞ！」テーブルを壁に押しやってから、向きをもどした。「さあ、かかってこい！」

「わかった」

会釈はとても短かった。双方の剣が悪意をこめて風を切り、メアリーはさっとジュリアナのところへ行った。大声を出す。「あなたたち、恥を知りなさい！　やめて！　やめなさい！　わたしは結婚していないし、あなたたちのどちらとも結婚しないわ！」

彼女の言葉はどちらの男にも届かなかった。命懸けの決闘の最中で、どちらも彼女に耳を傾けている余裕はない。ふたりとも怒りを煮えたぎらせていた。どちらも相手を殺すつもりでいる。

レピアーはヴィダルの得意とする武器ではなかったが、彼の手首は力強くて器用で、より慎重な剣士を面食らわせるようなみごとな手並みで戦った。彼の剣の扱いは物騒で、危険を冒しながらも敵を追いつめた。カミンの剣術は手際がよく、かなりの訓練を受けたことが明らかだったが、彼にはない速さが侯爵にあったため、何度も防御を突破された。いつも体勢を立て直し、死の脅しを何度か巧みにかわしたものの、劣勢は明らかで、汗が大きな粒となって額をしたたり落ちた。

何が起きているのか実感したジュリアナは、ヒステリーを起こすのをやめ、椅子のなかで縮こまり、顔を両手で覆って、むせび泣いている。メアリーは彼女の横に立って、剣のすばやい突きと受け流しを一心に見つめていた。

「ふたりを止めて！　ああ、だれかふたりを止められないの？」剣がぶつかり合う金属音に身震いしながら、ジュリアナが泣き叫ぶ。

「ふたりとも、互いに相手の命を絶ってしまえばいいのよ！」怒りで身をこわばらせ、メアリーは言った。

「どうしてそんなことが言えるの？」ジュリアナがうめいた。「みんな、あなたのせいなのよ。ああ、結婚したなんて！　結婚したなんて！」

靴下を履いた足が、むき出しの床の上で音をたてる。手首の上方で剣先を移動させたカミンが、テーブルへの後退を余儀なくされた。彼の防御の体勢が揺れるのをメアリーは目撃し、疲労しているのだとすぐに気づいた。侯爵がこの優勢な状況を利用して容赦なく追いつめたので、メアリーは先ほどの非現実的な願望を忘れ、投げ捨ててあった外套の一枚をつかむと、決闘のただなかへ走り、重い服でふたりをつかまえようとした。身を投げたところに、侯爵が突っこんできた。カミンの剣は外套にからまったものの、侯爵の剣先は、力をこめた腕によってその下を進んだ。急に止まるのは不可能に見えた。指のあいだから覗《のぞ》いていたジュリアナが、警告と恐怖の悲鳴をあげる。侯爵の剣先はメアリーの腕をかすめると、彼女の服の肩を裂き、方向を変えた。

剣が転がり落ち、侯爵は揺れるメアリーの体を腕で受け止めた。彼女の顔と同じぐらい、顔が青くなっていた。「メアリー！　メアリー！」かすれた声をあげる。「ああ、ぼくは何をしてしまったんだ？」

「人殺し！　あなたは彼女を殺してしまった」息を切らしながらカミンが言って、侯爵からメアリーを奪おうとするかのように近づいた。

彼は押しのけられた。「近づくな！」侯爵がぴしゃりと言った。「メアリー、ぼくを見ろ。メアリー、ぼくのかわいい人、最愛の人。ぼくはきみを殺していない！」

実際の傷よりも精神的打撃から気を失いかけていたメアリーが、目を開き、力のない笑みを浮かべた。「なんでもないわ」ささやくような声。「ただの……ただの針のひと刺しよ。まあ、あなた、わたしをなんて呼んだ？」

侯爵は彼女を持ち上げ、ジュリアナが空けたばかりの肘掛け椅子に彼女を運んだ。そっとメアリーを椅子に座らせると、ドレスの首に赤い染みがあることに気づいた。肩越しに、カミンに命令した。「ぼくの外套から懐中びんを持ってこい！」

ジュリアナが叫ぶ。「まあ、ドレスに血があるわ！　メアリー、ひどく痛む？」

侯爵はほんの少しもためわらずに灰色のドレスの前を裂き、怪我をした肩をむき出しにした。ほんとうに大した傷ではなかった。剣先が長いかき傷をつけただけだったが、少し出血していた。メアリーはなんでもないとくり返して、傷を服で隠そうとしたが、ばかなことはするなと言われた。いかにもいつもの侯爵らしい態度だったため、メアリーは笑みを浮かべずにはいられなかった。

「いや、ただのかすり傷だ」ヴィダルは安堵のため息をついた。ズボンのポケットからハンカチを取り出すと、傷を手際よく縛った。「ばかめ」そうたしなめる。「決闘のただなかに駆けこむなんてむちゃくちゃだ。死んだかもしれないんだぞ！」

「死ぬかと思ったわ」メアリーがはっきりしない声で言った。頭に手をやる。「少しめまいがする。すぐによくなるわ」

いまではとても神妙な表情になったカミンが、ブランデーの懐中びんを持って侯爵のところへやってきた。ヴィダルはびんの口をすばやく開けると、メアリーの唇にあてた。一方の腕で彼女を抱いている。「さあ、これを飲め！」

メアリーはびんをどけようとした。「いやよ。それは全然好きじゃないの。もうよくなったわ……ほんとうに、よくなったから」

「言われたとおりにしろ！」侯爵がぶっきらぼうに命じた。「ぼくが無理やり飲ませると、よくわかっているはずだ」

カミンが抗議した。「いや、もし彼女が望まないのだったら――」

「うるさい！」

メアリーはおとなしくブランデーをほんのひと口飲むと、視線を上げた。たいそう優しい表情を浮かべて、侯爵が微笑《ほほえ》みながら見下ろしていたので、自分の目を疑った。

「いい子だ！」侯爵が言って、彼女の髪にそっとキスをする。

侯爵の視線がふたたびカミンに向けられ、きつくなった。侯爵はメアリーから腕をはずすと、立ち上がった。

「きみは彼女と結婚したかもしれないが、彼女はぼくのものだ」荒々しく言う。「聞こえたか？　彼女はいつだってぼくのものだ。ぼくが……ぼくが彼女を渡すと思うか？　彼女が十回きみの妻になろうと、きみは決して彼女を自分のものにできない！」

落ち着きを取りもどしたカミンは、ふたたびそれを失うような徴候を見せなかった。

「それに関しては、あなたとふたりで少し話をしたほうがいいと思います」ジュリアナのほうをちらりと見る。彼女は引きつった顔で窓のそばに立っていた。「ジュリアナ……ミス・マーリング――」彼は呼びかけた。

ジュリアナが身震いする。「わたしに話しかけないで！　ああ、フレデリック、フレデリック、どうしてそんなことができたの？　わたしが言ったことは、ひと言も本気じゃありませんからね。そうじゃないって、わかっているべきよ。あなたなんか、二度と見たくない！」

カミンは視線を彼女からメアリーへ移した。メアリーは冷静さを取りもどそうとしていた。「ミス・チャロナー、正直に言うしかないと思います。しかし、あなたの意見をうかがってからです」

メアリーは椅子の肘を支えにして、立ち上がった。「あなたがいちばんいいと思うことをしてください」力なく言う。「わたしはしばらくひとりになる必要があります。まだ、気分がすぐれないので。自分の部屋へもどります。お願いですから、おふたりの殿方、もう喧嘩《けんか》はやめてください。わたしにそんな価値はありません」

「ジュリアナ、彼女と行け！」ヴィダルが鋭い声で命じた。

メアリーは首を横に振った。「どうか、わたしをひとりにして。ジュリアナにも、だれにも、いっしょにいてほしくないの」

「わたしは行かないわ」ジュリアナが叫んだ。「もし彼女が傷ついているのだとしたら、それは当然の報いよ。卑劣な手でわたしからフレデリックを盗んだんだから。せいぜい彼を楽しめばいいのよ。でも、彼の心は手に入れられないでしょうね」

メアリーは小さな笑い声を発したが、その声をとぎれさせて、ドアへ向かった。カミンが彼女のためにドアを開けると、宿屋で働く者全員と思える人々が廊下にいた。宿の主人とその妻、召使いがふたり、料理人がひとり、そして三人の馬丁がドアのそばに集まっていた。明らかに、特別休憩室での出来事をすべて聞いていたのだ。あまりにも突然ドアが開けられたので、彼らはとても気まずそうな顔をして、急いで散らばった。これほど興味を持たれて幸せだ、とカミンが皮肉をこめて言ったが、英語だったため、だれにも理解されなかった。その場を退かなかった宿の主人が、まともな宿屋でこんな騒ぎを起こされては迷惑だと言いはじめた。ヴィダルが振り向いて、低い声で何か短く言った。宿の主人がひどく驚いて、弁解してから、立ち去った。

一方、メアリーは宿の使用人たちの横を通り過ぎ、喫茶室へと廊下を歩いていた。その先に、上階につながる階段があるのだ。破けたドレスを手で押さえながら喫茶室に入ると、ちょうど陽気な英語が聞こえた。「くそっ、ここにはだれもいないぞ。おーい！　留守か？」

メアリーは急いでドアのほうを見た。長身でしゃれた中年の男性がそこにいた。外套の前が開いていて、縁取りが金で紫の布地の高級そうな上着と、細かな花模様のベストが見えている。彼はメアリーに気づかず、彼女の乱れた服装にも目を留めなかった。メアリーは薄暗い廊下にもどった。呼び声を聞いた宿の主人が急いで彼女の前を通り過ぎ、馬丁すら見えないとはここはどうしたんだというよどみのない質問を浴びせられた。

主人の謝罪と説明は、赤褐色の髪の婦人が嵐《あらし》のように入ってきたために中断された。婦人は緑色のタフタのドレスを着て、身にまとったケープを小さな手で押さえていた。

「だれもいなくなんかないわ。だって、息子がここにいるもの」きっぱりと言う。「彼は見つかると言ったでしょう、ルパート。まったく《ヴワヤン》、ディジョンに来てほんとうによかった」

「ぼくの見るところ、彼はここにいないが」ルパートが応じた。「くそっ、この連中が何を言ってるのかわからん！」

「もちろんここにいるわ！　彼の馬車を見たもの。さあ、教えてちょうだい。イングランドのムッシューはどこ？」

メアリーの手がそっと頬に移動した。この尊大で魅力的な、小柄なレディーは侯爵のお母さまにちがいない。逃げ道を探して、メアリーはまわりに目をやり、後ろにドアがあることに気づいて、それを押し、食器室らしき部屋に入った。

宿の主人が説明を試みている。この宿屋にはイングランドの人たちが大勢いて、みんな、決闘をしているかヒステリーを起こしている、と。ルパートの声がメアリーに届いた。

「なんだって？　決闘？　なら、ドミニクがここにいることに命を賭《か》けてもいい。こんな辺鄙《へんぴ》なところまで来て、無駄骨にならなくてよかったよ。だが、ドミニクの機嫌がそんなだと、近寄らないほうがいいぞ、レオニー」

この忠告に対するレオニーの反応は、すぐに息子のところへ連れていけというものだった。いまでは、奇妙きてれつな客たちに同時期に訪問されたことに困惑している主人が、表情豊かに両手を上げてから、特別休憩室へ案内した。

耳をそばだてていたメアリーのもとに、ヴィダルの大声が届いた。「なんと、母上ではありませんか！　おや、ルパート叔父も？　なぜここに？」

ルパートが答えた。「何を言ってるんだ！」

やがてレオニーの声が割りこんだ。ひどくはっきり聞こえる。「ドミニーク、例の娘はどこ？　どうしてジュリアナを連れて逃げたの？　もうひとりの、わたしがすでに大きらいになっている娘に、あなたは何をしたの？　あなた、彼女と結婚しなくてはならないわ。閣下《モン・フィス》がなんと言うかわからないけど、わたしはとうとうあなたにひどく失望させられた。ああ、ドミニーク、あんな娘と結婚するなんて！」

メアリーはもう待ってはいなかった。食器室からそっと出ると、喫茶室を抜けて、階段を上がった。通りに面した日当たりのいい寝室にもどると、窓のそばの椅子にがっくりと腰を下ろし、逃げる方法を考えた。気がつくと泣いていたので、腹を立てて涙を拭った。

外では、公爵夫人の馬車が馬小屋へ移動するところだった。そして、荷物を高く、不格好に積んだ大きな馬車が、窓のすぐ下に停《と》まっていた。御者は御者席に座っていたが、旅行かばんと重そうな外套を運ぶ、太った紳士に、身を乗り出して話しかけていた。メアリーは立ち上がり、その馬車をよく見てからドアへ走った。

先ほどまで休憩室のドアに耳をくっつけていた召使いのひとりが、ちょうど上の踊り場を歩いていた。メアリーは彼女に呼びかけ、正面の馬車はなんの馬車かと尋ねた。召使いはじっと見てから、ニースからの乗合馬車でしょうと答えた。

「どこへ行く馬車?」メアリーは不安を抑えてきいた。

「まあ、パリですよ、もちろん」召使いは答え、部屋へ駆けもどるメアリーを見て、びっくりした。メアリーはすぐにまた現れた。急いで外套をまとい、ほんの少しの私物を入れたレティキュールを腕にかけていた。慌ただしく階下へ向かう。

喫茶室は無人で、彼女は正面のドアへ行った。乗合馬車の車掌《ビャン・シュール》は自分の席に着いたところだったが、メアリーに呼ばれると、ふたたび馬車を降り、用向きを丁寧に尋ねた。

彼女は乗車を望んだ。車掌は値踏みするような視線を向けてから、それは可能ですが、目的地はどこですかと言った。

「パリへ行くには、いくら必要?」メアリーは顔を少し赤らめた。

彼の言った額は、彼女のわずかな持ち合わせを超えていた。メアリーは自尊心をのみこんで、自由に使える額を言い、それでどこまで行けるか尋ねた。ディジョンから四十キロほど離れたポン・ド・モワンだと、車掌がぶっきらぼうに答えた。ひと晩の宿代にじゅうぶんな額も残ると、付け加えた。メアリーは礼を言い、その瞬間はディジョンから逃れられればどこでもよいと思っていたので、ポン・ド・モワンまで乗せてくれるよう頼んだ。

「十時までには着くでしょう」そう言った車掌は、明らかにそれがよいことだと考えていた。

「まあ、十時になってしまうの？」あまりの遅い速度にびっくりして、メアリーは声をあげた。

「乗合馬車は速い馬車なんだよ」車掌が腹を立てる。「ちょうどいい時刻でしょう。荷物はどこです、マドモワゼル？」

メアリーが荷物はないと打ち明けると、車掌はじつに風変わりな乗客だと思ったが、彼女が馬車に乗りこめるよう踏み段を下ろし、渡された料金を受け取った。

一分後、御者の鞭が鋭い音をたて、馬車が重そうに玉石舗装の道を進み出した。メアリーは安堵のため息をついて、大蒜《にんにく》のにおいのする農民と子どもを膝にのせた、とても太った女のあいだに体を押しこんだ。

17

特別休憩室にエイヴォン公爵夫人が入ってくると、ヴィダルはすぐに母親のもとへ行って抱きしめた。しかし夫人の冒頭の言葉を聞くと、母親から手を離し、目に浮かんだ歓迎の光が消えた。母親にはめったに見せない不機嫌さが、額に浮かぶ。ヴィダルはレオニーから離れ、ルパートをにらみつけた。「どうして母上をここへ連れてきた？」彼は問いただした。「おせっかいはやめてくれないか？」

「もちろん、そうするさ！」ルパートが言い返す。「まったく、おまえに会いたくて、ぼくがフランスじゅうを旅すると思うか？　おまえの母親を連れてくると？　おいおい、旅に出たときからずっと、国にもどろうとレオニーに懇願していたんだぞ。おやまあ、そちらにいるのは若きミスター・カミンか？」片眼鏡を上げて、覗《のぞ》きこむ。「いったいきみはここで何をしている？」

レオニーがヴィダルの腕に手を置いた。「怒っても無駄よ。あなたはとてもひどいことをしたのだから。例の娘はどこ？」

「母上がミス・チャロナーだったレディーの話をしているのなら、彼女は階上《うえ》です」ヴィダルは冷ややかに答えた。

レオニーは急いで言った。「ミス・チャロナーだった、あなたは彼女と結婚したの？ ああ、ドミニーク、うそ！」

「母上のおっしゃるとおりです。ぼくは彼女と結婚していませんよ。彼女はカミンと結婚しました」侯爵は辛辣《しんらつ》に言った。

この発言のレオニーに及ぼす効果は予想外のものだった。夫人はさっとカミンのほうを向く。カミンはできるだけ控え目に上着を着ようとしていて、気がつくと手をレオニーの両手に包まれていた。「あらまあ《ヴワヤン》、とてもうれしいこと！ あなたがミスター・カミン？とても幸せになられるよう願っていますわ、ムッシュー。ああ、なんてうれしいこと！」

これを聞いて、ジュリアナがうめき声をあげた。「レオニー伯母さん、どうしてそんな残酷なことが言えるの？ 彼はわたしと婚約していたのよ」

「おいおい、彼と婚約していたのなら、どうしてドミニクと逃げたんだ？」ルパートが筋の通った発言をした。

「逃げてないって」ジュリアナは断言した。

「だから違うとわたしが言ったじゃない！」レオニーは勝ち誇った。「ほら、わかったでしょう、ルパート」

「いや、わかってたまるか」ルパートは答えた。「カミンと逃げたのなら、あのばかげた手紙で、どうしてドミニクと行くと書いたんだ？」

「フレデリックと逃げてはいないわ。ルパート叔父さんはわかっていないのよ」

「なら、いったいだれと逃げたんだ？」

「ドミニクとよ――少なくとも、彼といっしょに出かけた。でも、もちろん、駆け落ちはしていないわ。叔父さんがそういう意味で言っているのなら。わたしはドミニクが大きらいよ！　絶対に彼とは結婚しない」

「いや、きみにその機会はない」侯爵が口を出した。

レオニーはずっと優しく握っていたカミンの手をついに放した。「喧嘩《けんか》はやめなさい、あなたたち《メ・ザンファン》。わたしはこの件がまったく理解できないの。お願いだから、説明してちょうだい。だれかひとりが！」

「こいつらはみんなどうかしてるよ」ルパートが自信たっぷりに断言した。ふたたび片眼鏡を上げ、それを通して甥《おい》の服装を観察する。「まったく、こいつは騒動を起こさずに一週間過ごすことができないのか。剣だな？　まあ、おまえの野蛮なピストルのほうがましとは言わんが、いったいどうしていつも喧嘩ばかりしてるんだ？　死体はどこだ？」

「そんなこと、どうでもいいわ！」レオニーがせっかちに口をはさんだ。「すぐに、すべてをわたしに説明しなさい」ふたたびカミンのほうを向く。彼はいまでは靴を履き終え、先ほどよりも彼女にちゃんと向き合える気分になっていた。レオニーは愛想よく微笑《ほほえ》んだ。

「息子はとても機嫌が悪いし、ジュリアナはまったく分別がないわ。だから、何があったのか、あなたが教えてくださらない？」

カミンはお辞儀をした。「喜んで。じつを言うと、公爵夫人がこの部屋に入ってこられたとき、ぼくは私的な情報を侯爵に伝えるところでした」

ヴィダルは暖炉のそばに行って、赤い残り火を見下ろしていたが、その言葉に顔を上げた。「どんな話がぼくにあるんだ？」

「あなただけに伝えるべき情報ですが、お望みなら、いま話しましょう」

「さっさと話してくれ」侯爵はそっけなく言って、ふたたび火を見下ろした。

カミンはもう一度お辞儀をした。「いいでしょう。まずお伝えしたいことは、パリのシャルボン夫人邸でありがたくもミス・チャロナーと知り合う機会を得たとき――」

レオニーは肘掛け椅子に腰を下ろしていたが、また立ち上がろうとした。「まあ《モン・デュ》、ジュリアナのお友だちって！　どうしてそうだと気づかなかったのかしら？」

「なぜなら、ディジョン以外の話が出ると、きみは聞く耳を持たなかったからだ」ルパートがきびしい声で言った。「それで思い出したよ。ドミニク、どうしてこんなところへ来た？　ずっとそれが気になってしかたなかったんだ」

「理由があった」ヴィダルが手短に答える。

「そんなこと、どうでもいいわ」レオニーが言った。「でも、ジュリアナのお友だちがそのメアリー・チャロナーだと気づかなかったなんて、わたしはとてもばかだった。あなたもよ、ルパート。もっとばか」

「ぼくが？ おい、どうしてドミニクがそんな女――」甥から突然、激しい視線を受けて、ルパートは言葉をとぎれさせた。「ああ、わかったよ。ぼくは口をつぐむ」

「じゃあ、叔父さんたちはエリザベス伯母さんのところへ行ったのね？」ジュリアナが叫んだ。「なるほど」

いつ自分の話を再開させてくれるのかといたずらに待っていたカミンは、この騒々しい一族に耳を傾けてもらうには、毅然《きぜん》とした態度を示さなければならないと気づいた。咳払《せきばら》いをして、大声で話を続けた。「先ほど言ったように、ありがたくもミス・チャロナーとよりよく知り合う機会を得たとき、あなたの求婚が彼女には不愉快であるというだけではなく、あなた自身も愛情からではなく、彼女の評判を思うがゆえに――告白すると、これには驚きました――彼女との結婚を余儀なくされているという印象を持ちました。そう確信したので、ミス・マーリングに内密の婚約を破棄されたとき、ミス・チャロナーに結婚を申しこむのに、ぼくはほとんどやましさをおぼえませんでした。あなたと結婚するよりも、そのほうが彼女にはましだと思ったのです」

この話を感心して聞いていたルパートが、自分では小声だと思いながら言った。「すばらしいじゃないか、レオニー？　こんな話を聞いたことがない。この若者はいつでもこんなふうに話をするんだ」

　ジュリアナが声を震わせて言った。「ほんとうなの、フレデリック？　じゃあ、きくまでもないけれど、この結婚はわたしたちの婚約よりも好みにかなっていたのね？」

「ミス・マーリング」彼女をじっと見ながら、カミンが答える。「自分とはかけ離れた世界の人間と結婚したくはないときみに言われたとき、ぼくはだれと結婚しようがほとんどどうでもよくなった。ぼくはミス・チャロナーを深く尊敬していた。そして、その思いを基礎にすれば、かなり幸せな結婚生活を送れるだろうと信じていた。ミス・チャロナーは親切にもぼくの求婚を受け入れてくれ、ぼくたちはできるだけ早くこの町に着けるよう、すぐに出発した」

「ちょっと待った！」ルパートが急に関心を示した。「なぜディジョンなんだ？　教えてくれ」

「きみは要点まで行くのに時間をかけすぎている」侯爵がいらいらして口を出した。「もっと手短に頼む。それから、過程はどうでもいい」

「そう努力しましょう。旅を進めるうちに――」

「くそっ、どうしてディジョンなのか、ぼくは永遠にわからないのか？」ルパートが絶望して言った。

「黙って、ルパート！　ミスター・カミンに話をさせてあげて」レオニーがたしなめた。

「話？　このいまいましい男はこの十分間、ずっと話をしてるじゃないか」ルパートが不平を鳴らす。「ああ、続けろ。先を続けろ！」

「旅を進めるうちに」カミンが不屈の忍耐力でくり返した。「ミス・チャロナーの愛情がぼくの予想より複雑だと徐々に気づきました。しかし、侯爵との結婚はきわめて不適当だという意見には、ぼくは同意せざるをえませんでした。ミス・チャロナーと結婚しようというぼくの意志は揺るがなかった。なぜなら、侯爵は彼女に関心がないと信じていたからです。しかし、先ほどのことがあったとき、あなたの彼女に対する愛は、世の女性が未来の夫に望めるなかで最も熱いものだということは、どんなに聡明《そうめい》でない者にも明らかでした」

侯爵は彼を熱心に見つめていた。「なるほど。それで？」

その質問が答えを得ることはなかった。新しいじゃまが入ったのだ。宿の主人がドアをたたいて開け、こう言った。「またべつのイングランドのお方がムッシュー・カミンに面会を望んでおられます。ムッシュー・ハモンドというお方です」

「地獄へ行けと伝えておけ！」ルパートがいらだって声をあげた。「そんな男の名前は聞いたことがない。いま入ってくるのは許さん」

「ハモンド？」侯爵が鋭い声で言った。カミンに近づく。突然、視線に熱がこもった。

「じゃあ、まだとり行っていなかったのか？　おい、うそだったのか？」

「うそでした」カミンが穏やかに答える。

ルパートは口をぽかんと開けて、そのやりとりを聞き、それから助けを求めるようにレオニーをちらりと見た。夫人は目をきらめかせながら、率直に言った。「まったく理解できないわ。わたしは何も知らないし、だれも話してくれない」

「ああ、わからん！」ルパートが我慢ならなくて、大声をあげた。「うそってなんだ？　そのハモンドという男はだれだ？　ああ、ぼくはきっと病院《ベドラム》で人生を終えることになるんだ」

「ムッシュー・カミンはお忙しいと、イングランドのムッシューにお伝えしましょうか？」宿の主人が不安げに言った。

「すぐに彼をここに連れてこい！」ルパートが命じた。「目を真ん丸くして、そこに立っているんじゃない、間抜け。そいつを連れてくるんだ」

「ああ、連れてくるんだ」侯爵が同意した。まだカミンを見つめていたが、もう険しい顔ではなかった。「おいおい、カミン、きみは死ぬ間際だったと知っているか？」優しい声で尋ねる。

カミンは微笑んだ。「知っていましたよ。熱い興奮の瞬間――そう言ってもいいですよね――は幸いにも過ぎたので、愛で盲目になっている男には当然の怒りを、ぼくは大目に見ることができます」

「それは非常にありがたいな」侯爵は悔やむような笑みを浮かべた。「ぼくには少し手が早い傾向があることを認めるよ」ドアがふたたび開いたので、彼は振り返った。黒い僧服と帯を身につけ、ラミリー鬘《かつら》をつけた男が入ってきた。「ミスター・ハモンド？」侯爵はきいた。「いいときに来てくれた！」

牧師はあからさまに不満そうな表情を浮かべて、侯爵をさっと見た。「あなたには初めてお目にかかるようです」冷淡に言う。「わたくしが、自分の意志に反して、ここへ来たのは、ミスター……カミンに依頼されたからです」

「だが、あなたに頼みたいことがあるのはぼくだ」侯爵がそっけなく言った。「ぼくの名はアラステア。あなたは、エドワード・クルー卿《きょう》の大旅行に付き添っているのだろう？」

「ええ。ですが、そのことにあなたがなぜ関心を持たれるのか、わたくしにはわかりません」

ルパートに目もくらむような光明がもたらされた。彼は唐突に膝を打って、大声をあげた。「なるほど、わかったぞ！　この男は牧師で、だからおまえはディジョンに来たのか。なんと、まったく単純なことじゃないか」

ミスター・ハモンドは激しい反感をこめてルパートを見た。「あなたはどちらさまで？」

「えっ？」ルパートは言った。「ああ、ぼくはアラステアだ」

ミスター・ハモンドが怒って顔を赤くした。「何かわたくしをからかっているのでしたら、全然おもしろくありませんな。ミスター・カミン、もしこんな粗野な冗談のためにわたくしを呼んだのなら――」

レオニーが立ち上がり、彼に近づいた。「お怒りにならないで、ムッシュー」優しく言う。「だれもからかってなどいません。座られてはどうです？」

ミスター・ハモンドは少し態度を和らげた。「ありがとうございます。お名前をお教えくださると、ありがたいのですが……？」

「ああ、彼女の名もアラステアだよ」急速に陽気になってきたルパートが答える。

牧師がひどく気を悪くしたようすだったので、カミンが急いで割りこんだ。「ぼくに説明させてください。こちらはエイヴォン公爵夫人です。それから公爵夫人の息子さんのヴィダル卿、そして公爵夫人の義弟であるルパート・アラステア卿です」

ミスター・ハモンドははっきりとわかるほどひるんで、恐怖の目で侯爵を見た。「こちらがほかならぬヴィダル侯爵だということですか……。もし知っていたら、どんなに説得されてもここへは来なかったのに！」

侯爵の眉が上がった。「あなたにここへ来てもらったのは、ぼくの素行を非難してもらうためではなく、いま、この宿に滞在している女性とぼくの結婚式をとり行ってもらうためだ」

レオニーがびっくりして叫んだ。「でも、無理よ、ドミニーク。彼女はムッシュー・カミンと結婚したって言ったでしょう」

「そう思っていたんです、母上。でも違っていた」

「サー」ミスター・ハモンドがひどく腹を立てて言った。「わたくしは結婚式をとり行うつもりはありません」

ルパートが片眼鏡を通して彼を見た。「こいつはだれなんだ?」傲慢《ごうまん》に言う。「ぼくはこいつが好きになれない」

「ドミニーク」レオニーが切羽詰まった口調で言った。「ここで、この人たちを前にして、あなたに話をすることはできないわ。あなたはその娘と結婚すると言っているけど、わたしにはその必要はなさそうに思える。だって、彼女は最初、あなたと逃げて、それからムッシュー・カミンと逃げたのでしょう。だとすると、彼女は、わたしがすでに会っている母親や妹とそっくりだとわかるわ」

侯爵はレオニーの両手を取った。「母上、彼女に会えば、母親たちとは似ていないとわかります。ぼくは彼女と結婚します」レオニーを窓辺に連れていき、優しく言う。

「ぼくの大事な人《マ・シエール》、あなたはぼくに恋をするよう言われましたよね?」

「そんな娘としろとは言わなかったわ」レオニーはすすり泣いた。

「母上は彼女を気に入りますよ」侯爵は言い張った。「まったく、彼女は母上の眼鏡にかなう人です。ぼくの腕を撃ったんですから」

「まあ《ヴワヤン》、わたしがそんなところを気に入ると思うの？」レオニーは腹を立てた。

「同じ状況だったら、母上も同じことをしたでしょうね」ヴィダルは言葉を切り、窓の外を見つめた。レオニーは不安な面持ちで息子を見守った。やがて侯爵が顔の向きをもどし、母親を見た。「母上、ぼくは彼女を愛しています」そっけなく言う。「もし、ぼくと結婚する気に彼女をさせられたら――」

「なんですって？　結婚する気にさせる？　あなたはどうかしているわ」

侯爵は弱々しく微笑んだ。「でも、彼女はぼくとの結婚よりも、カミンとの駆け落ちを選んだんです」

「その娘はどこにいるの？」レオニーは唐突に尋ねた。

「部屋で休んでいます。事故があったんです。カミンとぼくがちょっとした問題を起こしたとき、彼女がぼくたちのあいだに割りこんできて、ぼくの剣が彼女を引っかいてしまった」

「まあ、なんてこと《モン・デュ》！」レオニーは両手を上げ、叫んだ。「彼女をさらうだけじゃ足りないのね。怪我《けが》までさせるなんて。あなたは救いがたい子だわ！」

「彼女に会ってくれますか？」

「ええ、会いましょう。でも、何も約束できないわよ。ドミニーク、閣下のことを考えた？　お父さまは決して、決して許さないわ。わかっているでしょう」

「父上には止められません。もしそれでぼくたちが疎遠になったら、残念だとは思いますが、ぼくの心は決まっています」侯爵は母親の手を握りしめた。「いま、彼女のところへ行ってください」母親をふたたび部屋の中心部へ導く。「カミン、きみはミス・チャロナーの部屋を知っていて、ぼくは知らないから、母を案内してくれないか？」

ミスター・ハモンドと熱心に話をしていたカミンが、すぐに振り向いて、お辞儀をした。

「喜んで」

ルパートが大声で言った。「ちょっと、レオニー、どこへ行くんだ？　ぼくたちは今夜、ここに泊まるのか？」

「わからないわ」レオニーが答えた。「わたしはこれからマドモワゼル・チャロナーに会ってくる」

レオニーがカミンとともに部屋を出ていき、ルパートは陰気に首を振った。「うまくいかんよ、ドミニク。母親を説き伏せることは可能だろうが、父親がこれに目をつぶってくれると思ってるなら、おまえは彼をわかっていない。まったく、この件にかかわらずにすんでいれば、どんなによかったことか」甥が上着も靴も身につけていないと気づく。「おい、頼むから、服を着ろ！」

ヴィダルは笑って腰を下ろし、乗馬靴を履きにかかった。彼の叔父が、片眼鏡越しにそれを興味深そうに観察する。

「ハスペナーで作ったのか、ヴィダル？」

「まさか！」侯爵は軽蔑《けいべつ》するように言った。「まだあそこで作っているんですか？　これはマーティンのところのです」

「マーティンね。あいつには一足作らせようと思ってる。おまえの上着は気に入らんな。ストックタイの留め金も気に入らん。帽子もおまえのような年齢の男には派手すぎだし、ベストはあまりにも実際的だ。だが、ひとつだけ許せるものがある。おまえの持ってる靴は町いちばんのものだし、よく磨かれている。従僕は磨くのに何を使ってるんだ？　ぼくはシャンパンの入ってる靴墨を試してみたが、さほどよくなかった」

　ここでミスター・ハモンドが、いらだちを隠さずに口をはさんだ。「靴屋の善し悪《あ》しを話し合っている場合なのですか？　ヴィダル卿！　ミスター・カミンがわたくしの意志が固いと見るや、このひどい状況の説明をしてくれました」

「そうなのか？」侯爵は上着を探して、あたりを見まわした。

「あの男はよくしゃべっていたからな」ルパートがうなずく。「なあ、ドミニク、これは厄介なことだが、おまえがその娘と結婚するのは無理だ。考慮すべき家名があるし、そのうえジャスティンがいる」

　ミスター・ハモンドが彼に脅すような視線を向けてから、侯爵に言った。「彼の説明で、わたくしはあなたの不適切な行いに衝撃を受け、恐怖をおぼえました。わたくしの本能は、この件から完全に手を引こうとしています。もしわたくしが折れるとしたら、それは忌まわしい生活様式を送る人物を喜ばせたいからではなく、あなたに名を汚された不幸な娘に対する同情心からであり、道義のためです」

ルパートは片眼鏡を揺らすのをやめ、腹を立てて言った。「ドミニク、ぼくがおまえだったら、この男に結婚させてもらうことはしないぞ。結婚すべきだと言っているわけじゃない。それはばかげてるからな」

ヴィダルは肩をすくめた。「ぼくの望むことをしてくれるなら、ぼくが彼の意見を気にすると思いますか？」

「まあ、わからんが」ルパートが言った。「こしゃくな人物がさしでがましく説教してくると、物事は非常に困ったことになるものだ。ぼくの親父《おやじ》を、おまえは知らないよな。ひどく性格の悪い男だった。親父だったら、牧師に気に入らないことを言われたら――いいか、説教壇からだぞ――嗅《か》ぎたばこ入れか、なんでもいいから手近にあるものを、そいつに向かって投げただろう……おや、どうした？」

レオニーがあわてて部屋にもどってきたところだった。「彼女はここにいないわ」安堵《あんど》の念を多少にじませている。

「なんだって？」ヴィダルがすぐに言った。「ここにいない？」

「宿にいないのよ。彼女がどこにいるのか、わからない。だれも知らないの」

侯爵は母親を押しのけるように部屋を出た。レオニーはため息をつき、ルパートを見た。

「彼女が消えて、わたし、少しほっとせずにはいられないの」そう告白する。「でも、どうして彼女は逃げてばかりいるの？　どうも理解できないわ」

暖炉のそばに長いあいだずっと座っていたジュリアナが、火を見つめながら口を開いた。

「レオニー伯母さんはドミニクと彼女の結婚を望んでいないでしょうけど、彼女はほんとうに彼にふさわしい人よ。それに、ドミニクを愛している」

「まあ《エ・ビヤン》、もし息子を愛しているのなら、なぜ逃げるのかますますわからない」

「自分がヴィダルにふさわしくないと思っているのよ」

ミスター・ハモンドは帽子を手に取ろうとした。「わたくしが奉仕すべき不幸な女性はここを去ったようですから、わたくしも帰らせてもらいましょう。この結婚式をとり行うのは、わたくしにとって非常に不快なことだったでしょう。その必要がもうなくなって、感謝するしかありません」

レオニーの大きな目が牧師を非難するようにじろじろと見た。「もし行かれるのなら、とてもいいことだと思いますわ。だって、あなたは非常にじゃまだし《ド・トロ》、もうすぐ、わたしはあなたを我慢しなくてすむんですもの」

この予想外の激しい発言に、ミスター・ハモンドの口がぽかんと開き、垂れた頰が真っ赤になった。ルパートが彼に帽子と杖《つえ》を押しつけるようにさっと渡し、ドアを開けに行った。「さようなら、牧師さん！」陽気に言った。

「公爵夫人の面前から、わたくしの不快な存在をただちに消しましょう」ミスター・ハモンドがうやうやしく言って、お辞儀をした。

「礼儀作法は気にしなくていいよ」ルパートが告げた。「いまさら遅い。だが、ひとつだけ言っておく。もしこの件に関して、ぼくの甥の名前を言いふらしたら、友人のエドワード・クルー卿は子息のためにべつの付き添い家庭教師を探すだろう。わかったか？」

「脅しても、わたくしを動揺させることはできません」ミスター・ハモンドが返事をする。「しかし、わたくしの唯一の望みが、きょうの非常に不快な出来事を忘れることだとは請け合えます」手の杖をさらに強く握り、帽子をわきに抱えて、背筋を伸ばし、体をこわばらせて出ていった。

ルパートはドアを蹴《け》った。「あいつを見るのが、これで最後であることを願おう。さて、ドミニクの女の行動はどういうことなんだ？　去ってしまったんだろう？　なら、問題がひとつ片づいたわけだ」

「わたしもまさにそう思ったわ」レオニーがため息をついた。「でも、ドミニークは彼女に恋している。あの子は彼女を見つけようとするでしょう。もし見つけたら、彼女と結婚すると言うわ。それがとても心配」

「結婚？　なぜ彼女と結婚したがるんだ？」ルパートが困惑して尋ねる。「おかしいじゃないか。まず、その娘はあいつと逃げた。それから若きカミンを好きになり――ああ、きみはそこにいるんだったな。まあ、どうでもいい――そしていま、また逃げた。まあ、今回だれと逃げたかは、ぼくにはわからんが」

カミンが重々しく言った。「あなたはミス・チャロナーを誤解されています。ぼくが説明――」

「いや、結構。やめてくれ」ルパートが急いでさえぎった。「説明はもううんざりだ。いま欲しいのは夕食だよ。宿の主人はどこへ行った？」ドアのところへ行ったが、開けようとしたとき、何かを思い出して、振り返った。「くそっ、ドミニクの女が片づいたと思ったら、まだジュリアナのばかがいた。彼女はどうする？」

ジュリアナが小さいながらも威厳のある声で言った。「わたしはここよ、ルパート叔父さん」

「もちろん、それはわかってる。ぼくの顔には目玉がついてるんだ」ルパートがいらだつ。「だが、おまえがなぜここにいるのかは、神のみぞ知る、だ。まあ、ほかに手はないな。おまえはここにいるカミンと結婚するしかあるまい。ヴィダルがおまえをもらってくれればべつだが、それはないだろうし。まったく、なんたる一族だ」

カミンはジュリアナをじっと見ていた。ジュリアナは彼を見なかったが、顔を赤くし、口ごもった。「わたし……ミスター・カミンと結婚したくないわ。それに、彼はわ……わたしとの結婚を望んでいないもの」

「おい、これ以上問題を増やさんでくれ」ルパートが懇願した。「エリザベスみたいな生粋のばかにあんな手紙を残して、男とフランスを旅しておいて、独身でいられるわけがないだろう。そんな話、聞いたことがない」

「わたしはお……男と旅をしたわけじゃないわ！」ジュリアナは顔をさらに赤くした。

「わたしはいとこと旅をしたのよ」

「わかっている」ルパートが率直に言った。「そこが厄介なところだよ」

レオニーは自分の心配事に頭を悩ませていたが、その発言に注意を引かれ、かっとなった。「ジュリアナが息子と旅をするのは、全然不体裁ではないわよ、ルパート！」

「不体裁だ」ルパートが反論した。「これ以上ひどい相手はいない。レオニー、頼むから熱くならんでくれ。ジュリアナがドミニクと旅をするのは、彼女の退屈きわまりない兄と旅をするのと同じぐらい安全だが、それを信じる人間はいないんだ。ジュリアナはカミンと駆け落ちしたということにして、きみがファニーに伝えてくれ。ぼくはまっぴらごめんだ」

レオニーは姪《めい》の怒った顔とカミンの熱のこもった顔を見て、結論をくだした。「ジュリアナは、彼女が希望しないのなら、だれとも結婚させないわ。騒ぎにはさせない。わたしがここにいるのだから、きわめて適切《コヴナーブル》よ。夕食を注文しに行ってちょうだい、ルパート。わたしは、ドミニークが何か恐ろしいことをする前に、ただちに彼を見つけないと」レオニーは部屋を出たがらないルパートを押し、振り返って、いたずらっぽい笑みとともに付け加えた。「ムッシュー・カミン、あなたがそこのばかなジュリアナに大きな衝撃《オ・ルヴオワー》を与えてやるといいと思うの。そうすれば、たぶん彼女はもうばかなことはしないわ。またあとで、子どもたち《ルメ・ザンファン》」

さっと部屋を出たが、ドアを閉める前に、カミンの小さい声が聞こえた。「ミス・マーリング……ジュリアナ……頼むから、ぼくの話を聞いてくれ」

レオニーは打ち明けるようにルパートの腕を取った。「これでうまくいくと思うわ。わたしたち、大いに仕事をしているわよね、そうでしょう？《ネ・ス・パ》」からからと笑う。「ジュリアナに身分違いの結婚をさせることになるから、かわいそうにファニーは怒るし、たぶん閣下もそうでしょう。そしてたぶん、ドミニークをあの娘から離すことができるでしょうから、これは閣下を満足させて、彼もわたしたちを許してくれる。さあ、ドミニークを捜しましょう」

ルパートは甥を捜す気がまったくないと明言して、夕食の注文と監督をするために厨房《ちゅうぼう》へ行った。レオニーは宿の裏の中庭で息子の声がするのを耳にし、窓から外を見た。馬丁に指示を出しているところだった。レオニーは急いで息子のところへ行き、何をしているのかと尋ねた。

ヴィダルは顔にいらだちをわずかに見せて、母親を見た。顔が青ざめていることにレオニーは気づいた。それに目に不興の色がある。「母上、メアリーがろくに金も持たずに、ぼくから逃げて、フランスに身を隠そうとしている。彼女を見つけなければなりません。それはぼくの心だけでなく、名誉を傷つける行動なんです」

「彼女がどこへ行ったのか、知っているの?」レオニーは尋ねた。「わたしはどんな娘であっても、あなたに人生を台なしにされるのは望まないけれど、でも……」言葉を途中で切り、ため息をつく。

「知りません。彼女が宿屋を出るのを見た者は、召使いのひとりを除いていません。その召使いめ、母親の家へ行ってしまった。メアリーは遠くには行っていないはずです」

レオニーはおもむろに言った。「わたしには、そのミス・チャロナーはあなたとの結婚を全然望んでいないように思えるわ。わからないのは、なぜ望んでいないかね。あなたを愛しているからという理由なら、よく理解できるし、彼女がとても気の毒に思えるから、わたしはあなたに手を貸しましょう――わたしが彼女を気に入ればね。でも、おそらく彼女はあなたを愛していないわ、ドミニーク。あなたが冷酷に彼女を扱ったのだったら、それは理解できる。そしてもしそうなら、あなたは彼女と結婚すべきじゃないわ。わたしが何か手を打つから」

「母上、いまさら、どんな手が打てるんです？　世間の目には、ぼくが彼女の一生を台なしにしたと映っています。もっとも、誓って言いますが、ぼくは彼女をたらしこんではいません。彼女にぼくの名を与える以外、何ができるというんです？」

「とてもむずかしいわね」レオニーは認めた。「でも、彼女に結婚を強いることはできないわよ、ドミニーク」

「できるし、します」ヴィダルは断固として言った。「そのあとは……彼女に好きなようにさせましょう。ぼくは確かに鬼で獣《けだもの》ですが、彼女にぼくの名前を押しつける以上のことをするような鬼ではありません」馬丁が馬を引いて馬小屋から出てきた。侯爵は母親の手をぎゅっと握った。「お許しください、母上。彼女と結婚しなくてはなりません」

　レオニーの手が息子の手を握り返した。「ああ、わたしの最愛の子、あなたはなんでも好きなことをすればいいわ。でも、彼女を見つけたら、わたしのところへ連れてきなさい。そうしたら、わたしが結婚の手配をします。そうすれば、閣下はあまりあなたを怒らないでしょう」

　ヴィダルはためらった。「そうします。でも父上の怒りが母上にぶつけられるのを、ぼくは望みません」

　レオニーはにっこりと笑い、首を横に振った。「彼は少しはわたしを怒るでしょうけど、許してくれるわ。だって、わたしが全然上品な人間じゃなくて、ときどきとんでもないことをせずにはいられないと、ご存じだもの」

「母上はここに来なければよかったのに」ヴィダルはそう言うと、母親の手を放し、背を向けて、宿屋の正面に馬を連れていくよう馬丁に命じた。「乗馬鞭《むち》を取ってこないと」それから振り返って短く言うと、宿屋に入った。

レオニーは息子のあとから廊下を特別休憩室へと歩いた。侯爵はすばやく部屋に入った。そのため、暖炉の前の長椅子に座ったジュリアナとカミンが手を離す暇もなかった。

侯爵はふたりに好奇の目を向け、乗馬鞭と外套《がいとう》を手に取った。ジュリアナがうれしそうに報告する。「何もかも誤解だったわ、ヴィダル！　わたしたち、愛し合っているの。ふたりともこれまでずっと不幸だったけれど、もう二度と決して喧嘩はしないわ」

「非常に感動したよ」ヴィダルは言った。カミンに向かってうなずいた侯爵の目が、いたずらっぽく光る。「ぼくが祝うのを期待しているのか？　おい、ぼくはジュリアナの面倒を三日も見たんだぞ。ぼくだったら、彼女をたたくね」

向きを変え、ふたたび部屋を出ようとしたが、行く手を叔父がふさいでいた。叔父は片手にほこりっぽいボトル、もう一方の手にグラスを持っていた。

「おまえか、ドミニク？」ルパートが陽気な声をあげた。「おい、ここに来て、ほんとうによかったよ。来たくなかったのは認めるがね。あのでぶの主人が地下室にこのボトルを六ダース貯《たくわ》えていた。ぼくは全部買ったよ。これまで飲んだことがないほどいいワインだ。ほら、これを舌の上で転がしてみろ」赤ワインをグラスに注《つ》ぎ、甥に渡した。

侯爵はそれをいっきに飲み干し、グラスを置いた。「なかなかいい」

「ワインをそんなふうに扱うなんて、罰当たりめ！」ルパートが衝撃を受けて言った。

「これは食後に出す予定だ。もしおまえがどうでもよさそうに飲む気なら、おまえとは手を切るからな」

「夕食はとらない」侯爵は告げた。「どいてください、ルパート。急いでいるんだ」

「夕食はとらない？」ルパートはおうむ返しに言った。「だが、ドミニク、鶏肉《とりにく》と子牛が少し出るし、すごくうまいゲームパイがオーブンに入ってるんだぞ」侯爵が断固として叔父をわきにどけ、出ていった。残されたルパートは大いに不満を示して、首を横に振った。

「いかれている！　頭がどうかしている！」

「いかれているのはあなたよ」レオニーが断言した。「ワインを買い占めるなんて、完全に頭がおかしいわ。どうやってイングランドへ持っていくのよ？　わたしは六ダースの赤ワインといっしょに馬車に乗るのはごめんですからね。全然礼儀にかなっていないふるまいよ」

「大型馬車を借りればいいじゃないか」ルパートは言い返した。「なあ、喧嘩はやめてくれ、レオニー。ぼくは聞いたこともないような用向きでフランスを引きずりまわされ、ひと言も文句を言ってないんだ。ディジョンに関しては、きみが正しかったと認めるよ。きみがここへ来ると言い張ったおかげで、この赤ワインを見つけたんだからな。そして見つけたからには、ロンドンへ持って帰るぞ」

「でも、ルパート、それは大して重要なことじゃ――」

「ドミニクのばかな行動よりもずっと重要だ」ルパートは容赦なく言った。「こんなワインが見つかったんだから、ディジョンに来たのにも、なんらかの意味があった」

びっくりしてルパートを見ていたカミンが、思いきって尋ねた。「ワインを運ぶために馬車を借りるんですか?」

「おかしいか?」

「でも……」カミンは先を続けられなかった。

「まあ、馬車《エ・ビヤン》を借りるというなら、わたしに文句はないわ」レオニーが満足して言った。

「とてもいい考えだと思う」

カミンが突然頭を抱え、笑い出した。

18

ポン・ド・モワンへと乗合馬車がのんびり進むあいだ、メアリーにはゆっくり考える時間ができた。そして大して進まないうちに、最初の逃げたいという強い衝動は弱まり、自分の行動の成り行きが非常に恐ろしくなってきた。いまや財布は惨めなほど薄く、ひと晩の宿代で、ジュリアナから借りた残り少ない小銭も消えてしまいそうだった。

どうするべきかわからなかった。きちょうめんな性質の彼女にとっては不快な状況だ。見知らぬ国の真ん中で途方に暮れるのは、若い女に降りかかる運命としては最悪のものに思えた。いくら理性的に検討してみても、この状態がイングランドで無一文で途方に暮れるのと変わらないと思いこむことはできなかった。

最初、メアリーはパリに行き着くことに心を注いでいたが、少し考えたのち、向こうへもどるのは理にかなっていないと結論をくだした。パリに知り合いはひとりもいず、英国大使館に助けを求めるつもりもないのだから、骨折って首都へもどる意味はほとんどない。もう少し小さな町で仕事を探すほうが、ましかもしれなかった。ヴィダルがまだわたしを捜しているのなら、目的地はパリだと思うはずだから、ほかの場所のほうがいいかもしれない。

エイヴォン公爵夫人の言葉が、メアリーの耳のなかで響き続けていた。まあこれで、わたしが高貴なアラステア一族に割りこもうとしていると、公爵夫人は考える必要はない。そんなことをするぐらいなら、死んだほうがまし――いいえ、それはばかげている。少しも死にたくはない。まったく、わたしはジュリアナにだんだん似てきて、愚かな誇張をしがちになっている！　メアリーは心のなかで身震いした。彼女の置かれた状況は不愉快ではあるものの、絶望的ではない。ちゃんとした推薦状なしに上品な仕事を得るのはむずかしいけれど、何か仕事はあるはずだし、これまでの大胆な行動のあとでは、あれこれ好みを言える立場ではないことは確かだ。突然、不当にも評判に傷がついたことを実感して、気持ちが暗くなり、どうしてもその思いを振り払えなかった。可能性のある仕事について考えはじめ、婦人帽子屋、お針子、召使い、洗濯女といった気の滅入《めい》る職業に思いがいたると、心の底から悲しくなってきた。総合的に考えると、それらの卑しい職業のなかで、召使いとしての生活が最も好ましく思えた。適当な勤め口を見つけ、旅費を貯《た》めてイングランドへもどり、少し工夫すれば、もっと適した仕事に就けるだろう。たとえいま自由になる資金があっても、まだイングランドへもどる気はなかった。なぜなら、しばらくのあいだ、定期船は監視されているはずだからだ。侯爵ではなくとも、彼女の家族がきっとそうしている。やがて騒ぎがおさまり、彼女のことが忘れられてくれれば、帰国しても大丈夫だろう。もっともメアリーは、自分の身内の手が届く範囲内にもどるまいと決心していた。

召使いになると心を決めると、ここ数日の出来事のほかに考えることがなくなり、すぐすぐに不安に駆られた。わたしが逃げたことに気づいて、侯爵がただちに追跡を始めるはずだ。パリ行きの馬車に乗るような、究極の愚行をしなくてよかったと、すぐに気づいた。なぜなら侯爵は彼女がパリへ逃げたと当然考えるはずで、速度の遅い馬車に追いつくのは至極簡単だろうからだ。また、召使いのひとりは、彼女がどこへ行ったのかよく知っているだろうが、彼女が出ていくところを見た者がいないのも事実だ。侯爵がまずディジョンとその近辺を捜しまわる可能性もあるが、その場合、メアリーには身を隠す時間がある。それから、公爵夫人のことも考慮に入れるべきだった。侯爵といっしょに旅するあいだに、メアリーは、彼にとって、母親の希望はきわめて大事にすべきものだということを理解するようになった。夫人が息子に会ったときに口にした言葉から、彼女はありったけの影響力を使って、不幸な関係《リエゾン》を断念するよう息子を説得するのは確実に思われた。それから、背の高い男もいた。どうやら侯爵の叔父らしい。あのふたりが力を合わせれば、侯爵の行動を抑制できるはずだ。

メアリーの手が外套《がいとう》の下でそっと上がり、肩の傷に触れた。侯爵の薄いハンカチがまだそこに結ばれていた。このハンカチはずっと持っていよう。彼に愛されていると確信した、短い瞬間を記念して……。

涙がまぶたを刺激した。メアリーは涙を押しもどし、車内をおずおずと見まわして、だれにも見られていないことを確認した。太った女は顎をたるませて眠っていた。農民ふたりは、彼女の向かいで熱心に話しこんでいる。そして大きな息遣いから、隣の男も眠っているようだ。

そう、あの一瞬の確信は、彼女の孤独な未来において慰めとなってくれるだろう。侯爵は彼女の名前を呼んだ――だがやはり、彼の言葉や、表情や、優しい口調を思い出すのは危険だ。

いまでは遠い昔のことに思えるけれど、彼が愛してくれるのなら結婚できると考えたときもあった。しかし、あのとき、あまりにも下の階級の人間と結婚することが彼にとって何を意味するのかは考えなかった。おそらく、公爵は息子を見捨てるだろう。彼を廃嫡することも可能だ。そして、彼女がエイヴォン公に関して聞いたことを総合すれば、公爵はそれをしかねない。ヴィダルの愛が、みずからの階級から排除される状況に打ち勝つとは思えなかったし、彼女としても、侯爵を下流の社会へ引きずり下ろしたいとは一瞬たりとも考えなかった。男がどれほど落ちぶれるかをはっきりと目にしてきたため、メアリーは自分をだまして、侯爵が地位を保つと想像することはできなかった。彼女の父親は祖父に勘当され、旧友たちと交際しなくなった。なぜなら、許しがたい罪を犯したかのような疑念の目で見られるようになったからだ。もしエイヴォン公が息子を廃嫡したら、侯爵はメアリーやヘンリー・シンプキンズなどの人々の社会に追いやられたことにすぐ気づくだろう。その光景があまりにも途方もなかったため、メアリーはもっと明るい気分だったら、笑みを浮かべるところだった。

馬車のなかは暗くなっていて、とても寒かった。メアリーは外套をさらに体に引き寄せ、手足のこわばりをほぐそうとした。ポン・ド・モワンには永遠に着きそうになかった。たくさんある宿駅で停《と》まるたびに、降ろしてもらえることを期待したが、農夫のひとりが降り、客がふたり乗りこんできたものの、彼女が呼ばれることはなかった。時刻を確かめる術《すべ》はなかったが、長時間旅していることは確信していて、やがて車掌が彼女のことを忘れていて、とうの昔にポン・ド・モワンを過ぎてしまったのではないかと思いはじめたころ、明かりがたくさん灯《とも》された宿の前に馬車がふたたび停まり、ドアが開いた。

車掌がポン・ド・モワンだと大声で告げ、その声にびっくりして、太った女が目を覚ました。彼女の腕のなかで寝ていた赤ん坊が泣き出し、メアリーはありがたく思いながら道に下り立った。

明らかに彼女に好意的になっていた車掌が、宿屋の開いているドアを親指でぐいと示し、そこでひと晩泊まらせてもらったほうがいいと言った。メアリーは疑うような目で宿屋を見て、手入れの行き届いた外観から、手持ちの金で泊まれそうにないのではないかと思って、歩いていける場所にもっと小さな宿はないかと尋ねた。

車掌は顎をこすって、思案するように彼女に目を走らせた。「あんた用のは、ありませんな」そうぶっきらぼうに言う。「村はずれに居酒屋が一軒あるけど、ちゃんとした女性が入るようなところじゃないよ」

メアリーは彼に礼を言って、意に介さないように銀貨を彼の手に押しつけた。そのため、少ない所持金がさらに減った。

車掌がふたたび御者台に乗るのを見守ってから、フランスで唯一の友人を失ったような気持ちをいだきつつ向きを変え、心を決めて宿へ歩いた。

小さなホールには、二階と三階の回廊へ続く階段があった。揺れるランプで照らされ、片側にはドアがいくつかある。もう一方の側にはアーチの架けられた入り口があって、心地よさそうな喫茶室が垣間見えた。

そこから宿の主人がせかせかとやってきた。鋭い顔と鼻をすする癖のある、やせた男だ。お辞儀をし、手をこすり合わせながら来たが、客に連れがひとりもいないとわかると、態度を変え、なんの用かとぞんざいに尋ねた。

メアリーは無礼な言葉に慣れておらず、本能的に身を固くした。落ち着いて上品な声で、自分は馬車を降りたところで、ひと晩泊まりたいと言った。

車掌と同じように、宿の主人も彼女を頭から爪先まで見下ろしたが、彼の視線に好意的なところはなく、明らかに軽蔑《けいべつ》がこめられていた。彼の宿屋では、馬車でひとり旅をする女性が泊まることはない。貴族と上流階級のための宿屋だからだ。侍女が荷物とともに外にいるのかと彼は尋ねたが、メアリーが突然顔を赤らめ、視線を落としたことから、侍女はおらず、たぶん荷物もないのだろうと理解した。

この屈辱的な瞬間まで、メアリーはみずからの困窮した状況について考えていなかった。自分がどんなふうに見えるのかがはっきりとわかり、背を向けて、不面目にも逃げ出さずにいるには、ありったけの覚悟を集めなければならなかった。

指がレティキュールをぎゅっと握った。彼女は顔を上げ、冷静に言った。「不幸な出来事があって、荷物がディジョンに残ったままなの。あす、届くはずよ。だから、お部屋と夕食をお願いしたいわ。部屋にスープを一杯持ってきてくだされればじゅうぶんよ」

宿の主人がメアリーの荷物の存在をまったく信じていないのは明らかだった。「あんたは間違った宿に来たな。あんたみたいな人間にふさわしい宿が通りの先にあるよ」

メアリーの上品な灰色の目と目が合って、彼は突然、彼女の話が結局はほんとうではないかと不安になった。しかし、そのとき彼の妻が現れ、気を持ち直した。やせた夫とは逆にでっぷりした妻が、その娘は何を望んでいるのかと尋ねた。

主人はメアリーの話を妻に聞かせた。妻は腰に手をあて、大声で笑った。「怪しい話だね。あんたは〈シャ・グリ〉に行ったほうがいいよ。この〈レイヨン・ドール〉はあんたみたいな人間を泊める宿じゃない。荷物はディジョンだって！」

　この横柄な女に訴えるのは無駄に思えた。メアリーは落ち着いて言った。「あなたは失礼な人ですね。わたしはイングランド人で、近くにいる友人たちと再会するために旅をしているの。荷物がないことが奇妙に見えるのはわかっているけれど――」

「とても奇妙だよ、マドモワゼル。イングランド人はみんな頭がおかしいんだ、間違いな《サン・ドー》い《ト》。〈レイヨン・ドール〉にもイングランド人のお客はたくさん来るけど、女を乗合馬車でひとり旅させるほど頭がおかしい人はいないよ。さあ、行った、行った。あんたの部屋はここにはないよ。まったく、なんて話だ！　もしあんたがイングランド人だとしたら、召使いか何かで、へまをして首になったんだろうね。〈シャ・グリ〉ならあんたを泊めてくれるよ」

「乗合馬車の車掌さんが、それがどんな宿なのか警告してくれたわ」メアリーは答えた。「わたしの話を疑うなら、わたしはチャロナーという者で、ここの部屋代にじゅうぶんなお金を持っていると教えてあげる」

「金はほかへ持っていくんだね」女が無愛想に言った。「あんたみたいな娘を泊めたら、どんなことになるんだか！　そこに立って、あたしを偉そうに見るんじゃないよ。さっさとお行き！」

　階段から穏やかな声がした。「ちょっと待ちなさい」

メアリーはさっと上を見た。背の高い紳士がゆったりと階段を下りてきた。銀モールの縁取りがたっぷりついた、高級そうな黒の服に身を包んでいる。髪粉のかかった鬘《かつら》をかぶり、かなり薄い唇の隅にはつけぼくろがあり、喉もとのレースのなかにダイヤモンドが垣間見える。片手に黒檀《こくたん》の長い杖《つえ》を持ち、一本の指に大きな四角のエメラルドが光っていた。ランプに明るく照らされる場所まで下りてくると、彼が年配だということがメアリーにはわかった。もっとも、重たげなまぶたの下から彼女をじろじろと見る目は、驚くほど鋭かった。色は灰色で、冷笑するような輝きがある。

とても有力な人物であることは、すぐに推測できた。宿の主人が膝に鼻が触れるほど深くお辞儀をしただけでなく、紳士の物憂げな動きのひとつひとつに、生まれつき人に命令する立場にある雰囲気が漂っていた。

紳士は階段をくだり終えると、ドアのそばにいる三人にゆっくりと近づいてきた。宿の主人の存在には気づいていないようだった。メアリーを見ながら、英語で彼女に向かって話しかけた。「いささかお困りのようですね。私がお役に立てるでしょうか？」

メアリーは落ち着きを保って言った。「ありがとうございます。わたしが望んでいるのは一夜の宿なのですが、あなたにご迷惑はかけられません」

「その程度のことは失礼な要求には思えませんな」紳士が眉を上げて言った。「何が不都合なのか、教えてくださらないかな」

彼の穏やかながらも威圧的な雰囲気に、メアリーの唇に笑みが浮かんだ。「くり返しますが、ご親切はありがたいのですが、わたしのばかげた問題であなたに迷惑はかけたくないんです」

そんなことはどうでもいいとうんざりしたように、彼に冷たい視線を向けられて、メアリーは当惑すると同時に、なぜか親しみをおぼえた。「いいかね」声にわずかに軽蔑をこめて、紳士が言った。「あなたのためらいは、とても心を打つものの、まったく必要のないものだ。私はあなたの祖父と言ってもいい年齢でしょう」

メアリーは頬をうっすらと赤らめ、率直な視線を向けた。「すみませんでした。わたしがためらったのは、見知らぬ人にねだってはいけないと思ったからです」

「とても心が洗われる言葉だ。では、なぜこの女性があなたを泊めようとしないのか、どうか教えてくれませんかな？」

「彼女を非難することはできないんです」メアリーは正直に言った。「召使いも連れず、荷物も持たずに乗合馬車で来たんですから。わたしの置かれた状況は非常に厄介で、自分がどんなに風変わりに見えるのか、もっと早く気づかなかったなんて、とてもばかでした」

「あなたのなくなった荷物をもとにもどすことは私には不可能だが、部屋なら、すぐに用意できますよ」

「そうしてくだされば、とてもありがたく思います」

インググランドの紳士は、そばに控えていた宿の主人のほうを向いた。「おまえのばかさ加減は嘆かわしいな、ボワッソン。このレディーを適切な部屋に案内しろ」

「はい、ムッシュー。ご希望のとおりにいたしましょう。しかし――」

「おまえとの会話を望んだつもりはないぞ」イングランド人がにこやかに言う。

「そのとおりです、ムッシュー」主人が言った。「あの……よろしければ、マドモワゼル、家内といっしょに二階へ上がってくださいますか？　表の大きな部屋だ、セレスティン」

彼の妻が憤慨して言った。「なんですって、あの大きな部屋？」

主人は妻を階段のほうへ押した。「もちろん、あの大きな部屋だ。さっさと行け！」

イングランド人がメアリーのほうを向いた。「たしか、夕食の注文をされていましたな。私といっしょに食べてください。ボワッソンが私の食事室へ案内してくれるでしょう」

メアリーはためらった。「自分の部屋でスープ一杯いただければ――」

「私と夕食をとるほうが楽しいはずですよ。あなたの不安を和らげるためにお教えすると、あなたのお祖父《じい》さんとは知り合いでね」

メアリーの顔が青くなった。「祖父と？」急いできく。

「そのとおり。あなたはチャロナーという名だと言ったでしょう。サー・ジャイルズとは四十年来の知り合いだ。失礼ながら、あなたは彼とよく似ておられる」

その言葉に、メアリーはサー・ジャイルズとの関係を否定したいという最初の思いを捨て去った。自分をとても愚かだと感じ、かなり当惑した表情で立っていた。

紳士がうっすらと微笑《ほほえ》んだ。「賢明だ」彼女の心の動きを鋭く見透かして言った。「彼の孫娘であることを否定しても、私は信じなかっただろう。このあっぱれなご婦人に案内してもらって、階上《うえ》へ行かれてはどうかな？　都合のよいときに、私のテーブルへ来てください」

メアリーは笑うしかなかった。「わかりました」そう言ってお辞儀をすると、宿屋のおかみのあとについて、その場を去った。

彼女にあてがわれたのは、最上の部屋のひとつらしかった。召使いが真鍮《しんちゅう》の缶に湯を入れて持ってきた。メアリーは化粧台の上にレティキュールの中身を空け、惨めな気持ちでそれを確認した。運のいいことに、きれいな襟飾りを入れていたので、注意深く肩のまわりにつけると、ドレスの裂け目を隠すことができた。髪をとかし、ふたたび結うと、顔と手を洗い、階段を下り、ホールへ行った。

同国人がいたことは幸運だったが、彼が祖父と知り合いで、彼女の素性を知っていることは災難だった。彼に何を言うべきかまったく見当がつかなかったが、なんらかの説明が要求されることは明らかだった。

階段を下りたところで宿の主人が待っていた。先ほどの軽蔑に満ちた態度と打って変わって、今度は敬意に満ちた態度だ。メアリーはホールに面したドアのひとつへ案内され、大きな休憩室に入った。

部屋の中心にあるテーブルに食器が置かれ、シャンデリアの蝋燭《ろうそく》で照らされていた。メアリーの新しい友人は暖炉のそばに立っていた。彼が近づいてきて、彼女の手を取り、すぐにその冷たさを指摘した。メアリーはまだ寒さでぞくぞくしているのだと打ち明け、馬車が隙間《すきま》風だらけだったのだと言った。暖炉の前へ行き、火に向かって手を広げた。「とっても気持ちいいですわ」微笑みながら、彼を見上げる。「夕食に招いてくださり、ほんとうにありがとうございます」

紳士が謎《なぞ》めいた感じで彼女をしげしげと見た。「もっとお役に立てることがあったら、あとで教えてください。座りませんか？」

メアリーはテーブルへ歩き、彼の右手に腰を下ろした。制服を着た召使いが音もなく現れ、ふたりの前にスープを置いた。ふつうならば彼は主人の椅子の後ろに残るところだが、わずかな合図を受けて、立ち去った。

メアリーはスープを飲んで、突然、何時間も食べていないことに気づいた。彼女の置かれた奇妙な状況について紳士がすぐに尋ねてこないようなので、安堵《あんど》した。かわりに彼は個人的でない話題を優しく口にした。彼には皮肉っぽいところがあり、メアリーはそれをおもしろく思った。彼女はときどき目を輝かせた。ジュリアナと違って、学校で時間を浪費しなかったため、メアリーの知識はじゅうぶんに広く、ただ耳を傾けるだけでなく、会話に積極的に参加できた。砂糖菓子がテーブルに置かれるころには、ふたりはかなり親しくなり、メアリーは最初とは違ってすっかり物怖《ものお》じしなくなった。紳士はメアリーが話をするように仕向け、椅子にゆったり座り、ワインを飲みながら、彼女を見つめていた。最初のころ、メアリーは彼にじろじろ見られるのがいやだった。何を考えているのか、その顔から読み取れなかったからだ。しかし彼女は簡単には落ち着きを失う女性ではなく、必要なときは、いつもの友好的で穏やかな態度で彼を見返した。

メアリーは以前に彼に会ったことがあるという確信めいた思いを頭から振り払えず、どこで会ったのか思い出そうとして眉根を寄せた。それを見て、紳士が尋ねた。「何か問題でも、ミス・チャロナー？」

彼女は微笑んだ。「いいえ、なんでもないんです。こんなふうに思うのはどうかしているのかもしれませんが、妙なことに、以前にあなたに会ったような気がするんです。お会いしていませんか？」

紳士はグラスを置き、デカンターに手を伸ばした。「いや、ミス・チャロナー、会ってはいない」

彼女は紳士の名前を尋ねたかったが、彼のほうがずっと年上だったので、厚かましく思われるのがいやだった。もし彼のほうに教える気があるなら、きっと言ってくれるはずだ。

メアリーはナプキンを置き、立ち上がった。「しゃべりすぎたかもしれません。すてきな夜と、あなたの惜しみない親切に感謝します。おやすみなさいと言わせていただけるでしょうか？」

「行かないで。あなたの評判はきわめて安全だし、まだ宵の口だ。いたずらに詮索《せんさく》好きだとは思われたくないが、あなたがどうして供も連れずにフランスを旅しているのかお聞かせ願いたい。私には説明を聞く資格があると思いませんか？」

メアリーは椅子のわきに立ったままでいた。「ええ、そう思います」静かに答える。「わたしの置かれた状況はとても奇妙に思えるでしょうから。でも、あいにく、あなたに真実を話すことができませんし、あなたの親切にうそで報いたくはありませんから、何も言わないほうがいいんです。おやすみなさいを言わせていただけますか？」

「まだだ」紳士は言った。「座りなさい」

メアリーは一瞬彼を見て、わずかにためらってから、言われたとおりにし、灰色のドレスの膝の部分で手を軽く組み合わせた。

見知らぬ紳士はワイングラスの縁越しに彼女を見た。「なぜ真実を話せないのか、尋ねてもよろしいかな？」

彼女はしばらくのあいだ、返答を考えているようだった。「いくつか理由があります。真実が、ウォルポールの有名なロマンス小説みたいに奇妙で、信じてもらえないように思

に尋ねる。

ミス・チャロナー、あなたは私にうそをつきたくないと言いませんでしたかな?」穏やか

紳士はグラスを傾け、濃い赤のワインに蝋燭の明かりが反射するのを眺めた。「だが、

えるんです」

彼女の目が狭まった。「とても鋭いのですね?」

「私にはそういう評判がある」紳士が同意した。

彼の言葉に、メアリーは何か思い出したが、そのはかない記憶をつかまえることはでき

なかった。「おっしゃるとおりです。わたしの都合ではないんです。じつは、わたしの話

にはべつの人物がかかわっているものですから」

「そうではないかと思っていた」彼は答えた。「あなたの唇は、そのべつの人物のためを

思って閉じられていると考えていいのかな?」

「全部ではありませんが、一部はそのとおりです」

「あなたの考えはとても気高い。しかし、そんな厳格な気遣いはまったく不要だ。ヴィダ

ル卿《きょう》のとんでもない行動が公表されなかったことは一度もない」メアリーは跳び上がっ

た。驚きと疑問の表情を浮かべ、紳士にすばやく目を向ける。彼が微笑んだ。「先日、あ

なたのりっぱなお祖父さんに、ニューマーケットで会いましてね。私がフランスへ行くと

聞いて、パリへ行く途上、あなたの安否を尋ねてくれと頼まれたのですよ」

「祖父が知っているんですか?」メアリーはぽかんとしてきいた。

「間違いなく、知っておられる」

メアリーは手で顔を覆った。「母が話したんだわ」ほとんど聞こえない声で言う。「だとすると、思っていたよりも、ひどい状況になっている」

紳士がワイングラスを下ろし、椅子を少しテーブルから離した。「心を痛めないように、ミス・チャロナー。腹心の友という役を務めるのは確かに初めてだが、私はそのルールを知っていると思う」

メアリーは立ち上がり、暖炉のほうへ歩いた。考えをまとめ、きわめて当然な動揺を鎮めようとした。テーブルの紳士は嗅《か》ぎたばこを吸い、彼女がもどってくるのを待った。一、二分後、彼女はいかにも彼女らしく、ある程度心を決めて、テーブルにもどった。「わたしがヴィダル卿とイングランドを……離れたことを知っていらっしゃるのなら、今夜のご親切をなおさら感謝しなくてはなりません。そして、間違いなく、あなたには説明を受ける権利があります。わたしについての話をどれぐらい知っておられるのかはわかりませんが、イングランドにいるだれも完璧《かんぺき》な真実は知りませんから、いくつかの点で誤った情報を聞かされていると思います」

「それはありそうだ」紳士は同意した。「完全な話を私に話してはどうかな?　私はあなたをそのいささかむずかしい状況から救い出してあげたいと思っているが、なぜあなたがヴィダル卿とイングランドを出たのか、そしてなぜきょう、寄る辺のないらしいあなたを私が見つけることになったのか、正確に知りたい」

メアリーは真剣な顔つきで、彼のほうに身を乗り出した。「わたしを助けてくださるのですか？　どこかのフランスの家庭で家庭教師としての職を得るのを手助けしてくださいますか？　それが可能なら、イングランドへもどることなく、外国で自活できるのですが」

「それがあなたの望みなのかな？」紳士が信じられないように尋ねた。

「ええ、そうなんです」

「なんと！」紳士は声をあげた。「あなたはとても才覚のある女性のようだ。どうか話を始めて」

「そのためには、わたしは妹の……ばかな行動を打ち明けなければなりません。話のその部分を忘れるよう、あなたにお願いする必要はないと思っていますが」

「私の記憶はとても融通がきくものでね、ミス・チャロナー」

「ありがとうございます。では、わたしには妹がいることをお話ししなくてはなりません。彼女はとても若くて、女の子がときどきそうなるように、思慮分別がなくて、それはそれは美しいんです。遠くない過去に、彼女はヴィダル卿と出会いました」

「当然だ」紳士がつぶやく。

「当然って？」

「ああ、そう思うのだよ」かすかに皮肉っぽい笑みを浮かべて、紳士が言った。「もし彼女がそれはそれは美しいというなら、ヴィダル侯爵と出会うのは確実な気がする。だが、先を続けて」

　メアリーは頭を垂れた。「承知しました。話のこの部分は、とっても話しづらいんです。なぜなら、侯爵が気乗りしない娘に言い寄ったと、あなたに誤解してもらいたくないからです。わたしの妹が彼をそそのかし、信じこませたんです……自分が……自分が……」

「言わなくても、完全にわかりますよ、ミス・チャロナー」

　彼女は感謝のまなざしを彼に向けた。「はい。それで、そのあと、侯爵が妹にいっしょに逃亡しようと誘ったんです。わたしはふたりの密会の日時を偶然知りました。ある晩の十一時でした。時刻を指定した侯爵の手紙が、妹ではなくわたしの手に入ったんです。その恐ろしい駆け落ちについて、母に伝えなかったのには、わざわざ説明はいたしませんが、いくつかの理由がありました。言うまでもないと思いますが、侯爵に結婚の意思はありませんでした。それで、わたしは、逃亡を阻止するだけでなく、ソフィアの身の破滅を意味する関係を終わらせなくてはならないと考えたんです。思い返すと、自分の愚かさに驚いてしまいます。わたしはソフィアのかわりに馬車に乗ろうと考え、彼にその芝居がばれたら、からかうためにソフィアと計画したことだと彼に信じこませようと思いました。それ以上に彼をいらだたせる行為はないと考えたんです」ひと息入れてから、冷ややかに付け加えた。「そのとおりでした」

紳士は指にはめたエメラルドの指輪をまわした。「その非凡な計画をあなたは実行したということかな?」

「ええ、そうです。でも、不幸にもうまくいきませんでした」

「それは予想できたでしょう」

「そう思います」メアリーはため息をついた。「ばかげた計画でした。ヴィダル卿は翌朝ニューヘイヴンに到着するまで、その芝居に気づきませんでした。自分が海に面した場所にいると知ったときは、それはびっくりしました。侯爵がイングランドを離れるつもりだとは想像していなかったんです。わたしは侯爵といっしょに波止場の宿屋に入り、彼が予約してあった休憩室で正体を明かしました」そこで言葉を切った。

「ヴィダル卿の感情は名状しがたいものだと、じゅうぶん想像できますよ」紳士が言った。

メアリーはまっすぐ前を見ていた。うなずき、おもむろに口を開く。「そのあと起こったことについて、わたしはヴィダル卿を非難したくありません。彼が報復行為をするとはまったく考えずに、あまりにもみごとに自分の役を演じてしまったんですから。彼の目には、わたしは下品でだらしない女に映ったはずです……いいえ、映ったんです」紳士のほうに顔を向ける。「ヴィダル卿とはお知り合いですか?」

「知っているよ、ミス・チャロナー」

「でしたら、彼が激しやすくて抑えられない気性の持ち主だとご存じでしょう。わたしは彼を怒らせ、そしてその怒りはそれはひどいものでした。ヴィダル卿は無理やりわたしを彼の船に乗せ、ディエップへ連れていったんです」

紳士は片眼鏡を手探りで捜して持ち上げた。そしてその片眼鏡でメアリーを見た。「侯爵がどんな手を使ったのか、教えてもらえるかな?」彼が尋ねる。「最近の若者はどのような方法で真っ昼間の誘拐をするのか、非常に興味があってね」

「あまりロマンチックな方法ではありませんでしたわ」メアリーは打ち明けた。「懐中びんの中身をわたしの喉に注いで、酔っ払って抵抗できないようにすると脅したんです」紳士の目に不興の色が浮かんだのがわかった。「あなたに衝撃を与えてしまったようですが、侯爵が怒っていたことを忘れないでください」

「衝撃を受けてはいませんよ、ミス・チャロナー。だが、洗練されていないやりかたを遺憾に思ってね。侯爵はその独創的な計画を実行したのかな?」

「いいえ、わたしが降参しましたから。酔っ払わされるのは、ひどく恐ろしいことに思えたんです。わたしはいっしょに行くと言いました。まだ朝のとても早い時間で、波止場にはだれもいなかったため、助けを呼びたくても無理でした。それに、わたしが少しでも叫び声をあげたら首を絞めると侯爵に脅されたので、そうしなくてよかったんです。わたしは船に乗り、海が荒れていたため、ひどく具合が悪くなりました」

紳士の顔に笑みがさっと浮かんだ。「侯爵の気持ちがどうだったか、想像がつく。彼はきっとあなたにいらだったことでしょう」

メアリーは小さく笑い声をあげた。「あなたはヴィダル卿をあまりよくご存じではないようですわ。なぜなら、そのときの彼は親切だったからです。いらだつどころか、すばやく対応してくれました」

紳士は興味深そうに彼女を見ていた。「彼のことはよく知っていると思っていたのに。どうやら私は間違っていたようだ。どうか先を続けて。あなたの話は非常に興味深い」

「ヴィダル卿は恐ろしい評判の持ち主です」メアリーはまじめに言った。「でも、ほんとうのところは悪い人ではありません。単に荒っぽくて激しやすい、わがままな青年なんです」

「あなたの洞察力には大いに感心させられます、ミス・チャロナー」紳士が社交辞令のように言う。

「ほんとうなんです」皮肉を言われたと思って、メアリーは言い張った。「わたしが船で気分を悪くすると――」

紳士が薄い手を上げた。「侯爵の本性についてのあなたの判断を、私は受け入れる。海でのあなたの苦しみを詳しく説明する必要はありません」

メアリーは微笑んだ。「とてもつらいものでしたわ。でも、わたしたちはようやくディエップに到着しました。そこでひと晩過ごすよう、侯爵は計画していて、わたしたちは夕食をとりました。彼は船に乗ったときからずっと飲んでいたようです。彼がとても不機嫌で、わたしはいくぶん思いきった方法で自分の操を守ることをついに余儀なくされました」

紳士は嗅ぎたばこ入れを開け、優雅にひとつまみ取った。「あなたが操を守ることに成功したのなら、侯爵を知る私としては、あなたの方法がとても思いきったものだと容易に信じられる。おわかりでしょうが、私は先を聞きたくてうずうずしている」

「彼を撃ちました」メアリーはきっぱりと言った。

鼻腔《びこう》へ嗅ぎたばこを持っていく手が一瞬止まった。「私の賞賛の言葉を受け入れてください」紳士は穏やかに言って、たばこを吸った。

「ひどい傷ではありませんでした。でも、それで彼は正気にもどったんです」

「そうでしょうな」紳士は認めた。

「ええ。彼はわたしが……かまととぶっているのではなく、真剣なのだと気づきはじめました」

「ほんとうに？　洞察力のある男だ」

メアリーは重々しく言った。「あなたは笑われますが、そのときはあまり愉快な状況ではありませんでした」

紳士がお辞儀をした。「お許しを」まじめに言う。「それからどうなりました？」

「侯爵は、わたしがいまあなたに話したことを話すようにと言い張りました。わたしから話を聞くと、彼はすべきことはひとつしかないと言いました。すぐに結婚しなければならないと」

琺瑯《ほうろう》引きの嗅ぎたばこ入れを見ていた鋭い目が上がり、急に熱を帯びた。「非常に興味深い局面にいよいよ到達したようだ」心地よい声で紳士が言った。「先を続けて、ミス・チャロナー」

彼女は握りしめた手を見下ろした。「もちろん、そんな無謀な計画には同意できません。わたしは侯爵の申し出を断らなくてはなりませんでした」

「私は自分を愚かだとは思わない」紳士が考えこむように言った。「しかし、ヴィダル卿のような放蕩《ほうとう》者と結婚したくない気持ちはよくわかるが、苦しい立場に置かれたあなたがなぜ断らなければならなかったのか、すぐには思いつかない」

「ヴィダル卿がわたしを愛していないとわかっていたからです」メアリーが低い声で答えた。「それに、わたしとの結婚は、彼にとって、嘆かわしい身分違いの結婚となるとわかっていたからです。それについては、申し訳ないのですが、あなたと議論したくありません。わたしはイングランドへもどれなくなっていましたから、侯爵にパリへ連れていってくれるよう頼みました。そこで、あなたにお話ししたような上品な仕事に就きたいと思ったんです」

片眼鏡がふたたび上がった。「あなたは気が動転するような状況に驚くほど落ち着いて対応したようですな、ミス・チャロナー」

彼女は肩をすくめた。「ほかに方法がありませんでしょう？　落ちこんでもどうにもならなかったでしょうし。それに、わたしが負わせた傷のせいで炎症が起こって、侯爵の具合が悪くなりましたし、彼が軽率なふるまいばかりしようとするので、わたしはそれを止めるのに忙しく、自分の問題について考える暇があまりありませんでした」

「あなたと知り合って短いが、ミス・チャロナー、あなたがヴィダル卿の軽率な行動を止めたことは確信できる」

「ええ、まあ」メアリーは答えた。「彼を扱うのは簡単なんです……やりかたを心得てさえいれば」

片眼鏡が下がった。「侯爵のご両親はあなたに会いたがるでしょう」

彼女の笑みがゆがんでいた。「そうは思えませんわ。あなたはエイヴォン公とお知り合いなのでしょうか？」

「よく知っている」紳士がうっすらと笑った。

「まあ、でしたら……」メアリーは言葉をとぎれさせた。「ようするに、わたしはヴィダル卿の申し出を断り、わたしたちは――」

「いや、あなたはエイヴォン公について意見を述べようとしていたのではないかな?」紳士が優雅に口をはさんだ。

「ええ、でもあなたが彼と親しいのでしたら、控えさせていただきます」

「いや、遠慮しないで。あなたには、彼がどれほどひどい男に見えるのかな?」

「実際にお会いしたことはないんです。聞いたことと、ヴィダル卿がときおりもらした言葉から判断しているだけです。彼は、道徳観念も情もない人に思えます。邪悪で、目的のためには手段を選ばない人のような気がします」

紳士はおもしろがっているようだった。「その判断を否定することはできませんな。だが、そのみごとな描写はヴィダル卿の言葉から抜粋したものなのか、きいてもいいかな?」

「ヴィダル卿がわたしにそう言ったのかという意味でしたら、彼はそんな発言はしませんでした。ヴィダル卿は公爵に愛情をいだいているように思えました。わたしの判断は、一般的なうわさと、友人のミス・マーリングが彼女の伯父をものすごく恐れていたことから来ているんです。ヴィダル卿の話からは、彼の父親が驚くほどなんでも知っていて、目的をすべて達成してしまう人だという印象を持ちました」

「ヴィダル卿が公爵をそれほど敬っていると知って、安堵した」紳士が言った。

「そうですか？　それで、このように思っているものですから、エイヴォン公はわたしなどには会いたくないだろうし、ヴィダル卿がわたしと結婚したら、きっと彼を廃嫡するだろうと考えずにはいられないんです」

「ミス・チャロナー、あなたは公爵という人物をみごとに描写したが、彼がどんな感情を持とうが、それほどひどい行動はしないと私は請け合える」

「そうでしょうか？　わたしにはわかりません。でも、彼が息子と無名の娘の結婚を許さないことは断言できます。先を続けると、ヴィダル卿はわたしが彼のいとこのミス・マーリングと同窓だったと知ると、わたしをパリへ連れていき、自分たちを結婚させてくれるイングランドの牧師を見つけるまでということで、わたしを彼女のもとへ預けました。ミス・マーリングは密《ひそ》かにミスター・カミンなる人物と婚約していたのですが、その婚約は破棄され——もとの関係にもどることはないとわたしは思いました——そして騎士道精神を持つミスター・カミンは、わたしがヴィダル卿から逃れられるようにと、わたしに求婚してくれました。これを告白するのは恥ずかしいのですが、わたしはどうしても結婚しなくてはならなかったので、ミスター・カミンと駆け落ちして、ディジョンへ行くことに同意しました。そこに、ヴィダル卿が見つけたイングランドの牧師がいたんです。残念なことに、ミスター・カミンは侯爵に手紙を残し、わたしたちの婚約の意思を知らせる義務があると考えました。その結果、ヴィダル卿はミス・マーリングを連れて、ディジョンでわたしたちに追いつきました。わたしたちはまだ結婚をしていませんでした。そこで痛ましい事件が起こりました。侯爵の強要からわたしを守りたいと思ったミスター・カミンは、わたしたちは夫婦になったと告げました。するとヴィダル卿はわたしを未亡人にしようと、ミスター・カミンを絞め殺そうとしたんです。もう少しで、それは成功したと思います。水差しがあそこになかったら。わたしがそれをふたりに投げつけたので、侯爵はミスター・カミンから手を離しました」

「水差し！」紳士がくり返して言った。肩がわずかに揺れている。「さあ、続けて、ミス・チャロナー」

「そのあと、ふたりは剣を使って戦いました」メアリーは冷静に言った。

「なんと威勢のいい！　彼らは……その……剣を使って、どこで戦ったのかな？」

「宿の特別休憩室でです。ミス・マーリングはヒステリーを起こしました」

「その説明はいらないな」紳士が断言した。「私が知りたいのは、ミスター・カミンの体がどうなったかです」

「彼は殺されませんでした。どちらも怪我《けが》をしませんでした」

「それは驚きだ」

「ミスター・カミンは殺されるところでした」メアリーは認めた。「でも、わたしが止めました。そろそろ頃合《ころあ》いだと思ったんです」

紳士がおもしろがることなく、紛れもない賞賛の目で彼女を見た。「当然、あなたが止めたと推測するべきだった。今度はどんな手段を使ったのかな？」

「かなりがさつな手段です。外套でふたりの剣を包もうとしました」

「それはがっかりだ。もっと巧みな手を使ったと想像しましたよ。怪我はなかったのかな？」

「ほんの少し。侯爵の剣がわたしの体を引っかいただけです。それで決闘は終わりました。ミスター・カミンはわたしたちに関する真実をヴィダル卿に告げなくてはならないと言って、わたしは少し動揺していたものですから、部屋に下がりました」言葉を切って、長いため息をついた。「階段に行き着く前に、侯爵のお母さまが到着しました。ルパート・アラステア卿だと思われる方を伴っていらっしゃいました。ふたりはわたしに気づきませんでしたが、わたしは……お母さまがヴィダル卿に……わたしと結婚してはならないと言うのを聞いてしまい……それで玄関に停まっていたパリ行きの乗合馬車に乗って……ここに来たのです。これで話は全部です」

沈黙が落ちた。紳士にじろじろ見られていることを意識して、メアリーは顔を背けた。

「わたしの話を聞いて、それでもあなたには、わたしがこの苦境から抜け出るのに手を貸そうという気持ちはおありでしょうか？」

「ますます手を貸したくなりましたよ、ミス・チャロナー。しかし、率直に話してくれたあなたに、もっと率直になってもらいたい。あなたはヴィダル卿を愛していると考えていいのかな?」

「あまりにも愛していて、結婚できないんです」メアリーが押し殺した声で言った。

「なぜ、〝あまりにも愛していて〟なのかな?」

メアリーが顔を上げた。「彼のご両親がどんな手を使ってでもこんな結婚を阻止すると知っていて、どうして結婚できましょう? 彼をわたしの階級まで落とすことを、どうしてできましょう? サー・ジャイルズ・チャロナーはわたしの祖父ですが、わたしは彼の世界の人間ではありません。もうこの話はやめましょう。わたしの心は決まっています。いまの不安は、侯爵がここまでわたしを追ってくるかもしれないことなんです」

「私の保護下にいるかぎり、あなたにヴィダル卿の脅威が迫る危険はないと請け合える」

その言葉が発せられたのとほぼ同時に、外の人声がメアリーの耳に届いた。彼女は青ざめて、椅子から立ち上がろうとした。

「彼が来ましたわ!」動揺を抑えようと努めながら、声をあげた。

「そのようだ」紳士が落ち着き払って言う。

メアリーはびくびくしてまわりを見た。「わたしに危害は及ばないとあなたは約束してくださいました。どこかにわたしを隠してくださいませんか? 急いでください」

「あなたに危害は及ばせないといまでも約束しましょう」彼は答えた。「だが、あなたを隠すことはしない。座っていなさい……入れ！」

　宿屋の使用人がかなり脅《おび》えた顔で入ってきて、ドアをしっかりと閉じた。「お客さま、外に紳士がおりまして、イングランドのご婦人に会いたいとおっしゃっています。イングランド人のお客さまと食事中だと告げたのですが、彼は怒って〝そのイングランド人に会おう〟と言っております。殺人を犯しそうな形相なんです。お客さまの従僕を呼んできましょうか？」

「その必要はない」紳士が言った。「その紳士に入ってもらいなさい」

　メアリーは思わず手を伸ばした。「どうか、それはやめてください。侯爵が怒っているとしたら、どんな行動に出るかわかりません。あなたが年上でも、彼の暴力から身を守ることはできないと思います。この部屋から、わたしが見られずに脱出する方法はないのでしょうか？」

「ミス・チャロナー、あなたに座るよう、もう一度お願いする」紳士がうんざりして言った。「ヴィダル卿は私たちのどちらにも手を上げない」宿の使用人に目を向ける。「きみがなぜ目を丸くして私を見ているのか、理解できないな。その紳士に入ってもらいなさい」

　使用人は部屋を出た。椅子の横に立ったままのメアリーは、困惑して紳士を見下ろした。侯爵が入ってきたら、どうなるだろう。先ほど、どこか遠くで時計が真夜中を知らせていた。いくら高齢とはいえ、見知らぬ紳士と食事をしているには妙な時刻で、侯爵が嫉妬《しっと》のあまりかっとなって、恐ろしい結果になるのではないかと恐れた。怒り狂った侯爵が自分の行動に責任を取れないことを、この紳士に理解させるのは無理に思えた。紳士は腹立たしいほど落ち着き払っている。うっすらと微笑んでさえいる。

ホールをすばやく歩く足音が聞こえた。ヴィダルの鋭い声が言った。「だれか、ぼくの馬を馬屋へ連れていってくれ。そのイングランド人はどこにいる?」

メアリーは椅子の背に手を置き、支えを求めるかのように、ぎゅっと握った。使用人が言った。「お客さまにお知らせしてきます」

侯爵がさえぎった。「ぼくが自分で知らせる」怒りに満ちた声。

一瞬後、ドアがぱっと開き、侯爵が現れた。乗馬鞭《むち》を握りしめている。怒りの視線をさっと部屋のなかに走らせ、急に動きを止めた。驚愕《きょうがく》の表情が顔に浮かぶ。

「サー!」はっと息をのんだ。

テーブルの上座に着いていた紳士が彼を頭から爪先までざっと見た。「入っていいぞ、ヴィダル」優しい声。

侯爵はドアノブに手を置いたまま、その場から動かなかった。「ここにいらしたんですか!」口ごもりながら言う。「てっきり……」

「おまえの考えに興味はない、ヴィダル。そのドアは、気が向いたら閉めてくれるのだろうな」

メアリーの驚いたことに、侯爵はただちにドアを閉めた。「すみませんでした」彼はクラヴァットを引っ張った。「あなたがここにいると知っていたら──」

「私がここにいると知っていたら」メアリーを骨の髄まで凍らせる声で、年上の紳士が言った。「おまえはもっと上品に入ってきてくれただろう。おまえの作法は最悪だと言っても、許してくれるな」

侯爵は顔を赤くし、歯を食いしばった。信じがたく恐ろしい予感をメアリーはおぼえた。視線を侯爵から紳士へ移すと、手が思わず頬へ上がった。「まあ、なんてこと！」びっくりして言う。「あなたは……まさか……？」それ以上、言葉が続かなかった。

紳士の目に、愉快そうな表情がもどった。「例によって、あなたは正しい。私はあなたが先ほど適切に描写した、道徳観念のない、邪悪な人間だ」

メアリーは舌がもつれたように感じた。「わたし……決して……申し訳ありませんと言うよりほかに、言葉が見つかりません」

「そんな必要はまったくない、ミス・チャロナー。あなたの人物を見抜く力はあっぱれだ。私が許しがたいと思ったのは、以前に会った気がすると言われたことだけだ。息子に似ていると思われて、うれしがっているふりはしない」

「ありがとうございます」侯爵が丁寧に言った。

メアリーは暖炉の前へ逃げた。「わたし、恥ずかしく思っています」声に、本物の狼狽《ろうばい》がにじみ出ていた。「自分のしたことをあれこれ言う権利はありません。自分が悪かったと、いまではわかっていますから。そのほかについては……あなたがどなたなのか知っていたら、自分のしたことを決して話さなかったでしょう」

「そうだったら、残念だった。あなたの話は非常に啓発的だと思った」

メアリーが絶望したような小さなしぐさをした。「すみませんが、部屋に下がらせてください」

「きょうはいろいろ不快な目に遭って、きっと疲れていることだろう」公爵は同意した。「だが、私の息子は——彼のことは詫《わ》びます——あなたに会いにわざわざここへ来たのだと思う。彼の言う言葉を聞いたほうがいいと忠告しておこう」

「できません！」メアリーはあえぐように言った。「どうか行かせてください」

侯爵はすばやくメアリーのもとへ歩いた。彼女の両手を強く握り、低い声で言う。「きみはぼくから逃げるべきじゃなかった。ぼくのことがそんなにきらいなのか？　メアリー、聞いてくれ。ぼくはきみに何も強要しないが、頼むから、ぼくの名前を受け入れてくれ。世間の前で、きみを救う道はほかにないんだ。ぼくと結婚しなければだめだ。きみを傷つけはしないと誓う。許しなしに、きみに近づくことはしない。父上、ぼくと結婚しなければだめだと彼女に言ってください。そうする必要があると教えてやってください」

公爵が落ち着き払って言った。「そのたぐいのことをミス・チャロナーに告げるのは、私には不可能だ」

「なんと、一時間もいっしょにいたのに、彼女がぼくよりずっとすばらしい人だと気づかなかったんですか?」ヴィダルが高ぶって叫んだ。

「気づいている」公爵が言った。「もしミス・チャロナーがおまえの妻になれると感じているなら、大変ありがたいと思うが、彼女に対して公平であるならば、嘆かわしくもおまえにだまされる前に、よく考えるよう忠告すべきだと思っている」メアリーに穏やかな目を向ける。「あなたはヴィダルと結婚するのが賢明だと確信しているのかな?」

侯爵が思わず笑った。メアリーを引き寄せる。「メアリー、ぼくを見ろ！　メアリー、愛《いと》しの人！」

「ヴィダル、言うまでもなく、おまえのじゃまはしたくないのだが、ミス・チャロナーに、その気がないのなら、おまえの求婚を受ける理由はないと伝えておきたい」公爵は立ち上がり、ふたりのほうへ歩いた。ヴィダルはメアリーから手を離した。「あなたは非常に良識のある女性のようだ」公爵は言った。「だから、あなたがほんとうにわが息子との結婚を望んでくれるとは信じがたい。自分の切迫した事情を重視しないように。もしドミニクとの結婚がいやなら、私がほかの方法で問題を解決するよう手配しよう」

メアリーは火をじっと見た。「できません……わたし……公爵夫人が……妹が……ああ、どうしたらいいのでしょう?」

「公爵夫人があなたを困らせることはない」公爵が言った。ドアまで歩き、開ける。そこでちらりと振り返って、けだるげに言った。「ところで、ヴィダルの道徳観念は私のよりもずっとましだ」部屋を出て、ドアをそっと閉めた。

侯爵とメアリーはふたりきりになった。メアリーは侯爵を見なかったが、彼の視線が自分の顔から微動だにしないことに気づいていた。「きみがカミンと逃げるまで、どれほどきみを愛しているのかわかっていなかった。結婚してくれなかったら、ぼくは残りの人生をきみの獲得のために費やすだろう。きみを手に入れるまで、ぼくに平安は決して訪れない。決してだ。わかったか？」

メアリーの唇が笑みで震えた。「それで、わたしがあなたと結婚したら？　あなたはわたしの好きなようにさせてくれるの？　わたしが望まないかぎり、近寄ってくることはない？　激怒したり、むごい扱いをしたりしない？」

「しないと誓う」

メアリーは彼に近づいた。目には愛情のこもった笑みがたたえられている。「ああ、愛しい人、わたしはあなたよりもあなたのことをよくわかっているわ」かすれた声。「わたしが抵抗するそぶりを見せただけで、あなたは恥ずかしげもなくわたしを服従させるはずよ。ああ、ドミニク！　ドミニク！」

侯爵に激しくいだかれたため、彼女はほとんど息ができなくなった。一瞬、彼の浅黒い顔が目の前で揺らぎ、それから彼の唇が唇にかぶさった。あまりにも激しいキスに、メアリーの唇は痛くなった。彼女は身を任せ、半ば意識を失いながら、彼の情熱の波に運び去られた。しかし一瞬、彼の腕から逃れようともがいたとき、彼の手の力がゆるんだ。メアリーは侯爵の首に腕を巻きつけ、泣き声と笑い声の中間の奇妙な声をもらして、彼の上着に顔を埋《うず》めた。

19

翌朝、朝食の時間に現れたメアリーはかなり恥ずかしそうで、頬をほのかに赤らめていた。特別休憩室には侯爵とその父親、それにあとで公爵の従者だと判明した、初老でこざっぱりしたフランス人がいた。

侯爵がメアリーの手を唇へ持っていき、キスをした。エイヴォン公がけだるげな声で言った。「よく眠れたようだね。座ってください。ガストン、すぐに私の馬車でディジョンへ行け。そこに公爵夫人がいるはずだ」

「かしこまりました《ビヤン》、閣下《モンセニュール》」

「彼女をここへ連れてくるように。それから、ルパート卿《きょう》とミス・マーリングとミスター・カミンも。以上だ、ガストン」

このような命令にガストンが驚いた日が過去に一日あったが、エイヴォン公に仕えた二十五年のあいだで、その日は非常に印象深い日となっていた。

「かしこまりました《ビヤン》、閣下《モンセニュール》」驚きをまったく顔に出すことなく、ガストンはそう返事をすると、お辞儀をして部屋を出た。

侯爵が気ぜわしげに言った。「メアリー、あのハモンドという男に、ぼくたちの結婚式をすぐに行わせるよ」

「わかったわ」メアリーは落ち着いて言った。

「おまえたちの結婚は」エイヴォン公が口を開いた。「パリの大使館で行う」

「でも、父上――」

「コーヒーはどう、侯爵？」メアリーは勧めた。

「ぼくはコーヒーは飲まないんだ。父上――」

「公爵が大使館での結婚を望まれるのなら、わたしはそれ以外の場所では結婚しません」

メアリーは穏やかに言った。

ヴィダルが言った。「そうなのか？　父上、それで結構ですが、大変なうわさになります」

「そうだろうな」エイヴォン公が同意した。「パリを経由するさい、細かいことを取り決める時間はなかった。だが、いまごろは友人のサー・ジャイルズが手配してくれているはずだ」

メアリーは驚きをあらわにしてエイヴォン公を見た。「では、祖父はパリにいるのですか？」

「そのとおり」公爵が答えた。「言っておくと、あなたは公式には彼といっしょにいる」

「そうなのですか？」メアリーは目をしばたたいた。「では、あなたはほんとうにニューマーケットで祖父に会ったのですね？」

「というよりは、彼が私を捜しにニューマーケットまで来た」公爵は訂正した。「いまは、数週間の予定で借りた屋敷に滞在している。親愛なるメアリー、あなたは現在、少し体を壊して部屋にこもっている。あなたと息子は婚約して長いが、秘密になっていた。これまで……」公爵はナプキンで唇をたたいてから、それを置いた。「これまで、サー・ジャイルズも私もあなたたちの結婚には反対してきた」

「そうなのですか？」メアリーが興味津々で言った。

「もちろんだ。しかしヴィダルがフランスへやられたことがあなたの細やかな感情に影響を与え、あなたは肺病になりかけた。それでサー・ジャイルズも私も折れることにした」

「まあ、だめです」メアリーは懇願した。「肺病なんて。わたしはそんな柔《やわ》な人間じゃありません」

「メアリー、反駁《はんばく》したくはないのだが、あなたは肺病になりかかっているのだよ」エイヴォン公が断固として言った。

メアリーはため息をついた。「あなたがそう言われるなら……。それで？」

「それで、公爵夫人と私は式を華やかなものにするためにパリへ来ることになる。一両日中には到着する予定だ。たぶん、いまごろはカレー近辺にいるのだろう。到着したら、あなたのために大夜会を開く。あなたは息子の未来の花嫁として、正式に社交界に披露される。それで思い出したが、私の親類のエリザベスのところに滞在しているあいだ、あなたが外出を拒んだのは非常に賢明で、賞賛せずにはいられない」

メアリーは言わずにはいられなかった。「シャルボン邸でわたしに会った人がひとりいるんです。ヴァルメ子爵です」

「ベルトランのことはぼくに任せて」ヴィダルが口をはさんだ。「父上、じつによく練られた案ですが、ぼくたちの結婚式はいつなんです？」

「おまえの結婚は、ミス・チャロナーが花嫁衣装を手に入れたあとだ。ほかのことはおまえたちで決めろ。おまえの新婚旅行までは考えが及ばなかった」

「それは驚きですね。メアリー、きみをイタリアへ連れていこうと思う。いっしょに来てくれるか？」

「ええ、喜んで」メアリーがヴィダルに笑みを向けた。

ヴィダルの手がテーブルの向こうのメアリーの手をつかもうとする。公爵が冷淡に言った。「感動を示す行為はあとにしろ、ドミニク。ひとつ、知らせておくことがある。おまえの最新の対戦相手は、私がイングランドを離れるとき、回復の途上にあった」

「最新の対戦相手？」ヴィダルは顔をしかめた。「ああ、クォールズ！　そうなんですか、父上？」

「彼の運命について、おまえは大して興味がないようだな」エイヴォン公が指摘した。

ヴィダルはメアリーを見ていた。いい加減に返事をする。「いまでは、どうでもいいことです。彼が生き延びようが、知ったことではありません」

「なんと寛大な！」公爵が当てこするように言った。「たぶん、こう言えばおまえは興味を持つのだろう。その紳士は、おまえが国外で生活する必要はないという意見を表明する……気になった、と」

ヴィダルは顔の向きを変え、明らかに賞賛の目で父親をじろじろ見た。「父上がどのようにして彼をそんな気にさせたのか、ぜひ知りたいですね。だが、ぼくがイングランドを離れたのは、警察が怖いからではありません」

エイヴォン公は微笑《ほほえ》んだ。「そうなのか？」

「ええ、おわかりでしょう。ぼくは父上の命令で国外に出たんです」

「非常に適切だ」公爵は立ち上がった。「おまえがイタリアからもどったら……帰国を命じるぐらい気弱になっていそうだ」一瞬、メアリーを見る。「仲間すべてを根絶したいというおまえの願望――全体としては、自然な願望だと認めるが――は、おまえの妻が抑えることができるはずだと考えて、私は自分を慰めよう」

「あなたを失望させないようにいたします」メアリーが慎み深く言った。

　正午過ぎに、ガストンが命じられた人々を連れてもどってきた。メアリーはエイヴォン公爵夫人との対面を想像して非常に緊張していたが、夫人の登場は彼女の不安のすべてを吹き飛ばした。公爵夫人は小さな嵐《あらし》のごとく特別休憩室に入ってきて、夫の腕のなかに身を投げた。「閣下！」喜びに満ちた声。「来てくださって、とってもうれしいわ。あなたには何もお知らせすべきではないと思ったのだけど、あまりにも厄介で、とても対処できなくて、でもルパートはあのワインを全部家に持ち帰ることで頭がいっぱいだから、何もしてくれないの。閣下、彼ったら、ワインを何ダースも買ったのよ。最初は馬車を借りるって言っていたのに、いまでは船で運ばなくてはならないって」

「間違いなく船で運ばなくてはならないな」かすかに興味を顔に出して、公爵が言った。ひだ飾りをつかんでいる妻の手をはずす。「レオニー、なぜこれほど情けないやりかたでルパートと駆け落ちする必要があるのだ？」

「じゃあ、あなたは知らないの？　知らないなら、どうしてここにいるの、閣下？　わたしをからかっているのね！　ドミニークはどこ？　ガストンがあなたといっしょにいると言ったわ」

「いるよ」

「なら、もちろん知っているのね。ああ、閣下、ドミニークはあの娘と結婚するって言っているの。わたしは、あのいやでたまらない妹に彼女が似ているんじゃないかと、とっても心配なのよ」

公爵は妻の手を取り、メアリーのところへ案内した。「自分で判断するといい。こちらがミス・チャロナーだ」

レオニーは鋭い目で夫を見上げてから、メアリーを見た。メアリーはじっと立って、不安げに視線を返していた。レオニーが長々とため息をついた。「あらまあ《ヴワヤン》、あなたが姉妹の片方？」びっくりして尋ねる。

「はい、そうです」メアリーは答えた。

「ほんとうに《ヴレマン》？　でも、信じられないわ。失礼なことは言いたくないけど——」

「それならば、その無防備な口から出かかっている比較はやめたほうがいい」公爵が口をはさんだ。

「軽率なことを言うつもりはありません」レオニーは請け合った。「でも、ひとつだけ言わせて。あなたが気に入らないとしたら残念だけど、わたしは息子がこのメアリー・チャロナーをさらっておいて結婚しないのは許さないわ。ドミニークはすぐに結婚するべきだし、ルパートにあの豚並みに不作法なハモンドという男を連れてこさせないと」

「そのミスター・ハモンドという、私がまったく知らない紳士の名前を何度も聞かされるのには飽き飽きした」公爵が文句を言った。「もしその男の作法が豚並みなら、ルパートに連れてこさせるのはやめてもらいたい」

「でも、あなたはわかっていないわ、ジャスティン。彼は牧師なのよ」

「そう推測した。彼に迷惑をかける必要はないと、私は思うがね」

レオニーはメアリーの手を取り、放さなかった。固く決心して、夫と向き合う。「閣下、わたしの言うことを聞かなくてはだめ。さっきまでは、この娘《こ》が……その……」

「先を言わなくてもいいよ。完璧《かんぺき》に理解している。もし私に――」

「いいえ、閣下」夫人は断固として言った。「いまはわたしが話をする番よ。この娘がちゃんとした女性でないと思っていたときは、ドミニークに結婚してはいけないと言ったわ。ルパートにディジョンへ連れてきてもらったのは、自分がとっても利口で、何もかも手配できるだろうから、あなたには知られずにすむと――」

「隠匿できるだろうと考えたきみの自信は感動的だが、見当違いで――」

「ジャスティン、わたしの話を聞きなさい！」レオニーが言った。「もちろん、あなたに知られるとわかっていたかもしれないけど――どうやって知ったの、閣下？　とても巧みだったわ――ドミニークがマドモワゼル・チャロナーと結婚するのを、わたしはやめさせようと思っていたの。でも、彼女を目にしたいま、わたしはばかじゃないから、彼女が完全にちゃんとした人間だとわかっているし、あなたがなんと言おうとかまわないわ。ドミニークは彼女と結婚するの」

公爵は冷静に妻を見下ろした。「まさしくそのとおりだ」

レオニーは目をみはった。「かまわないの、閣下?」

「どうして私が気にするというのだ? ふたりの結婚は非常に望ましく思えるが」

レオニーはメアリーから手を離し、両手を上げた。「でも、閣下、かまわないのなら、どうしてすぐにそう言ってくれなかったの?」

「きみは思い出してくれるだろうが、私は話をするなと命じられた」

レオニーはこの言葉には注意を払わず、いつもの快活さを発揮して言った。「まあ《ヴワヤン》、わたし、とてもうれしいわ!」ふたたびメアリーに目を向ける。「それに、あなた……あなたは息子によくしてくれるでしょう、違う?《ネ・ス・パ》」

メアリーは言った。「わたしは彼を愛しています。わたしに言えるのはそれだけです。それから……ありがとうございます……あなたの――」

「あら、いやよ。感謝の言葉なんて必要ないわ。ルパートはどこ? 何もかもうまくいったって、彼に言わないと」

明らかに外で引き留められていたルパートが、この瞬間、部屋に入ってきた。何かに気を取られているようすで、兄を見つけると、すぐに言った。「ああ、ジャスティン、兄さんが来てくれて、ほんとによかった。これほど兄さんに会いたくなることがあるとはね。ひどく困ったことになってるんだ」

「いいえ、困っていないわ、ルパート」レオニーが教えた。「何もかもうまくいったの」

「えっ?」ルパートは驚いた顔になった。「だれが手配してくれたんだ?」

「ああ、もちろん閣下よ！　ふたりは結婚することになったの」

ルパートはうんざりしたようすだった。「ああ、きみは喧嘩《けんか》好きな息子のこと以外は考えられんのか?」公爵の銀のボタンのひとつをつかみ、打ち明けるように言った。「兄さんが来てくれたのは、またとない幸運だよ。ぼくは六ダースの赤ワインを見つけたんだが、そのうちの三ダースほどは飲んだことがないぐらいまろやかな赤で、ディジョンに置いてある。滞在していた、なんとかいう宿の主人から買い上げたものの、なんと、金がないんだよ」

「閣下、わたしはそのワインにはうんざりなの」レオニーが口をはさんだ。「買っちゃだめよ！　わたしはワインのボトルの山と旅をするのはごめんですから」

「私から手を離してくれないかな、ルパート?」公爵が言った。「赤を買ったのなら、もちろん船で運ばなくてはならない。一本、持ってきたか?」

「一本?　六本持ってきてるよ」ルパートが答えた。「すぐに開けてみよう。それで、ぼくの意見が正しくないと思ったのなら……まあ、兄さんは変わったということで、あきらめるよ」

レオニーが腹を立てる。「ルパート、あなたが何をしようとかまわないけど、あなたにマドモワゼル・チャロナーを紹介したいの。ドミニークと結婚する人よ」

ルパートは興味を示し、振り返った。「なんと、彼女がいるのか?」ようやくメアリーに気づく。「じゃあ、きみが、ぼくのけしからん甥《おい》と駆け落ちしたという娘か! せいぜい彼と幸せになってくれ。きみにはすてきなダンスをさせてもらった。失礼させてもらうが、許してほしい。ちょっと用事があってね。さあ、ジャスティン、行こう」

レオニーが彼に声をかけた。「でも、ルパート、ルパート! ジュリアアナとミスター・カミンはどこなの?」

ルパートが戸口で振り返った。「すぐにここに来るよ。ぼくとしては、そんなに早く来てほしくないがね。見つめ合うわ、手を握るわ、まいったよ。ああ、胸がむかつく。ふたりの馬車は遅れてるんだ」

ルパートはしゃべりながら去り、レオニーはあきらめの身ぶりをして、メアリーを見た。「彼は頭がおかしいのよ。彼に腹を立てないでね。じきにもとにもどるから」

「腹を立てるなんてできませんわ」メアリーが答えた。「見ていると、笑いたくなってしまうんですもの」レオニーから少し離れる。「あの、ほんとうに……わたしが息子さんと結婚することを望んでおられるのでしょうか?」

レオニーはうなずいた。「ええ、ほんとうに望んでいるわ」暖炉のそばに座り、手を差し出す。「さあ、あなた《マ・シエール》、何もかも話してちょうだい。それから……泣かないで、ね《アン》?」

メアリーは目もとを拭《ぬぐ》った。「ええ、泣きません」震えながら言う。

十分後、ジュリアナが部屋に入ると、友人がレオニーに見とれながら座っていた。両手をレオニーに握られている。ジュリアナは明るく言った。「ああ、レオニー伯母さん、それじゃあ、すべて解決したのね？　ジャスティン伯父さんが賛成してくれたの？　ああ、なんてすてきなの！」

　レオニーはメアリーから手を離し、立ち上がった。「ええ、あなたの言うように、とってもすてきよ。だって、娘ができるんですもの。きっと楽しくなるでしょう。それに、ドミニークはもうみっともないことをしないわ。ムッシュー・カミンはどこ？　また喧嘩したなんて言わないでね」

「まあ、していないわよ！」ジュリアナがびっくりして答えた。「ルパート叔父さんとホールで会って、フレデリックは向こうの部屋に連れていかれたわ。みんな、向こうにいるんだと思う。ドミニクを見たのは確かよ」

「まったく《ヴワヤン》、我慢ならないわ」レオニーは言った。「だれも彼も、ルパートのワインを飲みに行ってしまったの？　どうかしている！」夫人はメアリーを連れて、急いで部屋を出た。メアリーはレオニーが非難するように向けた指の方向へいっしょに進みながら、つい笑みを浮かべた。喫茶室に通じるアーチ道を抜けると、憤慨したレオニーの目に息子が映った。テーブルの端に腰掛け、片脚を揺らし、グラスを持っていた。その後方にルパートがいて、ボトルを持ちながら、レオニーの視界の外のだれかに話しかけている。どっと笑い声があがり、夫人の怒りを確かなものにした。彼女が急いで喫茶室に入ると、そこにはカミンだけでなく、彼女の夫までもがいたので、とがめるように言った。「あなたたちみんな、とっても不作法よ。ルパートのワインについては、わたしはもううんざりするほど聞いているけど、ワインのほうがドミニークの婚約よりも大事だと言うのね。あなた《マ・フィーユ》、こっちへいらっしゃい！」

メアリーがやってきて、首を横に振った。「まあ、ひどい」

「そんなことはない」ルパートが言った。「ぼくたちはきみたちの健康のために飲んでるんだ」ヴィダルがメアリーに微笑みかけ、グラスを上げて無言の乾杯をするのを見ると、急いで付け加えた。「もうじゅうぶんだ、ドミニク。じゅうぶんだよ。頼むから、見せつけるのはやめてくれ。ぼくには耐えられん。なあ、どうだ、ジャスティン？　買うのか、買わないのか？」

公爵がワインを口に含む。ルパートは不安そうにそれを眺めていた。公爵が言った。

「ワインを選ぶ能力においてだけ、おまえに知性があると納得できるな、ルパート。買うことに議論の余地はない」

「ああ、それでこそ兄さんだ！」ルパートは言った。「兄さんには一ダース分けてあげるよ」

「おまえの寛大さには胸が打たれる」エイヴォン公は上品に感謝の意を示した。